模范情书

中国第一本老百姓自己的情书合集

刘川郁◎主编

中国发展出版社
CHINA DEVELOPMENT PRESS

图书在版编目（CIP）数据

模范情书：中国第一本老百姓自己的情书合集/刘川郁主编. —北京：中国发展出版社，2014.4

ISBN 978-7-5177-0048-7

Ⅰ.①模… Ⅱ.①刘… Ⅲ.①书信集—中国—当代 Ⅳ.①I267.5

中国版本图书馆 CIP 数据核字（2013）第 270779 号

书　　名：模范情书：中国第一本老百姓自己的情书合集
主　　编：刘川郁
出版发行：中国发展出版社
（北京市西城区百万庄大街 16 号 8 层　100037）
标准书号：ISBN 978-7-5177-0048-7
经 销 者：各地新华书店
印 刷 者：北京科信印刷有限公司
开　　本：710mm×1000mm　1/16
印　　张：25.75
字　　数：416 千字
版　　次：2014 年 4 月第 1 版
印　　次：2014 年 4 月第 1 次印刷
定　　价：42.00 元
联系电话：（010）68990642　68990692
购书热线：（010）68990682　68990686
网络订购：http://zgfzcbs.tmall.com//
网购电话：（010）68990639　88333349
本社网址：http://www.develpress.com.cn
电子邮件：fazhanreader@163.com

本书编委会名单

序　寻常爱情更真淳

李永明

这部别开生面的情书集，注定会在中外文化史和当今人们的情感生活中，产生某种不同寻常的影响。

众所周知，情书是最温馨、最浪漫的文学体裁。如果从功能作用上去探究情书的重要意义和存在价值，就会发现，情书是作用巨大、贡献独特的应用文种，可谓至情至性，功莫大焉。

爱情和人类如影随形，情书为爱情点火助燃。放眼人类社会演进的大系统，情书可以说是人类的一大功臣。因为人类，始有爱情的产生；因为爱情，才有人类的繁衍。如果说，爱情是人类繁衍的原动力，那么，情书就是加速爱情的催化剂。在古今中外众多惊心动魄的爱情故事中，情书有时是打探虚实的侦探，有时是横渡沧海的慈航，有时是攻城掠地的利器，有时是捍卫成果的城池。可见，情书体量虽小，作用却绝然不小。

与西方文化传统迥然不同的是，中国似乎是一个缺乏情书的国度。纵观中国历史，可以说情诗繁盛而情书匮乏。中国最早的文学总集《诗经》，最精彩的篇章是爱情诗，此后，《楚辞》、《古诗十九首》、吴歌西曲、唐诗、宋词、元曲和“五四”以后的新诗，各种风格的爱情诗作更是佳构迭出，数不胜数。然而，当代概念的情书，中国到东汉时才开始出现，此后广为传诵的作品也少之又少，直到西方文化东渐，新文化运动肇始，封建礼教受到冲击，方才大量涌现，达于极盛。改革开放以后，情书再现高潮，但由于受现代通讯技术影响，很快转型为网络情书，且数

李永明，著名文化、传媒学者；曾任重庆商报社总编辑、电脑报社副总编辑；长于古诗词歌赋。

量锐减，而今大有日渐式微的趋势。

这部集大成的《模范情书》，与以往出版的情书集只盯着大人物不同，关注的都是寻常百姓，记录的都是普通人的爱情生活，因而带着浓浓的草根芬芳。集中收录的作品，没有刻意的修饰，没有过多的雕琢，没有虚伪的造作，没有扭捏的矫情，往往情动于中而形于言，随性流露宣泄，用语雅洁显畅，很有一种平民化的范儿。

从某种意义上讲，这部情书集更具备了一种时代标本价值和里程碑式意义。情书韶华已逝，风光不再，看来已经是不争的事实。基于这个判断，这部情书集的编辑出版，仿佛是对情书这一纯情文体的深情回望，是对情书这一爱情功臣的深情礼赞，是对情书这一爱情载体的深情提醒。

不过，崇尚纯真爱情，促进社会和谐，也许才是这部情书集编辑出版的终极目的。当今中国，由于受到各个思潮的影响，传统的爱情观正在发生裂变，从而引发系列社会问题。家庭是社会的细胞，爱情是家庭的基础，用真爱构筑起坚固的家庭基础，进而构筑起牢固的社会基础，难道不是实现中华民族伟大复兴这一中国梦的基础工程么?

从这个意义上看，本书的编辑出版，可谓用心良苦，别有深意。

一语天然万古新，豪华落尽见真淳。这部情书集，不仅是情书的楷模，更是爱情的示范。

2013年11月16日

前言　我们的浪漫

不管是在作家笔下还是在现实中，情书一直是“纯真爱情”的载体。

2013年5月，猪八戒网的一次网络调查发现，90%的网民已经不写情书，而这个比例针对所有的市民，大致也差不了多少。能不能策划一次活动，掀起大家在这个新媒体时代对“情书”的关注，对纯真爱情的追求呢？

6月，由网友所称的“中国第一爱情治愈圣地”、“苗族民歌之乡”彭水自治县发起，“2013年最浪漫情书全球征集”活动在北京大学博雅酒店举行。

随后的一个月，令主办方没想到的是，这个活动超乎寻常的火爆，不但引起了全球网民、普通百姓的关注，也引起了海内外媒体的关注。30多天的征集，300多家媒体的报道，3000多封情书涌到主办方手里，同时还有海量网民的关注与互动。

之前大家从书里看到的情书，更多是大师、名人的作品。而我们身边的普通人的情书，我们无缘读到。我们自己的浪漫真的就逊色于“名人的浪漫”？

“2013年最浪漫情书全球征集”为我们打开了一扇窗，让我们看见了我们身边的“模范情书”，这是我们老百姓自己真真切切的浪漫。

情书的提交者上至96岁的老爷爷，下到泡在网上的新锐网友，他们从箱子底，从尘封的布包，从好久没有打开的博客、邮箱找出久违的情书，甚至重新静静地坐在书桌奋笔疾书一封“带着新鲜感动”的情书。

从3000多封情书中，主办方请评委专门评出他们认为最令他们感动的100余封情书，结集成这本书。这是中国第一本“民间情书”合集，这是我们身边的浪漫，我们自己的浪漫。

这本书分九章，第一章“岁月如歌”展示的是“穿越年代”，带着历史感的情书。《“二战”远东前线的“战地情书”》可以让你有幸目睹这份跨越了时代的世纪爱情，70年不离不弃、白头偕老的耄耋老人回忆着抗战时期的那句“亲爱的，我回来了”，脸上洋溢着甜蜜的笑容，那一幕让人瞬间感受到爱情的伟大力量。这封情书的两位老人被浙江卫视请到了“中国梦想秀”的舞台，感动了在场的周立波、郭敬明、牛群等明星。还有75岁老人留下《一封写了55年的情书》，有人或许结婚20年才补写情书，有人15年后重逢初恋，还能说《我已恋你15年》。

第二章“睹物伤情”遴选的是那些让人感动得泪流满面，甚至有些伤感、缠绵悱恻的情书。

第三章“情暖融融”虽说不像第二章来得那么浓烈，可爱意藏在文字深处，反而让人在咀嚼中收获美感。

情书不一定非要是长篇大论，10个字之内也能写出好的情书，不信可以去读第四章“言浅情深”，只言片语总关情。

特别需要说明的是第五章“妙手偶得”，15封情书绝对会令你眼睛一亮，这些颇具创意的情书，或温暖，或抒情感人，让你大呼“创意在民间”、“高手在民间”，甚至在大师情书中，你反而读不到这种意外的惊喜。

《数字情书》一文，从数字1直到100，一数字一句话，描绘出过去、现在以及未来，完美诠释了一个理科男生的文学情趣和对待心爱女生的悉心周全。当看到这封情书，佳人又怎么忍心拒绝了如此聪颖的男子呢？除此之外，《我的乌龟慢递》中，小娇妻送给十年后丈夫的生日情书，读后甚是让其他大丈夫倍感羡慕，不禁发出如此懂事可爱的妻子百年难得一遇的感叹！

《我的化学情书》一文创意地将化学反应的“热”、“酸”、“融合”、“催化剂”、“反应速度”等同理到爱情上，贴切而生动。没错，梦中情人的一举手一投足，确实会让人神魂颠倒，仿佛受了化学反应一般。

第六章是“诗情画意”，情书全部为诗歌作品，有古体诗词，如夜半无人孤独自饮的“倚窗目断万灯灭，问天把酒犹一人”，又如笃信前世今生爱情不断的“千年之恋终难解，伊人泪悬立风前”。也有现代诗歌，如将表白写入藏头诗的“爱上你，只需要几天，守护你，我希望是一百年，你愿意吗”。

第七章“风花雪月”最大的特点是浪漫。这些情书有的是散文形式，有的是书信形式，有的是诗歌形式，不过都在证明一点：浪漫需要表达，既在口中，在笔下，更是由心中涌出。

王子与公主幸福美满、一帆风顺的生活只存在于童话世界。现实是残酷的，在第八章“同舟共济”中，15封励志情书，让你明白，能够相伴到天涯的爱，定是能够共患难、共进退的夫妻。

最后一章叫做“异域风情”，顾名思义，整个篇章都是来自外文书写的经典情书。互联网时代的到来，使情书在全球都逐渐成为“奢侈品”。不仅在中国，放眼全世界，每个国家都受到互联网和便捷通讯设备的“冲击”，大家都在放弃“情书”这种浪漫的示爱方式。

情书大赛征集截止后，在收集到的近3000多封情书作品中，有200余封是来自海外征集区的外文情书。这些外文情书来自各个国家，包括美国、俄罗斯、加拿大、印度、阿拉伯、坦桑尼亚、波斯尼亚、孟加拉、塞尔维亚、立陶宛等国。

“异域风情”编选了不同国家的5篇外国情书，包括4篇英文情书和1篇日语情书，不仅摘录了情书原文，也给情书配上了译文。打开此章，异域的爱情便可以一览无余，这些各有风情的爱情篇章将让你体验到异域爱情的温暖和感动，让你真切体会不分国界的爱的真谛，享受海外人士互相倾慕的心灵触碰的激动。

不管你是写过情书，还是从来没有写过情书；不管你是耄耋老人还是青春少年；不管你身在祖国的东西南北，还是身在海外，手捧这本书，浏览这些“模范情书”，相信会对你产生强烈的冲击，这冲击可能是感动，是缅怀，是惭愧，是叹息，是愤懑，是羡慕，是反省，是鼓舞，也可能是杂味纷呈，是以上全部。不管是什么，它都让你在浮躁的生活中，短暂地静下来，思考真正的爱情。

也许，还不仅如此，看完这本书，你还会提笔给你最思念的人，写一封久违的情书。毕竟这才是我们的浪漫！

编　者

2013年10月于重庆北部新区幸福广场

目录

第一章 岁月如歌：那些年我们写过的情书

第二章 睹物伤情：总有一封情书让我们泪流满面

第三章 情暖融融：藏在文字深处的爱

第四章 言浅情深：只言片语总关情

第七章 风花雪月：浪漫在口也在心

第八章 同舟共济：说好一起天长地久

第九章 异域风情：外文情书也温馨

第一章

岁月如歌

那些年我们写过的情书

这一篇章叫做“岁月如歌”。匆匆的岁月曾写下你我对生活点点滴滴的感受，当岁月随流水逝去的时候，漂流于我们记忆之外的，是那份曾徜徉的情怀。这一章所收录的情书，都是岁月长河中沉淀下来的爱情记忆。

菁菁校园大多是爱情的萌芽之地，花样年华的单恋、暗恋，纯真烂漫惹人怜。可叹毕业分手季，仍有不少送不出的《迟到的情书》，只能盼着《若某一天，春暖花开待遗忘》，不得不感叹校园爱情总是有花无果。可喜的是，有人 15 年后重逢初恋，还能说《我已恋你15年》；可悲的是，有人寻寻觅觅 18 载，却问当年《为何不流泪》。

爱情就像是一条河，大都有着激荡的波浪和飞溅的浪花。有的断流干涸，烟消云散，可那曾经的激情万丈，仍能叫一个 75 岁老人留下《一封写了55年的情书》，也能让《爷爷的情书》珍藏 44 年。还有的平平淡淡，顺其自然，最后融入大海，永存于天地之间。有人或许结婚 20 年才

补写情书，也有人携手白头再作一封《现在我照顾你》来《盘点你的爱》，让你感悟这些相濡以沫的《情深义重一世情》。

最难得的是那些建国以前的爱情碎片。《一封来自民国的信》带你回到那个战乱缤纷的年代，感悟那些爱国学子的儿女情长;《“二战”远东前线的“战地情书”》更是让你有幸目睹这份跨越了时代的世纪爱情，70年不离不弃、白头偕老的耄耋老人回忆着抗战时期的那句“亲爱的，我回来了”，脸上洋溢着甜蜜的笑容，那一幕让人瞬间感受到爱情的伟大力量。

岁月如歌，留不住的岁月，写不下的情怀，许多一闪而过的美好感觉常给我们留下难以忘怀的回忆。情未逝，书也在，岁月不再，就让我们一起走进这些岁月沉淀下来的情书，感悟那些刻骨铭心的爱情故事吧。

“二战”远东前线的“战地情书”

曹越华（重庆）

一等奖

曹越华是抗战时的老兵，与夫人王德懿已结婚60余年。1944年7月底，曹越华作为翻译随军到了缅北密支那。曹越华被安排在前线阵地，听着四周的枪声、炮声，对于从未摸过枪的他来说，那种看不到的恐惧十分难熬。随后他写下了一封表白情书，通过军邮寄给王德懿。这封情书经军邮寄出的11个月后，在昆明远郊的火车站，王德懿穿着白色旗袍等到了从战场归来、一身英制军装的曹越华，等到一句“亲爱的，我回来了”，等到一个深情拥抱，等到一枚在战火纷飞的缅甸买到的红宝石戒指，等到了60多年的不离不弃、相濡以沫。

亲爱的德懿：

当您看到这封信的时候，我已参入在捍卫国家和民族第一线战士的队伍——匍匐在密支那阵地的战壕里了。

7月28日，我突然接到炮校上级命令，立即调往缅甸前线，军令如山，说走就走，马上出发。我来不及告诉您，就被军车直送西站外的巫家坝飞机场，所幸途中巧遇程君礼（“飞虎队”美军招待所的中校所长、陈纳德将军的后勤官，后成为妹夫），才在车上向他大喊了一声“我先飞到印度去了，请转告德懿”。

这是我青春时代第一次以最庄严的生命名义，用“壮士一去不复返”的气概出征。此时，感到周身涌动的是滚烫的热血，满腔起伏的是沸腾的浩气，但也不免在心底泛起一波文弱书生的涟漪。

从四季如春的昆明起飞，我们搭乘的是军用运输机（型号为道格拉斯DC—3），途经驼峰航线（Over The Hump）。机舱设备很简陋，除装卸时留下的尘土外，空空荡荡，无坐凳栏栅，窗门也封闭不严。当飞机跃上6000公尺的高空时，气温陡然一降，很快仿佛到了寒带里，令人坐卧都颤颤抖抖，僵缩一团在机舱角落的地板上。既有初上战场的紧张，还有高原反应的迷糊，更有前所未遇的寒冷，十分难耐。越过“驼峰”后，飞机下降，气温却在迅速上升，而快到印度的都门都玛机场时，顿觉十分炎热。当机舱门刚打开，一股热浪便扑面而来，我又被笼罩在热带中，立即大汗淋漓。在此一天短短的几小时内，我经历了温、寒、热三带，领教了似乎是预兆战争诡谲多变的“气候”。我们在都门都玛待了两天，换上了中国驻印军的英制军服，黄色的衬衫、裤、圆钢盔，还有羊毛线的白袜子；接着，再直飞缅北重镇密支那。

当晚，我被浸泡在新一军新30师88团第3营在前线阵地上专门搭建的一个“人”字形战壕里，热带气候暴雨如注，刹那间就灌满了水。伸手不见五指漆黑的夜空，火光升腾，硝烟弥漫，四周的枪声、炮声、雨声交混在一起。这情形将一个从未摸过枪的人推到极度的考验之中。

我身陷“水牢”，从睡到坐至站立，手托起衣物，又冷又饿又疲倦，艰熬着寒冷的雨水刺骨，颇有万箭穿心之感。如果说生命的本体还有意识，那就是一种强烈的“三感”：一是对您——远方恋人的思恋感，二是对父母养育的谢恩感，三是对生命死亡的恐惧感。它们强撑起我的精神，盼望着早来胜利的黎明。

“否极泰来”这一条定律，最适合的是一个人境况突变带来思绪巨大的落差。炮火闪耀的亮光中，我看着眼前这片血色的焦土，心中想到的却是幸福玫瑰的绽放。

难忘那：昆明，一座美丽、英雄的城市，天上人间都可圈可点。她不但让世界感到有天然之春的气候、春的气息、春的气象，更使我们觉得有人生之春的情感、春的情调、春的情怀。“镶嵌在市区一颗绿宝石”的翠湖公园，垂柳和碧水构成其主要亮点，使“翠堤春晓”闻名四方。自从我们参加您妹妹德芬她们西南联大学生组织研讨抗战形势、国家前途、民族命运的众多报告会、座谈会、联谊会、交际舞会上相见相知后，爱情的序幕就是从这充满着一片青春永恒的本色——鲜绿的屏障中拉开的。身置最美丽的风光，身临最美好的境界，身处最美妙的年华，我们经常在这翠柳浓阴下窃窃昵语，清湖明镜边依依偎肩。从战争谈到生活，从现实谈到理想，从东方的文学谈到西方的艺术。

在北碚复旦大学的课堂上，著名教授曹禺先生讲解世界戏剧大师莎士比亚的名作《罗密欧与朱丽叶》，常是一场绘声绘色的演出，总让我如痴如醉、流连忘返，将我带入艺术的圣殿。以致使我还曾写过一篇“万言书”来表达自己立志从事戏剧事业的情怀与梦想，并交给了曹禺教授，受到鼓励。这一切却都被眼前万恶的战争毁灭了。但在与您感同身受的心触情融中获得了理解：“我五年烽火流亡，一路殊辛弦歌绝唱，经四所著名高校涅槃毕业，追求的就是一定首先要找能成为爱国先锋才会爱家的热血同学为伴侣。”然后，您又倾诉了“自己的家园——祖上声望冠名的南岸王家沱早年就成为重庆唯一的日本租界，惨遭列强蹂躏长达30多年，今天这些强盗又吞并了我们祖国的大片河山，您来前线为盟军服务，一定要彻底打败他们，雪耻相报真正的国仇家恨。”这些推心置腹的话语，被耳旁的柳絮亲热地拂着脸庞来回传送着，其后随水面逐荡起层层温馨的“波纹”，直至被收藏进湖心深处。此景此情竟独创成为我们别具一格的“柳誓湖盟”。

难忘那：我俩正式蜜交“牵手开步”穿越昆明标志——金碧大道上相伫的金马牌坊和碧鸡牌坊，带着生肖的缘分，融入于人世间“彩云之南”一个寓意古老而美丽爱情的传说，对峙我们“永恒的钟情一见”；又在同圆满中秋生日的时辰，让太阳西下辉映着碧鸡牌坊的倒影与月亮东升光透着金马牌坊的倒影随之移合、重叠，显现“金碧之交”，构筑起我们的“金碧辉煌”之恋，而随之沾名传耀扬世；尤其用中国特有的历史传统文化门洞式建筑——牌坊，铸就的是东方古典含蓄、凝敛忠贞的情调，其意味远比春城“大光明”剧场观看美国著名戏剧家丽琳·海尔曼的《守望莱茵河》与“南屏”影院放映的美国好莱坞“一战”经典大片《魂断蓝桥》——西方爱情奔放的罗曼蒂克色彩更胜一筹。

难忘那：闲暇时，我们常常相邀您妹妹及男友和同学杨郁文、杨小捷两姊妹（后居美国），谢邦敏、谢邦杰两兄弟（后居美国）等双双对对去喻为上海的“大世界”、与重庆陪都都邮街齐名的晓东街“赶场”游玩。星罗密布的咖啡馆、酒吧、饭厅、商场，不时穿梭着美式敞篷吉普或“道奇”卡车，串起一派熙熙攘攘、车水马龙、热闹繁荣的浮世景象。大量援华美军以及大西洋彼岸物资涌入的西式街，两旁店、摊货源丰富，男用消费品Camel（骆驼牌）香烟、“警报”酒；女用消费品Pounds（旁氏）雪花膏、Maxfactor（密斯弗托）化妆粉；还有大家共用的日常生活用品Colgate（高露洁）牙膏、Safe Guard（舒肤佳）、Rolex（力士）香皂等琳琅满目。最时髦的当数美国肉色长筒玻璃丝袜，质地透明，虽是超薄型，却十分耐穿，套在脚腿上，显露裙衩处，美观、大方，东、西方习俗的亮点同收眼底。我们男人流行的时装是深色的长衫，你们女人靓丽的服饰是各种花色的旗袍，稍有讲究的还在下摆处镶上花边，这些深受青睐与追捧。

最温馨的还是一同去郊游。踏青螳螂川，沐浴“天下第一汤”安宁温泉的龙气玉液；登高五华山，听圆通寺的暮鼓晨钟；近临大观楼，眺望五百里滇池；逛文明街，领略“三市”（即夜市、春节儿童玩具集市、书市）所体现出的老昆明人文精华和古风民俗。除此以外，我们还光顾光华街上“第一中菜馆”的“海棠春”，景星街上的“小胖子烧鸭”、“仁和园破酥包子”，特别是品尝家乡人开办的“蜀香川菜馆”之麻辣佳肴。昆明的“过桥米线”、“炖牛奶”、“烧饵块”等名小吃也能一饱口福。这使我们将激情、热情、豪情、爱情的兴奋点集聚一起，在战火纷飞的年代，乐享“枪炮与玫瑰”生活中青春岁月难得的愉快。

天亮了，我们终于取得了长达100多天反攻、收复缅甸第一大战——日寇占领集铁路、公路、水路和航空等四维交通空间为一体的战略重地密支那之完整胜利。

随后部队利用雨季，做了一月多的休整。此间，中国驻印军奉命进行了改编，正式扩为两个军，即新一军和新六军。由此，我被上调到新一军新30师师部翻译室做中校主任。

9月中旬的一天，我随同师长唐守智，万分荣幸面见了由军长孙立人陪同前来阵地视察的中印缅战区总司令史迪威将军，并担任翻译。

稍后，我们聊起了有关战争感想的话题。史迪威将军说：“人类大体上有两种竞技角逐，一是文明的体育，二是野蛮的战争。我是一生都有所经历——自己出生在美国佛罗里达州一个农场主的家庭，从小爱好体育运动，在读杨克斯高级中学时就是校足球队运动员，1898年夺得了威斯特切斯特郡冠军。17岁考入美国西点军事学校，在这期间荣获过‘优秀足球运动员’的称号。现在是人到老年再处于人类最残酷血腥的战争。这些虽都是具有智慧较量、力量对比的因素，但战争毕竟不是足球，它是以人的生命为资本进行运作，可不能有丝毫的闪失呀!”我听后异常兴奋，紧接着向他说:“将军，我也是一个在学生时代起就酷爱足球的运动员，从小学、初中、高中到目前就读的复旦大学一直是学校足球队的中锋，深能领悟您这番话的精髓，只不过现在我纯粹还是一个年轻稚嫩的参与者。”他听后十分诙谐笑着:“好啊，用你们中国人的话讲我们是真正的‘知音’了，那么眼前就要学会在战争中‘运球’，去争取‘破门’的胜利。”一席话让我热血沸腾，激动不已。

德懿，部队又要开拔了，将继续向南挺进，目标是南坎、苗堤等，直至解放中部重镇八莫，会师乔梅。在缅甸热带的丛林里、在异国雨季的行军中、在伤员浸血的绷带间、在尸首遍陈的战场内，似乎天天我都会梦见您的倩影。

此时，千言万语，汇集在心窝就是一句话:“My darling，Please give me a definite answer，which will reflect my once-pale youthfulness，I'll repay you a heart-to-heart smile and love，which nothing in the world can deprive me of. When the war is over，we shall，hand-in-hand，build a small castle on the yellow soil，and while warming outselves in a fire，listen together to the beautiful singing of the early-spring cuckoo，cuckoo，jiugjiu，pwe twetawu cuckoo，jiugjiu，pwe twetawu.”

(“亲爱的，给我一个答复吧，您深情的目光辉映着我曾经苍白的青春，我将回报你最倾心的微笑和任何风浪都无法剥落的温柔。战争结束后，我将在黄土地上筑起一座小小的城堡，让我俩相偎守着炉火倾听那杜鹃鸟清啼的声音，咕咕—咕咕—咕咕。”)

代向德芬、君礼问好!

越 华

1944年9月29日

点评

爱情不分年代，现在这个年代很多人都不写情书了，战地情书年代久远，可以引起现代人对情书的回忆，“撬动整个社会的神经”。这封远征军情书半文半白、中英结合，文采飞扬，具有相当的历史厚重感。而且它是在抗战的历史背景下写出来的，有着时代意

义。情书的男女主人公相携白首，跨越了世纪，穿越了时代，给人们传递了一种爱的正能量。

不仅如此，这封来自70年前的“战地情书”在本次情书征集大赛中一举摘得桂冠，成为“2013年最浪漫的情书”，令人们在品读这段历史的同时，也被作者夫妇的这段世纪爱情所感动。

如今，均已96岁的两位老人，依然手牵着手，朝着他们生命中的下一个目标幸福地前进。值得一提的是，这封情书还登上了《中国梦想秀》的舞台，由歌手沙宝亮将这封情书演唱，并在民间广为流传。最终，这封情书被收藏在了云南腾冲抗战博物馆。

一封写了55年的情书

汞泉（重庆）
优秀奖

这封信从1958年写起，至今仍旧没有写毕，更无法寄出。他们曾是两小无猜，终因一场政治风暴断了联系。而今已75岁的老人已经寻找了他牵挂的心上人55年。

小微——我牵挂了55年的心上人：

计算起来，你我今年都是75岁的老人了，我还称您“小微”，您不生气吧？您知道吗？这封信从1958年写起，至今仍旧没有写毕，更无法寄给您。55年的思念，55年的牵肠挂肚，55年的昼思夜想，一直萦绕于心，无法排除，无法扔掉。今天在续写这封纸短情长的“家书”，您能收到读到它吗？

60多年前，你我年方十多岁，是朦朦胧胧的少年，曾在一个学堂一间教室一张课桌上念书。那时候年幼无知，两小无猜，谈不上什么爱情，但有心心相印的感情、情同手足的兄妹之情、同窗之意。我俩一块儿订“爱国公约”，一块儿订“学习计划”，一块儿背诵“床前明月光，疑是地上霜”，一块儿讨论x+y和正数负数，一块儿打腰鼓扭腰歌上街宣传抗美援朝、土地改革、《婚姻法》和共和国第一部《宪法》，还同台演出小话剧《母与子》——您扮妈妈，我扮儿子……这些，您还记得吗？

1958年，我俩正式确定了恋爱关系，每个星期必见面一次，每两天必投书一封。节假日，我俩肩并肩登枇杷山，手牵手游阿依河。那段甜蜜的日子，真比蜜糖还甜！可是，一年后，一场政治风暴把我俩吹散了——我被定为“右倾”，您被……从此，我俩就像断了线的风筝，各自飞走了。

但利刀割不断情思。虽然您和我各在天涯，音讯全无，但我的心仍在您的身上，心相连情相系，依依不舍，丝丝相扣。相信您一定会回到我的身边来的。此后不久我的“右倾”帽子被摘掉了，但从此却没有了您的消息。我盼哇盼哇，夜夜以泪水洗面，泪湿枕巾，望眼欲穿，却只能在梦中相见；面对孤灯，只好提笔给您写信——寄到您重庆上过学的学校和成都念大学的地方，但这些信均被批上“查无此人”而退回；又到您的老家去打听，均回答说“不知下落”……以后听说您毕业分配到了万县、彭水等川东某地工作，我曾借出差之机到那儿探访过、寻找过，依然没有结果。在“大革文化的命”的年代里，我受到不少冲击，料想您也没少受苦受难。然心灵上的创伤比“文攻武卫”还要痛苦。我的小微到底怎么样了？小微，您在哪里？

今天，2013年6月12日，是旧历五月初五，我国传统的端午节。“每逢佳节倍思亲”，我又一次提笔给您写信。您可知道，也不知有多少个“佳节”，我给我的亲人您写过多少回情真意切的情书了，却一封也没有投到过，更没有收到过您的回复。当然，也未知您是否也曾在同一时刻给我写过信？也同时在孤灯下思念您的意中人？不管是在何种状态下，我55年来依旧没有变化，依然念念不忘，时时相思，始终认为小微是我的心上人，既是我的初恋情人，又是我意向中的终身伴侣！

有朋友曾多少次劝我：算了吧，她都如此寡情薄意，对你不理不睬，你何必如此多情呢？一厢情愿是没有好结果的。不！我坚决认为小微不是无情无义之人，不是她对我置之不理，她必有衷情，必有难言之隐，才致我俩中断了联系，失去了音讯，想必她心中依然有我的形象，仍旧思恋着我，牵挂着我。我要继续给她写信，四处打听，八方寻找，下决心要找到她。正如一首歌中所唱的：“不论是狂风暴雨，还是在天涯海角——我一定要找到她！一定要找到她！”即使今生今世不能再见面，待来生之日，我俩仍是情投意合的恋人、永远牵手的伴侣！

……这封信，是在多少个不眠之夜写的，也不知洒过多少热泪，沾湿了多少页信纸，写秃了多少支笔尖！我今年虽然75岁了，但心却仍是55年前一般火热，一般年轻。有哲人说过：“只要心不死，仍旧会永远年轻。”我的心是不会死的，有小微在我的心中，我当永远是一个老“青年”……

但愿小微心有灵犀，能读懂我这封不老的情书！

再千万次祈祝小微长安永安！

思念您的汞泉暂搁笔

2013年6月12日深夜

点评

这封情书已经写了55年，不知道要写到什么时候才算完。那个年代的爱情最是纯真，但是却面临着太多的阻碍。那些年少无知时的心心相印，已成为老人最甜美的回忆。55年的四处寻觅，老人的执著令人感动。只愿上天垂怜，让这个不老的老人能够等到他寻找多年的心上人小微。

一封来自民国的信

周斌（甘肃）

优秀奖

文中的两位主人公相识于那个战乱的年代，最后当然是如文中那时的期望一样，走到了一起。男方后来当了校长，之后调任当地文教局，女方后来便一直在家相夫教子。两人一生没有互相吵过架，平时生活上每当她发牢骚或是数落时，他总是笑笑，然后重新如她所期望的那样做好。几年前他得了癌症，临终前的几天对家里人嘱咐时，对她所说的那段话我至今记忆犹新：“两个人过了一辈子，先走的那个是幸福的，不要为我的离去伤心，因为离去了便什么都不知道了，留下的却是要忍受孤独的。”女方至今仍然深居家中，自从那段时间之后便很少外出，未再婚嫁。

吾妹爱鉴：

自从去年一别，至今已有六月之久。我虽远在他乡求学，每至夜阑人静，思念难耐，辗转反侧。

忆你我初次相见之时，我正于老师家中议事。见你身着洁白长裙，略施粉黛，与师母言谈甚欢，一颦一笑如百合般素雅纯洁。自此一见，朝思暮想，魂系梦牵。

至今想起一切如昨日一般历历在目，难以忘怀。

如今国家时局动荡，想我等学子应为国家之崛起尽绵薄之力，憾不能与你长相厮守。平日学习、演说、工作之余，相思倍至，苦不能相见，唯有清风将思念相送。

当下乱世之年，虽你我二人身处异地不得相聚，但心依旧情意相牵。终有一日，狼烟止，山河圆，他日风晴雨却衣锦还乡，与卿相依，地老天荒。

桃月深闺见朱颜，巧倩莺语顾流连。
桂白裙袖拂玉臂，明眸皓齿锁心弦。
天鉴君思情真真，但得伊人意切切。
盼至一日良辰景，与卿结发续良缘。

爱郎周斌

谨启

4月10日

点评

短短300余字，却述尽相思，情意绵绵。而且在那个战乱的年代，他们的爱情又饱含了爱国情怀，男主人公温情而豪迈的气概令人敬仰。男主人公临终前不是唉声自叹生命将逝，而是仍然安慰着深爱的妻子，这不仅是300多字的思念，而且还是那个年代背景下激扬的浪漫情怀。

爷爷的情书

周光明（湖北）

优秀奖

人的一生，每个人都要经历一段美好的初恋，都有一个感人肺腑的爱情故事。爷爷生于1948年12月18日，初中毕业后，在恩施市工具厂工作。张红英生于1951年2月，是爷爷的第一位女友，他们同居一条街，是邻居，从小青梅竹马，在一起读书、玩耍，感情很好。两人随着年龄增长，逐步发展到爱情。1968年11月，张红英响应政府号召，下乡到恩施市三岔区水池人民公社马头大队二生产队，插队落户当“知青”。1971年，张因在乡下体弱多病，劳累过度，疾病成痨，患有严重的肺结胲病，于4月病死在乡下。爷爷在帮助收拾张的遗物中，看到这封自己写给情人的信。张是爷爷的初恋，两人感情很深。爷爷是一个性情中人，为了纪念他俩那段感情，这封尘封多年的蜡黄情书，爷爷像宝贝似的，这么多年一直珍藏在他的箱子里。

红英：

你好！又是一个星期没收到你的回信了。近来身体怎样，想我吗？刚从厂里下班回到自己寝室，同寝室的卫东不在，可能是看阿尔巴尼亚新电影《宁死不屈》去了。孤独一人的我，坐在窗下，思你、想你、盼你之情，油然而生，于是提起笔来给你写信，来解我的相思之苦。在回厂的路边，我看见城郊的农民，一个个像野鸭式地扑在田里，你追我赶忙碌着插秧的情景，就勾起了我对你的担心和挂念。当前，正是春耕时节，我就想起了你们乡下的情景，近来也肯定是一样，加之你身体虚弱不怎么好，切莫为生产忙坏了自己的身体，身体才是真正的革命本钱。至于你说的“在生产队贫下中农面前要表现好一点，争取早一点抽回城来”，我看回城一事，并不是你想得那么天真、简单，要有机遇。一是要与公社里知青办的人关系搞好，二是要有工厂里在你们公社招工的指标，三是你要与贫下中农打成一片搞好关系。上大学，招工，他们才能推荐你。你们家成分好，爸妈都是工人阶级，根红苗正，回城一事只是迟早的事。

你还记得吗？去年11月，我们一起乘坐解放牌汽车，送你们知识青年到农村，接受贫下中农再教育。那时街道上，欢送的人群人山人海，锣鼓喧天，你们一个个高唱着:“到农村去，到边疆去，到祖国最需要的地方去……”讲着“要扎根农村一辈子”的豪言壮语。你们是那么天真，那么单纯，那么幼稚，其结果呢？到农村以后，你来信说:“参加生产队劳动后，体力消耗大，饭量也增加了，粮食不够吃。天一亮就下地干活，傍晚才收工，整天累得腰酸背痛，回家里自己连饭都不愿意做来吃，衣服脏了也没有时间洗。一接触实际，并不是自己所期待的那么美好。农村贫穷落后，和城里条件相差甚远。”本来这是现实，但我也坚信，这只是暂时的。

伟大领袖毛主席教导我们说:“我们的同志在困难的时候，要看到成绩，要看到光明，要提高我们的勇气。”英，你说是吗？

病中思医生，寂寞想情人。也许是太想你了吧！前天晚上睡觉，半夜我做了个梦。英，你猜，我梦见什么了？梦见你抽回工厂，参加了工作，我拉着你的手，你拉着我的手，我俩手牵着手，肩并着肩，唱着“阿哥阿妹情意长，就像溪水日夜想……”的歌曲，兴高采烈地走在城市的大道上，好多人羡慕我们，那种幸福感就别提了。我在梦中傻傻地笑，笑声惊醒了室友卫东，卫东推醒我，“老弟，你在做什么美梦呀!”是卫东打破了我的美梦。醒来，我狠狠地把卫东瞪了几眼，训了一顿。

目前，下乡是大势所趋，形势所迫，我们两地分离，给各自带来了相思之苦。每天我下班回到自己的寝室，心中就有一种莫名的孤独。整天吃饭不香，干事做活三心二意。真如唐代诗人温庭筠《忆江南》的“梳洗罢，独倚望江楼，过尽千帆皆不是。斜晖脉脉水悠悠，肠断绿蘋洲”。伟大的革命导师恩格斯说过:“爱情的痛苦也是一种享受。”你说呢？我的英！坚持吧，坚持就是胜利。我坚信在不远的将来你就会进城，很快我们就会走在一起。

自从你上次春节回城，我们俩天天在一起逛公园，看电影，遛马路，进餐馆。记得吗？你在回乡下前一天的傍晚，我俩依偎漫步在那条走过好多次的路上。不知何时，天下起了小雨，雨丝纷纷扬扬，雨珠儿在你长长的秀发上凝结，我轻拢着你湿漉漉的长发说："我回去取伞。"而你说："丝丝缕缕，缠缠绵绵，想的就是这个意境，淅淅沥沥，疏疏密密，要的就是这种韵味。"你的话勾起了我无限的恋情，也似这春雨不绝不断。当时，你一定是看穿了我的愁绪，假装生气，嘟着嘴，半是嗔怪、半是撒娇地说："人家又不是不回来了，你这样子，还是男子汉哩，真没有出息！"难得你这份深情。那天傍晚的情景，至今还在我脑海里回荡……

掰着手指头算，还有8天就是劳动节，厂里放假，我把我每月给你节约的5斤粮票，和再向家里要的2份肉票，带到乡下来，与你好好地改善一下生活。写到这里，恨不能自己长上翅膀马上飞到你的身边。抬头看钟，时针已经指向晚上12点，怎么给你写信也不知道疲倦。一提起笔来，就好像有许多知心的话要对你讲，有多少热情的歌儿要对你唱，真是纸短而情长……

握着手中的笔，久久不愿停下。只好罢了，明天还得上班，实在没办法！请代我向其他几位知青同志问好。

此致。

革命的敬礼！

爱你的周光明

1969年4月23日

点评

在那段特殊的年月里，爱情这个美好的东西，往往被时代所封杀。文中的男女主人公因时势分隔两地，因疾病天人永隔，令人惋惜不已。遗物中收拾出来的情书多了几分沉重感，44年的珍藏，更是让它显得厚重了许多。那是属于周爷爷的初恋，也是那个年代许多美好爱情的缩影。

现在我来照顾你

若曦1029（河北）

优秀奖

这是一位老人结婚36年后给老伴儿写的第一封信，如今两位老人都已退休，携手安享晚年。

老伴儿：

咱们结婚36年了，现在孙女已经上小学了，我们也都老了。这却是我第一次给你写信。我文化程度不高，也不会说些你爱听的话，这么多年你跟我，受苦了。

记得咱们结婚那年，那会儿刚刚实行改革开放，家里还是很穷，给你的聘礼只有一台缝纫机。结婚那天你从你娘家走到我这里，足足让你走了大半天。那时我就想，我一定给你买个自行车，不再让你走这么远的路。是啊，那时候太穷了，买个自行车，足足让你等了一年多。

一年后，我们有了儿子，那时我还在外地下煤矿，每个月只能回家一次，一次只能住一个晚上。家里的一切全都靠你。你边上班边带孩子，还要收拾家里的几亩地。孩子他妈，你的苦你的累你的难我都知道，虽然我说不出来，但我心里清楚啊，这些对你一个女人来说，是多么不容易呀。可是你却从来没有跟我提过，哪怕半个字你都没说。每次回到家你都用你那温暖的笑脸迎接着我，嘱咐我注意安全，叮嘱我好好照顾自己。你说，家里一切有你呢，让我放心。

我在外面一工作就是十年，家里的大事小情、亲戚朋友、老人孩子，都依靠你。我们的两地生活，你也从未抱怨过，谢谢你的理解和宽容，也感谢你的付出。

后来儿子长大了，娶了媳妇却忘了娘，儿媳也不孝顺你。你为这个家付出了一辈子，到头来却是这样的结果。我看着心痛呀。可是儿大不由爷，管不了了，咱就放手吧。

孩子他妈，你这一辈子，跟着我，吃尽了苦，受尽了累，我却对你关心不够。你用你的整个身心，温暖着我们的家，谢谢你，谢谢你的宽容，谢谢你无私的付出。

老伴儿，这辈子能认识你，跟你组成一个家庭，我很满足。现在我们都退休了，日子也不愁了，我要用我余下的时光，好好陪你走过，弥补这些年我对你的疏忽和亏欠。我要带你去享受生活，去你想去的地方，让我来照顾你。

点评

他们相爱于改革开放的时代，那时候一辆自行车就是他们辛苦一年的愿望。他们同甘共苦，携手共进。10年的分隔两地没能将他们拆散，妻子的任劳任怨让他们的婚姻更加牢固。而今他们两个人携手36年，一起白了头。尽管他们辛苦了一辈子，但这是最朴实的爱情，最幸福的婚姻。

我已恋你15年

心灵震爆（河北）

优秀奖

我和她初中时是一个学校的，恋上她已经15年了，如今我们都已近30岁。10年未见，我仍对她念念不忘。一次偶然机会，群里有人提出办校友会，我便参加了，再次遇到她，而她与已经要谈婚论嫁的男友意外分手了。那天好多人都是拖家带口来的，唯有我俩是孤家寡人、剩男剩女。我和她如普通朋友般寒暄，相互说着这些年各自的经历，谈着世事的变迁无常。我貌似镇定，可心里却如熊熊烈火般燃烧。后来我们相互留了电话。此后我还犹豫着以什么借口给她电话，她却在深夜给我打了过来，我们聊了很久。这使我又有了勇气，写下这封情书。我不知道现在交给她是否合适，人家也许只当我是普通朋友罢了，但即使是普通朋友我也开心无比。我怕她收到情书后，会疏远我。但我更怕不抓住机会，将来遗憾终生。我将此情书上传，也是希望网友们看过后给我些建议，好让我作决定：这封情书该不该交给她?

曾经，心事缥渺好似浮萍；曾经，为你深深迷醉，也曾被深深打动……

我们距离最后一次见面已经隔了10年有余了吧，在这之前，我一直想着，如果我再遇到你，我会对你说些什么，无数的念头都在一天天的期待中销毁。而你我终于见面时，我却像傻了似的呆呆地望着你，无语凝噎。

这10年，我没有一天不想你。我曾告诉自己，如果再有机会看到你，一定不再畏缩不前，一定要勇敢对你说：我一直暗暗恋着你。

我注意到你始于一场考试，那年我们都上初二，你坐在我前面，那时的我不爱学习，沉迷于电动游戏，所以对考试不甚上心。正好前面有个长长马尾辫的美女，便时不时打量你。看你被题难住抚头思考，看你灵光一闪奋笔疾书，看你东张西望坐立不安，你的一切小动作都被我尽收眼底。我从没觉得女孩原来可以这样可爱，不自觉的，我在后面悄悄地模仿你，幻想你我能产生心灵感应。一场考试就这样悄然过去。而我经过你身边替老师收起你试卷的时候，你突然指着自己的卷纸问我这道题答案是否正确时，我受宠若惊而后感到手忙脚乱，最后却只能脸红地说我不会。天啊，我那时好悔恨为什么没有好好学习，如果我知道这题的答案那该有多好。

暑假归来，我才发现原来你一直都在我隔壁班，可竟然有一年时间我都没注意到你。那时你已剪掉长长头发，换了个干净利落的短发，可我还是一眼便认出了你。从那时候开始，我突然发现我时时渴望见到你，这让我焦灼不安。那时明明知道早恋是危险的，可依然无法压制心中想见你的冲动。我可以在拥挤的人群中一眼找到你的身影，我可以在喧闹纷扰中细细辨认出你的声音。我开始放学不再走近路回家，故意走远路只为一直能跟在你身后；我开始埋怨老师放学加课害我只能看着窗外你的身影逐渐远去；我开始在借你同桌的书里写下各种诗句，期望能引起你的注意。我恨能和你见面的时间太短；我恨下一眼看到你等待的时间太长。我渐渐沉溺，深深迷醉，身不由己，难以自拔。

初中三年就这样匆匆过去了，我考试成绩不好连个普通高中都没考上，而你也与重点高中失之交臂，只能去普通学校。我以为我解放了，可以任性地去玩，不再有学校约束了，这不是我一直想要的吗？

可是，为何一想到你就心有不甘。难道就这样子，我和你此后的人生再无交集？看着蓝天白云，天极高，云极远，而我坐在草地上，渺小卑微如尘埃。我默默流泪，而后默默舔舐伤口。我捡起书本对父母说我要复读，这让他们很意外又欣慰。

那一年我没有白白荒废，我离重点高中只差几分，但要上你所在的学校没有问题。可就在报志愿的当天我的意见又改变了，那一年重点高中扩招，以我的分数花3000元就可录取，而那两个普通高中升学率极低，考大学的希望很渺茫。终于，我背弃了当时的心意，选择了重点高中。我以为事情就这样黯然收场，我不会再见到你了。

到学校报到那天，看着新生欣喜的笑脸，我却倍感沉重，我觉得自己是一个背叛者。可当我看到，你和我初中的一位女同学站在明媚的阳光下说笑着指点着我们这群新生时，我恍若隔世，上天如此眷顾于我，原来你也在这里。我的心如奔腾的野马，我想大笑，我想放歌，我真是个幸运儿，人生竟是如此美好。我开始相信这是上天安排给你我的缘分。

我又可以常常看到你，因为你和我同学的亲密关系，我又比从前更靠近了你一步，我可以近距离凝视你，看你笑靥如花般在我面前绽放。那段时间是我记忆中最美好的时光，每每想起都会让我心生向往。

因为我的内向与自卑，自始至终我未向你表白过心意，可是我知道你亦是知道的。在无数次默默跟在你背后时，你只要轻轻回眸就会看到我的深情目光。原来每个女孩应对爱情的智商都要比男孩高。你不回头，不揭穿我，可能已是无言的拒绝，既保持了朋友的距离，又维护了我脆弱的自尊。

你毕业离校那天，我远远目送着你坐上车，心痛莫名。我不知道你将会去哪所大学，亦没有勇气去打听。还有一年我也会离开，我是否还有机会能跟上你的步伐。你扭头突然看到我，我忙低下头不敢看你的目光。汽车徐徐启动，我抬起头时，你已经离开了我的视线。

后来的10年里我再未见过你，可能在熙熙攘攘的人群中，你我也曾擦肩而过，只是彼此却不知晓……

我没有想到，隔了10年之后，我会在那次校友聚会中再见到你。那晚看到你，我一开始没认出你来。10年来彼此变化都很大，你瘦了很多，面带憔悴，而我也变胖了很多。从他们口中，我得知你刚刚与相恋5年的男友分手。我对他是既嫉妒又恨，我嫉妒他能跟你这么好的女孩相处了5年，我恨他有这么好的女孩做女友却不知珍惜。

我会为跟你生活在同一个时代而无比庆幸，我会把你的幸福当作我的责任，我也会将你轻轻捧在掌心，疼你爱你，我会……我已恋你15年，我实在是好想好想好想和你在一起——给我一个靠近你的机会，好吗？

点评

很多人都有属于自己的暗恋，在开始的时候可能以为只是好感，等到在心中抽根发芽时才发现它已渐渐占据了胸膛。曾经暗恋5年，然后分隔10年，待到重逢时已物是人非，没有变的却是那份情，那份单纯、无私、深刻的暗恋。这份持久的真挚，该让她知道。

为何不流泪

邢静泽（山西）
优秀奖

1995年7月，我和冬从太原师专中文系毕业，定向分配回了各自的小县。那时的交通和通讯不能和现在相提并论，待岗的日子里我与冬只能通过写信聊解相思。

由于工作相隔两地，没有能力跨县区调动，再加上我的家境贫寒，慢慢地冬对我们的未来失去了信心。那次收到冬委婉的来信后，我不知如何是好，一个人蜗居在老家的窑洞里，忍着酷暑和心痛，用了一夜的时间写下了这篇爱的绝唱，试图坚定她动摇的心。情书一封寄给了远方的她，一封寄给了正在举办“情书大赛”的《山西青年》杂志社。

信寄出很长时间后一直没有收到冬的回音，10月份却收到了《山西青年》发表的样刊。于是我又把这封发表的情书复印了一封寄给她。

一个星期后，我收到了冬要求在省城见面的信。见面后，我们花了整整一天时间在重温在校时有过的种种浪漫。但那次分手后，我却再也收不到她的任何来信。我斗胆找到她的学校，发现她已嫁人了，刺眼的红双喜字贴在她教师宿舍的玻璃窗上。婚期就在那次分手后的第三天。

亲眼看到她为人妻后，我彻底绝望了，回到家我大病一场。说实话我恨她，恨她明知我们没有结果还要再诱惑我一次。后来这封情书获得了“情书大赛”征文的二等奖（不知为何，一等奖空缺），但我没有心情去领奖。

等我经历了人世更多的风雨后，我对冬的恨慢慢变得释然。无论怎么说，是她陪着我走完了那段难忘的青春岁月，让我能在陌生而又冰冷的城市里感到人间的温暖。我也知道，只要有菁菁校园，每年都有这样的爱情故事在上演。最后真的终成眷属固然好，即使劳燕分飞也不必有恨，因为校园外面的天空远比我们想象的要高远。相信我们象牙塔内的真爱，原谅我们走出校园外的无奈。只是工作后再恋爱时，再也找不到校园中那种至真至纯的感觉了。

将近20年过去了，她早已为人母，我已为人父。但当“情书大赛”几字重现在我的面前时，我忽然有了怀旧的情结，有了从尘封的往事中找到并温习它的晴空。

将近20年了，我们彼此没有任何联系。但当我重读它时，我不再像十几年前一样，觉得有情人难成眷属是一种人生的遗憾。坦诚地讲，那时的我初入社会，根本没有实力为她撑起一片阳光灿烂。因为最后一次分手时我曾信誓旦旦说，如果我混不出个人样来这辈子就不再见她。可一晃10年过去了，我还扎根在一所偏僻的农村小学燃烧着我的青春。2005年的同学聚会我没有去，主要是怕见到她冲动。如今年过不惑的我，虽早已忘记了当初的雄心大志泯然众人矣，但我仍然觉得见面不如思念。好几次，有热心的同学主动要提供冬的电话号码时，我总是婉言谢绝，说我知道（其实我不知道）。因为我们都有了各自的小窝，为了彼此的那份责任，无论当初爱得有多深，面对现实我们最好还是相忘于江湖，把那段相濡以沫的青春记忆永远珍藏在心里。

我不知道她现在过得怎样，会不会有时偶尔会想起我，会不会为她当初的做法内疚，当路过我们共同生活过的那座城市时会不会不由自主地想起我们那段没齿难忘的青春故事。我只是想在这里衷心地对她说一声：愿你过得比我好，一直到老。

冬：

你好！在这闷热的夏夜里，你是坐在大门外和父母乘凉闲谈，还是已经拥着我送你的那只小狗酣然入梦？你可知道此时我正蜗居于斗室之中，忍受着炎热的炙烤与蚊虫的叮咬，在为我们那只受伤的爱情鸟梳理羽毛，期望它能在我们精心的哺育下再一次振翅高飞。

望着摆在书桌上厚厚的一本《爱情名言大全》与一本瓦西列夫的《情爱论》，我已经发了一个小时的呆。原本我试图从中觅出一些美妙的句子来再一次诱惑你感动你，却发现那些话在今天来看苍白无力。我想，我应该把自己真实的感受告诉你，这样开出的爱情之花才会更加灿烂芬芳。

冬，你在来信中责问我分手时为何不流泪，想以此来证明我原本就不是真心爱你。回答这个问题之前我想问你一句：冬，大学的三年中你最难忘的是什么？是沙滩上追逐，碧波上泛舟？还是长椅上拥抱，花丛下狂吻。或者是两人共撑一把小伞相依着雨天从城市的街头走过？你也许会反过来问我：你呢？我可以告诉你，这些都不是，我最难忘的是那段没钱的日子……

还记得吗？为了节省两元的门票钱，我们进儿童公园都是钻后墙上的那个破洞。每次进去时我们总是弄得满身是土，可我们毫不在意游人们的眼光，一边拍身上的土，一边贪婪地欣赏那关不住的春光。仿佛我们买票进去时，树从来没有那样绿，花从来没有那样红，嬉戏的孩子从来没有那么可爱，荡漾的湖水从来没有那么深沉。

还记得吗？为了节省六角的车票，我们周末总是步行去五里外的服装城。每次去了后总是累得满头大汗，可一看到五颜六色的服装，我们仿佛一下子忘记了疲惫，忙振作起来融进熙熙攘攘的人流中，一逛就是大半天，仅仅是为了能买到一件最称心又最便宜的衣服。

还记得吗？为了节省十几元的电影票钱，我们总是在同学包场时才趾高气扬地迈进影院，并且一进去就是一天，连午饭也不吃，发誓要把平日漏看的电影补回来。

还记得吗？那一次我想节省出钱来为你买一条裙子，从家到学校乘火车没买票。结果出站时被抓住了，不但挨了一顿打，还被罚了30元钱。一到学校，我找到你就委屈地哭了。你抱着我让我躺在你的怀里，安慰我说："没关系，我们的论文不是发表了吗？也有30多元的稿费，这叫有失有得。"真奇怪，你的一句话竟然让我破涕为笑了。当时我心里觉得暖暖的，感到了心与心交融的幸福。

冬，难道那段"相依为命"的日子不值得我们留恋吗？无论岁月多么沧桑，沉淀下来的总会是爱的内涵而不会是表象。许多年后你会明白，熟悉的地方常常没有风景，那些经得住岁月淘洗的往事才是最珍贵的，即使你两鬓斑白也会常常想起。

不知为何，毕业前的一段时间，你忽然变得判若两人。时不时旁敲侧击地暗示我：我们的结合需要钱。并且给我提供了一个在我来看是个可怕的天文数字。我知道我们是俗人，不可能超凡脱俗，于是我给你提供了一个父母可能承受的最大极限。可你对那个数字相当不满，说就凭我将来当个穷教师，恐怕一年也挣不下一台彩电，十年也盖不起一座房子，于是我默然了。

我默然是因为我的父母不过是农民，供我上学已榨干了他们的血汗，我不忍心再在他们风烛残年之时为我们的婚事去节衣缩食地攒，东奔西颠地借。我认为我所提供的那个数字再加上我们的努力足可以建立一个温暖的小家，找回我们那段没钱日子的感觉。

从此，我们不再提此事。接着毕业考试来临。直到毕业分手时你还保持着沉默。车开的一瞬间，你突然哭了，那些眼泪似乎在证明：你是爱我的，只是因为我的贫穷与无助才迫不得已。那一刻我鼻根也酸了，但我想起了写在日记本上的一句话：如果一个女孩因你的贫穷与无助离你而去，不要对着她哭，因为那不是你的错。等汽车开出好远，我的泪水才爬满脸颊。

冬，信写到这儿，你该满意了吧。现在夜已很深了，明天一早我还要步行十几里的山路去小镇上为你寄信，想让鸿鸟早一天飞到你的手中。我耐心等待着它早日回巢，带回你一纸往日的温柔和理解。

泽

1995年7月28日

点评

毕业总是分手季，20年前就已经是这样。这封18年前的情书，感动了评委，却终究没能感动恋人。菁菁校园的浪漫与毕业分手的现实，以及重温浪漫后佳人嫁作他人妇的残酷，是那段青春岁月的全部记忆，于作者而言刻骨铭心。18年后，昔日的恋人早已相忘于江湖，而那些相濡以沫的日子却永存于心。

若某一天，春暖花开待遗忘
——情书十记（摘选）

刘睿（重庆）
优秀奖

大学里喜欢一个男生，叫张侠。去年劳动节前一天贴吧聚会时认识的。然后，贴吧表白。被拒。长久的单方面纠缠。

为他写过很多文字，小说男主角以他为原型，以我们之间的故事为主线，或自我满足，许一世安稳的美好结局；或文过饰非，描一段两情相悦的悲惨故事。

我们一起吃过两顿饭，在操场坐过两次，通过不到5次电话，聊了大概5次QQ，发了不超过100条短信。

我们在同一所大学，他是工商学院物流方向，我是文学与新闻传播学院新闻专业。

他是学校民族舞艺术团的。

2008年汶川地震的时候，他们那里是重灾区。

他与他们宿舍一个高高胖胖的男生关系特别好。

他不会打麻将。

他不喜欢玩空间和微博。曾经喜欢玩的贴吧，现在也不玩了。现在喜欢耍微信。

他已经交往过3个女朋友。

他很多时候自称“屌丝”。

他的生日在7月末。

他的选修课在美术学院上，是《婚姻法》。

他曾经用过一个棕色的钱包。

他以前的发型很飘逸，现在有点像西瓜太郎。

2013年5月20号那天，再次表白，他仍旧是那个答案。

6月5日清晨，我知道他有女朋友了。那姑娘，是我老乡，音乐专业，他们是一个舞蹈分团的。

之后，我发了一个说说。

然后，删除一切可以删除的。

故事如此简单。

但是，我总想写一些什么，来隔开过往和现实，将其中的界限明确一点，再明确一点。我相信，时光会把一切美好与不美好的东西，都雕刻成钻石的模样。

我带着诗一样的意境，喜欢的一个人以及一段爱情，它们都是不可磨灭的。

因为他一句话而整夜整夜兴奋得睡不着的夜晚；经常拉着闺蜜在工商学院晃晃悠悠，只为遇见他，然后说一句“好巧”的时光；在大街上无意中看到他，便立刻把手里的零食扔到身边闺蜜手上的悸动心情；朋友选修课的同学中有一人叫“zhangxia”，听说之后便白赖着去，却发现不是他时的失落。

听他喜欢的《撕夜》，走他可能会路过的小径，期待他的每一次表演。

身边的男生女生都知道我喜欢一个叫“张侠”的工商的男生，但是表白好几次均被拒绝。他们说，以后我听到叫“zhangxia”的都会形成条件反射了。

即使我们不在一起，即使我现在没有百分百的诚意祝福他与另外一个女生。但是，我喜欢过他的那些日子，都是我青春和成长的财富。

一

2012年4月30日，晴。

今天号召贴吧聚会，认识了一个男生，叫张侠。嗯，有点喜欢他。

他穿了一条牛仔裤，坐在双杠之间，好可爱。貌似，像别人打趣的那样，我们正好是情侣身高，适合做情侣呢！嘻嘻。

二

2012年5月3日，晴。

昨天表白失败。但是，我们一起吃了顿饭，他还帮我盛饭，然后很礼貌地朝我微笑。只是，我们坐的太远，我看不清晰他的表情。

对于在贴吧公开表白事件，整个桌上9个人，都缄默不语。我们也默契地不提起。其实，我特别想问他一句：你为什么觉得我们不适合呢？但是，没有开口。

劳动节已经过去两天了，嗯，今天，要好好的，跟朋友出去吃火锅。然后，再吃一个可爱多，嘻嘻，生活如此美好。

三

2012年7月23日，阴。

我喜欢的男生，名字只有两个字，张狂意义，侠客天涯。

他在我们学校工商学院2011级物流4班，高高瘦瘦，爱衬衫和牛仔，鞋子是纤尘不染的纯白。他们都叫他“二哥”。

他的网名是“二哥啊二哥”，贴吧ID是“花丛中的一匹狼”，不过已经好久没有登录了。他来自甘肃省陇南市西和县，笑起来的时候牙齿泫然如贝。

鄙人对他一见钟情，在2012年4月末的某一天，时节温暖。

天蝎座的明朗男生，脸上有很多痘痘，刘海很长。不过，好久未见，不知道他变得如何。男色放肆的年华，并不算绝世好少年，只是，我喜欢他而已。

他在我们文新院上过物流培训，工商学院大操场的表演他有参与。

在贴吧上对他高调表白，而后委婉被拒。

他有喜欢的女生，可惜不是我。

好久没见，还是蛮想他的。

四

2012年12月22日，世界末日之后的一天，晴。

去工商考4级，然后看见他和一个个子不是很高的女生走在一起。

军绿色的格子衫，还悠闲地喝奶茶。

我不知道他有没有看见我。但是，我看见他了，有一种很疼的感觉。是不是太执著的人们都没有什么好结果？已然是知道的，可是，不肯自我放弃。

有时候我会想，是什么力量让我支撑到如今呢？他跟大街上来来去去的人一样普通，没有什么区别。而我，或许也不过是他认识的一个人，仅此而已。

大多数的时间，都在说自己犯贱。嗯啊，犯贱。发短信他不回，就不要发了吗，为什么要锲而不舍呢？在其他方面没见我有这么好的韧劲啊！QQ什么的删除了就删除了吧，为什么还要回头加上去呢？而且还恬不知耻地设置一个特别关注。这一切，他又不知道。有什么意义呢？

我们有各自不同的生活轨迹，他有他的范围，我有我的圈子。各不相干。不要强求和痴心妄想。时间已经故去，不要做无谓的等待。

五

2012年12月26日，阴。

昨天张侠发的短信，真的好伤人。不过，有什么好抱怨的呢？一切都是我咎由自取，不过是自作多情而已。

告诉自己要绝望，不能再有任何希望。可是节假日的时候，还是习惯性地发短信问候，然后被敷衍。刚刚还看见他在另外一个叫做“伍月笑笑”的空间留言。每一个人生活里都有自己的选择，我只需要，以后距离他远一点，再远一点。

昨天在百川广场看见他。每一次遇见他，我都有一种要死的感觉。不知道为什么。

即使如此，还是期望着和他上一节选修课，坐在他旁边。

六

2012年12月30日，晴。

在瓷器口给张侠寄了一张明信片，不知道他会不会收到。呵呵。

有时候，自己就是特别的固执，不知道怎么回事儿，学不会收敛学不会矜持，学不会风平浪静学不会自我保护，认定一个人就开始奋不顾身。算了，是我自己愿意的。

希望他可以收到吧！不管他是不是喜欢我，总而言之，希望他开心快乐。

七

2012年12月31日，晴。

这一年的最后一天了。张侠，没有能给你发个短信，希望你过的开心。

有时候，不说话比说出来还要有效果吧？呵呵。因为知道自己的想法不会被在乎，所以有时候万般想说的，却不知道从何说起。

一切随遇而安吧！时光悠悠，一切静止。什么都没有变。

有时候，特别是一个人的时候，我总会想：张侠，要是我没有喜欢上你，我是不是就不是现在这个样子呢？

其实，有什么值得万分悲戚的呢？不过就是喜欢一个人而得不到一个人。世界上，这样的戏码，已经不差我一个人了。

可，还是在好多好多时候，看见你的照片，或者空间留言，一个人品味很多不可诉说的情绪。

不敢跟你发短信，怕你嫌弃怕你烦闷；不敢跟你太过熟络，怕好不容易软化的关系又结冰。

我有好多好多的不敢，我是如此胆小，不敢做任何事情。

可是，我又如此害怕你转身以后便喜欢上别的女生，即使我们没有在一起，却还是不想在我还喜欢你的时候，你身边有了别的善良美好的姑娘。

我是这么自私，不愿意你一个人幸福着。或许，活该我得不到你的喜欢。

八

2013年4月9日，小雨。

今天张侠进我的空间了，很激动啊！

虽然在清明节前几天，我们彻底地谈了一次，说好做朋友。可是，怎能如此轻易就释怀呢？不过也算是一个进步啊！毕竟是我喜欢过的男生，我不知道在以后的岁月，还有多长时间我会继续喜欢他，但是，觉得自己很庆幸。他总是与众不同的。

去广安玩的时候，在邓小平故居那寄了一张明信片给张侠，不知道他可不可以收到。有时候想想，自己就是犯贱的！不过，还是告诫自己，要把一切都放下。

可是，他一跟我说话一搭理我，我就什么都忘记了，又开始乐活，开始精神抖擞了。人和爱情一样，矛盾。

九

2013年5月17日，小雨。

最近一直连绵不绝地下着雨。很烦躁。

有个小姑娘告诉，她跟张侠的关系特别好，是她的“男神”。然后，有点嫉妒。但，还不至于恨。我也有自己关系较好的异性朋友，所以，很能理解。只是，心里满惆怅的。他不属于我，他是另外的个体。

我用很多文字文过饰非，然后，告诉自己，没有什么大不了的。

事实也的确是，没有什么大不了的。真的，一切会过去。

十

2013年6月6日，晴。

今天知道你有女朋友了。姑娘不偏不倚不巧，就是我那个老乡姑娘。

看到那个女生在微信上面发的朋友圈内容，说“男神变男朋友，多励志多励志”什么的，心情特别难过。当时正在上心理学课，然后在众目睽睽之下跷课。

去市里面晃悠了一下午，心情终于好了很多。

你终于有归宿了。可是，我是这么难过，这么疼。

我删除了一切关于你的信息，电话、QQ、贴吧ID，细细数来，其实我们之间的联系并不多。

张侠，我那么那么喜欢你，跟你表过三次白。可是，你还是喜欢上了别人。

我躲在宿舍号啕大哭，不知道为什么哭。然后，我删除了你的QQ、电话、贴吧关注。我想，从此以后，大抵除了回忆，我们之间没有什么纠葛了。

点评

一次在贴吧上的大胆公开表白被拒，开始了这场漫长的单恋。这么一段如痴如醉的单恋，是女孩儿一个人的清苦，也是属于她一个人的“恋爱”。没有收敛，没有矜持，痛苦而无奈，烦恼而纠结，但是他的一个微笑一个回复都能让你开心很久。就像女孩儿说的那样，“人和爱情一样，矛盾”。

情深义重一世情

欧阳才（重庆）

优秀奖

老爷子今年已经93岁了，和老伴儿已经结婚了67年。现在两位老人单独居住，由于他们的爱情，他们一生相互支撑。二老一生几乎从未吵架和生气，每天互相叮嘱吃药，家务事互相照顾。现在爷爷93岁，婆婆87岁，仍然身体健康，也是由于互相之间的鼓励和支持。

一天，我翻看照片《合家欢》看着看着不禁心潮澎湃。往事一桩桩一件件，像电影般闪现在眼前。

想起当年，老伴像春天乔木，生机盎然，郁郁葱葱，而今像秋天梧桐，枯枝黄叶。她那满头青丝，已变成苍苍白发，桃花般的脸上，已布满岁月的皱纹。

66年前与我订婚时，她是大龙山前一朵含苞待放的红玫瑰，是端庄淳朴的靓丽姑娘，是心勉中学的高材生，是眉清目秀的二八佳人……

初恋时，她还在学校读书，收到我邮寄去的信件时，总会被同学打趣，每每笑的她两颊泛红。

结婚后，我俩互敬互爱，生活十分愉快。我家住在老牌坊附近的唐家坝，在城内的民族路工作，半月回家一次。我每次返城上班时，她总会恋恋不舍地送我一程。有次送到新牌坊，还不肯回去（两坊相隔四五里）；我又情意绵绵地陪伴她回去，一路欢歌笑语。到了老牌坊，我转身走时，她又送我到新牌坊，一路总有说不完的话。如此几趟，才难舍难分地松开了手，一步一回头地缓缓走去。路人对我笑言："你们好亲热哟！"

我走在进城的路上，耳边不断响起她那甜甜的委婉歌声："几时归来呀，伊人哟……”她那玉手的温热，一直暖着我的心窝。

1949年后，我俩相继参加教育工作，我在人和柏林村小任教，她在鱼嘴埝坪村村小当教师。每逢我去埝坪看她时，她总是把饭弄好后，去学校大门外迎接我。

她工作兢兢业业，多次受表彰。1960年前后，她在龙溪小学多次公开示范教学。全区的小学校长、教导主任轮流去观摩、取经。涨工资的时候，别人加一级，她加两级。

2010年1月4日，庆祝我九旬生日聚餐时，“祝您生日快乐”的歌声响彻四方。吹蜡烛、切蛋糕、曾孙献鲜花，亲友和儿孙们一个又一个地前来祝福敬酒，乐得我手忙脚乱，应接不暇。大女儿发言夸奖了我一番，二女儿发言激动得热泪盈眶……

现在我家四代同堂，20多人。我格外高兴，感慨万分。

“我家能有如此热闹的今天，要感谢一个不凡之人，我的老伴——贤妻良母张致淑！几十年来，是她与我同甘共苦、风雨同舟、相濡以沫地生活，齐心合力地克服了一个又一个的困难。

我一生多病，曾在西南医院做过手术，切除了7匹半右肋骨。病重的时候也曾经思想抛锚，情绪低落。是她安慰我，耐心开导，积极为我寻医看病，煎汤熬药，无微不至地关心照顾，使我看到了希望，重新燃起了生命之火，增强了信心，鼓起了勇气，终于战胜了一个又一个病魔。

世上只有妈妈好。我家有4个儿女，凡儿女们的伤风感冒、读书上学、穿衣吃饭等等事情，全靠她操持料理……工作、家庭使她操碎了心，身体也积劳成疾。

她为了我和这个家，受够了委屈，吃尽了苦头，献出了毕生的心血。她对我的情比海还要深，她对我的义比山还要重啊！情愿还有下一世，我做女来她做男，再做夫妻！”

点评

虽然这封情书的辞藻可能没有其他的情书那样华丽，但是情书中却记录了两位老人一生的相濡以沫，直至携手白头。93岁的老爷子坚持亲手写下了这封情书，一字一句都是他对于自己这份爱情的甜蜜回忆。相信两位老人的一世情，也是对情比金坚的最完美诠释。

盘点你的爱

陈改英（重庆）

优秀奖

作者和文中的主人公是一对平常恩爱的夫妻，写下这篇文字，只想在他61岁生日时，把这篇文章作为礼物送给他，只想借这个征文，由衷地说出“我爱你”。

一起生活35年了，虽然不曾书写，但只要闭上眼在心里盘点一下，你的好就会溢满我的脑海我的心间。

你是个老实人。结婚前没有轰轰烈烈的追逐，结婚后也没有什么波澜壮阔。正是这最平常的生活，平淡平稳地翻去婚后的一个个日子。

记得一次闺蜜在一起问到你的爱人宣言，你很实在地说，家里她不爱做的事我都做。

刚结婚时，我只身在此，你一家兄弟姐妹5人，我怕受你欺负，把自己武装成钢铁不摧、百毒不侵的样子，就像怕受到伤害的刺猬因警惕而张开自己的刺一样。你了解到这一点，笑我傻，你说我们谁也不欺负谁。我的刺这才慢慢地放下了。但我有时还是会挥霍你的爱，在你面前任性而专横跋扈。有一天我看到一条语录，说女人的不讲道理，有时是因为爱。我服了，我服了这个看透女人的人。当然，更重要的是，我看到了你的宽厚。确信你真的不会欺负我时，我扔掉了专横跋扈的面具，还你我的本来善良温厚。

那以后，你说我越来越温驯温柔了。你可知道，是你的爱让我变得温驯温柔的。

怀孕期间，我特别嗜睡，下班后，我就睡了，厨房事只留你无怨无悔地忙里忙外。

家事中我不爱晾衣，从此晾衣成了你的专利。

在物质上，你每次出差回来总是为我买回你认为好看的衣服鞋子，而不懂事的我，总是埋怨你的审美眼光和我不在一个平面上，而把那些你费了心思购回的衣服鞋子或送人或压柜。这虽惹得你不悦，但你却永不悔改地为我继续买回这样那样的。

一直以为都是我为你担心牵挂得多，担心你下班的路上骑自行车下那个大陡坡不够安全，担心你在外应酬喝酒多了会胃难受，担心你回来得晚睡眠不足第二天工作没精神……你埋怨我瞎操心，我则埋怨你从不曾担心过我什么，可那次出差回来，你的担心着实让我吃了一惊。一进门，你有力的大手抓着我的双肩：没出什么事吧？我被问得莫明其妙，原来是我的一个文友因事被抓，你担心我是否与文友之事有关联。你是那样担心我，那一刻，我流泪了，很满足很幸福。

对于我弄文玩诗的爱好，你从不干涉，有时我把弄着玩的文字搞得本末倒置，你也从不凶我。当我不好意思手忙脚乱地去对付灶台上那些“家伙们”时，你总是说有你在就不用我了，一任我在那些文字的排列组合中入迷沉醉。

手术台上，我大小便失禁，是弟妹帮我收拾的，为此我事后责怪你，你说有人抢着做，才没做的。我怪你不懂得，有些事是不能让别人抢去的，比如于父母孝敬，于妻子责任，于孩子教育，这些是不应该让别人代劳的，是必须自己做的。后来你和我抢着做事时，总是嬉笑着说:“这是自己必须做的。”

有一个阶段，你在单位任领导，你的时间差不多都贡献给了你的事业，但我无怨。当有一天，我发现有心怀不轨的人诱惑你，而你并不认为人家是在诱惑你。在我们彼此谁也说服不了谁的情况下，我大度地让你去应酬，却用我的小聪明，制造出些爱慕者，让迟钝的你也一次次发现我的“马脚”，而我偏还“执迷不悟”。你主动忍痛割爱，从此以后都不去某种场所。你断了那些对你“痴心”对你“好”的人，我心里却不露声色地窃笑，你上当了，我成功了。

顺顺当当时总觉得你对我不够关心，不够细心，有一天我真的病了，你把医生的话小题大做地执行得不折不扣。医生让我少活动，你就不让我动，你呵斥我不够爱惜自己。一次错误决断的手术，让我担心自己从此落下残疾。你说:“以后你不能走我就背你。”从不说漂亮话的你，是一个行动永远比语言做得好的人，你的这句脱口而出的话，让我感动良久。

一次我在外地，不知不觉钱包就瘪了。女人出门在外，没钱就胆儿怯，就没底气，就会心慌。通电话时说起这事，你第二天就马上打钱给我。我知道那段时间我们还贷款很紧张。你说，听了我的电话后很心疼，再紧张也不能让妻子在外困着。你的话，让我温暖，让我恋家恋你。

你的好，好像没有哪一条值得书写，可就是这些日积月累的平常事，充溢着我的心。这些都是芝麻鸡毛蒜皮的事，但对于我，却是你存储的爱，是我永远珍惜并取之不尽用之不完的财富、温馨。

亲爱的，我们都已60岁，在爱情上我们都是老古董，不善言爱，爱融在了我们的行动里。但在这里，我要告诉你，我爱你！你是我今生今世唯一永远不变的爱！

2013年6月6日

点评

女主人公单纯、可爱，也偶尔刁蛮任性。在爱情中，她小心翼翼，也时而要些小聪明，但其实是个很容易满足、很容易幸福的小女人。一起生活35年，丈夫的关怀、理解、温柔、细腻让这个小女人幸福了一辈子。夫妻二人都年到60岁，虽然妻子说在爱情上他们都是老古董，可是我们能够看到，他们的爱情依旧充满活力。

老情书

孙永强、赵兵（吉林）

优秀奖

情书的主人公是我的爸爸妈妈，爸爸妈妈年轻时一起下乡，同在一个集体户，爸爸是男户长，妈妈是女户长，工作中他们互相帮助。1978年爸爸去青海当兵，妈妈留在集体户工作，他们不断书信往来。3年后爸爸复员回家，妈妈招工也有了工作。此后，他们1982年结婚，1983年有了我，现在已经生活了32年。我们一家很幸福。这封信是20多年后被我无意发现的。爸爸妈妈提起当年的事情，脸上充满了幸福的笑容。情书的内容很朴实，但却是他们爱情的见证，我会为他们一直保存好，直到他们变老……

当年爸爸写给妈妈的

赠友赵兵：

小河流水清又清，碧水鱼儿结友情。

小鹰展翅欲离群，飞向远方新地名。

梅花欢喜漫天雪，小鹰愿在浪中行。

腊梅若能经霜打，雄鹰翅膀磐石硬。

鹰击长空飞万里，腊梅开在百丈冰。

鹰梅不惧风和险，前程美好绘秀景。

同志：孙永强

1978年2月25日

当年妈妈写给爸爸的

敬赠友：永强留念

梅花经起风霜打，雄鹰愿你高飞翔。

盼望冬去春快来，鹰梅友谊汇彩霞。

友：兵

1978年3月9日

点评

1978年写的两封情书，在30多年后的今天，合为一篇，永远流传下去。正如老人的孩子所说，情书的内容很朴实，但却是他们爱情的见证。即使时隔多年，情未逝，书也在。

结婚20年，补写20封情书

方刚（山西）

优秀奖

今年，我与妻结婚20周年，恋爱时未写情书，在此补上20封，以示纪念。

一、你在婚姻里变老

为什么结婚二十年是“瓷婚”？这易碎之物
需要轻拿轻放，有时发出脆响
我们之间的缝隙，日趋吻合
在同一扇门里越长越像
你用唾液软化我，让我失去尖锐
并向你倾斜，淋湿你的雨水也淋湿我
你一次次弯腰，把日子越擦越亮
七千多天，能不能垒起坚固的围城
我喜欢被你重重围困，家是怀中湿润的地址
黄晕的光从窗户透出，提示幸福的方向
我们的鞋子混在一起，道路混在一起
捻不出最初的红线头
在照片里摆出和谐的姿势
只是，你越来越老，我攥不住你的红
结婚纪念日，你拒绝我隆重庆祝的提议
在沙发上看韩剧，我闻到烟火味儿
握着你的手，在另一幕缓慢的剧情里
一起变老，直到更老

二、没有戒指的婚姻

我们的婚姻缺少戒指的物证
你的手指总是沾着油脂、灰尘
我想象，你带戒指的手势很优雅
不干这么多家务，你的手一定很柔润
戒指最好是纯金的，闪着小小的光
这富贵的黄，像极了梦的颜色
苦味从戒指空出的位置渗到我的舌尖
早先，房子破旧，我们的爱情患有阴湿性疼痛
在风雨中抖动瘦瘦的叶子
我许给你戒指、项链、房子，在纸上画着光亮
你说："有这份心就够了"
继续弯成一张弓，一枚月亮从你眼中升上来
后来，你在房债里缩紧身子，越来越小
戒指以枷锁的形状，勒紧我的夜晚
结婚纪念日，我再次触摸戒指的心结
你笑着说，你已不喜欢金戒指
那样黄，多像一个人老去的样子

三、如果你不是胆小

我们的媒人竟是你的胆小
这内向的性格，与出生有关，丘陵地带
树林阴森森的，到处是坎儿，羊肠子路
你怯怯地摇曳一朵小黄花，乳名在野外跌跌撞撞
你不敢一个人睡，"这么黑，我不能整夜睁着眼睛"
学校破旧，天空很小
我成了唯一的光源，希望能够照亮你的夜晚

其实，我没有宽阔的肩膀
一点小小的火焰，无法对抗风里的冷
在乡下教书，我们总是缩着身子行走
你从不抱怨我的小，这让我愧疚
女人是菜籽命，如果你不是胆小
可能在另一片土地上，纵情绽放美丽
后来我调到城里，你一个人留在乡下
一整夜一整夜无法入睡，零落了多少花瓣啊

四、我欠你一封情书

我们的爱情缺少月光，从物质到物质
从肉体到肉体，急于在镜框里固定形状
我们没有像牛郎织女那样，隔着一条河爱着，默默对视
没有像梁祝那样，说着誓言化成蝴蝶
甚至没有一个法海，敲着木鱼制造一点波澜
我是说，我想浪漫一点
渴望和你踏着《采红菱》的节奏，走进一首情歌深处
或者，模拟一条水路，有苍苍蒹葭、参差荇菜
你轻舞水袖，和月亮一起升上来，升上来
我欠你一封情书，作为回味的细节
如果再来一次，我能不能在一首情诗里缀满玫瑰
然后叠成心形，让你泛起哗哗水声
你按照柴米油盐的形式组合爱情
我必须从风花雪月里走出
走出，回到矮房子里，将漏风的地方
一一堵住，把腰弯得更低一些

五、简单婚礼

简单不是简朴，结婚只有一次，我无法奢华
房子简单，一间半公房潮湿昏暗
家具简单，衣柜单薄，有一块板子总是翘着
衣裳简单，浅色裙子勾勒你简约的红
一辆面包车经过六十公里的距离，载走你的二十八岁
如果在古代，你是不是《诗经》里的女子
唱着"之子于归，宜其室家"，晃动成一枝燃烧的桃花
你坐轿子，在红盖头里憧憬幸福
唢呐里一百只鸟在飞，翅膀上的阳光，像跃动的金子
张灯结彩，挂红灯笼，红蜡烛映照着红窗花
为你揭开红盖头的那个人是谁
他该不会像我这样，小得走不动自己吧
你被简单地移植到我生命中来
我牵着你的手，没有说出任何承诺
墙上的喜字鲜红，能不能构成我们婚姻的底色

六、婚姻之痒

你没能在我身上种出稻谷
从乡下来，你相信，只有庄稼才是真实的
你要我匍匐着靠近泥土，并珍惜每一粒粮食
我习惯逆向行走，在枕上虚构江南
用并不存在的水声安慰自己，并坚信看到了光亮
我们对峙，找不到妥协的方式
一个身体抗拒另一个身体，冷风从缝隙里灌进来，灌进来
为什么有这么多的刺？为什么相互划伤
我经不住你绵密的针脚，一次次缝补

让梦退回梦里，撕一半身体给你
直到看起来，就像那些叫不出名字的人
不赌博，不抽烟，不藏私房钱，没有非分之想
你听不见我在夜里呻吟，天亮时
对我说，来，把柴米油盐重新排列一遍

七、在乡下教书

安贫乐道成为逃避的借口，“道”是什么
是教书么？在讲台上站成一棵树，看着鸟群扑棱棱地飞起
自己空空荡荡，究竟是幸福，还是失落
我弄不清教书是职业还是事业，用几句格言缚住自己
在原址晕眩了很多年
在南方，有人开宝马，珠光宝气
也有人溺水，一只手逆着光摇摇晃晃
我和他们隔着电视的距离，并互为异类
你向我施力，加速我的旋转
“好好工作，好好生活，等于幸福”
我的桃花岛，有水的江南，一瓣瓣枯萎
我已失去分身的能力，并继续下沉
你踩着高跟鞋，很响地走来走去

八、菜园小记

我们在菜园再次分歧
为什么要将我种成一畦辣椒，或者青菜
菜园是逃逸的地点，比如刘备，用种菜掩饰雄心
比如陶渊明，“晨兴理荒秽，带月荷锄归”是一种修身养性
我也喜欢返回乡下的感觉，被母亲的篱笆墙围住
成为菜园里或红或绿的果实，飘荡着甜味儿

这些都不是你种的菜园：在石头堆满的地方开荒
一锹一锹地挖土，浇水，施肥，灭虫
辛勤耕耘，只是为了让生活多几片叶子
你夺过我肩上的粪担，一摇一晃地劳作
我仿佛看到了乡间的大路、小路
看到了一株被汗水浇灌的炊烟
耳边传来鸡鸭牛羊的叫声
我找到了，被一双粗糙的手抚摸的感觉

九、你身上的泥土

你用文火熏烤我，“不乱花钱，人情来了揭锅卖”
这些格言来自乡下，沾着泥土和炊烟的味道
一次次校准我走路的姿势
你年轮里的土向我挤过来
让我痛苦，就像，身体里长期装着一件异物
我在梦里更深地潜藏，并不时竖起枝柯
等我醒来，已是多年以后的事
才知道，你的方向就是幸福的方向
勤劳、节俭、质朴，有如我在乡下的母亲
旧衣裳、廉价化妆品、家常菜，铺成坚实的生活
你甚至从没有鲜艳过
你的唠叨，如同母亲的叮咛
这多年，高一声低一声地唤我，会咯出多少血来
我的尖利，在你身上，扎出多少小孔啊

十、我的纸上城池

我的纸上城池开始倾覆
印证你二十年前的预言：我会弯曲着拐回原点

我的烂柯图。身体里的废料。枯萎的马匹
给我一个手势好吗？让我找到回归的位置
二十年，可能更久，我融化在江南的水里
痴迷于杂花生树、草长莺飞的春色
虚构一位水做的女子，在一首诗里晃动绯红
现在，沿着一条水路返回
一一作别雨巷、杏花、花纸伞、乌篷船、黛瓦粉墙
我不能完整地拼回自己
如果没有误入歧途，会不会拥有一座真的城池
你不说话，继续在厨房里弄出声响
仿佛，我做不做梦，都一样

十一、从乡下到县城

从乡下到县城，十多里路的距离，我走了十一年
也是婚后第五年，婚姻开始生痒的时候
你一个人在乡下淋雨，我遮不住你
我在城里教书、做梦，潦草地生活
我们之间，隔着一座城、一条路、一个又一个乡村
隔着一个门槛，隔着无数张脸，我牵不够你的手
第九年，将你再次移栽到身边时，我们都很老了
亲爱的，你身体里沁入多少雨水
从现在起，我们是城里人，你能增加一点亮度吗
从此要和一条小街相互磨损
有时会沾染一些市侩气息
你不能总是保持庄稼的姿势，手里攥着泥土
要学会和一个小城妥协，知道吗
你的笑容好心酸

十二、老房子里的雨水

从乡下到县城，从老房子到老房子
总是潮湿，不经意间，让生活大片霉烂
这风中有刀，从墙的缝隙、窗的缝隙、门的缝隙透进来
给我一个逃亡的地方，我躲在一首诗里
遇见杜甫，吹到他茅屋的秋风，也吹到我
可是，我没有他宽广的胸襟
他宁愿自己冻死，也要大庇天下寒士
我渴望拥有一套不漏雨的屋子
能在诗书里安静地行走，或者好好教书
闲暇时候，翻卷满床的书，背《陋室铭》
雨脚从漏处溅进来，爱情无法保持干燥
你在暗处不断降温，亲爱的
我诗歌里的房子是纸的，不堪居住
让我双手合十，护住你心中的火焰好吗

十三、乔迁之喜

从城南到城北，我们将生活提升到一个光亮的高度
玉安花园，俗气又惹人喜爱
为什么小区都叫做花园呢？是不是我们从此被鲜花围拢
洁白的墙壁，明亮的玻璃，灯光可以调节亮度
我一一在客厅、厨房、卧室留下自己的气味
这让我想起，《动物世界》里的老虎、豹子、熊
它们用尿液占领地盘。很久，我才确信
在祖国大地，有一百三十七平方米属于我
确切地说，是一百三十七平方米的六分之一
房子有六层，我们住五楼，上楼略略喘气

你说，等爬不动时，就住养老院吧
我说，好，等不会动的时候
我们住在土里，抬抬头就可以望见五楼
办房产证时，你说，我们都老了
就写儿子的名字吧！是的，我又错了
按每家三口人计算，除掉公用面积
我实际拥有约六平方米，这让我越来越小
其实，我本来就很小

十四、你肩上的房债

房奴是一个现代词汇，我们成为其外延的一部分
我触摸你身上的链条，不发出呻吟
“用钱要忍，还钱要狠，”你背诵格言，眼中涌起一片金黄
这一次，我决定，和你拧成绳子的另一股
并尽量多承受一些力。你的肩膀一摇一晃的
我想起你当年种的菜园，我最终变成了你园里一棵菜
我们在新房子里一笔笔算着减法
你生长皱纹，不敢回到镜子里面去
夜深的时候，我问自己，为什么会被房子撞成内伤
是耽搁梦想错了吗？究竟误了多少人间烟火
是安贫乐教错了吗？一方讲台是不是陷阱
在伟大的经济时代，我一败再败

十五、你被物价压得很小

我不愿陪你逛街，不敢看你身上被目光拉出伤口
每一次购物，你都会变小，再小一点，就是乡下人
这些年，乡下人多半打工去了
有人按照一块砖的样式，垒进高楼，为城市增加高度

另外一些，搬进城里，像被移栽的乡土树
我不知道，扯掉这么多根须，有没有受伤的断面
我们住在县城新区，街道宽敞
依次林立着宾馆、洗脚城、茶楼、五粮液专卖店
车行、洗浴馆、歌厅……在必经的路上
我常常沦为霓虹灯下一团阴影
迎面走来公务员、老板、商贩、建筑工、环卫人员
走来小轿车、公交车、出租车、三轮车、电动车、自行车
我走着走着，就找不到回家的路
那天，在超市，你买降价菜
掉在人群里，很久没有发出回声

十六、你的更年期

我想理顺你体内混乱的道路
首先捻出房债的灰线头，这是你提前进入更年期的根源
往前走，你在乡下学校，用小小的火星对抗夜晚
还往前，我们在婚姻里相互为敌，制造疼痛
更往前一些，就返回了老家，你在山坡眺望远处的天空
这多年，你用汗水浇灌的日子，正在结出果实
房债已经还清，我们身上的凹痕正在平复
儿子考上还算理想的学校
我们都在城里，有着稳定的工作
许多人羡慕我们的幸福指数
你为什么脾气越来越坏，且严重失眠
我握着你的手，不说话
月光从窗户涌进来，斜斜地覆盖我们

十七、你的病还在加深

一些病是因为劳损，你变得缓慢
需要调整姿势，才能将生活擦拭一新
以前，你的节奏快过铃声
从家庭到学校，从学校到家庭，你一再转身
一些病是因为女性的脆弱，女人是水做的
你可能禁不住过多的棱角
还有一些病尚未找到的症结，你残损的身体
可能潜藏巨大的灰暗。有时胸闷
就像缺氧的鱼，挣扎着翻出水面
以前是矮房子、旧家具，我们陷在低处，水面在哪里
现在，许多看不见的线条，迫使你拉紧身体的弧度
我也是一样，被什么东西钉住
不能进，不能退，悬得让人心悸

十八、儿子是我们身上分出的支流

儿子是希望，也是戳进我们身体里的钉子
从我们身上分流，有着很低的水位
嫩叶浸泡在雨里，会渗进一些苦
从小没有像样玩具，上学了，在城乡之间颠来颠去
总是翘着锐角，一副桀骜不驯的样子
后来上网、早恋，功课里掺着水分
可是，我不知该怎样引导他，确切地说
我不知道，他应该走怎样的路
我不想让他重复我
我属羊，按照羊的样子行走
可能被“做乖孩子”和“仁义礼智信”贻害一生

你的唠叨增加了他的逆反，也加深了你的伤痕
今年考上二本，填报志愿时
他说不愿当教师，我看了看你，你看了看我
没有否定，也没有肯定

十九、补写情书

如果可以补写情书，我想写得炽烈一些
尽可能燃起你的火焰，你总是冷淡
我们的婚姻缺少鲜艳的细节
我想写得深情一些，你在漏雨的地方
站了很多年，我想说说感激与爱
我想写得浪漫一些，一步一步将你牵引到江南
尝试着让你与那位虚拟的女子重叠
我更想重补的是爱情，在失修的地方种上玫瑰
在狭窄的地方，退让一下，保持畅通
在崎岖的地方慢下来，减少颠簸
在曲折的地方谨慎一些，不失方向
我还想铺上厚厚的月色，圆月亮、弯月亮
照着你，照着我，照着我们的房子

二十、你的幸福梦

我们说着幸福，你泛黄的叶子攒动起来
阳光布满你的脸。你说，首先要卸下包袱
这么多年，被一些东西压伤，需要调理才能复原
要坚持锻炼，身体是第一要义，病了就要医治
去跳广场舞，孩子不在身边，好好享受自由
鼓励孩子考研，找好工作
你叹了一口气，继续说，现在，孩子生存艰难

城市拥挤，他们不容易扎根
如果薪水不高，会被压在底层
什么是蚁族？就是说，人像蚂蚁一样小
而高楼张着巨大的齿轮，把影子压下来，压下来
要省吃俭用，为孩子再买一套房子
积累一笔创业基金……唉，总是没完没了
我越来越重，越来越重，刚刚浮起身体
再次沉下去，沉下去

点评

这是一份补交的情书，一补就是20年。20年的婚姻生活，点点滴滴，历历在目。柴米油盐组成的婚姻少了许多轰轰烈烈，却能相濡以沫、相敬如宾。那些平凡的不能再平凡的生活情节，竟被写得如此炽烈、深情、浪漫。生活的繁琐依旧会没完没了，但是两个人的感情也同样可以没有尽头。

迟到的情书

筱晴wyd（吉林）

优秀奖

这是封永远也不会找到主人的情书，写这封情书的时候女孩已经21岁了，爱上那个人的时候她才19岁，刚刚迈入大学的校门。那个人是大三的学长，长得很干净，站在树荫下带着让那个女孩一辈子也不会忘记的笑容，给了她四时明媚，于是，就这样，让她爱上了。

那个女孩是个不善言辞的人，很安静，很怯懦，甚至不敢直视那个人的双眼，每次稍有靠近她就想尽各种方法躲闪，爱情也就这样错过了。那个女孩好想在那个人离开之前问一句：当时他对自己到底有没有那么一点点动心，哪怕是一点点……于是她写了这封信。今年的仲夏，在大四离校的那天，那个女孩把这封信小心翼翼地放在包里，却还是没有送出去，只能在那个男孩转身的一刹那，用泪水告别了自己的初恋。

前辈：

你知道吗？因为你，一个女孩成长为一个女人，从认识你的那一周，她的大学生活开始了；从认识你的那一周，漫长的暗恋、青涩的初恋一起开始了。两年的漫长等待，两年的独自追索，这一切更像是她自己的游戏，一个人开始，历时两年，然后悄悄落幕。毕业季来了，那个女孩也随之来到了独属于她的花季——雨季。你即将离开，这一次，她不想自己的爱再继续这样悄无声息，在你的生命里留不下一点痕迹，这一别也许就是一世，她不想十几年后只有自己一个人会怀念起她爱着你的岁月。

这一次，她想把每次见你时你听不见的真心说给你听，她想把你错过的一切告诉你。

还记得吗，初见，也是在这样一个阳光明媚的日子，那个女孩提着行李，走进大学校门，一步步地走近你，一步步地走近爱情。你迎着阳光而来，带着她见过的最为温暖亲切的笑容。啊，原来笑还可以这样啊，她那样想着，便觉得阳光铺天盖地而来。一瞬间，爱情就这样悄无声息地在她的心里扎了根，发了芽，开了花。

还记得吗，那条单独和你一起走过的路，只走过一次，只有一条，却承载了那个女孩全部的爱恋。跟在你身边，听你缓缓地讲着自己大一时候发生的事，真希望能和你一起经历啊。她当时那么想着，也第一次为自己的不善言辞而懊恼不已，那时要是能和你多说几句话就好了，她至今还在埋怨着那时的自己。可是无论那时的她，还是现在的她，只要是在你面前，她最精彩的对白通通只能在心里说出。她讨厌那样怯懦的自己，却对此毫无办法。那样的她，你讨厌吗……

时间飞逝，一年，两年，这所大学的一切变得无比熟悉，除了你……好想联系你，却找不到一个像样的理由，联系的次数越来越少，见到你的次数比想起你的次数要少很多。在偌大的校园里追寻着你的身影似乎已经变成一种习惯，你的寝室周围，你上课的教学楼附近，明明知道希望渺茫，明明知道和陌生人没什么两样的，此刻苦苦寻觅的你多半只会是人生中的过客，只有短短的交汇，然后渐行渐远。可是，却还是会那么追寻着，一直一直追寻着，无法停止。

那个人也曾喜欢过谁吗？他也曾有过这些卑微的时刻吗？他也曾试过吗？靠着记忆编制一个人的容貌？声音乃至一切；有一切联系方式却没有勇气迈出最初的一步……那个女孩总是这样想着，你有过吗？可现在永远也不会知道答案了。因为你，这些她全都体会过了。这不是埋怨，那种感觉很好，虽然有失落，有难过，可更多的时候那个女孩很满足，因为有爱所以满足。在她平凡的大学生活中，这也算是浓墨重彩的一笔吧，虽然除了她没有人看见过它的颜色，那，读了这封信的你看见了吗？

此刻空气中那淡淡的紫丁香气息，淡到谁都无法轻易察觉的味道，就好像那么平淡的她的初恋，平淡到竟没有一个人陪她演对角戏。两年前那个无知的小女孩，不知道即将离开的你是否也会有那么一丁点儿的怀念，其实那个女孩真的好想亲口告诉你：学长你知道吗，我曾经喜欢过你，而且现在的我还是好喜欢，好喜欢……

对于那个女孩来说，爱情就像是泡沫，终究会消散在这仲夏的阳光之中。她从不曾觉得自己的爱有一丝卑微，可是她知道怀有这份爱的她自己是卑微的，像一颗尘埃，无法在星星般闪亮的你的身边发出一丝微光。那个女孩总是在夜深人静的时刻才能对着电脑说出她的真心。

大三那个朝气蓬勃的你，大四那个略显沧桑的你……见你的次数屈指可数，有过的对话可以用次来记。连她自己也无法解释是什么成为这场爱恋的维系，是记忆拼凑出的你太过完美了吗？是心里的位置已被自己锁定？她不知道，她只知道因为喜欢着你，这个仲夏的雨季，好美。

那个女孩就是我，一直站在你身后期待你回头的我，一直爱着你的我。

点评

即使只是一场暗恋，女孩仍能那么坦率。情书终究没能送出去，却并非女孩羞怯。爱上的总是卑微的，不是吗？或许你也曾经像这个女孩一样爱上过某个人，也曾经历过这样的离别。毕业季永远不只属于大四，还属于好多好多像女孩这样的人。一群人告别了青春，一群人告别了爱情。

第二章

睹物伤情

总有一封情书让我们泪流满面

很久很久以前，在南撒哈拉沙漠深处有一个很小的村庄叫多哥利亚，因为气候干旱缺水，这里交通闭塞，十分贫穷。在离村子十多里远的地方有一口打了上千米深的水井，这是方圆几百里唯一的一处水源。这里的水浑浊而苦涩，但对沙漠里的人来说却是甘如清泉，弥足珍贵！每户人家每天只能从这里打半桶水，如果有人浪费水源将会受到最严厉的惩罚——逐出村庄，放逐沙漠！在这里不尊重水就等于不尊重生命。

多年以前村子里有一个年轻人叫贝拉兹，他的妻子阿黛患上了一种绝症，在她所剩不多的日子里，贝拉兹决定要为自己的妻子完成一个心愿——养一条金鱼。这是一个多么奢侈而危险的梦，如果被发现将会被放逐沙漠、葬身沙海！就算没有被发现，每天的半桶水也养活不了一个人和一条鱼。看着日渐憔悴的妻子，贝拉兹决定不再想那么多，不管怎样他都要为她养一条金鱼，就算放逐沙漠、葬身沙海！

现在，假使让你来完整上面这段小故事的结尾，你会为读者奉上怎样一段精彩的故事？或皆大欢喜，或遗憾终生，或幸福美满……相信大多数人都会把它补充得非常圆满，因为在人们的内心中，都是对幸福的东西充满无限的向往，就如同我们在看待刚开始的爱。

最后叫你一声“亲爱的”

你曾经的小石头（河北唐山）

优秀奖

从高中起相恋八年的情人，被告知劈腿。我一时乱了阵脚，打电话试探着问他，他却连编一个谎都不愿意。

连夜坐火车跑去他的城市，却得到更沉重的打击。不甘心八年的恋情抵不过认识半年不到的新同事，我跑去他的城市带去各种纠缠、胡闹。最后落得自己惨败而归。

再见已是半年，本来准备好的道歉被他一个眼神彻底击碎，连同对他残存的最后一丝幻想。

作为青春的祭奠，谨将这段不堪的过往写作一封情书，一起寄给曾经最爱的他。不为挽留旧人心，只做自己青春岁月里一首沉重的史诗。

亲爱的××：

请允许我再叫你一声“亲爱的”。当你拿到这封信，不管你怀着怎样的心情，不耐烦也好，无所谓也罢。就算你看都不看直接扔进了垃圾桶。我也已了了心念。

记得大三时候同学聚会，××开玩笑说：你俩怎么还没分手？那时我们已经在一起六年了。很少有从高中起就在一起这么多年的，尤其读大学以后我们还是异地。我当时骄傲地说：我们被丘比特的箭穿在一起了，早就分不开了。没想到这只是我的一厢情愿。

不知道我俩的联系从什么时候起变少的。越来越少的电话和短信，越来越敷衍的问候，越来越多次的未接来电和关机，越来越遥远的距离……好像除了我主动联系你，你都不会再联系我了一样。我们打电话，永远是我在说着，你电话那头的空白显得我像个啰嗦的阿婆。每次聊QQ，也都是我大段大段敲着字，你只是重复

“嗯”、“哦”、“是的”、“好”、“呵呵”。

怪我自己太迟钝，早应该发现这些异样，查出这些不正常的细节。而不是一味替你掩饰，觉得你本来就是个冷淡不爱说话的人；一味宽慰自己，认为恋爱谈久了都会这样走向平淡趋于稳定。

3月11日，我永远记得那一天：我们共同的朋友，在我面前说到你和一个女生，欲言又止。就是再笨的女人也应该知道是怎么一回事了，可是，我竟然还笃定是她想多了。

明明圣诞节前我们还好好的，我们在你工作的城市，一起溜公园，逗狗狗，逛宜家。我们还为了以后买什么样的沙发拌嘴。我说要布沙发，我们天天窝在上面看电视剧看电影，而你说皮沙发才更有档次。你说来年就带我回家见你父母，要我穿漂亮点，你妈妈喜欢有气质的女孩子。我们还说好2013年1月4日领证，要在一起一生一世。

八年了，我们在一起整整八年。

大学时候异地，我们宁愿啃一个礼拜馒头，也要从不宽裕的生活费里硬省钱下来去对方的城市，只为能在一起过一个短暂的周末。每一个寒暑假，我们手拉手一起坐火车回家，买不到连在一起的卧铺，就央求别人换票，然后在火车的颠簸中悄悄说着情话。

那时埋怨距离太遥远，你说早点毕业吧，我们无论如何都要在一个城市，你每天早起给我做早饭，我下班回家煲好汤等你。终于等到毕业了，我在我们家乡的城市找到了稳定的工作，你说你在外面闯荡几年就回来娶我。对此我深信不疑，我坚信你就是我生命中的另一半。

我们已经度过了人生中的第一个八年，七年之痒都过了，还有什么能分开我们的吗？他们却说你不要我了，这让我如何能相信？

我给你打电话，我说有人说你和一个女生走得很近。我本来以为你会说没有，我那么天真地以为，你会语气很夸张地说：哪里来的谣言？可是，可是你竟然长久的沉默了。都说沉默等于默认。原来我们的关系早已到了这种程度，你连最后骗我都懒得骗了。我是最后一个知道这件事的人吧。

连夜坐火车去见你，我努力对自己说不要哭，也许事情并没有想象的那么糟。

距离上次见面不过几个星期，却突然发现你已不是我记忆中的样子。你腼腆羞涩的气质悄然隐匿，头发理成了干净的板寸，T恤换成了笔挺的衬衣。你从我印象中的大男孩蜕变成了一个沉稳的男人。这些变化都是我们在一起的时候发生的吗？

再看我自己，还是扎着一成不变的马尾，穿着蹩脚的娃娃衫，这么多年还是没能培养出你喜欢的优雅气质。你说，你已经给我暗示过好多次了，你以为我早就知道。是啊，我早该知道。从你越来越多的敷衍和冷漠中，我就该猜到发生了什么。只是我不愿也不敢朝这方面去想。我只有放纵自己发疯似的，就像要迫不及待抓住最后一根救命的稻草，一定是我哪里做得不对。

是不是我太任性，明知道你要准备考试，还硬要你陪我去云南旅游？

是不是我花钱太大手大脚，让你觉得有压力？

是不是我依赖心太重，话太多，让你感到不耐烦？

是不是……

我声嘶力竭，泣不成声，我怎么愿意相信，事实是你已经不爱我了呢。

我给你的朋友打电话，我让他们劝你回头，说我不介意你的一时糊涂。我找到那个女人，迎面抡了一个耳光，骂她不要脸抢别人老公。还好你没有看到，在你心目中那样文静内敛的我，竟然也会有这一刻泼妇的嘴脸。我甚至找到了你的单位，把你们的事情张扬得沸沸扬扬。我让领导逼你回家。我甚至请了一个月的假，跑到你身边，死活留宿在你租的房子里，给你做饭，天天等着你，就像我们原来说好的那样。

我天真地以为，这样你就会重新回到我的身边。不想，却把你越推越远。那段时间，我一定已经狼狈到了极点，你不愿意见我，你的朋友也不敢接我的电话。我被困在你的出租屋里，这里一点一滴都是你的气息。我曾经那样熟悉的你的气息，却像凝固住了，我几乎快要窒息。如果没有人来接我，也许我真的死在你的出租屋里也不一定。我暴瘦20斤，医生说我患了严重的抑郁症。你不会知道这种感觉有多难受，就像有什么东西用力把你的心掏空了，无法呼吸，无法思考。我甚至没有办法提你的名字，那三个字，就像三把刀，一刀比一刀锋利，伤口一个比一个更深。

我永远记得，高中时候每一天都是你帮我打饭，一打就是三年。我把不爱吃的都挑给你，你怕我吃得少体力跟不上，天天帮我买水果买零食。我们翘了晚自习偷偷去操场看星星，你背着我沿着操场跑道走啊走，说我沉的像块石头，所以这些年你一直亲昵地叫我“小石头”。你对我那么好那么好，我们有那么多共同的回忆，这些都早已经刻在了我的心里，比石头都沉。我怎么能轻易推开、搬走、扔掉？我始终想不通也不愿意想通，我们在一起八年的感情，都抵不过你认识半年不到的新同事么？

最后一次见你是在× × 的婚宴上，那时我们已经失去联系有6个月。你开着车来的，大众帕萨特，不算多高级的车，却是自己工作两年多攒钱买的。你被我搞的辞了职，换了新工作，却丝毫没有影响到你的收入。我突然意识到，靠你的能力，在一线城市都能过得很滋润，为什么要跟我回我们家乡的三线小城？也许你从一开始就没想过我们能走到最后。我们的距离一开始就有，我考不上你的大学，我去不了你的城市，我只能在我们这个小城市靠一点点关系谋得一份仅够度日的稳定工作。我够不着你。

也许大家都忘了我们曾经的关系，也许是没人敢提，大家谈论过去的每一个人，却总能巧妙地避开我们。你也在刻意避开我。有一刻我终于捕捉到了你的眼神，我以为会有一点点残存的温度，哪怕是讨厌是恨，也好过你眼神中的冷漠，一下子将我们八年的时光，碎得彻彻底底。我放下了，也只能放下了，连同我准备好的道歉，连同我对你残存的最后一点幻想，那一刻都轰然一声碎了一地。你早已将我连根拔起，清除得干干净净，我在你的生命里就像不曾存在过一样。我再纠缠你那些过往的恩恩怨怨还有什么意义呢？

你后悔吗？你一定后悔认识过我吧。我已经不需要答案。都说青春是疼痛的，成长需要付出代价。我们都为彼此付出了惨重的代价，从此天各一方，两两相忘。

我像初恋的姑娘给心上人寄出一封情书一样，害怕、迟疑、慌乱，终究还是下笔写下了这封厚厚的书信。就当是一封真的情书，寄给我曾经最爱的人。不同的是，寄出后，初恋的姑娘多出几许期待，而我，无意挽留人心，只将往事随风。

最后再叫你一声亲爱的，幸福，珍重！

你曾经的小石头

点评

“都说青春是疼痛的，成长需要付出代价。”是的，谁的青春不迷茫，谁的青春没留下一些遗憾。这封情书的作者用一种叙事的结构将两人之间的点点滴滴进行了详细的记录，将一段长达八年的情感刻画得细致入微。

与其说是一封情书，还不如说是一段对青涩爱情的回忆。再美的爱情也抵不过时间，再美的爱情也摆脱不了距离的束缚。情书中的这段感情依然没能坚持到最后，论其原因也不过上述两条。从字里行间，处处可感受到作者对这段感情的惋惜。时而忧伤，时而愤怒，时而懊悔。

正如作者最后所说，写这封情书并不奢望当事男主角会回心转意，也不想因为这封情书可以责备谁对谁错，因为在爱情里是没有对错的，唯一能肯定的是已经发生的。作者只是想通过这封情书来缅怀曾经的爱情，纪念那段长达八年的爱情。

一封写向天堂的情书

磊（四川内江）

三等奖

妻子15年前去世，我带着不满周岁的孩子生活。这15年间，我无时无刻不在想念她。如今孩子长大了，我也步入中晚年。但妻子在我的内心里依然是那样的美丽、漂亮。我想用这样一种方式来表达对妻子的思念。

十年生死两茫茫，不思量，自难忘。
千里孤坟，无处话凄凉。
纵使相逢应不识，尘满面，鬓如霜。

夜来幽梦忽还乡，小轩窗，正梳妆。
相顾无言，惟有泪千行。
料得年年肠断处，明月夜，短松冈。

每当读到苏轼这首词，我有一种伤心欲绝的感受……

亲爱的妻，自从你1999年出车祸突然离世，至今已14年了。当初你走的时候，我们的女儿才3个月大。今年，女儿已14岁了，她已考上市内一所重点高中，随着这阶段性的成果，我想向你汇报一下这14年来的艰难历程。

亲爱的妻，我记得清清楚楚，你是1999年12月14日下午2时30分离开了我和你心爱的女儿，离开我们时你尚未满25周岁，而今我已步入了不惑之年。这14年中，每到清明或你的生日，我都会带着女儿到你坟前扫墓，这一切，不知你看到没有？

亲爱的妻，自你离开之后，我含辛茹苦既当爹又当妈抚养女儿，同时还要上班。你刚离世那几天，女儿好像知道此事，通宵啼哭不停，每当女儿长哭不止，我也跟着落泪。也许是女儿吃母乳习惯了，总不喝牛奶，后来可能是饿得实在没办法了，也就逐渐适应了喝牛奶。由于没人带孩子，我们的女儿不到一岁就上幼儿园了。

亲爱的妻，你走得太突然了，没留下只言片语。我想，如果你有在天之灵的话，你一定常在我和女儿身边，因为这是你在世时的唯一，我也坚信你在时时保佑我们……

亲爱的妻，你的音容笑貌在我头脑中永远抹不去，并且，随着时间的推移，更加清晰起来。随着女儿逐渐长大，每当她问及你长的模样，我便详细向她描述，有时语言表达不完满，我就将我们初恋时的照片给她看。此时，女儿总禁不住叫一声："妈妈好漂亮呀！"夜里，每当夜深人静时，我总会想起你。多少次美梦中，你总和我在一起，我们一起嬉戏、玩耍，还似当初恋爱时，丝毫感觉不到你我早已阴阳两隔。只有当醒来时，才知你已经离开了人世，尔后，一种莫名的伤感涌上心头，让人泪流满面。这种梦虽然做过无数次，但每晚我都盼着这种梦重现……

亲爱的妻，你走后很多人劝我再找一个，我有时也想再成个家，但终因没有缘分没能有结果。这其中由于我放不下对于你的思念和我不愿女儿受歧视占了很大的比重。

亲爱的妻，为了孩子，我放弃了自己的很多幸福，没有节假日，没有上下班，不去交女朋友，一心只为孩子，孩子的一切远远重于我的生命。我想，争取若干年后，我在天堂见到你，在向你汇报孩子的抚养方面，找不出一丝愧疚。

亲爱的妻，你在天堂还好吗？是否也感到孤单寂寞，我也不知道你是否能收到我这封信，了解我真实的心声……

点评

这封写向天堂的情书，在本次情书大赛中获得了三等奖。感人，是众评委对这封情书的一致评价。一位单身父亲带着未满周岁的孩子艰难走过15个年头，这其中的心酸不言而喻。值得一提的是，我们能在整篇文章中的每一个句子中感受到这位父亲对亡妻的思念。这种思念不做作，来自内心最深处。通篇文章少有华丽的词语和比喻，但字字句句都能打动每一位读者。

而且，在这15年中，我们还看到了一位父亲的坚强，一位父亲的寂寞，一位父亲的伤感，一位父亲对孩子的爱。最重要的是，我们看到了一位男人对妻子的忠诚。

爱在，幸福才会繁衍不息

赵卫永（河北保定）

优秀奖

情书作者是一位老人，他由于思念老伴引发的脑梗塞已经昏迷2天，而他的老伴也已经离去了整整144天。当老人的亲人发现他时，他已在桌子上昏迷，手下还握着笔，桌上鲜明地摆放着沾了几滴浊泪的信笺。这封情书经其赡养人同意发出，以此怀念那段平淡而感人的爱情，望看过者共同为老人祈祷。

素云：

今天是你63岁的生日，你闻到屋里的梨花香了吗？这是我在咱家房后面的小山上采下来的。人老了不中用了，做什么事都力不从心，不说这个了。这束花算是我对你的道歉吧，你记得那年48岁生日时我答应你的吗？说要在有生之年陪你度过每一个生日的，可现在却让你一个人在那边过生日了，你肯定怪我了吧！不过你也别急啊，我觉得咱俩团聚的日子应该也不远了。

昨晚又做梦了，迷迷糊糊中还喊了你的名字呢！梦见咱俩那年上山去采梨花时你为了救我而把脚扭伤时的场景了。一会儿又梦到家里那只老死多年的大黄狗，你在喂它泔水，还是穿着那件藏青色褂子，梳着整齐的盘头，边喂还边向我念叨它越来越挑食了。醒来时心里觉得空落落的。

今天我瞒着儿子买了瓶二锅头，想陪你喝两杯，还亲自下厨给你做了你最爱吃的炒柴鸡蛋。在你生前每次我说下厨为你庆祝生日，你总一句“厨房哪是你们男人进的”就把我给打发了。可今天没人阻止我了，我尝了口还可以，你一定要多吃点，别像过去总往我和儿子碗里夹了。

不知道是人老了还是咋的，最近发生的事总是记不住了，还爱丢三落四的，可越来越爱怀旧了，总想起过去在生产队挣工分时一家人下地的场景，时间过去久的反倒记得清楚了。

老婆子啊，直到你走后我才体会到为什么那么惧怕死亡的你生前总嚷着要走在我前面呢！哎，老伴老伴老来伴，这142天来我都特别不喜欢晚上到来，同时又矛盾地盼着熟睡，因为熟睡中可以在梦中见到你。在夜深人静时我总是压抑着不去想你，可又不可避免地见物思人。呵呵，你是不是在笑话我了，一把年纪了还哭哭啼啼的，不说这些了，可能一时高兴多喝了点脑袋沉呼呼的，你自己先吃着，等有时间……

点评

在电子信息化的今天，在离婚率日益攀升的当下，在感情逐渐变得淡化的3G时代，很难想象还会有人用纸和笔来抒发内心的情感，也很难想象这一表达诉求竟然整整持续了将近半年的时光……

与其说这是一封没有爱字的情书，倒不如说是一个平淡而感人至深的故事，每当逐字阅读时眼前会情不自禁地浮现出一个老者在桌前絮絮叨叨独饮但两副碗筷齐摆，好像与人聊天的情景，不禁感慨——世上爱的最高境界却是无爱。

情书中的笔者是一位病入膏肓的老人，在这封永远不能寄出也不会有收件人甚至没有结尾的信中，我们感受到了爱情最后会被柴米油盐的亲情占据的事实。

可以想象笔者面对老伴的离去，独自面对生活的落寞，以及化思念于文字的无奈。信的笔者与老伴年轻时为父母包办成婚，没有过多的亲友祝福，更没有家具的陪衬，唯独有两颗质朴过日子的心，但恰恰是这最真实最宝贵的东西陪两位老人走过了风雨43载，变成了相濡以沫、不是亲人胜过亲人的爱人。

写在离开后

杨峰（重庆）

优秀奖

直到今天，我们终于能彼此放下了。

合上行李箱的时候，我才发现，整个世界弥漫的是你的气息，你的样子，你的痕迹，但却再也看不到你的身影。我终于可以选择不再坚强，也终于有了种坦然的感觉，终于可以在最后的时刻，笑着，哭着，一张张地清空我们的相册，也清空关于我们的回忆。

很少有人能理解我们之间的感情和纠葛，从五年前决定在一起，到今天不得不分开，期间，有过争吵，有过波折，彼此都曾有过分开的念头。可是，亲爱的，五年，我们还是过来了，记得更多的，是你带给我任何人都不曾给予的幸福，从心底涌起的暖意，一种只要曾经拥有就此生无憾的感动。

我想为我们的种种写下点东西很久了，每次都只敢写出开头，却不敢去想结尾，就一直耽搁下来了。此刻动笔，终于有了水到渠成的感觉。你知道，我的情绪只对你表达，写在这里，是我想，总有一些遗憾可以用这种最绚丽，也最让人惋惜的方式去祭奠。

我们在一起过了太久平淡的生活，老夫老妻般地在一起，以至于你一直怀疑，我们之间还有没有爱情？我一直是个不懂得浪漫无趣的男人，不懂得怎么哄女孩子，不懂得怎么讨别人欢心。我所向往的，是淡淡的相拥，平静的生活，却忽视了你的感受。我明白得太晚，我原来不懂，在一起的两个人，更需要的是一些激情和小心思。

我不止一次地问自己，五年前我们怎么会在一起的？彼此都不是对方的菜，甚至共同爱好都没有，就这样，居然也能在一起五年。我当时不知道，我生命中最美的五年，是从那天开始的，我成长、改变、成熟最快的五年，也是从那天开始的。

现在的朋友看到当年我的照片，都会惊讶地问我，那个真的是你么？当时的你，怎么会看上我呢？染发，打耳洞，留长发，奇装异服，桀骜不驯，一副准不良少年的模样。从第一天开始，你带给了我一个不一样的世界，从那时开始我在改变，第一件风衣，是你帮我挑的；第一套正装，是你在金鹰陪着我买的；第一双皮鞋，是我们一起在华润选的。你的观念颠覆了我之前好多的认知，我现在已经分不清，我有多少是我，又有多少是你带来的。

那时的我，有着眼高手低、心高气傲、占有欲强、沉迷游戏诸多劣迹，是你慢慢地慢慢地在包容着我，改变着我，直到今天的我。

那个时候，你最喜欢我骑着自行车载着你在不大的淮师校园兜圈子。记得那个时候，有次朋友的电动车放我这边，我载着你从学校到市区，你是多么的开心。记得大三那年，你要回去给奶奶过生日，晚上下着雨，宿舍楼下，我抱着你，依依不舍。那是我第一次对一个女孩子有了依依不舍的感觉。你笑着安慰我。一个星期后，接到你的电话，让我去学校门口取包裹，我和蒋飞两个人傻乎乎地蹲在淮师大门口等着快递，来了辆出租车，停在我们面前，下来一个穿着红色冬衣的女孩子，粉嘟嘟的，是你，扑到我的怀里，给了我莫大的惊喜。

那时的你，总会在不经意间带给我很多惊喜，可我不仔细想的话，真的都记不清了，太多了，多到让我觉得理所当然。很多次，你精心准备的惊喜被我放肆地忽略掉，开始了无休止的吵架，三天一小吵，五天一大吵。很多次，你被我气哭。最严重的一次，我把你买给我的比萨当着你面塞进了垃圾箱，转身走了。昨天你问我，会不会为那时的行为感到后悔？我现在告诉你，我根本不敢去想过去，根本不敢想。

那个时候，下楼打个水都要在一起墨迹半天，基本上都是在11点宿舍要关门的时候才回去。那天，我，你，张鹏、阿兵以及他们的女朋友，还有那谁，那谁谁，一起去水渡广场玩。你知道我很怕水，但有你在身边，我们还是坐着那个小船，不顾岸上看船人的吼叫，一次次地冲击着边界，踩着小船比赛谁更快，哈哈。

大四快毕业的时候，我们一起去了世博会。和姐姐一起逛街的时候，因为心疼刚工作的姐姐，没让你买那双达芙妮的鞋子。不知道你现在买了这么多鞋子，是不是有当时我的原因。还有很多很多，各种各样单纯的美好，汇聚了，沉淀了，我和你，就融合成了“我们”。

大四那年，你总是抓住每一分钟和我在一起。你说，你怕毕业后我们就不能在一起了。我总是嘲笑你，每天都像活在世界末日一样，告诉你，别担心，我们是有未来的，我和你是奔着婚姻去的。你还是担心，还是要紧紧地抓住我，在淮阴到处拼命地玩，无非是想珍惜那最后一段时间，我被你缠的都没有任何时间去和我那些兄弟们厮混了。

那段时间太平静，那段时间太美好了。

后来，你回重庆考试，笔试通过，打电话给我说想我，非常想我，要我去重庆接你回来。我骑着自行车到火车站买了2010年3月28日K569次“南京—重庆北”12车007号商铺的火车票。这是我人生中第一次坐火车，第一次一个人去那么远的地方见一个人。晚上23点多到重庆，我拉着行李箱走到出站口的时候，远远地就看到被灰色毛领大衣裹着的你，娇小，可爱。又是一个大大的拥抱，抱着你的时候我感到一切都是那么美好，那么醉人。这张火车票至今还在我的钱包里。

第一次来重庆，第一次吃了正宗的重庆火锅，第一次看到解放碑，第一次去了洋人街，第一次坐了重庆的公交和出租，都是和你在一起。4月11日，我带着你，乘K570次“重庆北—南京”火车回去了。

2010年6月27号，我们毕业了，在大礼堂，院长亲手挑开我们学士帽前的流苏。

第二天，我们一起飞到重庆。接着就是开始找工作，找房子。很多琐事都是你陪着我在做，很多时候因为是你在我身边才让我觉得有信心坚持下去。一家上海的园林公司，经过笔试、面试，一切敲定的时候，经理对我说，把身份证号码给我，定周一的机票，先去山东分部学习半年。我犹豫了，最终还是选择了放弃。那个时候我已经离不开你了，哪怕一分钟也不行。

那段时间是我成长最快的时候，我更加自信了，能主动分析自己的缺点，直面自己的问题，遇到事情不会慌张了。我们都是凡人，是有很多缺点的凡人。那个时候我相信，无论眼前多艰难，生活终究都会美好起来。谢谢你，在我迷茫的时候，带给我那么多的安慰。

再后来，我们住到了一起，住在东升彼岸那个小小的家。在那里，我们规划着我们不远的未来。每天我下班，你放学后会一起逛家乐福、重百，最多的还是新世纪，直到今天我买任何东西，第一选择还是新世纪。我们会和我的朋友、你的朋友一起吃着火锅唱着歌。我以为，我们梦想中的生活，就要来了。

但是我做梦也不会想到，真会有那么一天，2013年到来之时，我们倒下了。

渐渐的，随着你压力的加重，我开始怀疑，怀疑你，怀疑自己，怀疑我们的未来，在一起的时间也越来越少了，你回你家的频率开始高了起来，我一个人面对房间的次数也多了，想的也多了。你说，你不开心，要在家里住几天。我还是像劝一个小女孩一样劝你，哄你。可能就是因为那段时间，你开始动摇，我开始想着退却，我们之间的裂痕越来越清晰可见。

那时，我还是天真地想着，那么多风浪过来了，这次还能有多大的问题呢？

那是一段无比混乱的时间，除此之外，还有很多琐事，不给我喘息的机会。

很多人告诉我，女孩子在进入社会之后，会迅速被不同于校园里的全新价值观所同化，加上女孩到了这个年龄，就开始寻找安稳的感觉。这种感觉是现阶段的你很难给出的，尤其是你现在背井离乡、空手打拼还没有希望的时候，情况就更加困难了。这个时候只要有男生对她下手，她就会做出比较，觉得你不再懂她，会开始剧烈的动摇。能不能撑过这关，很可能就要看缘分了。

而我总觉得，让女孩变心的原因只有一个，那就是对她不够好。

这个时候，我也在问自己，现阶段的我，给不了你任何东西，是不是还要继续拥有你？未来的路上还有那么多的不确定性，我能不能给你幸福？那个时候我也在煎熬之中，我想过放弃，考虑过回家发展，也确实这么做了。10月份的时候，我回家考了民政，通过了笔试、面试。到了11月通知我体检的时候，我又一次放弃了。我不甘心，我不放心，我要亲眼看着你得到幸福了，我才能放手。如果你不幸福，我也不会幸福。你是我发誓要用生命去守护、用一生去陪伴的女孩。你是我心中永远最大的牵挂。别人如果给不了你幸福，我愿意付出所有让你快乐。

无数次我想象着，我们结婚后的生活，你依旧被那些小孩气的哭哭啼啼的，我上着一个不咸不淡的班，接你回家，陪着你，周末一起继续家乐福、重百、新世纪，不富裕，也不贫穷，过着平凡人的生活。钱全部是你的，我的衣服还是你买。大片上映的时候还是团购两张票，专挑人少的影院看包场，团各种美食。从此，你就是我眼里的整片森林。

终于写到尾声了。

我们一直生活着那么平静，我的QQ、人人、微博上没有任何你的痕迹，因为我知道，你讨厌别人的关注。但是因为这，对我们五年时光的纪念，也永远缺失着，那就让这篇日志弥补一下吧，我们就轻浮地秀一秀恩爱，哪怕是过去式，我想也会让你感觉无悔这几年的青春。你不知道，我有多庆幸自己遇见了你，有多庆幸自己能够和你分享五年的宝贵时光。我不羡慕任何人，因为就算我失去了全世界，我还有你，我还有一个家。可是你都不知道这些，这也让我后悔，我太不解风情，我本应该更懂你，如果一直让你知道，我有多么为你而骄傲，结局或许会不一样。

你的电话来了，我得抓紧时间再写一些，就去见你了。

最后的最后，你一定要相信，我会更坚强、更勇敢、更成熟，我知道，你会为我骄傲。而且，无论什么时候，只要我想起，你就在那儿，你在某个地方，生活得很幸福，我也一定会微笑。

我很难形容自己现在矛盾的心情，这些话本是写给你，但我最不希望看到它们的人，也是你。我知道，最终你能看到，也知道这些流水一定能激起一些波澜。但我更知道，我们可以成熟、大气地面对这一切。

如果可以，我希望我们能在今天，为这五年最美丽的交往，和结尾最美丽的遗憾，最后一次，大哭一场。

今天，让我最后再爱你一次，然后笑一笑，走进明天的晴天。

2008~2012年，刁，谢谢你，祝福你！

杨峰

2012年12月28日

点评

坚持5年的爱情，再次倒在了现实面前。他们在一起幸福过，浪漫过，对未来也憧憬过。他们为了能在一起相守也努力过。作者是一名外地人，为了追随心爱的女生，不惜放弃老家的工作，决心扎根女生所在的城市，又为了留在女生身边，放弃了去外地深造学习的机会。从文章中，我们看到了一个质朴、忠诚的男人，可故事的结尾还是以悲剧收场。也许你会说，这就是现实。作者已经努力了，也为了幸福争取过。只是这样的分开有别于争吵或是第三者出现那样令人气愤。我们看到的，是因为现实而存在的太多无奈。作者越是细数两人过往的点点滴滴，越是让人感到心酸。

伤 逝

莫挽（湖南长沙）

优秀奖

本人是女性，想通过这样特别的方式，用不同的视角为自己深爱的男生写一封这样的情书。情书内容中角色颠倒，本人认为这样更能表达自己的爱情观。

情书内容是一封写给亡妻的情书，除了祭奠对妻子的脉脉深情，也想诉说一下两人之间的爱情。故事要从男子第一次轻吻女子脸庞的忐忑说起，到妻子逝去许久后的思念以致出现幻影，再到惊醒后的哀思，回忆起誓言，痛彻心扉。

紧闭的双眼，深藏你灿若星辰的眸子，我含着对神灵的敬畏与庄严，轻轻地在你玫瑰色的脸庞洒下我馥郁的爱意。你颤抖的睫毛似在玫瑰园里蹁跹起舞的蝴蝶，振翅欲飞，却又恋恋不舍。我垂下眼帘，不敢看你的模样，怕我浪子的行为点燃你少女的薄怒，卿可知，我对那个向往已久的妙人是饱含着怎样的海誓山盟？

怀揣着忐忑的心跳久久不敢睁眼，静静的，仿佛听见心绪波涛汹涌的呼唤。我多想，多想再看看你低头浅笑的温柔，嘴角优美的弧线一点点绽放开来，划过我净澈的心湖，洋洋洒洒的桃花在荡漾的涟漪中刻下你淡远悠然的身姿，如云似雾的粉色拂过我的脸颊，错落在三月的湖水中，断壁残垣，我想许你一个姹紫嫣红的未来。

再不愿等待，睁开双眼，空空如也，才发现，沉溺于你的背影，轻嗅你令我魂牵梦萦的气息，都已成为我灵魂所有的构筑。恋卿如此，可愿与我执手偕老？只是，依旧任我不顾一切也抓不住一丝一毫。伊人何处，苦苦追寻在夜色西沉的梦中，在灯火阑珊的街头，在胡琴咿呀的巷尾，在我们相遇的湖畔……

一声叹息打乱我的愁绪，是谁在那里？是你吗？我恍惚中冷然一笑，这里明明只有我，只有我啊！那叹息的余音还萦绕在我的嘴角未消散而去。可是，我却看到你独立在一旁，纤弱的身子，青丝张扬飞舞赋你以万千华光，与你薄唇上那抹绯色交相呼应。我用目光紧紧锁住若隐若现的你，竟那么不真切，像要随时携雨伴风离去一般。不，我害怕如此，便毫不犹豫地奔向你，似傻如狂地去拥抱那个巧倩笑兮的你，梨涡轻旋，迷醉着我所有的冷静，紧紧地拥着你仿佛拥抱着的是我生命的全部，我又闻见你身上淡淡的清香。

沁骨的夜风涌入，惊醒了我的爱意，打乱了你最后的气息，哪里还有你呵?原来真的只有我一个，顿时所有的勇气与希望被抽光。是啊，你已渐行渐远，我怀中明明是浮动的空气，抬头凝视，又想起吻你的甜蜜。指尖已没有你的温度，膝上已没有你倚伏的娇媚，眼中已没有你乌黑的青丝，再也无法胀满我的眼帘，犹记你笑语盈盈在耳边轻吟：君既已慕，请深恋!

芳时歇，人分离，白头吟，伤离别。愿得一心人，白首不相离，你我却终究阴阳两隔。吾则卿，卿则吾，你我从此相融不分离，这是我给你的誓言。皑如山上雪，皎若云间月，任时光打磨，我心坚定不移。

吾妻，既已逝，自长相随。上穷碧落下黄泉，等我寻你共饮忘川水，定不负卿。

点评

情书的作者是女生，这样的设计令人有些意外。作者为自己深爱的男生写了一封这样的情书，但内容中角色颠倒，作者认为这样更能表达自己的爱情观。

用作者自己的话讲，“曾经，那时的我很爱他，他教会了我什么是爱，也明白了爱情的滋味，苦涩又甜蜜，只是，他却不爱我，仅仅是暧昧于我，等我深陷其中他却抽身离去。因此，我塑造了深情的男子，祭奠缥渺的亡妻，也祭奠我的爱情，以及我对爱情美好的追求。一生一世一双人，很傻，但我依旧相信世上存在这样的爱情，如苏东坡对亡妻王弗十年生死茫茫的难忘怀，也如陆游与唐婉之间爱情的无奈与痛心，等等。”

这封情书，也是作者与过去自己的诀别，是舍则该舍，坚信真正属于自己的人会在原地等待自己。作者也希望所有和自己一样的男人女人都在受伤后依旧相信美好的爱情。

给一个天堂女孩的情书

想你（安徽亳州）

优秀奖

那一年我上初二，她上初三。我们一样的年龄，只不过她比我早一年。她在家乡的中学，而我去了邻县的私立中学就读。

遇到她，或许真的是个缘分。她是个很温婉的女子，却有着常人女子没有的勇气。或许也恰恰是、正是她的勇气，才让那天黄昏里吹笛的我有幸认识她。那一天，我为她吹了一首笛子，却在分开的时候因为男孩本身的羞涩忘记了询问她的姓名。

再后来，我天真地以为站在原地就能等来她。然后每隔两个星期的假期，我就从邻县的学校里坐车回来，站在那个地方吹着笛子等她。

两个月后，我以我的固执等来了她。当她听说我为了她在这等了两个月的时候被感动了，或许她从那时才真正爱上我。这之间没有轰轰烈烈，一切都像小说那样顺理成章，让人不敢相信。

可没过多久，她被确证患上白血病，一年后离世了。至于我写这篇文章的目的，我只想有人帮我一起记住她，像月亮一样记住她。

一个很平淡的题目，却有着不平淡的故事。突然想讲些自己的故事，一个很多人不知道的事情，关于我的初恋。虽然我不怎么提起，也不怎么想起，但是想想唯有她是最爱我的，那段爱恋纯粹到没有杂质。

那一次转身，似一场烟火的幻觉。记忆却在我的身体里似水一样流淌，不可遏阻。没有你的日子里，爱的执著让我的心在孤寞中隐隐作痛。多么希望能把自己凝成叶上的那颗露珠，在阳光灿烂的早上能唤醒爱的精灵，绮韵盈然地化去。

吹一曲忧伤的旋律，静静地想你。一切仿佛就在昨天，指头每一次的泛动，都会颤抖成千万个想你的音符。

那一年，那个柔美恬静无风的春日黄昏，路边的花儿在尽情地开放，林里的鸟儿欢乐地在枝头鸣唱。在静谧清朗如水般的余晖里，我倚靠着树身，宛转悠扬如泣如诉地吹着竹笛。

从路的尽头你缓缓走来，“真好听，你可以为我吹一首曲么？”如涓涓泉水般的美妙声音传入我的耳内。

“行啊！”我抬起头，只见夕阳辉映照在你的脸上，你微蹙的眉头正在微微地松开，眼里闪烁着点点亮光。那时候，我不认识你，可是在夕阳下，你长发飘飘的样子真的很美。我当时很惊讶你的勇气，或许我们之间的共性减少了那份隔膜。见我看你，瞬间，你扬起一抹明媚的微笑，荡人心腑。

“那为你吹一首什么曲子呢？”我笑着问你。我依旧记得那时候我的笑容，或许其实在别人看来真的有点色迷迷呢。

“吹你自己最喜欢的，最拿手的吧！”你那柔情似水的语调是多么的沁人心扉，皓齿明眸是那么的令人生情。

“好吧。”我轻握竹笛，横放于嘴边，缓缓地吹起了那清脆悦耳、清远悠扬的嘹亮笛音。手指不停地变换着笛孔，让笛音在天空里自由地回旋荡漾。在日暮的笛声里，你成了我凝神思念寻找的影子。你就似那飘浮在空中婆娑的音符，悠扬飘荡、绵延回响，缠绕着无尽的憧憬与牵念。那一阵子，我经常去那里吹笛子，我一直盼着你再次出现，因为我还不知道你的名字，我感觉自己当时好傻，一直想问，却是不敢问。

佛说：万发缘生，皆系缘分！偶然的相遇，蓦然回首，注定了彼此的一生，只为了眼光交会的刹那。

然而，我们的这次相遇，注定滋长今生太多的眷恋。后来，我知道了你的名字，你也知道了我的名字。我告诉你我叫李雨嘉，其实那一直是我的假名字。因为我的名字太过普通，太过让我不敢接近你。

在喜欢的人面前，我想任何人都是自卑的，因为爱足以让一切失去光辉。

后来，我渐渐知道了你的地址，你的经历，你的一切。

我去过了所有属于你的地方，或者说后来属于我们的地方。

清楚地记得那个安谧的夜晚，我们牵手漫步田头，你的笑靥在月色中荡漾，甜蜜的话语在我们的耳边萦绕。除了我们，还有开心的青蛙在水渠里高歌鸣叫，晚归的鸟儿在找寻歇息的巢。

你凝望着悬挂在天空的明月，靠着我的肩，柔柔地说："月宫里真的有嫦娥姐姐么？她还一直过着寂寞清苦的生活么？也不知她现在会不会冷！"

我的手爱抚地滑过你长长头发，轻轻地落在你的肩上，说："你也相信神话？那只是一个美丽的传说，不是真的。"

"不，是真的，里面肯定有嫦娥姐姐。我喜欢嫦娥，我喜欢那美丽的故事。"你把我的手慢慢拉下，紧紧攥进了你冰冷的手中，给我讲述那个流传了千百年的凄美故事。

一个名叫后羿的英雄，娶了位美丽善良的妻子，名叫嫦娥。人们都非常羡慕这对郎才女貌的恩爱夫妻。

后羿射下九个多余的太阳立功后，西王母赏了他一包仙药。据说，服下此药，能即刻升天成仙。

后羿因舍不得撇下妻子，便把不死药交给嫦娥珍藏，不料，被恶徒逄蒙知晓。后羿走后不久，逄蒙手持宝剑威逼嫦娥交出仙药。嫦娥知道自己不是逄蒙的对手，危急之时她拿出不死药一口吞了下去，身子立时飘离地面，向天上飞去。由于嫦娥牵挂着后羿，便飞落到离人间最近的月亮上成了仙。

后羿知道后悲痛欲绝，每逢月圆之夜便仰望着夜空呼唤爱妻的名字。

我默默地听着你的诉述，抬头仰望夜空的月亮，感觉格外皎洁明亮，里面那个模糊的身影也许真是那美丽的嫦娥，她正在静静聆听人间那些爱的心语。

我问你："后来，后来呢？"

你说："后来！后来……"

我感觉到有一滴水珠悄然地划过我的手面，低头见你时早已泪流满面，泪滴顺着月光正在无声地撒落。

月有阴晴圆缺，人有悲欢离合，梁山伯与祝英台化成的蝶儿早已散去，后羿与嫦娥的故事也消失在天的尽头，尘俗中多少有始无终的爱情，让人恒久都无法释怀。

我们分手，是在那个情意绵绵的冬日夜晚。那天我才知道，原来你的身体一直都不是很好。三年前，医院的一张诊断书把你带进了深渊地狱，“白血病”三个字时刻折磨着你这个花季少女。你感谢上苍让我们相遇，相识，相知，相恋。这些天，我给了你今生最大的幸福，给了你无与伦比的快乐。你多么渴望拥有像嫦娥那样的仙药，你不求长生，只想能够一辈子看着我，只想能牵住我的手好好地一起走。或许我们今生的相遇已是上天给你的最大恩赐，或许你我前生的缘分早已注定。而今生，你只是我生命中的一个匆匆过客。若世间真有轮回，愿我们的真情来世再续。

可是，你知道么，我们自己心里从来都没有认同过这个分手。

我现在喜欢文学，还是当初的那个你教的。我的梦其实从来都是你的梦。那一阵子，我拼命地装病从学校请假回家，然后偷偷地跑到医院里，趁着你父母下去买饭不在，跟你说说话。你总说：“你不要再来了，我们分手了。”可是我依旧往那里跑。

那一阵子，我省下了自己能省的钱，吃着咸菜和馒头，中午只吃一顿饭，过着有上顿没下顿的日子。那一阵子，我经常跑去我姨家里做客，因为我姨会给我钱……我想尽一切办法为你筹钱，我去写歌词，然后求人低价去卖掉。别人日后看着说我好厉害，其实我背后只有你能懂的苦涩。我挽救不了你，我是个无能的男人。

每次从你病房匆匆离开，我都不敢看你，我不敢看着你在我眼前突然消逝。每次，我把钱放在桌上离开，你都叫我拿走，然后我一句话也不回你。那时候你对我说了最狠的话：“你滚！滚啊！”我知道每次你骂完我，都会在病房里偷偷地哭，因为我在外面一直看着你。

那一年，我为你做了最不齿的事情，其实你至今都不知道。我去跟人在外面收小学生的保护费，然后为了躲避家长的殴打拼命地跑。那一年，我学会了撒谎，学会抽烟打架，然后逃学去看你。虽然你日渐憔悴，我仿佛已经预见了什么，但是我心里还是存着希望，等着合适的骨髓。

还记得我问过你么？“你为什么不让你父母为你配型骨髓呢？”为这件事，我们吵了很久，你说你不忍心，我说他们可是你的父母啊，救你天经地义。那一次，你又叫我“滚”。

我不理解，那时我彻底伤了心，伤心你为什么不理解我的苦心呢。从那天开始我消失了整整一个月。那天我偷偷地坐在我们聊天的那片田地里，流着泪，暗暗发誓，不再见你，不再和你有任何瓜葛。直到后来，我才知悉一切的一切，原来他们是你的养父母，你是抱养来的孩子。

一个月后，你父母给在学校的我打了电话，说你快不行了，最想见的人是我，是我！那时候，你父母知道了我们的关系，或许因为是你快要离世的原因，你父母没有埋怨咱们早恋。

挂掉电话，我连假都没有请，就冲出了学校，眼泪像断线的珍珠项链。在路上，我一直摔跤，我一直精神恍惚。刚到医院时，见到你父亲，你父亲一拳打了过来："你喜欢她，为什么这一个月你都没来看她！" "你知道吗？她本来可以活三个月的，都是因为你。"我发疯了似的推开你父亲，把你拥在怀里，肆虐地亲吻着你那瘦削的脸颊，任痛苦的泪水从眼中狂涌，体会苦痛穿肠的感觉是那么的刻骨铭心。

可是，你还是闭上了你夕阳下的双眸，不再看我，不再看这个世界。

我知道，你为了给我留下你最美好的一面，独自一人承受着疾病带给你的痛苦煎熬，远离了我。我的世界从此没有了你。后来我去了我们相遇的地方苦苦地寻你，走过了天涯，找遍了海角，可终究没有你的身影。我望着依旧如此的夕阳，我问天，我问地，我大喊着，"为什么？为什么！"我心爱的你究竟去了哪里？那些我们彼此许过的愿，是否还留存着那份温馨和甜蜜。

现在，每年我都会一个人去你的墓前，然后吹那首我们相遇的曲子，慢慢坐下来，甚至躺在你的墓前，任由黄土落在身上，因为我一直都感觉那黄土是你在轻轻地抚摸我。

从此，我便没有了魂。我每天都在和你相识的路边等你，盼你，想你。一样的日子，一样的黄昏，一样的鸟语，一样的花开，一样的夕阳，一样的我，一样的竹笛，吹一样的曲子，路的尽头却没有了那个一样的你。十年渡，百年枕，千年缘，执子之手，与子偕老，比翼飞燕，并蒂青莲，我一切的一切都湮烟灰灭。我的心从此不再坚韧，孤独凄凉，一碰就破碎。我每天都在用坚强的微笑掩饰那些心灵的碎片。

后来，我在高二时喜欢一个女孩，因为她真得好像你，好像。我活在过去里面，我把她当做你，拼命地喜欢她，好像弥补我欠你的一切。直到最近她用无情冷冷的话语把我从梦中惊醒，原来我一直活在梦里，把她不由自主地当做你。

那一夜，我很晚入睡，我想了很久，想起了你，想起了我们那夜在田里，聊后羿嫦娥，聊那动人的神话。现在我相信了那月亮上有嫦娥，你知道吗？因为那嫦娥在我眼里就是你，可是我们隔了好远，好远，留给我的只是那冰冷的病态的银色月光。

也许，一切的尘缘，在今生都好似早已命中注定，无论快乐与忧伤、浪漫或平淡，终将离去。

也许，我的前世是戈壁里那株竭尽枯萎的野草，一生孤寂，摇曳在断壁残垣的苍漠，雪虐风饕。而你就似那冬残春近柔润无声的缠绵细雨，今生与我邂逅，碰触了彼此的双眸，溶进我的血肉，将永世相连。

点评

爱情的力量是伟大的。它犹如一把尖刀，深深地扎进人们内心最脆弱的地方。情书作者具有一定的文字功底，连用嫦娥和后裔，梁山伯与祝英台来比喻他曾经这段青涩的初恋感情。

初恋是美好的，也带着几分浪漫的色彩。我们能从字里行间读出作者当时对这位犹如天使般的女孩是多么的义无反顾。但命运总是捉弄人，当男孩面对一份毫无保留付出的爱情时，却难逃爱人即将离世的现实。正如作者在文中所说，自己根本没有勇气再去面对那段不堪回首的记忆。都说最好的治愈方式是重新开始一段恋情，作者虽然也步入这条看似合理的道路，但最终还是骗不了自己。正如作者写这封情书的目的，只想永远地记住她。

特别的情书

恒雷（山东烟台）

优秀奖

这封情书用以怀念曾经那段记忆深刻的感情。即使你不在了，我也会一直在心里爱着你，如果真有来生，那我们便做个约定，还在我们小时候常去玩的地方等对方好吗！那时我会遇见最美丽的你。

亲爱的雯：

最近好么？不知远方的你是否安好？

家里的冬天还是一如既往的冷，窗外飘零如絮的飞雪一如我对你的思念。你那里的冬天冷么？

刚刚从梦中惊醒，醒来后便辗转难眠。这些年来，早已记不清这是多少次梦中有你，梦中的你永远是18岁的脸，那么的青春，那么的张扬，又那么的惆怅。

你回来了么？是的，我坚信你一定回来了，如若不然，你送我的风铃怎会摇曳地轻响。

梦里你哭了，哭得让人心碎，无论我怎么劝说，你都一直地哭。

你哭，哭得我心如刀割，醒来时才发现自己的眼泪已经殷湿了半边的被角，我能感受到你的悲伤，真的感受到了你的悲伤。

雯雯，我曾恨过你，恨你轻描淡写地抛弃所有；恨你走的无牵无挂；恨你留给我一个永远也做不完的梦。

记得那一年，对门搬来了一户新邻居，大人们一件一件地将楼下的家具抬了进去，懵懂的我不知所以。奇怪的是，第二天对门阿姨便领着你来我家里拜访，阿姨很爱笑，还夸我长得白净。那时的你穿了一件粉红色的小裙子，怀中抱着一只褐色的泰迪熊娃娃，说起话来总是露出两个小虎牙。

就是那天，你抢了我的小汽车，还狠狠地咬了我一口。我大哭了一场，大人们怎么哄都不好，最后还是阿姨训斥了你，你忍痛地将怀里的泰迪熊给我玩，我才止住了哭。也是从那时开始，我便有了个你专属叫我的外号“爱哭鬼”。如若不是现在右臂上还有你咬过的疤痕，恐怕也不会记得这么清楚，因为那一年，你6岁，我5岁。

小的时候，我的性格一直内向，而你恰恰相反，总是爱说爱笑，爱唱爱跳。记得阿姨常常训你的话：“你看人家雷雷性格多好，学习还好，哪像你，一天天就知道傻玩傻玩的。”每次阿姨训完你，你总会找我撒气，狠狠地掐我。那时候你的同桌强强总是欺负你，课桌中间被他画了一条长长的“三八线”，还总是叫你的外号“蚊子”。有一天你忍无可忍便动手打了强强一巴掌，强强用力地推了你一下，你摔倒在班级里。看到你吃亏，性格有些内向的我不知哪来的勇气，冲上前去和强强扭打在了一起。事后，我被班主任老师叫了家长，我妈还狠狠地揍了我一顿。我发誓，那是我人生中的第一次与人打架，是为了你。那时我们上二年级，并且在一个班。

不知什么时候你开始爱打扮，喜欢看漫画，买了好多漂亮的衣服，就连发上的卡子都是金光闪闪的。那时的你对我说不喜欢丑陋的校服，背着家长与老师偷偷地把漫画书藏在我的书包里。我的父母都是工人，而你家里做生意，我家的条件自然比不上你家。每次你买冰棍，买吃的东西总是会给我一份，而我，也成了你的专职“保姆”，每天上学放学都要为你背书包。那时你是班级的文艺委员，而我只是学习好不怎么爱说话的乖孩子。也是那一年，在放学的路上，你第一次跟我说，你喜欢班里的大班长，问我大班长是不是也喜欢你。那年你12岁，我11岁。

小学毕业了，我升入了本地的一所普通初中，家境殷实的你却被阿姨送去了省外一所很有名气的高级中学就读。记得你要走的时候，我们俩都哭了。我去火车站送你，你拿出一个水晶小风铃送给我，说等初中毕业了，就回来找我玩，让我不许喜欢别的女同学，只能当你的“爱哭鬼”。你上了火车，走了，火车已经开了很远，我仍旧站在站台上默默地看着你远去的方向。我知道，你会回来，你一定会回来，因为你的家在这。你去省外上学不到半年，你的家便再次搬走了，我再也不能去你家里跟阿姨打听你的消息。但我仍相信你会回来，因为我在这。

那一年我上初三，成绩好的在全校里也小有名气，当时正在紧张地为考一个好的高中而努力备战。也就在那时，在放学时的校门口，你突然出现在了我的面前，我差点认不出你。我承认，见你时我的脸红了。你漂亮了，个子比我还高一些，脸上画了不淡的妆，头发染成了橘黄色，穿着一件淡蓝色不到膝盖的短裙。我羞涩地跟你打了一声招呼，你对着我嘿嘿一笑，叫了声“爱哭鬼”。一时间，我好激动，这几年累积的想念像黄河决堤了一样，有千言万语想要对你说，可是又不知道怎么开口，只是脸色通红地站在那里，想看你，又不敢看你。“你们学校的校服可真难看，你怎么跟小时候一样，还爱穿这东西！”“对了，我过几天转来你们学校，以后再说。”说完这句，你便跟着身旁几个穿着时髦的男生走了。我呆呆地立在原地，看着身上淡绿色的校服，一瞬间，自卑的无以复加。我知道，在我们中间有一道不可跨过的鸿沟，此刻，仿佛有一盆冷到彻骨的冰水泼到了我的身上，冷，冷到心中都结上了一层寒霜。那天，我不时地问自己，她是雯雯么？她还是那个雯雯么？

自从你回来之后，瞬间便成为全校的风云人物，围在你身边的男生就有好几圈，我就再也没机会为你拿书包，为你打架，因为我知道，我连做你护花使者的机会都没有。你仍旧住在我家的对门，就只有你自己一个人住，我们偶尔经常一起骑单车上学，放学。我不止一次的问你阿姨她们还好吧，你总是囫囵地回答“还好”，便不说了。

雯，看着你身边换了一个又一个帅男生，你永远也察觉不到，我的心是如何的难受。倔强的我，依然小心翼翼地保存着心里对你的那份喜欢。我也曾不止一次地挣扎过，但是都失败了，我发誓自己要默默地对你好，默默地守护你，不让你受到一点伤害。

你从不学习，只是疯狂地玩，还总笑我是书呆子。我劝你，你也总是听不进去一点，说我不懂你的生活方式。我能做的只是有意无意走过你的班级，从门口偷偷地瞄上几眼，总是能看见趴在桌上睡觉的你。还有课间操时，盼望着做体转运动这一节时能回头多看你几眼。我总是偷偷地从远处凝望着你，跟你说话时也总是磕巴。

那一天，我挨揍了，三个人将我围在中间，狠狠地踢了我。我的脸肿了，嘴破了，流了好多血，校服的衣服被撕了一道长长的口子。你发现后，很生气地问我，到底是谁干的，要找人为我报仇。我说自己不小碰的，无论你怎么问，我都没有说，最后你满面怒气地说我没用。雯，你永远也不会知道，我是因为你才挨的揍。那三人打完我，扬长而去的最后一句是:“你离张雯远一点，要不然整死你!”我不想告诉你，不是软弱，只是不想你因为我有一丝一毫的沉沦。

中考过后的那个暑假，你拉着我去滑冰，开开心心地跟我说了一堆的话。那天的你，如同一只彩蝶，在轮滑池中翩翩起舞。你说你有最最开心的事情跟我讲，你说你找到了真正的爱情，找到了那个把你当成全世界的人；你说你要与他相守一辈子，以后给他生几个孩子，给我看他送你的玫瑰花。你拉着我的胳膊，唱着歌对我说:“祝福我吧，爱哭鬼!”那一刻，我多想对你说，雯雯，我才是那个永远守护你，把你当做全世界的人。

我考上了省里最好的一所高中，而你却坚持辍学，说学业不是你想要的，你真正想要的是爱人和自由。这一次，换我走了，只是我走时，看不到你来送我。我知道，你的世界，永远也不可能有我，我萧瑟地走了，但是，雯雯，我还一如既往倔强地爱着你，即使你不在乎我，我只希望你好。

等我再见到你时，这一切似乎都变了。那一天，假期回家，第一件事便问起你，我妈才跟我说,“雯雯前几天才回来，过来跟我打了招呼，现在应该在家，要说这孩子挺苦的，她爸妈前几年出去做生意，出车祸了，两个那么好的人，说没就没了!”那一刻，我忽然想到了什么……奋不顾身地冲出家门。

雯，我那时不知道在你身上到底发生了什么，你苍白的脸上鲜有几丝血色，人也整整瘦了两圈，你憔悴的模样看得我一阵阵的心痛。看到我的一瞬间，你的眼圈红了，终于钻进我的怀里哭得稀里哗啦。你对我说，那个你爱的人，不但骗光了你父母留给你的积蓄，还让你怀上了孩子，你自己刚刚才去医院打掉。怀中的你就像一个孩子，孤独而无助。我听着听着，眼泪不自觉地落了下来。我只能安慰你，安慰你一切都会过去。那一刻，我真的恨自己，恨自己的无能，竟舍得让你那么单薄的身躯受到如此的摧残。

我抱着你，就那么一直抱着你，仿佛一切对我都不再重要了。我怀中抱着的就是整个属于我的世界，我发誓，无论你变成什么样，我都会在你身边不离不弃。

哭了一会，你突然不哭了，说你想吃樱桃，让我出去买给你。我说好，轻轻地抚摸着你的秀发，将你放开我的怀抱，你如雨打梨花的脸，把我的T恤哭湿了半边。临出门时你对我笑，让我快点回来，有些不好意思地笑着说你好馋樱桃。看到你又那么灿烂地笑，我有些安心，可是又有些不安，内心隐隐有些慌乱。

我捧着刚从超市买来的樱桃，经过楼下，才发现这里聚集了好多的人，所有人都驻足抬头仰望顶楼。我看去，只见微风中一席睡衣的你孤零零地站在楼顶，微闭着双目，表情祥和而宁静。

那一瞬，我愣住了，双耳中不自觉地响起了“嗡嗡”声，想要大声喊出来，可嗓子里干涩地发不出一丁点声音。我下意识地摇着头，嘴里机械般地传出或许连自己都听不清的喃喃低语：“雯雯，不要。”

狠心的你，并没有感受到我的哀求，或是感受到了却不理会我的哀求，终究还是跳了下来。

那一刻，我的脑中一片空白，泪水决堤般夺眶而出，手中的袋子滑落，一颗颗透红莹润的樱桃滚了出来。刹那间，恰似无数道万古的狂雷劈在了我的心上，一下，两下，三下……我的心受伤了，还在不停地滴着血。

我的世界天塌地陷了。

你如一只白色的蝴蝶，飞舞而翩然飘落。

你如一只粉色的百合，无情地在我眼前凋零。

你对我笑了，笑得我心碎了，随着你决绝的一跳碎得七零八落难以拼凑。

回忆似乎是一架老式的放映机，一步一步地卡着泛白的黑白照片，永远不会停歇地放映着那些已经远去的时光，画面里不时地传出你往日的欢声与笑语，闪映出那个穿着粉红色裙子有着两颗小虎牙的小雯雯。

你潇洒地去了另一个地方，远远地避开了这尘世的喧嚣。

你避开了这尘世，也同样避开了这尘世上的人，亦如我。雯，你真的对这烟尘雾霾之地没有一丝的眷恋么，譬如我。

雯雯，我们都如同是漂流在苦海里的船，目的是找寻着世上最美丽的风景。因为理想，我还在艰难地飘荡着，而你，觉得累了，自己选择沉了下去。我难过地为你感到不值，但静下来想想，结局也许会是另一种开始，或许只有沉到海底，才会发现，我们要的美丽风景并不是在海的尽头，殊不知真正的美丽却在海底之中，或许你用最直接、最简单的方式实现了所有人的梦想。

雯雯，为了遇见你，前世我一定在佛前跪求了500年。如今悔恨自己那时为什么不求个1000年或是1500年，我只求了开始，却没有求结局。也许我求了，佛也不会答应，会对我说，该是你的，就是你的，不是你的，永远也不是你的。

你走了，正如你悄悄地来，挥一挥衣袖，没有带走一片云彩。

雯雯，我爱你！

For ever！

以下这封情书，写给随风远去永远18岁的你。

我喜欢你是寂静的

——巴勃鲁·聂鲁达

我喜欢你是寂静的，仿佛你消失了一样，
你从远处聆听我，我的声音却无法触及你。
好像你的双眼已经飞离去，如同一个吻，封缄了你的嘴。
如同所有的事物充满了我的灵魂，
你从所有的事物中浮现，充满了我的灵魂。
你像我的灵魂，一只梦的蝴蝶。你如同忧郁这个词。
我喜欢你是寂静的，好像你已远去。
你听起来像在悲叹，一只如鸽悲鸣的蝴蝶。
你从远处听见我，我的声音无法触及你。
让我在你的沉默中安静无声，
并且让我借你的沉默与你说话。
你的沉默明亮如灯，简单如指环，
你就像黑夜，拥有寂寞与群星。
你的沉默就是星星的沉默，遥远而明亮。
我喜欢你是寂静的，仿佛你消失了一样，
遥远而且哀伤，仿佛你已经死了。

彼时，一个字，一个微笑，已经足够。

而我会觉得幸福，因那不是真的而觉得幸福。

点评

作者将儿时的一幅幅断层的画面，浓缩在这封还未来得及寄出的情书里。一段只有开始，没有结局的故事，让他常常从梦里惊醒，泪湿衣被。对于曾经的那份不完整的爱情，他充满着心痛、遗憾和悔恨，恨自己的青涩、无能，恨女孩的放弃，选择不归路，永远地离他而去。

“致我们终将失去的青春”，作者在情书的结尾说出了埋藏已久的三个字，这既是对现实的无奈，也是对自己一个交代。他选择将这段爱情封存在梦里，无法触及，却永远在那里。

情活命，爱养生

李建军（河北石家庄）

优秀奖

她现在是我生死相依的妻子。我们于1996年3月8日结婚，有一个可爱的儿子，今年15岁。迫于谣言，2012年3月我们离婚。我在2013年1月22日突患脑出血住院，是她不计前嫌日夜精心地照料，让我的生命一点点地恢复，让我的身体一点点的康复。现在，我坐在电脑前，用一只手打给我妻子这封情书。

亲爱的巧茹我的妻：

6个月前，我因为中风躺在医院的病床上，昏迷不醒，你日夜守候。我虽然醒过来了，但全身却一动也不能动了，你没有放弃，毅然用轮椅推着我走进了高压氧舱，陪着我一口一口地吸氧。你一勺一勺地喂我你亲手做的饭，从不买一顿医院里的饭。寒冷的冬夜，你用热水擦拭我的全身，然后接着用烫得通红的手给我按摩。你每天一点一点地指导我做康复动作，你也跟着一遍遍重复，体会每一块肌肉的活动情况，和我交流。你时而严厉，不时哄劝，就像照料儿子的妈妈一样。我久卧在床大便困难，你就用手一点一点地抠，让听者、见者无不动容。怕我的意志松懈，你搬来家里的《二十五史》，本来古文功底不厚的你给我朗读《清史·太祖本纪》："罗科射太祖，穿甲中项，拔箭镞卷，血肉迸落，拄弓徐下，饮水数斗，创甚，驰归。"终于，那天我大喊一声："努尔哈赤，灵魂附体！"腿竟一下动了，接着，手臂也动了。"医生，我是电脑高手，我的手什么时候能动？""那是精细动作，需要时间。有妻如此，说不定会有奇迹。"医生冷静地说。接下来，你就天天把我的手握在手里，十指相扣。最不可思议的是，那天被你握在一起的手指动了，医院的医生、护士、病人都奔走相告，口口相传着这个神奇的故事，互相激励。

身体一点点恢复，生命一点点再生，我知道，我的生命，其实是你的心在动，你给我呼吸的每一分钟。你用情活了我风中这颗垂灭摇曳的灯。你不单感动了我，出院时连医生护士和一些病人家属都不约而同地列队送我们。大病因你的精心看护而得以初愈，你给了我又一次生命，恩重如山，十世难偿。今生还能相守，虽恍如梦中，但我必须把我的一颗真心和实语剖白于您和世人面前，以注真情于当世，彰正能量于来者。

说句真心话：当我昏迷在病床上时，你如果拂袖而去，虽然只来看过我这一眼，但我是不能有任何怨言于你的。法律和道德亦不复有任何谴责和追究，因为一纸证书在手，你离去是义正词严的。何况离婚必有太多的误会和情仇。然而你还是默默地留下来，坚强地立在我的亲友和死亡面前。一个多月，人不着床，衣不解体。消瘦爬上了你的脸，浮肿爬上了你的腿，愧疚和不解长满了我的心。我不解你为什么选择留下。我以前把我的所有都给了工作，但现在把所有的苦难都给了你。给工作的时候你没有二话，给困难的时候你二话没有。我欠了你太多，伤害你太深。甚至在生日那天都没有回家吃你亲手给我做的饭菜，我是在带着课题组日夜奋战，心里只想着用功名利禄和“封妻萌子”来酬谢你，却不料早已谣言满天。你那天因不堪谣言的压力找到酒桌前我都执迷不悟，粗暴地为面子在协议书上签下了我的名字，结束了20年的爱旅情途。当我固执地为所谓“追求”碰到头破血流、肝脑涂地时，却依然两手空空，最后只剩了你，还毅然做了我生命的守护神。当死神逼近时，本性柔弱的你却大起坚强，像神话里的那条白蛇，祭起“勿伤我夫”的大旗，驱赶走死亡，夜数星辰，北上京城，精心照料，求医问药。用心一点一点地给我按摩和康复，让失去知觉的身体一点点恢复，重续了我40年来的生命。那种按摩，不是全心和深情意厚者断不可为，也绝无效果。你惊退了所有的康复师，她们自认为做的没有你好而却步。不是技术不如你，是用心不及你万一。经历重生，感慨万千，我有侠骨，你有柔情，我在母亲节的日记中写到：

黄泉路

黄泉路上十八夜，且惊且走且徘徊。
轮回磨上铮铮骨，块块皆是马列铁。
热油锅里沸腾血，滴滴尽为百姓衰。

百年相守不相负，千年一等不相辜。

务归人间不辞苦，再展春秋又一图。

我虽然把钢筋铁骨给了事业和追求，但答应过你百年好合的诺言绝不能忘。虽然是你拉着我的手才让我做到的，但我也把钢筋铁骨给你一回，坚决回来做到不负爱情，否则何以为人？当我痛悔以前追求的不值得，在病床上和你说对不起并发誓浪子回头时，你淡然一笑："我本来就没指望你说的什么夫贵妻荣，那是虚荣。""我只要你好起来，你才是我生命里最重要和最实在的。"在那个冬夜，窗外月光如雪，你在病床前伏在我怀里，情不自禁地吻着我还歪斜的嘴说："你一定要好起来，我和孩子都不能没有你，你快些好起来吧。"这正是我的体会，没有你在我身边，我吃不下，也睡不着，病中我根本不知自己是睡是醒，只有恍惚间听到你说"什么也别想了，睡吧"才会入眠。可你却说你不看着我你也睡不着，所以实在困得不行了，就在我床前伏一会。一个月来夜夜如此。是醒是梦你已不知，只知道梦里是我，命里有我。我拥着你，抚着你的长发轻轻地吟道："亲，下雪了，白雪落满了你的长发，白发落满了我的心底。"我的人生开始下雪，可你却用你最美的黑发给我遮挡，凡见过你的人没有不说你的长发美的，你用你最可珍贵的为我遮风挡雪，直到它变白变老。这代价一丝丝敲在我心上，何以为报？

我曾经的亲，我离开了的亲，我伤害了的亲？我问你恨我不？离婚后发生了那么多事。你说，为什么恨？"我只求能对得住自己做人的良心，"你边给我擦身体边说。你还对我说："等你好了，你想去哪就去哪。"我还能去哪？亲，哪里是我生命的生养地？哪里还能播种和滋养生命？收获回报？誓死追求的功名利禄、流水浮云，对你来说一文不值，且也弃我去者一无所留无情至极。我那天悄悄在书里写了一首诗，今天给你：

悔

廿年夫婿觅封侯，病到床头两空手。

唯有真情不相弃，还盼回首共白头。

我再不能为身外之物舍珠还椟，伤你心，欠你情了。虽然他人疯传的第三者确无其人，但那虚幻的追求就是。我为之伤你还不够吗？心既然是肉的，难道我还不觉醒吗？你既然让生命重来，我怎能不重构目标，反思万紫千红中什么最重？我久久地回味着你说的作为人的良心。莫非你说的是你因情怀孕后我对你的原谅？说真的，老婆，那绝不是我有多大度，那是因为，我知道你那是病，是初恋旧情难忘的心病。重情痴心啊，属于你这样的烈女。我没有过分计较还因为，我不相信爱情经不起一点风雨考验。我一直坚信，“在爱之舟遇到风浪时，双方都有义务做出挽救和牺牲。”在人一生的漫长岁月中，谁都可能做错，但没有绝不可原谅的错，何况那还远不是罪。所以在爱情和尊严上，我赌爱情也考验我的人性能否升华。借唐太宗待尉迟恭得回报后的一句肺腑感慨：“比众人意公必叛，我独保无它，何相报速耶？(《唐书·尉迟敬德传》)”我赌真情，无关良心。你不要有亏欠之意。但怎么回报就这么快呢？倒是我现在这种情形，在当今社会抛弃者屡见不鲜，耳闻的就更多了。人皆弃你独取，独你如此确乎是因为你一朝选择终生不弃的良心。我由此暗暗发誓：“你不为爱情为良心，确实是人性的升华。”你的境界，远在我之上。“你有一颗水晶般的心啊”，我不禁脱口惊呼，而这正是古来人类追求的爱情最本质的东西，是我小时候读的爱情故事书里最震撼心灵的一句话。看你给我读二十五史，那个被感动的女医生说了一句“你不离不弃，我必生死相依”，这不正是人间至爱的本质内容吗？听你读着，我走神了：我一定把你的事、你的美好写出来放在二十六史中，名字也叫《义女传》，把我们关于爱情和人生本质的领悟，把你爱情表象下美好的心灵本质写进书中，写给世人。感谢今天借情书征文的机会实现了。

我还要告诉你一件事就是：你用你的行动击退了所有的情敌，也让我的人性再次升华。实话实说：你在离婚后执意要给我找的那个小丽是爱过我的。当时你说一定要找一个人来照顾我，我很感动也很心动。你眼光很“毒”，是她陪我走过了离婚后那段泥泞不堪的路。她执意要和我牵手，但我一直对年龄的差距有顾虑而拖着没有答应。病中当我问起你说：“在我昏迷的那一刻，在那么多来看我的人中，就没有一个人哭着求医生说救救我吗？”你说：“没有。”或许是看到我对爱情的失望后你一直不忍心，终于有一天，你对我说：“你放心吧，建军，有人为你求医生了呢。”我急着问：“谁？”“我。”你坚定地说。我的眼模糊了。我瞬间明白了。想必所有的人都明白了。你心中，我最重。所以病后来看望我的人，都对我们表达了祝福！小丽也说把你我当成最好的哥哥和嫂子。你不要恨她。对一个仰望成熟的小女孩儿来说，她迷上的只是才华和正直，还有对崇高理想一往无前的追求，忘我的和舍生入死的执著。这当然也是生命的应有之义，划亮了当代暗夜的侠骨值得追随，她爱这也没有错。一如当初的你我，但她哪里知道这会是无边的苦难啊。她是一个有着美好心灵的善良女孩，我知道我不能无耻到想求齐人之福，世间好女子固多，但人不能贪心不足，鱼和熊掌兼得暴殄天物！被我伤了心的你，不计前嫌，用水晶般的心和真情救活了我的命。你高尚，我就更不能卑鄙！因为你用情活了的命里有你高尚的基因，有你的光辉照耀。你用真情让我顿悟：人活在世上，有别于禽兽就因为用礼义相接。爱也好，情也罢，有一万个在一起的理由也不能有违基本的人伦礼义。没有了礼义，不欲为人耶？人无礼义想飞腾得远，怎么可能？要高还是必须心伴贤良，人生牵手是情，放手是爱，礼义必须明明白白。有些弥足珍贵的更要放手，让美丽的花开在这个世上，本身就是我们生的目的和责任。花，应该摇曳在她开放的地方，而一定不是枯萎在我的手中。你让我明白情为何物：只有禀一颗超越情仇的美好心灵，在一生中不管是遇到什么，病也好，错也罢，无论风雨有多大，不说困难有多重，有情都做同林鸟，扶到天明一起飞！情就是要做到不离不弃，生死相依，同舟共济，便十万里云海可济！情在说："冬天到了，春便不远。"爱在唱："寒冬过后，春潮在望。"巴金说："人不是只靠吃米活着。"还要有主义，要有情，情可以活垂死的命，才是真正的情；爱要让我们懂悟人生，可用来滋养人生，才是真的爱。只有提升人性的爱和情，才是别于禽鸟的真正爱情。不能让人明白人生有时在于放手并给人生以滋养和力量的，那只是生物的本能占有而不是爱。这是你的真情在我的病难里磨砺出的珍珠，是情爱的真谛和价值。你用真情对我说：不是所有的爱都要牵手和拥有，天空中没有翅膀的痕迹，但鸟儿确实已经飞过，留下了水晶般美好的心灵和大气的芬芳。但是所有牵手的爱就一定坚如铁石，海枯石烂，心永在，气不绝！直上青天贯日月，丹心铁血传万代！

书于此，我明白了怎样活着和怎样去爱；读了你这本书，我才说了几句关于情和爱的人话。对于爱和情，以前有多少人头畜鸣的话误了你我和他人，甚至直到今日还在毒人子弟、缪传万代。但苍天可鉴，我永远写不尽对你的感激和感恩，写不尽我对情和爱的感悟，我还是用我悟到而填的一首词来说出我对你及由你而对女人而有的新认识吧。

钗头凤·红酥手

红酥手，十字绣，

只宜拂得宫墙柳。

雨雪立，风狂泣。

昆仑万丈崩绝壁。

急！急！急！

手依旧，坤德厚，

万里魂魄绣线系。

你试手，补天透。

痴！痴！痴！

你的手，我原以为也就是绣绣十字绣的花，可当十万火急的时候，你一出手，却是魂去万里拉得回，青天坍塌扶得起。我几乎忘了，所有女人都遗传了一双女娲的手！痴情的手！补天的手！牵你的手，男人才有追逐太阳的豪情和无穷的力量！

愿天下有情人皆成眷属！

愿天下误会夫妻都冰释前嫌！玉镜更圆！

祝老婆一生安好，顺祝小丽幸福！

老公

2013年6月于病中

点评

患难见真情！因为一次小小的误会，作者和结婚16年的发妻离了婚。一年后，他不幸患上重病。万般无助之际，前妻回到了他身边，还不计前嫌，一如既往地悉心照顾。他的身体一天天在恢复，而妻子对他的好，他全部记在心里。

从当初的昏迷不醒，如今，他已经能用一只手操作电脑。他终于能做自己想做的事情了，他写下这封情书，记录着半年来妻子照顾他的所有生活细节，字里行间，流露出对妻子的无限感激和深深的情意。

一封未寄出去的情书

一个你无需知道名字的丑男孩（山东泰安）

优秀奖

和她只做了半年的同学，在刚进高一的时候结识，高一下学期文理分科就不在一个班了，但是她的身影整整陪伴了我三年的高中时光。写这封情书的时候，我已经上大学了，于是终于做了自己一直想做却没敢做的事。但是当自己有了这个勇气的时候，却不知道该寄往哪个地址，所以……现在回忆起来，真的就只有名字、背影和你头上的那只会眨眼的蝴蝶，仅此而已……

扬：

不知道这样称呼你，你是否会介意，但这个名字在我心中已经被念过N× N遍了。我喜欢在心里默念这个字。喜欢把对你的一切憋在心里，但细细回味时，才发现，在我心里的你，只有名字、背影和你头上的那只会眨眼的蝴蝶，仅此而已。

之所以会鼓起勇气写这封信，只因偶尔看到这样一句话：其实暗恋是懦弱的表现，喜欢她就应该有告诉她的勇气，这才是一个真正的男人。好多次都有提笔的冲动，甚至在梦中不知多少次看到你读到这封信的情景，可每次提起笔后，却又从容地放下了，是的，安静而从容。开始时是因为没有勇气，害怕你的拒绝和讨厌。我宁愿做一个在你生命中没有任何印象的人，也不想自己会让你有一丝一毫的反感。可慢慢地我开始喜欢上这种感觉，一种愈演愈烈的冲动，一种从未减弱，而是愈加强烈的懵懂。那种感觉，很兴奋却同样很甜蜜。那是来自内心深处的渴望。从那时开始，发现自己真的喜欢上了单恋，但直到现在才明白，自己当初喜欢的只是一种感觉，仅仅只是一种感觉。而这一切，原因只有一个——现实。

或许读到这里你可能依然不知道我究竟是谁，即便我现在告诉你我的名字，你也不会想起我是谁。无所谓，因为只要我自己的那种感觉还在就够了。

清楚地记得第一次见你是在高一报到的那一天。第一次见你的时候，心中能表达的只有一个词“纯洁”，一种没有任何掺杂的圣洁。那个夏天，我看了你整整一个军训光阴，只是远远地看，远远的，从不敢走近。因为我害怕，害怕自己的一举一动都会在这份圣洁上留下一丝瑕疵；害怕自己一靠近，会打碎这份圣洁。那种圣洁是如此的至尊至纯，却也如此的脆弱经不起一丝的碰触，哪怕是轻轻的呼吸都不可以。你是天使，而我是一只丑陋的野兽。你是属于我又不属于我的天使，我渴慕留住天使，但又害怕，害怕我的模样会吓到天使。于是就这样，我用自己的方式守护着自己心中的天使。

分班那天，是我最后一次如此近距离地看你！是那么近，却同样又那么遥远！开始后悔，开始责备！然而，之后还是平静，依然从容，原因只有一个——现实！

日子就这样一天一天过去。在高中这炼狱般的生活中，因为你的存在，一切是那么甜蜜，那么值得回忆！只因那种感觉，那默默地恋着的感觉！

之后，不时也在偶然中与你擦肩而过。那个瞬间，自己如同亲手触碰的自己的梦一样，是那么的不真实！却那么的让我们心动！偶尔远远看到迎面走过的你，我总选择逃避，选择远离，因为我怕！同样怕自己打碎自己的梦，打碎自己的童话，或者确切地说打碎自己的那种感觉，那种不容任何侵犯的圣洁！

后来，现实毕竟是现实！直到那个清晨，那个从有你的梦中醒来的清晨！突然顿悟到：其实你离我不是那么遥远，甚至有时近在咫尺，但我依然感到遥远，因为我错了！错的是那样离谱，错的是那样天真！现实中的你永远都不会成为我心中的那个圣洁的天使，永远都不会！因为现实中的你只是现实中的你，而我心中圣洁的天使只是我从你的身影虚幻出的只属于我自己的天使，圣洁的天使。每次看到你，心中总会情不自禁地塑造自己的完美，把你的美嫁接到我的天使身上。就这样一次一次，心中的天使与现实愈来愈远！直到脱离你的身影！但无可否认，第一次见到的你却是同我心中的天使一模一样！你是我的第一位天使。以前是，现在是，以后还是。

我，真的好天真！

直到现在我依旧拥有那种感觉，那种让我永远心潮澎湃的感觉，依然能真切地感受到心中的天使，感受到心中的圣洁。而且，我喜欢那种感觉，喜欢我的天使。而这一切总在心中唤起你的名字后找回，在想到你的身影、你的长发、你的头上那只会眨眼睛的蝴蝶的时候找回。

之所以想让你知道这些，除了找回的勇气外，还想对你说谢谢！谢谢你的出现，在最艰苦的日子里，是你帮我找到幸福，是你帮我塑造我圣洁的天使！谢谢！

保重！

一个你无需知道名字的丑男孩

2007年5月11日

点评

情书作者用这样一种若隐若现、是有非有的话语体系，向读者诠释了一段内心与现实之间的情感挣扎。

有趣的是，情书故事如同我们很多人都曾经历的那样，年少、懵懂时，一位心动女生的出现，引得无数男生浮想联翩，都曾幻想能与这位天使来一段刻骨铭心的爱情，尽管那时都还不懂什么是真正的爱情。接下来，男生们就开始陷入暗恋、单恋的无限循环，将自己对这段感情的珍视和奢望演绎得淋漓尽致。

有一百个人，就会有一百种对爱情的不同理解。情书的作者，对这段经历有着不同于世人的理解。正是因为没有勇气去触碰这段感情，才使得这段感情显得尤为神秘。但作者将那种阻力归结为现实，比较新鲜。而且作者还用大量的文字对这种现实做了深刻的诠释。仿佛真正的爱情就具备内心和现实两个版本，内心是天使般的美好，而现实是赤裸裸的现实。当然，两种截然不同的境遇，只是完全取决于你愿意选择谁而已。

给天堂老婆的情书

爱你的笑（福建厦门）

优秀奖

我母亲因为食道癌去世了。年逾30岁的我，还没有找到属于自己的爱情，因而更加怀念他们那时代的爱情。父亲话语不多，把很多事情都装在心里，不善言表。今天，假我之手，把父亲对母亲爱的感激表达出来，也给现代爱情提供对比。农村父辈的爱情，是我钦佩的，没有虚荣，没有物质，只有真爱。

妈妈，在那边你还好吗？我们都很想你，你能感觉到吗？你走后，爸爸苍老了许多，儿子也过着郁郁寡欢的日子。离开五年了，可是你的音容笑貌，你的点点滴滴，仿佛还在昨天。而立之年的我，如今还是孤身一人，在迷茫中寻觅着所谓的爱情。浮躁的现代都市，让我更加怀念你和父亲的爱情。我知道，父亲没有对你甜言蜜语过，更别说洋洋洒洒的情书了。今天我且替他写一封情书，献给远在天堂的你。

茶秀我妻，见信如晤。我生性沉默寡言，不善言辞，没有对你说过简单的“我爱你”，也没有对你做过惊天动地、让你热泪盈眶的行动。但是会将你对我的爱，刻在心上，至死不忘。

依稀记得那是一个夏天的深夜，全村都静悄悄的，连狗都进入了梦乡。此时的你，慌慌张张地叫醒隔壁房间的儿子，惊恐地说，孩子，你爹怎么还没有回来呢？我都睡醒一觉了，你赶紧和我去找找，别是……后面的话你不敢想，也不敢说。儿子有些不情愿起床，毕竟他是年轻人，而且他似乎觉得在村子里这样大的个人，还能发生什么意外呢，纯属瞎操心。

打开大门，月亮虽还挂在蔚蓝的天空，月光却是惨惨淡淡的。都下半夜了，月亮也似乎在不紧不慢地收拾好洒下的月光，准备回家了。

借着昏蒙蒙的月光，从村头望到村尾，除了静谧，没有一丝灯光。这让你更加担心起来，自言自语说，都没灯了，还能在哪里玩呢？你心里惊恐不已，说话的声音都在颤抖。你急忙从村头快步走到村尾，但失望而归。全都睡了，没有哪家还透着光亮。

“村里没有，我们去村口的几个厕所看看，会不会摔在厕所……”你着急地对儿子说。边说边走，把不情愿的儿子甩在身后老远。儿子没走几步路，你已经又折回来了，声音愈加惊恐，也充满责备：这样大的人了，去哪里了呢？不回来睡觉也应该说一声啊。这时，马路边的村长夫人起夜听到动静，倚着门，问你，“茶秀，怎么啦，发生什么事情了？”

“我家的，这都下半夜了，还没有回来，不知道去哪里了？找了一遍也没人啊。”村长夫人安慰道，“别担心，或许在谁家打牌什么的。”你边走边说，“打牌？没有谁家开着灯啊。我再去找找看，不行的话，还得叫醒乡亲帮忙找。”

我真的好惭愧。你在担心我，满世界寻找我，我却在好友家津津有味地欣赏黄梅戏。没有灯光，那是因为我们放下了窗帘。回家路上，与你迎头相遇的那刻，你眼里的惊恐放下了，怦怦直跳的心也恢复了平静，话语却充满了爱的埋怨和责备。

我居然忘记和你说声对不起，也忘记和你说声谢谢你在满世界寻找我。或许真的应该直面自己，我不是忘记，而是羞于记起。我想，爱，一定要大声说出来吗？

几年后，你无情地患病了，得了可怕的癌症。乡亲都来家里看望你，虽然你已经日渐消瘦，说话都费力，但你还是时时鼓励自己，对乡亲们说，谢谢你们来看我，我会好起来的。等我好起来了，我一定做酒席宴请全村的父老乡亲们。

儿子已经没有去上班了，时时在家里伺候你。可是此时的你，已经骨瘦如柴，整天除了昏睡，话都没力气讲。又是一天的昏睡醒来，你看到儿子站在床前，深陷的眼睛泪光点点。你哽咽着说，儿呀，这病看来是好不了了。吃了药都不管用，只能等死了。死，妈是不怕，只是不甘心，我还没有抱上孙子，还没有送走你爸爸呢。我们家又没有女孩，我走了，家里就三个男人，能像家吗？洗衣做饭，谁管呢，还不是苦了你爸爸。我最担心的也是你爸爸，身子骨弱，又常常生病，我要是走了谁来照顾他？有个头疼脑热的，谁会熬药？谁会端水送饭？你们照顾得再好，能有老婆照顾得周到吗？说到这里，你停下，喘口气，积蓄再次讲话的力气，我的儿呀，你们赶紧找个老婆吧，家里有了女人，有人洗衣做饭，你爸爸也轻松啊。哎——，我走了，你爸爸可怎么过啊。你一遍遍地嘟囔着。儿子含着眼泪听你诉说，心如刀绞，眼泪不由自主地流了下来，默默地握着你的手。

我的好妻子，我的好老婆，你都半年没有吃下任何东西了，昏睡醒来记挂的却是我。病得奄奄一息，头脑牵挂的还是我。我泪眼蒙胧，我心似刀割，你何时考虑过你自己啊。我也曾一次次地流泪，多么希望死神带走的是我，不是你。

老婆，答应你的，我办到了。你说死后，不必多么风光，但是一定要念佛，一定要做道士。我都照办了，一切照办了，希望给信佛的你来世带去好运。

老婆，你知道吗？当所有的丧事都办完的时候，我强忍几天来的悲痛，终于爆发。我哭倒在床上，任伤心绝望的眼泪，纵情流淌，无拘无束。

点评

在作者眼里，父亲和母亲的爱情，质朴、淳厚，没有脱口而出的“我爱你”，更多的是从生活中的点点滴滴折射出的感动和包容。夏天深夜不见丈夫归来，满世界寻找；患病后，不顾自身安危，只担心自己走后，没有人照顾丈夫和儿子……

母亲还是走了，去了天堂。如今年满30的儿子，在浮躁的都市中，寻觅着属于自己的爱情。他怀念母亲，怀念母亲和父亲之间那份“刻在心上”的爱情。父亲的不善言辞，让他鼓起勇气写下这封情书，献给天堂的母亲，也献给父辈的真爱。

第三章

情暖融融

藏在文字深处的爱

那一天，闭目在经殿香雾中，蓦然听见，你诵经中的真言；

那一月，我摇动所有的经筒，不为超度，只为触摸你的指尖；

那一年，磕长头匍匐在山路，不为觐见，只为贴着你的温暖；

那一世，转山转水转佛塔啊，不为修来生，只为途中与你相见。

——《那一天》（仓央嘉措）

正如仓央嘉措在情诗中描写的那样：爱一个人，你会为他做所有事情。即使途经坎坷也义无反顾，因为爱情拥有天生治愈伤痛的能力——温暖人心。

在此次“2013 全球最浪漫情书征集大赛”中，温暖人心的爱情故事数之不尽。经过大赛组委会一次次筛选、评审，最终选定 15 封温暖人心的经典情书作品与读者分享。此章节命名为《情暖融融》，希望亲爱的读者能从中感受到爱情的珍贵与温暖。

此章节开篇为大家介绍的情书名为《橘红色的温暖》，该情书为此次大赛的二等奖获奖作品。该作品系成都铁路局供电部已退休工程师

郑晓文先生所作。57 岁的郑晓文先生在情书中回顾了“文革”期间，与南下干部之女刘晓容之间的爱情故事。右派、下乡、插队、知青、书信、等待……两个年轻人的爱情轨迹与时代紧紧相扣。在物质匮乏的年代，他们的爱情透明如水，让人心生向往。

此外，也有“80 后”、“90 后”的情书作品，如江湖书客的《爱和思念》、四川师范学校在读学生谢美琪的《有一种感情，是对学长的爱》等。他们与老一辈的人生经历不同，但幽默、清新的文字同样让一封封情书洋溢着满满的爱。除为爱人写的情书，也有女儿为父母写的情书——《替父母写出无法说出的爱情》。笔者希望能通过描写 20 年来父母相濡以沫的经历，来修复父母之间现在破碎的爱情，并唤回曾经和睦的幸福家庭。

美好的爱情，总能让人奋不顾身。希望这 15 篇精选的温暖情书，像一杯冬日午后新冲泡的香茶，能引你体味爱情旅行路上绝妙的风景。

橘红色的温暖

郑晓文（四川成都）

二等奖

此文系成都铁路局供电部已退休工程师郑晓文先生所作。郑晓文，1956年生，目前从事法律援助工作。57岁的郑晓文先生在情书中回顾了“文革”期间，与南下干部之女刘晓容之间的爱情故事。右派、下乡、插队、知青、书信、等待……两个年轻人的爱情轨迹与时代紧紧相扣。最后晓容远渡重洋留学法国，并与法国导师结婚生子。而郑晓文先生则留在国内，开始没有她的生活。

这是一个尘封了三十几年的至高无上的爱情故事，在我心中留下了永不磨灭的记忆。今天我可以自豪地对朋友们说：“我这份美丽，你没有！”

“文化大革命”的那十年，就是我们的青少年时代。刘晓容，1955年8月13日（中秋节）生，现在法国从事军事医学科学研究工作。郑晓文，1956年12月23日生，已从成都铁路局供电部门退休，12年前就从事法律援助工作，目前以此为业。

我与刘晓容是同学，“文革”时期就读于内江铁路子弟学校，刘晓容是4班班长，我是6班班长。我们毕业于1971年6月，当时毛泽东主席号召“知识青年到农村去，接受贫下中农再教育”。数百万知识青年响应毛泽东主席号召，扎根边疆，扎根农村干革命。

刘晓容的父亲是南下干部，时任重庆铁路分局内江办事处党委书记。我父亲是重庆九龙坡车站干部，1958年被打成右派，母亲是内江铁路子弟学校教师。1971年我初中毕业时，当时的政策是年满16岁的全部下乡当知青，不满16岁、家庭成分为工、农、兵、学、商的子女，全部升入高中，属于地、富、反、坏、右的子女，则被剥夺了读书、上学的权利。从即时起，刘晓容以一个姐姐的身份出现在我面前，她就读于内江百年名校内江二中。每个星期六从学校回来，她就把所学的各学科知识教授于我，学习地点就在她家即她居住的不足6平方米的小屋，学习时间持续了一学期。因我家情况特别，母亲教书，每月只有49.50元收入，无法维持一家7人的生活，我不得不放弃学习，四处打临工以分担家庭生活的重担。当时我刚满15岁。

1974年春季，刘晓容高中毕业了，她是当时内江二中高才生、校团委书记，也是一个激进青年。在这批高中毕业生当中，她第一个响应毛泽东的号召，报了名，准备上山下乡。

内江铁路地区俱乐部横挂大副标语，有5个带领人，第一个便是刘晓容。那时相当的光荣。俱乐部的集会、高音喇叭的宣传，那时很鼓舞人心、催人奋进。在一个星期六的傍晚，在我从工地回家的必经之路上，刘晓容拦住了我，沉重地说："小文，我们一起下乡吧！你打临工没有出路，我们下乡到一个生产队，白天一起劳动，收工回来，你做自留地、喂猪，我做饭、洗衣服，艰苦2年，我爸给我搞到调出来的名额，我让你先走，等生米煮成熟饭，到时我爸还得管我……"当时虽已是夜晚，但我能清楚地看见：她对我说这番话时已是满含泪水。在当时，对于她的家庭，她的父亲要搞一个子女知青的工作调动，那是不难，只是举手之劳。当时因我懦弱，让她彻底失望了，其实我也是痛苦万分，我也愿意与她一道奔赴农村，与她一起共同努力奋斗实现她的人生宏伟蓝图，但命运不在我们手中。

又是一个星期六的傍晚，我从工地回来，她在老地方等着我，手拿两本小说，一本是英国小说《前夜》，一本是苏联小说《古丽亚的道路》，对我说："送你两本书，读后保管好，今后再见面要写读后感。"并说，年初她父亲已调隆昌器材厂任党委书记（当时是铁道部直属厂），已举家搬迁，只有她一人没走，今晚前来就是与我道个别。夜幕中，她已是泣不成声，泪流满面，放开紧握我的手，一回头，齐脚腕的长辫一甩，快步消失在了初夏的夜色中。

1974年的5月4日，内江铁路地区俱乐部锣鼓喧天，彩旗招展，欢送第一批响应毛泽东主席上山下乡的知青。我在人群中寻找，没有刘晓容的身影。我正茫然，她的一个高中女同学从汽车上跳下来，对我说："小秋知道你会来，她不同我们一起走了，你知道为什么，她今后下乡的地址我会告诉你。"说完，交给我一张字条，送走了他们。我展开字条，是一首诗："小文，我在这里，在你的思念走来。只要夜里有风，风改变了思绪的方向，我就回来，在你肩膀平静地说：‘小文，我在这里。’”随后我得知，因我的缘故，她没有集体下乡，而是自己联系插队到了四川隆昌县界市镇二大队三生产队，劳动表现特好，春播秋收，栽秧打谷，什么农活都干，晴天一身汗、一身土，雨天一身泥。没多久，我也认识到待业青年没有出路。1975年3月28日，我也下乡到了资中县银山镇报恩乡四联大队三生产队，从此与刘晓容书信往来10余年。

1978年招生制度改革，刘晓容考取成都医学院。此后，她于1983~1984年在四川达县人民医院任内分泌科医师。1984~1987年她又考取第三军医大研究生。1987年中秋节后，她只身远渡重洋留学法国从事军事医学科学研究至今，后嫁给她的导师（法国人）。

这段真诚的情感，38年来激励着我奋发努力，时常想起它，心中就会升起一种橘红色的温暖，人生的意义就得到了充分的体现，就会感到特别有价值。

亲爱的小文弟：

你好！我怀着非常激动的心情收阅了你的来信，似乎觉得你那倔强、可爱的身影就在我的身旁，使我情不自禁地流下了说不出是高兴还是悲伤的眼泪。

文，你勇敢地选择了你前进的道路，在你人生的道路上跨出了坚定有力的一步，我为你感到高兴，感到自豪！可是，小文，我心爱的弟弟，要知道，人生的道路是多么曲折，多么漫长啊。在前进的道路中，我们将不可避免地对付那各种各样突如其来的狂风暴雨，错综复杂的事情将矛盾重重地展现在面前。不知怎么搞的，我竟为你担起心来。小文，我心爱而幼稚的弟弟，你可经受的住？但我坚信，我倔强的弟弟——小文，将排除各种困难，披荆斩棘，向着光明灿烂的明天前进，前进！

小文，你大概知道姐姐下乡多久了吧？一年，整整一年了！多么漫长的一年啊，在这漫长的一年中，我才真正尝到了人间的甜、酸、苦、麻、辣，才真正体验到人生多么艰难呀！可是为了前途，为了伟大的理想，我忍受着，忍受着，以自己最大的耐力和毅力向着壮丽的明天挺进！

小文，接到你的来信，使我不知怎么搞的，多么盼望和你见面啊！更希望你能来到我的身旁！我此时此刻的心情，大概你能理解吧？小文，我心爱的弟弟，如有时间，来吧！来吧！姐姐期望着你的到来，盼望着你的到来！要知道，姐姐有多少心里的话要给你说呀！

小文，我已于4月1日转到界市区界市公社三大队二小队了，所以你的来信我于今天才收到。如你真的没有忘记你还有个姐姐，还愿来看望一下她，那么你到了隆昌，就可在街上汽车站坐上午9：40或下午4：20的汽车到界市，下了车只需步行半个小时，就可到我的生产队。如你真的要来，就在回信中告诉我一声，我一定到界市汽车站来接你！

由于时间关系，就写到这里吧！愿我们早日见面！

紧握你的双手！

姐：容

草于1975年8月12号煤油灯下

小文弟弟：

你好！来信于今日晚收阅，一切祥知，勿念！

关于来你处之事，由于五四青年节要演出，特决定于5月6日坐重庆—成都的慢车到银山，希望你一定来接！我虽然胆子比较大，但一个人傍晚走生路，还是十分畏惧的。记住，不见不散！我一定会像鸟儿一样飞到你身旁，解除那“笔不尽心”的遗憾。小文，耐心地等待吧！就写到这里，见面再谈！

容

1976年4月28日晚草于煤油灯下

（就是有其他的意外，我5月6号没来，5月7日也一定赶到）

亲爱的小文弟弟：

你好！今天我一路顺畅地回到了隆昌，请放心！

小文，打心眼里说，我是多么不想离开你啊，但从目前来说，又有什么办法呢？那短暂的两天多时间，却在我的心里留下了多么深的印象。我深深尝到了你那小屋里的欢乐、温暖，当我即将离去，最后环视一下你那朴素、整齐、简陋的房间，心中涌现出多少说不清的辛酸。什么时候才能重新来到你的怀抱？什么时间才能重新得到你的温暖？……心中有着说不尽的万语千言！

当你——我心爱的小文弟弟送我到车站，满含热泪和我告别之时，我是多么想跳下火车重新回到你身边，可是不能啊，不能！它将会使我们的命运更惨。啊！让悲惨的命运啊，把我们抛向那天南海北。

我回到家以后，不知怎么搞的，浑身无力睡在床上，饭不想吃，觉睡不着，就像失去了最心爱的东西一样。啊，可怕的失眠又纠缠在我的身边。雨快下吧，快下吧，淹没这所有的一切，淹没那一切污泥浊水，乌龟王八！

小文，你一个人住，得不到家庭的温暖，得不到朋友亲人的体贴，为了我们美好的明天，一定要自己照顾自己，加强学习和锻炼。我相信，胜利一定属于我们，光辉灿烂的明日一定属于我们。

容

草于1976年5月9日晚0点15分

亲爱的小文弟：

近来一切都好吧？由于种种原因，今天才提笔给你写回信，希望你多加原谅。

小文，人生的道路多么曲折，漫长啊。在人生的道路上，必将受到多方面的打击和挫折，这是不以人们的意志为转移的，希望就寄托在自己的艰苦奋斗之中！战斗才有出路，战斗才能胜利，胜利属于最坚忍的人，希望就在其中!!! 人生本来就充满着矛盾，而我们正是在矛盾中生存。小文，斗争才有出路，斗争才能胜利!!!

是的，姐姐的生日即将到来，大概你不可能前来祝生了吧！祝生不祝生都是那么回事。生日并不是意味着心情愉快，也不见得过生日就心情愉快，不过我还是接受你的祝愿。

今年你们生产队的收成如何？从全国看来，普遍减产，就像农民所说的一样，今年闰八月，年生不好，人们多灾多祸。

另外，我给你扯了五尺五鱼肚白的确良，颜色十分大众化，但还不知道怎么给你带来。希望你今后少穿点那洁白、耀眼、难洗的白衬衫，不过也是我的一个建议，供你参考，各人所喜嘛！

其他没什么了，下次再谈！

祝你一切都好！

姐

草于9月5日晚煤油灯下

点评

物质匮乏的年代，爱情透明如水，让人心生向往。在阅读这封情书的时候，竟完全沉浸在主人公的爱情故事中，为两人的分离而惋惜，为他们的相逢而兴奋。美丽的爱情大抵是纯粹的，也许它仅仅是一封简短的书信，一次期待已久的会面，一种困境中的相濡以沫，但竟会因为两颗彼此爱慕着的热烈的心，而令旁人感动、羡慕。

爱，犹如笔者所说的“橘红色的温暖”。现在的你，体会到了没？放下周遭让你们爱情不开心的因素，开始经营一份当你们老了回首时依然熠熠闪光的爱情吧。

替父母写出无法说出的爱情

徐玉玲（四川成都）

优秀奖

作者徐玉玲，现居住在四川成都，而父母则远居昆明。二十多岁的她看过父母在贫困时期相濡以沫、彼此支撑的爱情，享受过家庭圆满的幸福。但在家庭生活日渐充裕的现在，父母的感情却出现了裂痕。

父母之间出现了矛盾、争吵，是否两人的爱情已经回不到过去？此时，玉玲写下这封记录父母爱情的“情书”，只愿借此唤回父母的亲密无间，以及家庭的和睦如初。玉玲也希望一些身为父母的读者在看到这封情书后，珍惜身边陪伴自己的人，不要轻易地说出分手，给孩子一个美满的家庭环境。

女儿写给你们，作为你们都不愿写出的那份情书——

亲密的爱人，一路走来，二十几个年头，你已成为我生命中最重要的人，是那样的不可取代，也不能被取代。窗外起风了，我担心在外奔波的你有没有多穿件衣服？天空下雨了，我焦急在家劳作的你关节是不是又痛了？又一个佳节来临，我写不出“每逢佳节倍思亲”的诗句给你，只能“行行无别语，只道早还乡”。我们就这样如普通夫妻一样，走过了属于我俩独有的二十多年。

还记得那年第一次见面吗？那时的你瘦得皮包骨头，好似吹风便倒。那时的你勤快体贴，似乎什么都难不倒你。每逢小镇集市，我俩约好赶集，却怎么也不好意思走在一起，更别说手牵着手，可是我俩的心却始终围绕着彼此。旁人都好羡慕我们有一儿一女，小时候的他们一个傻乎乎一个胖嘟嘟，他们现在长大了，一个帅气稳重一个漂亮懂事。亲爱的，你说我们是不是真的好幸福？

那些年，我俩分开生活的日子，思念、想念、挂念、留念、怀念、不停地念你的名字。我们几乎每天通电话，说说在外遇到的酸甜苦辣，谈谈家里两个活宝的折腾嘻哈，还有都不好意思说出口的情话。尽管千万里的距离让我俩每天都只能期盼着团聚，但我们依旧让爱情保持着最初的样子。某天，我们相聚了，不仅是我们，还有两个宝贝都好开心。我俩带着调皮捣蛋的儿子和开心果女儿围着圆桌幸福地吃团圆饭，一起出去散步。我俩依然害羞从不手牵着手，但却满心欢喜，连嘴角也露着一丝幸福。亲爱的，你说我们是不是真的好幸福？

这么多年过去了，我们终于可以幸福地生活在一起，可为什么我们要吵架，要冷战，要有矛盾？亲爱的，我知道我不够体贴，不够浪漫，学不会牵着你的手，带你去看海看日出，为你准备一次浪漫的烛光晚餐，但我不抽烟，不喝酒，不打牌，下班按时回家，你不开心我会讲有趣的话逗你笑。最喜欢吃你做的菜，还记得吗？每次你做了“菜菜饭”，我都会吃好几大碗。这么多年过去，我已经被你养成了大胖子。亲爱的，我知道我不够漂亮，不够能干，常常抱怨生活不公给了我这样一个多病的身体，唠叨不停，但我不抽烟，不喝酒，不打牌，会打点好生活中的点点滴滴，包括孩子的一切，每天做好饭菜等你回来。虽然我不爱笑，但看着你吃得那么满足，讲笑话的时候我没笑自己却先笑了，其实心里有一股暖流在缓缓留着。亲爱的，你说我们是不是真的好幸福？

我们都说不来甜言蜜语，那年代走过来的爱情怎么能如现在的年轻娃娃一般浪漫甜蜜？哪里会有那么多的海誓山盟？爱情就如这文字般简单真实、单纯忠贞。亲爱的，我们那么多的幸福，怎能让她就这样消失？回忆这张网，网不住阳光，但我们的心却可以记住美好，待我们老了再细细回想；亲爱的，二十几年，可能我不是能让你最幸福的那个，但我们愿意为了幸福一起努力，这就是最大的幸福；亲爱的，谁的爱情里没有点儿瑕疵，可怕的不是瑕疵本身，而是让它无限扩大的主人公；亲爱的，这辈子，我有你，你有我，我们有儿女，儿女有我们，这样就很足够了；亲爱的，我们说不来矫情的情话，我们只听得懂歌声里的这样一句话：我能想到最浪漫的事，就是和你一起慢慢变老。

点评

这是一封特殊的“情书”。面对父母感情的破裂，玉玲为他们感到遗憾和难过。而作为女儿的她，想到用文字来唤回父母的感情。通过这封情书，我们不难看出，玉玲的父母曾经一起经历过艰辛却美好的一段爱情。而现在，这段珍贵的爱情却一点点地被争吵、矛盾侵蚀。被侵蚀的不仅仅是玉玲父母的爱情，还有子女对美满家庭生活的爱。父母好比一棵大树，而子女就是大树上的鸟儿，如果树倒了，鸟儿自然也就失去了嬉戏的天堂。

人们都说“可怜天下父母心”，其实，有时候我们似乎应该反过来想想，天下子女心需父母知。

有一种感情，是对学长的爱

谢美琪（四川成都）

优秀奖

我叫谢美琪，目前就读于四川省成都市四川师范大学成龙校区外国语学院。情书中的这个男孩子是我的学长，在一场体育舞蹈课上认识。因为实习工作需要，他被分到我们班给我们上舞蹈课。我不擅长表白，也没有对谁表过白，是第一次写这样的情书，而这篇情书，是为了记录我们俩的认识过程。目前我和他是朋友的关系，希望有一天我可以亲手把这样的一封情书交给他。当我们渐渐老去的时候，蓦然回首这段时光，开玩笑地大声叫自己一声“花痴”，然后说道：“我没有白白虚度自己的青春。”

2013年3月14日

那是第一次遇见你，坦白说，并没有一见钟情。我喜欢你上课时腼腆害羞的样子，我喜欢你对我微笑的样子，也正是因为这一笑，我有了想要继续把你了解下去的希望。在觉着有必要了解下去的冲动之后，我故作镇静，但是还是表现出了以往我并没有的爱出彩。那是第一次对你说再见，你腼腆地一笑。

那个下午的夜晚，我辗转反侧，从来没有一个男孩子能让我这般心动。没有见到你，仅仅是想着你，我就心跳加速。这可以叫做暗恋么？我想，对于我自己我还是有自信的，我不想就这样暗恋！一个男孩子，那就表白吧——但还是觉着有些许的轻浮，对于自己的那份自信像是把自己推到了极点。我向朋友承诺我要用三周把你拿下。那个夜晚，带着无数幻想——

2013年3月21日

每周只有一节舞蹈课，于是我愈加珍惜与你在一起的45分钟，2700秒，虽然不是独处，可是我就感觉自己是和你在一起，因为，你很关注我。这种自我感觉良好，应该是自己私下努力的结果吧（你或许不知道我每周一、周二去舞蹈学院练功房练舞，周三、周四回来自己在寝室跟着视频学，甚至下决心暑假回去报个芭蕾基础舞蹈班），只为能吸引你多一点。跟着，我主动找你搭讪。说实话，我心里面是很挣扎的，感觉自己从来没有放下过面子去主动找男孩子搭讪，当时真有一种想扇自己两巴掌的冲动。后来一细想，喜欢一个人如果连他一点儿都不了解甚至连人家叫什么名字都不知道的话，喜欢他什么？于是，我找你加微博，你，一副不情愿的表情把我也愣住了，我知道自己快失败了，心里面说不出的失落，但是我还是故作坚强，喃喃道，“呃，好吧！”（早知道你是这么的不情愿，我真该扇自己几巴掌）接着，你对我的“嘘寒问暖”只是把我的号码记住了，并说了一个微信号。但你并没有给我打过来你的电话，你是不晓得我有多伤心。这次交谈，你知道了我是外院学法语的妹子，便也阔谈了自己在斯特拉斯堡的留学经历，但因为时间关系，我们很快终止了我们的谈话。

想着可能会有进一步的发展，于是我把那个给你号码的手机随时带在身上，害怕会错过你打过来的任何一个电话。可是，一天，两天，三天……时间就这样过去了，我清醒地认识到是自己想多了，但是自己依然毫不服输。我在微博上用你的同名搜校友，我瞎着眼睛在网页足足浏览了4页，每个类似的人我都加上，甚至还问人家认不认识你，最后战线崩溃了！紧接着，我不放弃地在人人上找你，并暗怪自己天生的记忆力不行，我只记住了你叫yuan老师。当时你不知道我是有多恨我自己，于是我就靠着自己的记忆力慢慢摸索你的名字，最后加了几个校友，但终究不是你！最后，我只剩一线希望了，那已是月中了，我冒着手机随时停机的危险用无线流量下载了多年没用的微信。我回归微信，急忙找寻你给我的名字，可是，“搜！索！失！败！”当时心里面一下子就懵了，是懵了，你知道吗？我会觉着，你没必要这样变相地拒绝我啊，为什么用一个随便敷衍的号欺骗一个“单纯”的妹子呢？

心里面有说不出的那种感受，有种被人耍了的滋味。不喜欢就告诉我啊，当场拒绝也没事啊。

2013年3月28日

周二的中午，我穿着那身白色的兔绒上衣，里面是波点长裙，还有秋季长靴。（天气挺好的，是大太阳，一下子觉得自己挺怂的）恰不逢时，你一下子就出现在我的面前了，穿着黄色的短袖上衣，着我喜欢的那种灰色运动裤、阿迪的黄色运动跑鞋，背着一个背包，好一副阳光的样子！（对于我这种外貌协会的女孩子）顿时觉着你又可爱至极了。朋友怂恿我去找你搭话，然后大家一起坐下来吃午饭，然后——（坏笑）。我没有那样做，但是我跟踪你进了一楼的食堂，并在你打饭的同一窗口打了同一道菜（嘘，这还真没让你发觉）。在你转身那一刻，害怕被你瞧见，我转身假装对朋友说话，在选了一个好观察你的位置就座以后，我朋友说你无名指上戴着一颗好大的戒指。起初我并没有怎么信，也没有怎么当回事，但是当关系渐渐明朗化后，我仔细到观察到你身上的每一个细节，确实是有戒指。我曾说过：对于不是单身的男孩子适当地保持距离不是挺好的么？没想到这句话用在自己身上有那么难，但想着的是自己要有做人最基本的礼貌和出于对小三这一类群体的严重鄙视，我狠下决心，对你绝口不提。

周三了，每周期盼的一节舞蹈课终于来了，但是这天我并没有像往常那么兴奋和积极，是我自己一个人耍脾气，是我一个人生闷气，把你臆想为自己的男友一般。我没有如期地站在你身后离你最近的地方，而是去了左边最偏远的位置，我只是想看看自己在你心里有没有引起注意，哪怕只是一个眼神的交流，尽管之前我以为我们之间只有一转身的“距离”。事实是，我可以理解为你毫不知我的去向么？你选了离你最近的那个女孩子做舞伴给学生指导，而且，那个女孩子也是有用意地把自己打扮的美美的站在你的面前。我心里面就像打翻了的醋瓶子，说不出的醋味。这节课下来，我再也没去主动找你了。

2013年4月4日

这节课，没什么特别。

2013年4月11日

我觉得自己还是没劲吧，身边的朋友鼓动我要主动地去找你，就算是不能交往，但就是仅维持老师和学生的关系也好的，不让自己的大学生活有后悔。那天，进了教室，见你一席白色迪斯尼米奇短袖，背上背了一件格子衣，真青春！其他同学先于我一如既往地在离你最远的地方侃侃而谈。而我，注意到你旁边好像有两个人。那天我自己也不知道是怎么头脑发昏处于昏睡状态吧，一下走到你的面前，就你最近的位置调侃道，“这儿，能放我的包吧？”你说，“可以啊。”于是我就坐在那儿休息了。你主动找我跳舞，说：“带你跳吧。”我说，“算了吧。”最后在你的一番好意下，我还是跳了。那是第二次握你的手，很明显的，你手的温度还是保持那份“热度”。每天都有备而去的我，不知道那天你是否看见了我左手食指上，只有到周三才戴上的单身戒指，因为是类似钻石的，所以想格外地吸引你的注意。你也知道我有在舞院练舞的消息，我不想让我们之间的话题太少，不想自己在你面前表现的太腼腆，我尽量让自己找话题与你说。说到拉丁的定点转、芭蕾的原地转，你都是一副熟悉的样子。那个场景是你主动找我，（或许你只是出于一个老师带学生的立场，可是我心里的小鹿一个劲地乱撞，表面还要装得淡定。其实，那个时候的我觉得自己很虚伪，很恶心，但在自己喜欢的人面前，又怎样呢？对吧）我挺开心的，可是因为要涉及男女合跳的状态，于是我让我的朋友不要和我搭手。我想把自己给剩下来，然后就有机会和你一起。但是那天蹊跷的是，你的那个朋友也单下来了，这是上天注定吧？我也是在他过来之后，才知道他是你的好朋友，于是乎我又想借着他能了解一些你的消息。（这，真不算是心计哦，是被感情冲昏了头脑）那是我第一次那么有心地把你的名字给记了下来了。紧接着我把微博给了你朋友，为的也是能了解到关于你的信息。下课之后，我故意没去给你打招呼，不想让你觉得我对你有意思。可是，你竟然在我提包的刹那儿，拍了拍我的右肩，并且笑道：“拜拜！”我没有正面看你，还很“淡定”地说，“额，拜——”到下午，是想着自己有了一线希望吧，就与你朋友在微博私信中要到了你的QQ。于是，我立即与你联系上了。

很开心，我们在QQ上有了一段简单而又高效的对白！

看见了吧，我在QQ上就是那么喜欢地把你的名字存为一鹏，现在电脑上输入

yp也是自动辨识为一鹏了。哈，所以，只是不知道什么时候才能叫你为自己的“偶吧”，或许一辈子都没机会了，但，自己觉得就像现在这样，嗯，挺好的。

点评

“多么羡慕在校学生的爱情啊！”这是看完这篇充满幽默色彩的情书后的第一感觉。作者美琪是一个活泼、可爱、有小任性的可爱女生。为了让实习的舞蹈老师关注自己，故意去拼命练习舞蹈，也使出浑身解数通过各种社交方式查找老师的信息。每一次努力似乎都带着些许心酸，但却总能给看故事的我们一些小趣味，也许爱情就是这么奇妙。“酸酸甜甜”是大学爱情的华丽标签，你是否也感同身受？

生日快乐

刘占林（辽宁沈阳）

优秀奖

作者刘占林，曾就读于辽宁省沈阳市浑南新区沈阳建筑大学。这是读大二的他在2009年5月23日写给暗恋的女生的一封质朴的情书。由于那天是那个女孩的生日，因此情书的名字就取为“生日快乐”。当时这封情书分为电子版和纸质版，电子版作者发表于个人QQ空间的日志中，纸质版则托人送到那位女生手中。经过半年追求，女生终于答应做他的女朋友，并且坦言那时这封情书令她感动不已。

作者希望这封情书能给一些苦苦暗恋的人启示，就像《生活大爆炸》中的台词写的一样：爱情不是短跑，是马拉松，要永不放弃地追逐，直到她最终投入你的怀抱，或者用防狼喷雾剂喷你！

我一直考虑到底要不要给你写这篇东西。本意是要写，可是又不敢写。于是我想了好久，慢慢打算着。我知道，写给你也只是祝你生日快乐的一篇贺词。不管这是口头上的说辞，还是真正可以这么做，我都已经做好打算了。家里人也跟我这么说，一边是火焰，一边是寒冰，我夹在中间一步也不敢动。什么叫门当户对？我从来不知道什么叫门当户对，家里的原因我不去在乎。只是，只是，还是要写，对着明媚温暖、有些忧伤的光线，对着自己脑海中的领地。我早说了，我没有奢望，只有期望，期望你活得快乐，没有忧伤。

年华流过的时候，我带着你穿行；任凭残留的记忆的痛苦，往事的心酸，一切的一切，由我保护你；在那里，无论天堂，无论地狱，我们一起猖獗。

——题记

“生日快乐”，我希望像道早安一样在你生日当天的凌晨零点零分用短信发给你。无论我是不是你的男友，我知道这样会让你开心，这样我也会开心。而且，我希望你生日里一整天都会保持温暖的笑容，不要沉着脸对着某处发呆；虽然我知道你在想某些事，某些人，我也知道那事或那人对你异常的重要，但这一天是你生日，一年只有一次，即使你忘不掉，暂时在这一天忘掉，好吗？

你知道阳光为什么会是温暖的么？不是因为它含有热量，然后热传导提供热量给你。阳光温暖，是因为你活得快乐，这样我才觉得站在光线上可以体会到温暖。不要觉得虚假，这是真的。因为你给我的常是一张不开心的脸，在那些日子里，每天对我都是阴天，站在阳光下我仍觉得寒冷。就像彼得先出生，是为了迎接耶稣的降生。这世上，对我，可能一切都是因为你才有意义。生日快乐，愿你在这天会开心点，即使是瞒着我，也要开心点。

你说喜欢偶尔晒晒阳光对身体好；你说喜欢听歌唱歌，这些是你的爱好；你说自己不喜欢玩游戏；你说自己经常头疼，身体不好；你说不敢再去爱一个人；你说自己渴求真正的友情大过爱情；你说自己也许会一个人过好久；你说自己这辈子伤心的事经历太多，下辈子要做云，有形中却无形；你说不想因为孤独去找一个人，感情不能开玩笑；你说自己赔不起，你是个很重感情的人；你说幸福有时需要争取；你说要我和你说真话，不管是难听的好听的都要说实话；你说晚安，好好休息，睡觉安分点，不要我明天见不到你；你说自己记忆力不好，选择性记忆；你说如果那个人能给你幸福，你就跟他了，一切让命运安排；你说那个人已经存在了，我不认识。

其实，我想说，我也是选择性记忆，手机号我从来记不住，只是因为不想记。你说的话，我都没有忘，因为我不想忘，我要记住它们。没有哪些日子我对你生气，甚至一分一秒都不曾对你生气，你看到我板着脸时，其实我只是考虑事情，不是不开心。其实某些日子，我一直在幻想，一切我的打算都是那么美好，可是命运从来不肯给我一丝的希望，有的只是失望。听到你说起自己未来会有的幸福，我真不知道脑袋究竟在想什么，只有两个念想在我脑袋里，一个是期望她能得到幸福，一个是期望自己有权力给予幸福，最后前面的念想胜利了。我说过，我喜欢看《爱情白面包》，因为里面男主角说的那句话，一直是我深藏心底的话，“爱一个人，不是要占有她，而是要让她幸福。”可是男主角最后说出这话时，也说出了从开始埋藏心里的话:“现在她要跟加蓝走了，其实，我也可以给她幸福。”每天我都想跟你道晚安，每天都想。

生日快乐，希望你可以开心地笑，没有忧伤。知道人们为什么要过生日么？过生日的时候，要许愿，要接受祝福，要跟心爱的人在一起。有这么多美好的事会在生日时发生，当然要过生日。可，对于你，我知道，这次生日你心爱的人不在你身边陪你。我不知道该说什么来安慰你，只是，只是，我也心痛，不是因为你心爱的人不能陪你，我不在乎那个人，我只是因为你心痛。

生日快乐，其实我很想可以跟你一起去海边。静静地看潮水来去，想象着一切美好的事物。

生日快乐，我的日志很多都是给你写的，从来都是，只是不敢言明罢。我怕你读到这一切，会觉得我只是追你的人中一个貌不出众、才不出众的人，那样我会觉得很难过。你知道不，我喜欢你，不是因为你的长相。即使你毁容了，即使被人唾弃，即使你得了重病，一辈子都不能起床，我都会想照顾你，永远地照顾你。当然，我更希望的是，你活得平安，有富裕安稳的生活，有个合你心意的人来照顾你。

你要的安稳生活，真爱的、能给你感觉的人，一定会有的。不要抱着消极的态度，那样不好，会长皱纹的。你现在正值生命中最美丽的年龄，希望你活得快乐，没有忧伤。至于我嘛，如果可以的话，我希望能陪你一起走，走到世界的尽头，给你你想要的。不过，我不知道会不会有这样的机会，我只想祝福你，永远地祝福你，希望你有个美好的未来，从此不再难过；希望有人可以抚平你的创伤，帮你治愈一直以来困扰你心灵的伤痛；希望你不会再觉得孤单，强颜欢笑地面对世界，而是从心里觉得安全、温暖；希望有人可以照顾你的饮食，帮你调理好身体，不再头疼，不再腿疼，不再觉得自己被上天赋予了一副坏体格；希望你所希望的会实现，而我所希望的不要实现，因为我知道在我身边，你从来不觉得幸福，即使我拼上全力，拼上了我一颗真心。

“祝你生日快乐”，我要没有忧伤地对你说这的话，要让自己不带有忧伤地看着你说这话。那漂洋过海的忧伤一直在我眼中，从未消散，此刻让它暂时消散吧。

给你我最真诚的祝福,“生日快乐”。我不骗你，我说的是实话，包括这句“无论疾病，无论痛苦，无论家庭，无论有什么事即将发生，无论在你身上过去和未来发生什么事，我都真心期望你活得快乐，没有忧伤……”还有这一句，“我似乎爱上你了”。

爱应该独一无二，坚持你自己认为的，不要管我。可是，或许会有那么一天，我能拉起你的手，在阳光上，能带着最明媚的笑容，对你说那句只有三个字，却一生一世的话——“我爱你”。

点评

一句简单的“生日快乐”，一篇充满诚意的告白情书，让读者看到作者的心思是何等细腻。也许对一个女孩子的爱，并不需要99朵艳丽的玫瑰，也不需要山盟海誓，仅仅是发自内心的承诺就足够了。想想，其实不少女孩子想要的并不多，一份会去慢慢实现的承诺就足够让她们对你许下一辈子。

惟汝乃吾之独恋

王曦（辽宁铁岭）

优秀奖

作者写下这些文字的时候，还没有得到女孩子的应允。他仅仅希望通过这些发自内心的言语，打动这个让他相信一见钟情的女子。

今观天下女子，可爱者甚蕃，惟汝乃吾之独恋。

初见汝，余心甚悦，未料天下竟有如此之女子：形容娇怜，天生丽质，如莲之出淤而毫污不染。霎时，吾已将吾之心交付于汝，汝在故吾心在。余叹之甚久，但天下女子皆若是，则余可任择一而为娇妻。而吾之所见，天下女子若汝之形容丽质者，惟汝一人尔。有云："吾至爱汝，即吾之爱汝一念，使吾勇于就死也！"今观之，此言甚是，但非为所爱，何来之勇也？汝之形容生之娇媚，予甚怜之。

吾不慧，而吾知女子之美非全在形容，气质之美尤为甚。吾见汝气质非凡，故甚怜汝。若汝可知吾心，则已足矣。余恋诸初见，此乃恋爱之忌也，无奈，余怜汝过甚，且吾自信，汝乃善女也，非华表毒心之辈所能及也。吾甚愚，吾断汝非大家闺秀，乃小家碧玉，是非则吾不知之。若汝果为小家碧玉，则亦有大家闺秀之风，且有其非能相媲之美。汝甚美，美于吾心。恐西子见汝，亦自叹不如。吾至爱汝，此爱如日之火，火不熄，而爱不灭；此爱如天山雪，雪不融而爱不尽；此爱如洋之水，水不枯而爱不竭。

虽吾不可时时见汝，但吾刻刻不曾忘记念汝。每夜，念汝不成眠，每夜，念汝空泣月。虽尚不确定汝之芳名，且汝不知吾之爱，但每日一面足以令吾欣喜。仙子之美，亦为衬汝而生，见仙子则不爱凡间女子，见汝则不爱美貌仙子，纵上帝之伟岸，亦渺小于汝之美。天下众生，莫可抵汝之一美。

古云：“人生得一知己足矣！”吾改之：“人生得一红颜足矣！”有云：“红颜祸水。”但吾痛之：红颜本无罪，何冠之以祸水之名？余惑。若今生有汝长相伴，功名利禄于我何妨？今生何求其他？吾感余生为汝之悦。但为汝，吾又何惜七尺之躯？缘否？亦缘，亦非缘。茫茫人海，吾遇汝，此为缘也；吾甚怜汝，而汝不知吾心，且余未得汝之芳名，此为非缘也。此刻吾心不胜自悲，亦不胜自喜。但愿此生可与汝终成眷属，则吾今生幸甚至哉！

成此文，以表心意，并期汝之应许。

点评

在生活、娱乐方式花样繁多的今天，很多人已经忽略用情书来表达爱的这种方式。而用古朴的文言文来描述爱情，更是凤毛麟角。这篇古文情书中，用了莲、小家碧玉、仙子等文字来描述中意女子的美貌。作者更将对女子的爱形容为如日之火，不熄；如天山之雪，不融；如洋之水，不枯。不难看出这是一份十分浓烈，并且似乎永不变更的爱情。也让人情不自禁地想起东汉乐府民歌中，著名的长篇叙事诗《孔雀东南飞》里的句子：“君当作磐石，妾当作蒲苇。蒲苇纫如丝，磐石无转移。”愿作者能等到这位中意女子爱的应允。

于山水间回望我们的爱情

陈林（重庆市）

优秀奖

这篇情书并非故事中的两位主人公亲笔所写，而是一位叔叔为帮助侄儿挽回爱情的作品。这位叔叔的笔名是月到天涯，真名叫陈林，现居住在重庆市南岸区南坪四公里。陈林的侄儿前年与老婆闹矛盾，侄儿心中有悔意但放不下面子张不开口，便来找到他。侄儿突发奇想地让他帮忙写封情书。于是陈林根据侄儿提供的素材整理成文，其间夹杂了他个人的旅游经历，最后形成了这篇情书。陈林的侄儿把情书交给妻子后，得到了妻子的宽宥。现在侄儿他们过得很幸福。看到这次征文，陈林突然想起此文，便在获得侄儿夫妻二人的同意后将此文提交参赛。

绮霞：

你好！我起床了。天刚放亮，窗外不远处的山头笼在清晨的薄雾里，若隐若现，宛如你娇羞的面容。我就要回来了，我测算过这封快递寄到你手中的时间，它到时，我也就到了，我到了，就会给你一个庄重而永恒的承诺。

半个多月了。走之前，你让我不带任何通讯工具，让我静静地消失一段时间，你甚至亲自为我计划了这次远足的线路。绮霞，对我的心思的洞察和对我的体贴没有人比得上你。

按照你事先帮我筹划的线路，我带了几本书和不多的随身行李离开了家。每到一处，或在寂静的夜里，或在熹微的清晨我给你写上些文字，不用电脑，只用笔和纸一个字一个字地堆砌，串成一段一段的句子留给你，象潺潺于卵石幽草间的清溪，但愿它能缓缓地流进你的心，给你一分清澈、些许慰藉。

此时，就着远处天边的一抹晨曦，我把一路上写给你的东西剪辑汇集起来，里面有我徜徉于山水之间的惬意和释放，有对咱们这么多年来的点点滴滴的真切回忆，有对你的浓浓的思念，然后寄给你。明天我就动身回返，来见你，见我最亲爱的绮霞。

在长寿

这是我出门的第一站。我在长寿古镇古色古香的氛围里只略略停留了一下，便乘车来到了长寿湖。登记住宿时，有不少旅行团的游客，他们精神盎然，游情四溢。此时，我心里泛出了一丝悔意：应该邀你同来。酒店落地窗外有紫藤的叶子在摇晃，一点点地反射阳光，拽动了我对你的念想。

在大学里，你是一个低年级的喜欢穿紫色长裙、经常坐在阳台上看书的女孩子，南方的水孕育出你如出水芙蓉的容颜。校园的槐花一年一年地开，一年又一年地落，我也是一年又一年地隔着距离望你，有时你会朝向我抿着嘴莞尔一笑。那天，我一边踢着黄叶子走过暮色初起的街，一边远眺你常坐的阳台，你却不在那里，一股深深的怅然忽然间充满了我的胸臆。我知道，就是在那一瞬间，我爱上了你，认认真真地爱上了你。

长寿湖的水真蓝，湖水环绕在青山脚下，青山倒映在水里，绵延不绝，相顾相依。水波荡起层层漪澜，在微风中簇簇拥拥地轻拍到壁石上，溅出一朵朵粲然的浪花，似你微微的笑靥，拂过我的手、我的身体，还有我的心。坐在翠绿的青竹丛下，面对如此美景，我心里一片空灵。

记得我毕业后，我们就在学校附近租了间小房子，住在一起。我有了一份推销的工作，你还在念大四。我生日那天，你买了蛋糕，等了我5个多小时。我去拜访客户，很晚才回来。已经很多年，没人对我这么好过了。你对我说："我知道你压力大，不要怕，我们一起来分担，好吗？"当时，你恬静的语气和眼神，轻易就穿过我灵魂深处逼出了我以前不敢随意落下的泪滴。但那是一段多么狼狈而拮据的日子啊，你买来减价的水果，削了皮，切成一小块一小块给我吃；你围着围裙第一次淘米摘菜下厨；你跟着我吃水煮白菜，吃方便面……你是那么的爱我，可我怎么也无法忘记你爸爸跟我说的一席话："我家小霞从小没吃过一点点苦，受过一点点累，遭受过一点点委屈，小伙子，你能做得到吗？"我没有也不敢回答，讷讷地看着你爸爸，不知所措，我知道我暂时做不到。虽然你说:“爱你就不觉得苦。”但是我心痛啊，是真的心痛，好像整个人都要被撕裂一样的痛：穷男生就不该拥有爱情吗？

我玩了命地跑街串巷，不歇气地拜访经销商，赔着笑推销厂里的每一样产品……时间一天一天一月一月地过去，我的销售业绩逐渐在提升。半年下来，我把19000多元的提成奖交到你手中，对你说:“我要挣很多很多的钱，给你买房子，买一辆车子……”我兴奋地自顾自地唠叨着，你靠在我怀里忍不住地笑，笑过了，你说:“寄点钱给你爸妈吧，让他们买药治病，多吃点好的。”那一刻，我俯下头，搂着你的肩膀，泪如雨下。

我曾经听别人讲过，长寿湖的岛屿从空中俯瞰下来，是个大大的繁体的“寿”字行草，这时从平面望过去，是看不到这个景致的，但我在心里默默祈祷，祈愿我们之间最美好最纯粹没有一丝阴影的爱情天长地久，永远长寿。

在武隆

清晨醒来，淡淡的阳光已洒满屋，站在房里落地的镜子前，看看镜中的自己：头发长了，也卷了，脸似乎瘦了许多，胡须也长长了不少，呵呵，有点沧桑的样子了。隔壁传来电视里的歌声：总是相信有更好的，会在前方，就不顾一切地漂洋过海去，用尽一生寻找。

我到现在还没定下来今天是去天坑地缝地质公园还是去仙女山。思忖之间顺手翻了翻行李，翻出了你给我买的浅蓝色的牛仔裤。那是将要去见你爸你妈之前，你说换一身好点的吧，可当时我还在想，汶川地震我捐了两百元之后我这两周的伙食费怎么办的问题。自从那年我爸妈先后病倒后，原本就不太富裕的家顷刻之间一贫如洗。那时我的生活可以说是很黑暗，一直是念书、上课、考试、兼职、赚钱。同学们只要得到兼职的信息都会介绍给我，我就这样拼命地挣，谁也看不出我有多苦，我也不愿意让别人知道我的苦。看出了我的为难，你笑着挽着我去了朝天门服装批发市场，至今我仍控制自己不去回想那些让我泪花闪动的细节。

最终我决定今天就在街上闲荡一天。我找了个茶楼坐了进去。

绮霞，直到现在我还是没想明白，曹勇为什么会一夜之间就不见了踪影，他陆续收了17万多的货款，是不是出了什么意外？他不可能有意携款潜逃吧？再怎么说，我和他也是一个寝室睡了4年多的同学啊，我们一起合伙做生意就算是合伙人了，有天大的事，也不可能不辞而别吧？绮霞，我想不透曹勇的做法，可到现在已经3个多月找不到他却是事实啊。我真的一直理不出头绪来，我辛辛苦苦做销售挣来的一点钱会在好友的背叛当中烟消云散了吗？我真不甘心，更要命的是，我还借了别人很多钱。

记得在一个阳光萎靡的下午，鹅岭公园郁郁的黄桷树下，我给你细细讲了和曹勇之间的事。听完，你说："有了经历才会懂得。我不是也上班了吗，咱们省着点用，也够。"

我说："我还借了别人一些的。"

你说："去跟人家说说吧，缓一段时间还，咱们一起，从头再来就是。"平望着你的双眸，我的眼泪不争气地流了出来。

这里的山是典型的喀斯特地貌，山形悠邈，大多直上直下，如刀削斧劈一般，山壁上灰白的岩石和翠绿欲滴的植物相间，细长的瀑布从山顶直泻下来，景色秀丽非凡。山与山之间有大片的草原，青草萋萋，繁花旖旎，牛和马在悠闲地吃草，天空白云静静，天色湛蓝如海，我为这般的美色倾倒得五体投地，而此时我内心深处在重复着一句话，那就是我想你……我想你，我已被眼前的美景和你附身，你更以一种透明的形体与我一起存在，我能感受到你的呼吸和移动。绮霞，我用文字把跃入我眼里的风景描绘给你，我们一起享受，我不会在没你的时候独享幸福。

在彭水

我在这里走走逛逛，沉浸在绝美的风景里流连忘返。站在清冽的溪边，栈道徇山逶迤，石梯像一根细线穿出密林与远方的天相连，山坡翠竹斜立，杂树蓊郁，在纯粹的空气里，能清晰嗅到纯净的泥土、草木和河水的味道，听到历史从远古传来的沉沉的呼吸，看到记印在岁月里的骡马们遥遥而去的背影。河道弯弯曲曲游走在崇山峻岭间，阳光柔柔铺在峡谷中，河面一半银白一半秾绿缓缓流进远处山与山的褶皱处，去了我看不到的地方。绮霞，你看那满眼的翠绿啊！翠绿中有红的、黄的、紫的、白的花，或星星点点，或一片一片，把一座一座的山裹包得像娉婷的少女，妩媚可人。真的，真的，我真想带你一起逃离喧嚣浮躁的都市，来到这青山绿水之间，与蓝天相依，与白云相偎，看水边绿草，任天气凉热。可是，我们逃离得开吗？

你清楚地知道，曹勇的事对我的精神和经济打击都很大。有的晚上，我会突然嗥叫着从梦中惊醒，像一只落入陷阱后受伤的小兽，然后在叫声中泪流满面。那段时间，我忍不住折磨自己，我去夜店，我酗酒，我无法给自己勇气。黑夜一样的黑，下着雨的黑夜里的雨滴每一滴都像流进我心里的眼泪，我听得见在自己的胸膛里，有怦然破碎的声响，疼痛很疯狂的像海藻一样繁殖蔓延，将我揪得气若游丝。痛彻心扉的不仅仅是经济上的损失，还有一个个我怎么也难以解开的结：为什么那么牢固的友谊会在金钱面前变得如此的不堪呢？我这一跤跌下去，什么时候才能爬得起来呢？再想想爸妈的病和我欠下的债……我不寒而栗。

那天，是你的生日，在沧白路洪崖洞烈士纪念碑旁的水泥栅栏边，你轻轻地挽着我的胳膊说："你要记得你不能流泪，你应该是快乐的，请个假，出去走走吧，散散心，心情会好起来的。你要知道，我是什么都可以不要，我只要你。"

马路上车来车往，人流如织，洪崖洞灯火璀璨，夜空中有合欢花的香味在飘荡，我镌骨铭心地默默对自己说："我会重新站起来的，我将为你一生守护，你是我的最爱，绮霞。"

我要在这里多待几天。据说，当地的苗族把美丽聪慧的姑娘称作"娇阿依"，阿依河因此得名。原始古朴的阿依河相当漂亮，不愧"巴渝新十二景之首"。我搭坐竹筏浏览旖旎风景——眼帘中山碧水清、波光粼粼，耳畔隐约听得见苗家山歌的旋律，水面皮艇穿梭，游客们的欢声笑语响彻山谷。阿依河的水静，静得只剩下竹竿划水和岸边山风拂过山林的哗哗沙沙声响；阿依河的水清，清得看得见小鱼小虾和河底的细细砂石；阿依河的水绿，绿得让你觉得它简直就是美玉，它就是翡翠。站在竹排上，头顶蓝天白云，任徐风掠耳，深深地呼吸着清新的空气，俨然置身仙境，宁愿让时光就在此刻停住！

我决定漂流。漂流的上半程无惊无险，像在公园里悠闲地划船，两岸景色好得连心都要被掏空了似的，只要静静地呼吸，仿佛就能接收到大自然给你的神秘消息。到了半程，水流湍急，浪花飞溅，河道狭窄，乱石嶙峋，我翻船落水了，好不容易挣扎着站稳身子，结果皮艇又顺流漂走，幸亏下游有救生人员帮我拉住了船。

不少游客都和我的境遇差不多，哈哈，有的船卡在石缝里动弹不得，有的游客掉进水里，还有的更绝，整个船倒扣过来，船上的两人弃船而逃……下半程的河面就又平缓了，皮艇缓缓地随着水势起伏前行，放松了的游客们有的唱起了歌，有的拍照留影，有的拿起水枪喷水，有的相互挥着竹竿击打水面，一时河面水花飞溅，歌声、欢笑声、女人的尖叫声回荡在阿依河河谷。

大约八九个小时吧，我回到县城。回来后的小半个下午，我都在睡觉，太累了。睡得天昏地暗、头晕眼睛模糊的时候才起来，看见窗外的暮色已经降临。在彭水的这几天，是我一路上过得最快乐的几天，我渐渐地在遗忘一些烦恼、失意和不幸。我在山水间陶醉和领悟，我在山水间沉迷和回忆，可是，越是这个时候，我越是想你：你现在在做什么？有没有感觉到我对你的思念？

就在阿依河我落水的那一刹那，就在我从湍流中冲出的那一刻，就在我行完上半程继续经过了下半程的时候，我如醍醐灌顶：世界上有太多事我无力把控，我不能制止某种背叛，努力面对现实才是唯一的，冲出激流之后就是缓滩，就能够脱出困境！

而你，绮霞，我的身体此刻没有跟你在一起，可是，我的灵魂却在你身边，时刻都在。我不会被摧垮，有你在，我注定不会计较苦与乐，有爱随行便是我的勇气，记得你曾给我说："含泪播种的人一定会含笑收获！"

漂完了阿依河，我知道了，平缓的河面有可能面临漩涡和激流，冲过去了，哪怕浑身湿透，哪怕晒脱肌肤，哪怕划伤四肢都只是暂时的挫折。翻船也好，落水也好，忍住了再往前走，就是灿烂的一片蓝天和碧水。

绮霞，我已经想好了如下计划，花了我两天时间：

1.给老板说清楚，再兼份销售工作，希望他理解；

2.给债主做个还款计划；

3.报警搜寻曹勇下落，以防他遇不测；

4.最最重要的一点：向你求婚。

我最亲爱的绮霞，今世你来到我身边，那是我的期盼和福分，我想与你永远心相连、手相牵，我想我们彼此靠着对方的肩膀看着生命怎样一天天老去。今生的我对你许下诺言，是因为我记得前世我对你曾经也有过约定：你我都不准回头，就让这份情这份爱定格在彼此的永远的生命里。当云不再飘柔，当冰不再凛冽，当火不再炽热，当石不再坚硬，当世界上没有了所有的爱情……我才能停止爱你！

50年、60年、70年之后，我希望你能在一个阳光和煦的日子里用指头点着我的额说：扶我回家！

我就满足了！

现在，绮霞，嫁给我，好吗？

点评

相濡以沫的爱情，是令人感动的。文中男主人公面对朋友的失踪、事业的失败、大笔的债务，开始借酒浇愁，对生活失去信心，像一只迷途的羊羔。但此时，身边善解人意的妻子却并未嫌弃他，而是在他艰难困苦的时候，选择了陪伴在他身边，并不断地开导鼓励他走出残酷的打击中。文中也借重庆长寿古镇、武隆喀斯特风光、彭水阿依河漂流等旅游景点的所见所闻所想，来抒发了对妻子的思念，以及对人生方向的思考。

大自然始终是神奇的，一草一木也许都包含数不尽的真理。遇到无法排解的困苦，不妨从自然风光中来解脱自己。而此时，要是身边多了一位彼此深爱的人，岂不乐哉？

爱和思念

江湖书客（广东深圳）
优秀奖

此文作者，笔名为江湖书客。2004年，读高中的两人相识、相恋。他们在不同的城市上大学，毕业后在不同的城市工作。在这个用电子产品沟通的年代，他们仍然坚持书信往来。并且凭借着两颗真诚炽烈的心，供养着这份平凡的爱情。

两人计划2015年结婚。以下情书是男主人公在大学时代写给女孩的。“这是一首不知何时才能写完的情诗，我要把它献给我最爱的女孩。”他说。

一

请别在意，就算你一直以为只是一个童话。

而童话，是活在现实里的。

我们经过千山万水，才相会在一起，怎能轻易错过。

十二月的烟花，寂寞地燃放，开放的那一瞬，亮丽无比，为这，我守候了一冬的寒冷。我们的温暖，却可以相约一生。

需要顾忌的太多，于是什么都可以不用顾忌，我的胸怀永远向你敞开。就算你一时的迷途，但在清醒时，请别忘了，远方的我。

二

我一直相信，你是我人生路上值得一路相伴的人。

请你也相信自己，在我身边，已经给了我最大的幸福。

我的爱，没有限量，它是一汪清泉，永远在碧绿的山沟里流淌。

为这相遇，我不知在梦里找寻了多少地方。有人说，这是前世五百次回眸所得来的，而我宁愿相信，前世的我只回眸一次，便已经将你记住。在今生，定要将你寻找。

我确定是你，在雨季里的烟雾迷蒙中，与我初相遇。

三

很久没有写感情类的文字，而这一篇，将写得长长，没有完成的时日，只剩下书写的过程，以及没有终点的追寻和倾诉。

写给你，给我，给我们的遇见，给我们的相处，给我们的感情，给我们彼此的思念……给一切与我们有关的。

而这一切，如似一条河流，奔腾不息。

文字，怕表达得苍白。

但我已经相信，没有文字，我将能留下什么？语言犹如过眼烟云，不值得天天叨絮。

于是写吧，不会错的。

四

常常在早上起床，看到窗外照射进来的阳光，在地板上投下明暗交错的光影，忽地忘记了痛。

昨夜互道晚安的短信，重温一遍。

新的一天，新的开始，一如既往的，却是那不温不火的一缕思念。

有时很早，校园里只剩下自己穿行的脚步，那种心情，不知你能否体会，我一向喜欢的一种感觉。

空气清新，但也沉静，它不惊扰我的心境，但是我却在意它的存在。那是一种什么样的关系，如今并不能感知，而存在，是最基础的问题。

这些，一直是一个人在体会，并不会觉得腻。

也许是心境在作怪，淡淡地，不起一丝涟漪，校园里西湖的水面，平静得如似一面镜子，它写满我的心思。

想象有一双翅膀，也不愿张开拍打，怕空气忽然不安分。

五

看一场电影，被那淡淡却深深的爱情所感染。

情人历经坎坷才能走到一起，感情犹如中草药，越是煎熬得久一点，烈一点，越是可贵，越是香气谊人。

有时是血淋淋的表白，代价无法估计，但总是有个量。而爱却无量，所以不曾计较。

不曾计较，是唯一的失误。

因这失误，赢得的，是无悔的心。

六

爱是两个人的事儿。

好比一座桥，若一头塌了，任另一头如何努力，终将无济于事。

而坚持，有时变得如此困难。

请让我一直扛着吧，我愿为你也出一把力，只要你也不轻易放弃。

七

男孩也有眼泪。

男孩的眼泪，该是为最爱的女孩流的。

那温暖的晶莹，颗颗似闪闪的珍珠，如同珍宝，请别轻易丢失。

坚硬的外表背后，也曾是如何脆弱的心灵，与女孩并无大异。

男孩的眼泪无法轻易落下，除非你消失不见。

所以，请别轻易说离开。

八

有些思念，来得淡淡。

像一缕一缕的烟雾，随风轻轻地飘。

向远方，向那个有你的方向。

它会带去我的思念，如果你在远方看见了天上的白云，请别惊讶，那有我托它带去的想念。

请遥望吧，那儿有我的影子，以及言语。

九

回家，总是遥遥。

温暖的家乡，有一些温暖的回忆。

一片一片，洒落于一路走来的的花草树木。

想去重新拾起，编织记忆的美梦。

梦里，该有你的身影。

模糊或者清晰，已不重要。

一切能感觉到的，无须眼光的扫描，便能在心底明亮起来。

珍藏于心底，在夜深人静的时刻，独自欣赏。

这是一个习惯，不然，一个人如何打发孤独的时光。

十

是的，每个静夜，总会最先想起你。

那些掉落一路的岁月。

那些有你相伴的日子。

以及我们走过的路，待过的地方，坐过的石头，游玩过的水边……

它们成了记忆的载体，使记忆有了重量。

用手抓一把来，能感觉沉沉。

沉沉。

一直沉到心里最深处去。

十一

像一些微小的事物，没有特别的注意，却时刻存在。

一次QQ聊天，一次手机通话，一次信件交流都能在我心里印下深刻的涟漪。

必须一直保持这样一种情况，让彼此不曾陌生。

因为两个人之间一旦陌生，情感便会疏远。

那将是无可挽回的过失。

所以，我一直在意着，你是否曾将心里的话说出，没有藏着一些。

而我一直袒露着所有心里的话，不曾藏着。

十二

空间与时间的距离，并不可怕。

可怕的是心的距离。

于是，请让我们安心吧，我们的心不曾有所改变。

也要保持这样一种姿态，直到永远，永远。

十三

晚上十一点零九分，即将上床睡觉。

冬天的被窝，是最舒服的天堂。

我并非贪恋被窝里的温暖。

而是，睡觉前，那飞越千山万水的两条互道晚安的短信。

让我安心，这山山水水，相隔千里的距离，无法割断我们的联系。

微微扬起嘴角，笑在心里，因着这温暖的话语。

安慰了这漫漫长夜，想着睡去后的梦里。

也许能够相见。

相见吧，无需迟疑，不用花一分钱的车费，你便能来到我的面前，抑或我去到你的面前。

期待这梦的到来，我抱着温暖早早睡去。

十四

一只失翼的鸟，却来到遥远的他乡。

如何返回，是心里的痛。

那些无助与失落的泪光，徘徊在都市繁闹的街头。

迈不开的脚步，只因无处是归途，都市的人们哟，你们匆匆的时刻里，有没有我落寞的掠影。

我想我是该如何如何了，可是如何如何？

我该在这陌生的地方如何行走？

十五

流浪着的日子，阳光洒满肩头。

炎热，寒冷，刮风，下雨……

没有所不遇，这一切，在考验着我。

若非心中的那份爱，我该为谁坚持，我怎能坚持的下去。

感谢有你，赋予我如此强大的力量。

不怕在何时何地，以何种方式流浪着。

为你找寻一片关于未来的蓝天。

十六

梦里的一朵花，常常也能牵动我的心绪。

那些细小的美丽，逃不开我的注视。

连同凝眸，也到她的心底里去了。她的心跳，她流动的血液，她的呼吸，她微微的动静……

那些开在我一路上的荒地里，美丽的花朵。

在梦里，又似乎在很久很久以前的某个时刻，真实地遭遇着。

如同遭遇一场六月的雨，让人猝不及防。

十七

夜未央，听见寂静里有风儿在唱歌。

丝丝入耳，敲击此时平静如水的心房，像带来了山里的泉水般，清凉了周身，没有言语，但却彼此交流。

与风的交流，可以这般不动声色。

也许是她渗入我的心脏，不然，寂静中如何感觉她的到来。

这样的侵袭，在每个未央的夜，她总会来，无论再怎么安静，总有她的存在。

如果你是风，我宁愿相信你就是一袭凉风。

在冰凉了我周遭时，却温暖了我的心，温暖了黑夜。

十八

写诗的时光，从2002年开始。

却在中间有三年的时间断层，如今重新提笔，想写的太多了。

爱和思念及其他，我把感情融入字里行间。敲打键盘的声音，有节奏地唱响，如若心律的跳动。

有些话，总是不知如何用文字表达。

我的文字无法将心里所想所思表达得极致，所以，请相信吧，这只是我心扉里的话的一部分，抑或较低的程度。

我的心是无限量的湖，有些水在流露，有些在注入。

湖在成长。

点评

这是一个何等细心，且内心充满爱的男孩？而遇上这个男孩的女孩，又是何等的幸运呢？看着这些优美的文字，你是否也有一点点小小的遗憾？遗憾自己无法用文字描写出对一个人的爱。相信这些文字，也能在你的心上泛起一圈涟漪。即使你看过太多人间的分离聚合，也不要对爱灰心失望，因为对的人终究会出现。

替爸爸写给妈妈的情书

张蝶（湖北宜昌）

优秀奖

笔者是一名学生，叫张蝶，是家中的二女儿。张蝶妈妈身体不好，但爸爸却对她照顾有加。2011年，是张蝶父母结婚25周年纪念日。由于爸爸文化水平不高，作为二女儿的她提笔替爸爸写了这篇情书给妈妈。“希望这篇情书能见证父母的爱情，也见证我们一家四口的幸福生活。”张蝶说。

凤英同志（爸爸是这么叫妈妈的，此处原谅我直呼妈妈的名字）：

今年是我们结婚25周年，前几天二丫头还说今年是咱俩的“银婚”了，应该做一顿大餐庆祝一下。我嘀咕着，这非金非钻石的，你嫁给我遭了一辈子罪，有什么好庆祝的。但心里琢磨了一下，一路走来，很幸福，的确值得庆祝。

记得刚认识那会儿，你是个胖姑娘，一看就是有福气的人。白白净净的，扎两个麻花辫，爱说爱笑，笑起来眼睛像一弯月亮。四姑还打趣说你是咱们村里最漂亮的，不，不是打趣，你的确是最漂亮的。你的笑容深深地印在我的心里，那时候，我希望你能一辈子这样笑，在我眼前笑，笑进我心里。

那时候你爸爸刚去世，妈妈生病了，嫂子闹着要分家，最后，你和生病的妈妈分在一起，一个人种十来亩地，不仅要养活自己和妈妈，还要帮妈妈治病。二丫头说这在她看来就像是一部苦情戏。时代不同了哦。那时候你刚上完学，哪里会种地呀。经常看见你去农技站借农业书籍，一记好几页纸。忙的时候请邻里帮些忙，大多时候是一个人劳作，种出来的棉花、菜籽都是村里长得最好的。结婚以后我们开小餐馆，你做的菜色香味俱全，生意如日中天。你读的书比我多，有文化，那时附近小学有老师请假，还叫你去带几天班；记账也记得整整齐齐，清清楚楚的。你不知道，当初能娶到你，我是多么自豪；你也不知道，能和你过这么多年，我是多么幸福。

那时追你的人可多了，隔壁村的那个小子老往我们这里跑，不过，要是你嫁给他就好了，他现在可是军官了。那时候我请你去下馆子，总要点好多菜。现在你老跟丫头们讲我装大款。其实，我只是想向你证明我能让你过上好日子。

但事实上，这些年我并没有让你过上很好的日子，对此我非常愧疚。你经常跟丫头们说现在我不让你下地干活，我很体贴你。每每听到你这样说，我就难受。哎，当初就是你坐月子的时候做了重活，落下病根，现在一晒太阳就身上痒。我忍心让你下地干活吗？有一次，我在外面上夜班，你半夜胃疼，跟我打电话的时候话都说不清楚了，半夜又打不到车，我跑了两个多小时回家，幸好你没太大事，打了几天针就康复了。你跟丫头们讲我对你有多好，二丫头开玩笑说我在她心中的形象瞬间变得高大了。她哪里有想到你胃疼是因为年轻的时候跟我在地里干农活，吃饭不规律留下的病根。我一想到就一阵一阵心疼。

这么多年，也算是患难与共吧。前几年我们在货船上打工，有一次开船的老李喝了点酒，刚开船就出了事，船撞在了大桥上，大家都拼命地往岸上跑。我知道你在里面，就拼命地往里面跑，还好，最后都平安无事。你问我为什么明明可以直接上岸，还要往后跑，不怕跑不掉了吗？其实当时我没有多想，只希望我们都平安。

今年，2011年，我50岁，身体健康；你47岁，依旧美丽；大丫头24岁，工作顺利；二丫头17岁，热爱生活。我们结婚25年，一路小风小雨，但我们同甘共苦。你的笑容依旧在，在我眼前，在我心里。一些心动，一些苦难，一些甜蜜，这是我们的爱。一路风雨，感谢你的陪伴。

二丫头代爸爸：明红同志

2011年5月7日

点评

与其他情书不同，这封女儿替父亲写的情书中，对于父母过去的困苦、艰辛着墨甚少，甚至对于父母经历生死的“撞船事故”也仅仅一笔带过。作者截取父母爱情故事中“庄稼收成出色”、“夫妻餐馆生意好”等片段，向读者展示了平凡夫妻通过双手把小日子过得有滋有味。此外，对母亲年轻时的外貌描写，以及对母亲聪明能干的赞美，也表达出父亲对母亲的爱。

让我养你一辈子

邱振辉（江西南昌）
优秀奖

本文作者邱振辉，现居江西省南昌市湾里区。10年前，也就是2004年，认识现在的老婆。在2009年，他们步入了婚姻的殿堂。但由于患有先天双子宫，邱先生的老婆怀孕三次也流产了三次。在老一辈的眼中“不孝有三，无后为大”。因此，邱先生的母亲在最近提出让他和老婆离婚。但他是爱她的，即使是她不能生育，也是爱她的。在网上看到“2013最浪漫情书活动”后，邱先生决定给老婆写下这封情书。为免让她伤心，他近期不打算让老婆看到它。但他却想和老婆说：“老婆，你放心，我会一直在你身边，让我养你一辈子！”

琳：

首先，请原谅这是我这个有点大男子主义的福建人10年来第一次给你这个九江美女写情书。而且这封情书你现在肯定看不到，我决定等我们生了宝宝的那一天让你看到它，也让广大网友给我们的爱情做个见证。琳啊，我们2009年结婚以来这已经是你第三次流产了。昨天晚上我妈和我在散步的时候，她说让我和你离婚。尽管我知道她为什么这么说，但是我还是问她为什么？之后我回了她一句：娶老婆难道就是为了生小孩吗？接下来很长的一段路我们谁也没有再说一句话，回来之后妈说她准备今天回老家了。

琳啊，当我坐在案头开始写下这些文字的时候，我们之间的往事就像一部长时间的电影一样在我的脑海中一幕幕地闪现。整整10年，从2004年7月到现在，我们认识已经10年了。人生又有多少个10年呢？有的时候命运就是这么奇妙，我是福建人，你是江西人；我性格外向，喜欢热闹，你性格内向，不喜嘈杂；我读农大，你读师大，我读大一那年你已经毕业了。我们原本应该像两条没有交点的平行线，不应该有任何的交集。但是就在那一天，月老他拿过一根红线给我，另一头牵的是你。

琳啊，还记得2005年的夏天吗？那是我上大二的暑假，那一年的暑假我依旧留在南昌打暑期工，那时候我们还没在一起，而且你已经在武汉上班了。但是这并不妨碍我给你打电话，我那时候特别喜欢给你打电话，你总问我为什么有那么多话说，其实我也不知道为什么有那么多话要说，我只是想听到你的声音，喜欢听到你在电话那头的笑声，喜欢把自己高兴的或不高兴的事说给你听。记得有一次我又给你打电话，我说："要不你回南昌来吧。"你问我："回南昌，你养我吗？"我当时很大言不惭地说了一句："我养你。"就因为这一句话你从武汉回了南昌。现在回想起来觉得自己就是东北人口中的"二货"吧。一个连自己都要父母养活的人竟然敢说要养活别人。而你也那么傻，竟然相信了我说的话。现在想起来我愈加相信了那句话：恋爱中的男女，智商均为零。

琳啊，有件事我一直想和你说。我和你在一起之前其实一直不是什么好东西。包括刚开始和你谈恋爱的时候，我也不止你一个女朋友，也就是别人口中的脚踩两条船，劈腿男。其实我挺佩服你的傻劲的，我说什么你都信。记得2007年我毕业那年我们差点分手的事吗？就是因为我喜欢上了另外一个姑娘，我还厚颜无耻地和你说什么我们之间不合适之类的屁话。我觉得自己已经铁了心和你分手了。当时你哭的跟个泪人似的，眼泪叭叭地往下掉，就这样我也没打算再和你在一起。你还特意做了个小相册，放上我们一起的照片。照片旁边还附了各种旁白，但是我熟视无睹，我知道这是我的好兄弟胖子给你支的招，我觉得自己不可能上当。最后你在我的冷血无情下同意了分手。我还记得那是个阴天，你把自己的衣服一件一件地慢慢叠好，整整齐齐地放进行李箱。我在旁边冷眼旁观，觉得自己终于胜利了。但是当你最后拉起行李箱的拉杆，准备要离开的时候，我猛然意识到自己要永远失去你了，我突然心如刀绞，竟然拉着你的手不让你走。那是我上高中之后第一次掉眼泪。我哭着让你别走。直到这时候，我这才意识到你固然舍不得我，但是我又怎么能离得开你呢。那次之后我知道自己这辈子算是交代给你了，我再也离不开你了。就像现在的"90后"们说的挺经典的一句话，谈恋爱这事，谁先认真了谁就输了。所以你输了，但是我也没赢。因为我们都认真了，所以我们都沦陷了。

琳啊，我有时候挺恨老天爷的。他欺负老实人啊。我这么一个从小不好好学习，成天只知道调皮捣蛋，上了大学也就知道谈恋爱、浪费父母血汗钱的王八蛋他不整，为什么偏偏要对付你。你从小就听话，从不与人计较，长大工作了也没什么小心眼，整天把人往好了想的人，为什么老天爷这么不开眼，一而再，再而三地让你难过。我知道这次你已经很小心了。你基本足不出户，早几个月就买好了胎教方面的书，还经常上网去查资料，没事就让我带你去医院检查，但是就因为是天生的双子宫，你怀个孩子比别人难多了。琳啊，你知道吗，每次你胎死腹中，我带你去医院做引产的时候，那个医生让我签那个什么病危通知书，我都得哭一回。我有时候觉得自己都快崩溃了。不过我从不敢在你面前表现出来。我每次都是笑着和你说，没什么，咱们下次注意。因为我知道你比我难受多了。在这件事上，你比我坚强多了。

琳啊，我有件事其实一直想和你商量。我想出去做生意去了。咱们现在一起看电视不是经常看到一些节目上的男的说："我负责挣钱养家，你负责貌美如花。"我有时候其实挺羡慕能这么说的哥们，他们有这个条件。我现在的这份工作一个月就四五千块钱，也就只能维持我们俩人的正常生活。至于我家里人说的考公务员，咱也入围过两次面试，不是都没考上嘛。现在你这身体又不太好，接下来我准备带你去大城市看看，但是这都需要钱。虽然我现在这份工作在外人看来还行，但是这是在两人都赚钱的前提下，如果要一个人赚钱两个人花就有点捉襟见肘了。所以我打算在年轻的时候拼一拼，我现在最大的顾虑是万一要出去赚不上钱，那可怎么办呢。琳啊，你敢和我一起拼一拼吗？

琳啊，最后我想和你说，你放心，不管最后我们能不能成功地生下孩子。只要你不嫌弃我，我就会养你一辈子。

点评

身边不少恋人、夫妻由于家人、朋友的阻力，未能走到一起，实在是一件遗憾的事情。而这个平凡的情书故事中，虽然妻子由于身体原因无法怀孕，但邱先生却并未弃他而去，而是选择爱她一辈子，照顾她一辈子，这何等温暖？我想，邱先生的老婆是一个幸运的女人。在这滚滚红尘中，能遇见一个对自己不离不弃、生死相依的人，足以。在困难中彼此携手前行，直面不可预知的阻碍，是爱，更是一种责任。

用来怀念的毕业季爱情

我是小蚂蚁（湖北宜昌）

优秀奖

就像那凤凰花开的路口，毕业季也是分手季，我们即将各奔东西，我们俩马上就大学毕业了。我和他前不久分手了，由于我俩的家离得比较远，所以注定不会有结果。只是比预计分手的时间提前了而已，难免有些不舍。在一起的时候，他叫洋葱先森，我叫桃子小姐。我是用日记的形式写下来的，希望以此来怀念我的爱情。

我们已经在一起19天了，我感觉就像刚在一起没多久一样。

此刻我只想说，有你的日子真好。

每个女生从小在心里都会有一个自己理想中的男朋友。190厘米的身高，篮球打得好，长得又帅，性格好，会逗人玩，会关心人，人品好，简单的阳光少年。

没有想到有一天我会遇到你。

那天你说你一直等一个人在你20岁生日的时候联系你，如果没有，你就彻底重新开始。我想说，在不久之前，我也一直在等待一个人和我告白。但等到最后他领着另一个人跟我说，这是我女朋友。他说，不伤害我是他的原则，所以他不可能跟我在一起。

于是，我决定重新开始。

没告诉你是怕你担心，不过你不用担心，我可是个很有节操的姑娘。

25号晚上，你问我想不想做你女朋友。我原本是想让你追一下我的，哈哈，每个姑娘都想这样一下下，但后来想想还是算了。因为我在微博里看到过一句话，说的是总有一天会有一个人把你所有的微博从头看一遍的，你看过了对吧。所以我就同意了。看吧，我是多么容易满足的姑娘。

都说酒后吐真言，那天你多么亢奋地告诉我那些话，原来清醒了都不记得自己说过了，哈哈。那天我们吃饭你多么羞涩，想说又不好意思说，其实吧，大一那时候就想着和你处，后来你没同意，我就一直没找对象，没想到这会就在一起了，太开心了。我当时看着你害羞的表情，都快笑翻了，哈哈，等你说了一半我就说我知道了，看到你一脸惊呆的表情太逗了。

你说，你喜欢我不化妆，喜欢我安静的时候很淑女，闹的时候挺疯癫，原来你是喜欢人格分裂啊。

你说，你是洋葱先森。我说，我是桃子小姐。

洋葱先森：我没有心，因为我的心交给你了。

桃子小姐：我有核，你的心就放我核里吧。

12月14日

今天是我们在一起第170天了！

你咋能变化这么大呢？你个老变态，之前你不带这样的啊，从来都不会这样欺负我啊，快给我老实交代，以前隐藏的够深的啊。

哈哈，晚上你看到我手机里给你的备注还是“屌丝”的时候，你还故意表现一副不爽的样子，好像你不知道这回事似的。我记得明明是那时候当着你的面写的这个备注的，真是的，鄙视你。

告诉你一个秘密哟，其实我在微信上早就把备注改成“爱人”了。有一天，我突然想到这俩字了，我想到小的时候爸妈一起出门，我爸跟人介绍我妈就说这是我爱人。哇，原来爸妈比咱们先爱的呀，爱人爱人，你以后当不了我的爱人，所以现在我要提前先叫叫。

我喜欢和你接吻的感觉，我都忘了问你，和我接吻的时候你是睁着眼睛还是闭着的呢，因为我每次都是闭着的，看不到呀。

我喜欢和你牵着手到处溜达，对了，爱人啊，我买了双很高的凉鞋哦，这样我就能和你差不多高度了，两个人站在一起绝对的瘦高瘦高的，不知道穿上了这个和你站在一起是不是很配呢？嗯，一定会很配的！我看到了网上的一组图片是情侣最萌身高差30厘米，这不就是讲的我们吗，哈哈。190厘米的汉子配162厘米的妹子，我也要和你照最萌情侣照！

我喜欢无理取闹地欺负你，我喜欢你对着我耍无赖，我喜欢你这个老变态。

要是越来越爱你了该怎么办呢？

也许很多年以后，那些我遇到的人当中，我更喜欢20岁那年带我去夜市吃生蚝的你。

5月13日

今天是我们不在一起的第1天。

凌晨刚过了整点，你发短息告诉我，先分开一段时间，要重新考虑一下我们的关系。

看到你短信不知道该回什么，特别想骂你可是不晓得该骂你什么。重新考虑一下我们的关系？我不知道除了对象的身份以外还可以怎样跟你相处，所以，就这样吧。

这是所谓的蝴蝶效应吗？

如果是由一个很小的事情引发最终的结果，那过程一定是有问题的。

前天下午我俩聊天，我说，你玩微博不艾特我就是忽视我，忽视我就是不爱我。这完全是用对你撒娇的语气说出来的，至少在我看来。在你说“我不爱你了，你满意了吧”的时候，我没有丝毫的生气，因为我觉得你是在说笑。那天晚上看到你空间发的心情，才知道你是真生气了，就给你打电话你没接，我以为你是在玩游戏没看见。晚上肚子疼跟你说，你也不理我，昨天又打了个电话你还是不接，我就觉着不对劲了。知道吗，我第一次谈恋爱的时候，我给他打电话他不接，我就死命地打，明明知道是他直接挂掉我电话的，还十几二十几个一直打。后来我长大了，我就知道，如果有心接，看到第一个未接来电的时候就会马上回过来的，所以，不能强求。下午跟你在QQ上说了几句话快把我气死了，然后我也不理你了，也不给你打电话了，因为我在等你。

今天是“520（5月20日）”，几天前我就想着等到这一天了发微博艾特你，等着你说爱我，还想着是否该有些计划安排呢，还好还没来得及艾特就看到短信了，不然多尴尬是不是。真是计划赶不上变化。

对我们之间是从什么时候开始有了变化，其实我是有感觉的。从开始的一天几个电话嘘寒问暖的，到最近好几天没个电话，又或者打了电话没说两句就挂了，当然不止是打电话这点小事，而是我的感觉。还有在微信上聊天的时候就说那什么什么的，让我感觉不到温暖。那时候我不知道这感觉是我自己想太多了，两个人在一起久了就会是这样，还是怎么了。

我记得过年在家的时候晚上聊天，你说你一定不会惹我哭的，你也的确做得不错。寒假的时候我知道我们以后估计可能不会有结果了，一下子没忍住，哭了。后来我就想，这结果不是你一个人的原因，我家里肯定也不会同意的，顺其自然吧。如果知道会分手就不谈恋爱了，那知道人会死去干吗还要活着呢？过完年回来了，我尽可能不去想总有一天会分开这件事，好好在一起就好了。每次听到你讲怎么办啊，真烦，我都故意不接你的话。我想的是，等到盛夏考完试各回各家就这样自然分手吧，始料未及的是提前了。在等待的这三天里，我想象了所有可能会有的结果，等到刚刚真的看到那条短信的时候还是哭了出来，我以为做好了准备就可以很淡定了。

当我开始真正了解你的时候，我发现你并不是看上去这么有活力这么阳光，我甚至不知道自己到底有没有真正走进你心里。我看到了你的小孩子气，我觉得一个男生在我面前特别孩子气说明你爱我，要是表现的特别成熟反倒是不爱我，所以我一直欣然接受着你的孩子气，我一点也不生气。不知道和我在一起你有没有感受到很多温暖呢？我看到了你的不自信，你说你现在不喜欢在这里打球，你觉得他们不重视你，在家里的时候你打球多么多么有状态。为什么不相信自己可以呢？大前锋，我看好你哦。这世上有很多巧合的事情，比如当我知道你也喜欢许巍的歌，你也讨厌说“呵呵”，对着别人说“呵呵”就是骂人的意思。为什么说“也”呢？因为我上一个对象也这样，只是你一米九，他还不到一米七。

我觉得我不会经营爱情，从此以后不会再有桃子小姐和洋葱先森。

再见。

5月20日

今天是我们不在一起的第12天。

要说的话有很多，有时候不知道该如何讲起。在“520”这个富有爱意的日子分手，老天爷真的眷顾我。

有人在微博上说，在彼此最陌生的时候相爱，在彼此最相爱的时候离开。若无其事，假装还没离开，这就是我现在的状态，仿佛你还没坐上回家的火车，还没离开这座城市，我们就还是在一起的。我们还在同一片蓝天，同一座城市，出大太阳了我们同样挨着晒，下大雨了，我们都同样感受着凉意。

分手虽说不是个很大的问题，但我的世界构造发生了一定的改变。所以，我整个人还是面临着些许正在改变的东西。我觉得自己的脑袋在一定程度上高速运转，我觉得我正在经历一场大的事件。这个时候我发现我想和我妈妈说说话了，虽然我肯定不会跟她讲我失恋了，但叫一声妈妈，或许会让我好受很多。很多事情我都想得明白，道理我也都懂，可就是不自觉，做人的“果断”是个关键词。

这些天做梦反复都会梦到你，梦里我们还是手牵手一起嬉闹。据说，梦到了一个人，是因为那个人在想你。真的是这样的吗？我不敢问你。也许在身边朋友眼里，分手了的我相当淡定，没有要死要活，没有伤心流眼泪，没有抽烟喝酒。难不难过伤不伤心只有我自己知道，没有人感同身受，我也不愿让人看到我有多懦弱。

尽管已经把你从QQ分组挪了出来，可还是会忍不住看看你在那个无关紧要的组里面有没有上线，以至于那个分组里面好久没注意的人最近我都熟悉他们的动态；尽管已经在微博上把你从特别关注上取消了，可还是忍不住每天看看你有没有发新的状态。

前天看到你发状态说晚上要和班上同学吃散伙饭，就知道你酒量不太好，喝多了肯定会给我打电话，直觉这样告诉我的。晚上在期待中果然是等来了电话。没有想象中的语无伦次，还说自己喝了八瓶。以我对你的了解，我始终觉得你喝的是你说的二分之一吧。我喜欢和你讲话，喜欢听你的声音，你那标准的普通话略带一点点东北口音，听着可逗了。你告诉我吃饭的时候院领导特别给你敬酒了，你觉得特骄傲，像个孩子一样想炫耀；你说你在边走路边给我打电话，我生怕你被绊倒了；你说对不起，对不起，我说没关系；你说借着酒劲儿才敢给我打电话，真的对不起，我说就知道你喝多了一定会给我打电话的；你说桃子小姐，你是我一辈子的女朋友，我笑了笑没有说话。

我怀念的是那时你说，洋葱先森有桃子小姐才会幸福。

6月1号

点评

其实，毕业季并不是分手季。毕业只是对爱情的一种考验，考验你们是否对两人的未来有合理的规划，考验你们是否愿意为爱放弃一些类似于机会的东西。所以，不要惧怕毕业季。此文中的情侣，在毕业时却未逃出分手的魔咒。但即使分手了，也没什么大不了，因为就像情书中写到的一样，你们在对方最美的年华遇见并且一起拥有那些美好的时光。姑娘，无论是何时分手或被分手，都不要伤心难过。向前看，你可以发现另一种风景！

下辈子我们还做夫妻

陈琼华（广西桂林）

优秀奖

此篇情书作者，叫陈琼华，是一名全职妈妈，现居住广西壮族自治区桂林市。2004年底，陈女士与老公是在网上认识的，当时两人都还是师范专业的学生。2006年毕业后，陈女士为了守护这份爱情，义无反顾地来到他身边，同时放弃了做老师的机会。现在，两人有一个人见人爱的儿子。为了给儿子一个好的生活环境，他们在为一套房子而努力着。陈女士老公的生日是端午节，写下这封情书是为了给他一个生日惊喜。

亲爱的老公：

今天我去算命，人家说我们两个很合得来，已经做了11世夫妻。我听了很激动，原来我们一直约好了！

奇妙的缘分，让我们在网络上相遇、相知、相爱。记得第一次你牵我的手，是多么的温暖有安全感。第一次来到你所在的城市看你，晚上你去公司住，因为我还是学生，你尊重我，我们没有跨越。那时我在心里默默认定，这个男人值得我托付终身。早上我们去漓江边跑步，累了你就背我回来。我们住五楼，出去回来你都背我。你的厨艺不错，经常给我做好吃的，肉末炒茄子是我的最爱。有时你帮我盛饭还在饭里埋了我喜欢吃的，给我小小的感动满满的幸福。那时的日子是快乐而甜蜜的。

自从有了孩子，我们的生活每天都围着孩子转。我们不再约会，出去不再牵手，你不再背我，你不再在我饭里埋我喜欢吃的菜……生活压力有时压得我们喘不过气来！第一次我们两个都忘了周年纪念日，过后我抱怨你，但想想我不是也忘记了吗？老公，我知道你很不容易，一个人撑起这个家。工作有时不如意，但是你回来没有半句怨言，帮买菜，做饭，搞卫生，带孩子。而我有时还像一个长不大的孩子，乱发公主脾气，说尽一些伤害你的话。每次我假装离家出走，你总是着急地拦着我，大傻瓜，我是装给你看的，只是希望你哄我。

平时我说你不爱我了，其实你一直把我放心里，对我始终如一。谢谢你！老公！谢谢你对我的包容和理解！亲爱的，我现在最想说的是，这辈子我最幸福的一件事就是嫁给你，和你慢慢变老！下辈子我们还做夫妻好吗？

点评

一封简短的情书，却让我们看到了一份掺满柴米油盐酱醋茶的稳稳的幸福。通过网络相遇，最终走到一起，这在大多人看来略带些许奇幻的爱情，却因为女主人公的付出变成了现实。一段爱情，如果没有人愿意付出，相信是无法走得更远的。你为你爱的人，做好了随时付出的准备了吗？

那些年，我们一起“追”的老婆

熊学敏（湖北武汉）

优秀奖

2012年，大龄青年熊学敏先生尚未婚娶，一直中意的那个她对他不冷不淡，他觉得自己是时候展开行动了。他要向她求婚，并且扬言，求婚不成功就从长江大桥跳下去。他开始在QQ、微博、空间发布他的计划，他要在2013年1月4日前征集到999份爱的宣言感动她，他会成功吗？（注：文中男女主人公已于2013年5月20日登记结婚）

以下是他广泛利用QQ、微信、微博、空间等征集爱的宣言的公告：

我正在向一个女孩求婚，她真的很好。我要征集999份真挚的祝福来感动她，请各位朋友们帮忙，方法如下。

1.随手找一张纸片，找到一支笔。

2.写下你对我们的祝福，文字、画画、PS图片等都不限，长短、大小都随意。

例如（内容可自由发挥）：他是这样一个男子，你是这样一个女子，上天赐予你们生命，以及给你们的智慧、财富、思想，就是为了你们的相遇、相知、相爱。答应他吧，嫁给他吧。我祝福你们!

上海：ANDY

3.用相机、手机等拍摄写好的纸片，发送邮件到937102294@qq.com。

4.我将收集齐的图片打印成册，带上钻戒一起向她求婚，大家预祝我成功吧。

5.求婚成功后，我会与她一起制作一张感谢卡，回复邮件给各位（留下地址的，以挂号信寄送）。

6.请于2013年1月3日之前发送给我，再次感谢！目前只从身边的朋友征集到10

多份，请发动你身边的人帮帮我，谢谢！帮忙的人也一定会得到你想要的幸福！

一天过去了……

两天过去了……

三天也过去了……

眼看，2013年1月4日就快要到了，然而征集的祝福只有40多份，离999份还差很远，这是一个绝对完不成的任务……

就在这时女主人公答应了他的求婚!!!

女主人公说：999个数量并不重要，只要你努力了，我都看在眼里，其实我早就在等你说，嫁给我吧！

点评

爱情需要努力、奋不顾身地去追寻，只有当你显现勇敢时，对方才能看清楚你所想要的东西。同时，她才能知道，选择你是正确的决定。如果现在你还在为一段爱情犹豫，不妨也像这个情书故事中的男主人公一样吧，勇敢地去做。相信最终，她是你的！

有爱的笨蛋和傻瓜

刘长军（陕西延安）
优秀奖

此文是笔者对与男友相处时光的一种浓缩。文中包含了每一次旅行的照片、感受、旅途小插曲，以及曾经写给对方的那些动人情话。此时，大抵两人正在享受爱情的甜蜜吧。

宝贝：

亲爱的，你知道吗？我有你这样一位活宝级人物，我此生无悔了。也许生活中难免有些小小的摩擦，那也是生活的润滑剂。无论怎么样，生活中只要有你，我就很幸福。每每想到你，我心里就暖暖的，脸上会有丝丝幸福的微笑。

活宝，每次晚上送你回去之后，我在回来的路上，心里就特别的高兴，就像漫步在鲜花草丛中，感觉心里愉悦。生活真的很美好，因为我有一位值得我拉着她的手，送她回去的活宝。同时，我也有一位我爱她，她爱我的活宝。生活就是这样充满奇迹，最重要的是我脸皮厚，要不是死皮赖脸地死缠着你，亲爱的，你说，我们能是现在这么个情况吗？更不会有2013年3月2日下午那幸福的时刻了，所以，亲爱的，你要好好感激我的死皮赖脸。

喜欢亲爱的你那傻乎乎、天真烂漫的样子，“我告诉你，闭嘴，不许碰我，我们不熟，是不是又是一万个不愿意啊”，这都是你的口头语。每次说这些的时候，手一抱，头一扭，就不让我碰你，也不和我说话，亲爱的你多有面子啊，多有气质啊，可是呢？我又是那种死皮赖脸的人，每次你只能是羔羊，落入我的口中，只能傻乎乎的没有办法了吧！亲爱的，“我告诉你，我要减肥，不要给我肉吃”，然后，亲爱的，你打着电话还要吃东西，少给你一点吃的，还说我又虐待你。你就是个活宝，你说是不是啊？

我就是你的守护神，在我面前，我觉得你就是一个活泼可爱的小精灵、小坏蛋，蹦蹦跳跳，一会亲亲，一会抱抱，一会拉拉手，你就是我的全部。我的活宝，你能在我面前这样，我很幸福，因为你在我面前感觉幸福、安全，所以才会那样的。这就好了，你很幸福，我也很幸福。

你的爱人

2013年4月3日

点评

看过这篇文章后，似乎有一种要细心收集爱情中点滴美好的冲动。透过文字与照片，不难看出笔者与男友之间有许多美好的旅行故事。旅行，确实是奇妙的东西，它像是爱情的调味剂，让置身于风景中的恋人产生一种神奇的化学反应。如果，你还在忙于无尽头的工作、拼命地赚钱买房，不妨先将这一切放一放，带着你爱的她来一次圆满的爱情旅行。也许，在旅途中你们会明白：陪着彼此看尽人间风景是无与伦比的美丽。

兔子与猴子

让你跟着我走（广东肇庆）

优秀奖

在此次情书征集大赛的激发下，笔者终于提起勇气写下这封情书。而为了有新意，笔者以童话故事的形式开始讲述自己的爱情。此前，笔者暗恋上一个女孩，并决意为她改变。而等到他改变后，却只换来更多情敌。他只能一等再等，并且带着后悔。

从前，在地球的某个角落住着一只猴子。这只猴子从小就很天真活泼，无拘无束，开朗地活着每一天。

小学、初中时候的猴子，因为顽皮，喜欢斗嘴，得罪了大大小小的动物，所以平时生活都是平平淡淡，过着自己特有的快活生活。直到高中，在某个时间某个地点，它遇到了一只令它动心的兔子。它非常想去追求这只兔子，但是它觉得现在还不适合追求这只兔子，所以它发誓要为这只专属兔子而改变。

这只兔子，说漂亮不那么算是，说朴素可爱也不算是，可能是只有猴子眼里有兔子吧。猴子为了它的目标，每天都努力地改变着。高一的时候，猴子开始注重自己原本不那么显眼的外貌，改变着自己的头发，改变着自己的衣着。它开始注意到自己那斗嘴的毛病，所以它选择了沉默的习惯，开始不那么多说话了，开始学会聆听别人说话，开始静下来了。到了高二的时候，猴子已经改变了很多，认为可以去放手博一搏了，谁知道天有不测风云，多出了无数个程咬金。那个时候，兔子变得更迷人了，大方动人，迷倒了不少公子哥儿。猴子不得不去计算一下自己的成功几率，结果差不多为零。它对预测到的结果很难过，于是把这个冲动放到一边，决定等到时机成熟再说。结果到了高三，只能一等再等了。此后，等了又等，等到了现在。

我就是那只猴子，等到快化灰的猴子。我现在有那么点后悔，后悔不能挽回过去，只能补救未来。所以我只想对你说几个字，我真的喜欢你。不管你过得好不好，我都会祝福你生活过得美好，无论如何我都会永远站在你身边支持你。

点评

面对爱情，并不是所有人都能勇敢地去争取。因此，一些人错过了最好的机会，与它擦肩而过。等一下，再等一下，也许他就能知道我爱他。其实，爱就应大胆地表达出来。在这纷繁的世界里太过喧闹，如果你大声地喊出爱你的心意就会被淹没。如果你也是那只猴子，请你不要继续等待，毫不犹豫地跨出第一步吧。

儿子，爸妈的爱情也很浪漫

闹叽麻（重庆市）

优秀奖

这封信是我在2010年5月11日写给他的，当时他还仅仅是我的男友。2009年11月27日，通过朋友介绍我们相识。当时我在城里工作，他在我老家的镇上一所中学任教。我们各自工作的地方相距较远，平时几乎没有约会，属于典型的“周末恋人”。而给他写这封信，是因为在报纸上看到一则“你多久没写信了”的报道。写这封书信，我想表达自己在感情上的看法，也借此记录我们之间的爱恋、甜蜜与矛盾。

2010年2月17日，我们结婚了。现在，儿子也已经1岁零8个月了。为了和家人在一起，我在镇上找了份工作，每天和他、儿子在一起，享受着那份晚饭后一家人散步的平淡幸福。虽已时隔3年，我偶尔也会拿出这封信和他一起追忆当年的往事。我会一直珍藏这封信，等到儿子长大后，我会给他看让他知道爸妈的爱情其实也很浪漫。

二男：

当你收到这封信的时候，我能想象你一脸惊讶的表情，谁会给我写信呢？

今天，在网上看到了一则“你多久没写信了”的新闻，突然萌发出一种写信的灵感。给谁写呢？就写给你吧！平时我也不善言辞，跟你在思想心灵上的沟通也比较少，今天我就跟你说说我的心里话吧！

女孩子的心其实都是很细的，不然就不会用“女人心，海底针”来形容了。当然我也不被排除在外，尽管我还没把自己定格在女人这条界线上，还天真地想当然地把自己定义为一个女孩。

心细的女孩当然就很在意别人的一举一动，尤其是自己的爱人的。我也跟其他女孩子一样，渴望听到心爱的人发自内心的甜言蜜语，渴望你孩子般偷偷地给我一个轻轻的吻，渴望你温柔地叫我的昵称，渴望你给我一个深情的拥抱……

有时候，我就像一个天真的孩子，也会很小气，偶尔会跟你耍耍小脾气，跟你开些小玩笑。这点你已经见识过了吧。就因为“pin”①给你生日礼物，你不要，惹我生气了。这件事相信你还记忆犹新吧，搞得我自己像只无头苍蝇一样，也不知自己要去哪里，你只能无奈地跟在我屁股后面撵。请你一定不要剥夺我天真的权利，当然，我也只会在自己的爱人面前天真。

我之所以生气，很多时候是因为你。就拿上周六来说吧，明明已经说好你来接我，结果到头来你却跟我的同事钓鱼去了，而你事先却没有告诉我。那天下午，当我躺在被窝里的时候，想到自己3点多钟就起床坐早车回公司，6点多钟就起床坐车回家，为的就是能够早早地见到你，跟你多待一段时间。而我回来了，你却不在我身边，想到这些我的眼泪就止不住。当你来到我的身旁，我久久不愿睁眼看你。你可知道，我是真的真的很难过，我狠狠地打你，埋怨你。当我看到满脸通红的你眼睛也红了，我的眼泪又不争气地顺着眼角流下。那时候，我的心真的真的很疼。

每次回家和离家，一路上那无聊的3个多小时，你知道我是怎么过的？回来的路上，我巴不得车子能开快一点，再开快一点。在早晨3：30闹钟即将响起那一刻，我真希望时钟永远停留在那一刻，那样天就不会亮，我就可以一直紧紧地抱着你，不离开你了。回公司的路上，我常常会打瞌睡，不知不觉撞到玻璃窗上，会时不时地倒在人家肩膀上，真希望坐在旁边的是你，那样我就可以安安心心靠着你的肩膀睡个好觉了。

很多人给我说，谈恋爱的时候，女孩子不要太主动了，不然结婚后男人会不懂得珍惜你。这个结论的真假，我没验证过，也不希望得到验证。我只知道，喜欢和爱一个人就是需要表达，哪怕是一句话、一个微不足道的举动，那都是足以让人兴奋一整天的。

都说“恋爱中的女人智商为零”，我这个算半个女人的智商有多少分我不管，哪怕是低于零分我也不介意。恋爱都是自愿的，重要是两个人在一起的感觉，我们之间谁来谁去的次数多一些，谁为谁花的钱多一些，我都不介意，恋爱的感觉不是

---

① “pin”重庆话发音，意为“送”。

金钱能买来的，既然是恋爱，有恋才有爱，终究是一个愿打，一个愿挨的。

我也常常看到“男人是为性而爱”、“男人是用下半身思考的动物”等类似的话。我尚不去考证这些结论的正确性，我也不知你的正确想法，我只知道，既然爱了，就要对自己的感情负责，对爱人负责。当然我也会一直记得你对我说的“对我好”那句话，同时也谢谢你一直以来对我的尊重。

我这个人很要强，很霸道，也很厚脸皮。也许是看多了“凡人有喜”，熟记了这个节目的爱情宣言“爱情靠争取，为爱不放弃”，也许是我小时候吃多了豆花锅巴，脸皮变得越来越厚了。

本来，女孩子应该矜持的，但我已经觉察到自己远远大于矜持了，但愿你不要被我吓到。我会悄悄告诉你我喜欢上你，我会偷偷地亲你，我会时不时地欺负你，我会叫嚷着让你给我买冰激凌，我会赖着让你送花给我，我会写信告诉你我想你了，告诉你我心里的话……

如果你被我的行为吓到，请你保持从容；

如果你被突如其来的信吓到，请你忘了这封信；

如果你怕在看信的时候被同事看到你的惶恐不安，请你保持镇定；

如果你看完信后想起了我，请给我发个消息或者打个电话，说你想我了；

还有很多很多的如果，就给你充分的想象和思考的空间，你自由发挥吧……

手都写酸了，就先写到这儿吧。

颗颗

2010年5月11日

点评

和许多女孩子不同，这个情书故事中的女主角是一个行动派，她大胆热烈地追求自己的爱。她直率地告诉他，她想念他，她爱他。在这个充斥太多金钱名利气味的社会中，很多人变得胆小怯懦不敢追求自己的幸福，也自卑到无法表达自己的感受。其实，大可不必如此，发声为自己的爱代言就好。

第四章

言浅情深

只言片语总关情

“お元気（げんき）ですか。私（わたし）は元気です。”（“你好吗？我很好。”）

这句简单的台词，来自日本著名导演岩井俊二的经典电影作品《情书》。在漫天飘飞的大雪中，当博子对着深爱的人发生意外的雪山撕心裂肺地喊出这句话时，饱含的是对已逝藤井树的无尽思念。同时，也是博子对这段爱情的一种告别式。

确实如此，有的爱只需只言片语，对方就能心领神会。因此，此本情书合集特意为读者奉上“言浅情深”的章节。此章节共有 8 封情书，其中最短的一封仅为 8 个字。此外，也有保证书形式的情书、一句话情书、唯美小情诗等。情书主人可谓个个惜字如金，但笔下文字却字字比金贵。

除文字精练外，爱情故事感人至深也是本章节情书的一大特点。其中，《致我们错过的青涩爱情》通过极具古典气质的意象，为读者诠

释出人生八苦之“求不得”;《最坦率稚嫩的“情书”》是作者在小学五年级时所作，它犹如时光机，将读者带回曾经那么纯粹、温暖的时光；而另一封名为《美丽的黄秀花姑娘》的情诗，则诠释出了王菲《传奇》里的那句歌词：只是因为在人群中多看了你一眼，再也没能忘掉你容颜。

为让亲爱的读者发现惊喜，在此就不对本章节所有情书一一罗列。只愿你能从这些感而不伤、清新隽丽、从容率真的文字中，读出些许感同身受。也希望它们能像一句小调，在某个安静的夜晚不经意地唱到你的心底。

保证书

吴诗芸（陕西西安）

三等奖

李卫风，32岁，一名城管执法人员，工作职责是劝离一条干道的摊贩。最近，他发现有一个摆摊的女孩每天晚上7点准时来，一经劝告就微笑着离开，但此后依然如故。看女孩每日更换品牌时尚服装，不像是生活困难的样子。如此劝告数日无效，李卫风决定依法暂扣她的物品，待她写下不再摆摊的承诺后再予返还。

她，吴诗芸，27岁，未婚，一名英语老师，下班后兼职摆地摊。吴诗芸爽快地跟着李卫风到办公室接受处理，一气呵成写下保证书递到李卫风手里。看着隽秀的字迹流淌在精心准备过的粉色信纸上，李卫风心头一颤，随后就被保证书的内容所融化。

尊敬的李卫风同志：

我叫吴诗芸，我的摆摊行为给你的工作带来了麻烦，对不起了，这可是诚挚道歉呦。是不是惊讶于我知道你的名字？其实我还知道你的女儿叫玲玲，知道你现在的单身是因为沉淀心底的思念和痛。呵呵，不要担心哦，我不是坏人，我的职业是一名中学英语老师。

如果说邂逅的第一眼吸引是开始，那么你的谦和，你的气度，你认真工作的表情，你帮助别人的真诚则征服了我，甚至改变了我对一个职业原来的看法。请原谅我无力阻止自己去了解你，当我知道了你更多故事，当我看到你抱起女儿的微笑，我哭了，有心酸，有幸福。也是那一刻起，我的心从此有了追随。我知道玲玲报了周末的小学英语班，所以应聘那家机构成为玲玲的老师。玲玲是个很听话的孩子，她超越年纪的懂事让我不由自主希望并努力让玲玲感受关爱。我们相处得非常融洽，玲玲曾说，“和我在一起就像小蝌蚪找到了妈妈”。这句话，让我数夜无眠。每次在角落注视着你和玲玲离开，我就在想该如何让你注意到我的等待。

很抱歉采用了这样一种方式，有些唐突，却是我近一年慎重思考和选择的结果。每个人都是一段弧，能拼在一起就是一个圆，玲玲也需要一个完整圆的关爱。李卫风（你为风），吴诗芸（吾是云），当相随，君思量。

我的保证不仅仅是不再摆摊哦，还有让你幸福，给玲玲幸福，也成全自己的幸福。

后记

最后，我们在一起了。

点评

一万句“我爱你”，都抵不过为爱的人做一件有意义的事。一次次去摆地摊、精心准备的粉色信纸、应聘家教成为孩子的老师，吴诗芸默默地为喜欢的人付出，只为让他知晓自己对他的爱。爱需要付出，也需要勇气。相信很多读者也会和我一样，被吴诗芸这位温柔、可爱的女孩的勇气所折服。“你为风，吾是云；当相随，君思量。”多美的告白！

美丽的黄秀花姑娘

佚名

优秀奖

爷爷是当地的秀才，家里很穷。19岁那年，在正月十五闹花灯的晚上，爷爷第一次看到了如花似玉的奶奶。那时奶奶14岁，是当地的地主后代，家境富裕。

爷爷从街上的一家铺子里借了纸笔，潦草地写了一张纸条，偷偷塞给奶奶。看过纸条，奶奶被爷爷的才华所吸引。随着爷爷一封又一封的情书，最终奶奶被爷爷的诚心感动了。在说服家人后，奶奶下嫁给了爷爷。

美丽的黄秀花姑娘：

元宵佳节佳人初见，念念不忘绝美容颜。

不愿与卿长相思念，但得今生永久相伴。

隽恩奉上

1907年元宵节

点评

“只是因为在人群中多看了你一眼，再也没能忘掉你容颜”，此时王菲的这句歌词恰到好处地诠释了这段爱情故事。一个看似无意的却是冥冥中安排好的回眸，让两个年轻人点亮爱情的火花，他们打破“门当户对”这种旧观念的束缚，坚定地携手走下去。也许，在看过这个故事后，你会假设如果没有他们在人群中的视线交错，是否就没有之后的爱情？其实，也许爱情早已注定。所以，即使你的那个TA还没出现，也请不要灰心，你们的视线交错也许就在下个路口。

装满爱与承诺的竹简情书

彭龙（山东青岛）

优秀奖

男主人公叫彭龙，现居山东省青岛市南区，从事广告行业。2011年9月份，他与女主人公因为工作接触而相识。此后，因为工作沟通需要，两人也一起吃饭、说笑，但都仅仅保持着普通朋友关系。

一次偶然的机会两人开始了第一次约会。起因竟是彭龙与好友打赌，看双方谁能约到漂亮的姑娘一起看电影。当时彭龙很纠结，因为身边没有合适的人选。眼看就要输了比赛的时候，彭龙突然想到了她。抱着忐忑的心情，彭龙给她发了个短信，没想到她竟然同意了。也就是从那个时候开始，两人的接触便多了起来。一起看电影，一起吃饭，谈过去，谈理想，谈爱好，短短几个月，青岛每一处美丽的地方都留下了他们的足迹。她喜欢画画，喜欢爬山，喜欢散步，喜欢轻抚沙滩追忆流年。慢慢地，彭龙也爱上了她喜欢的这一切。

但是，爱情是饱含考验的。虽然女主人公极力劝说，但彭龙仍然坚持创业，不稳定的事业让两人的爱情变得脆弱。而接二连三的吵架，让他们不得不选择分手。两人分开后，还是放不下彼此，最终两人和好如初，并且更加坚信对彼此的爱。

2012年9月13日，是女主人公的生日。晚上，下班后的彭龙带着这份镌刻了满满的爱与承诺的竹简情书，回到他们出租的小屋。那里有他的温柔、美丽又懂事的姑娘在等着自己。

亲爱的：

2012年4月2日，上帝开了一个美丽的玩笑，爱情来的如此简单而又奇妙。5个月的风风雨雨，见证了你我平淡而又深刻、快乐却饱含泪水的每一分每一秒。此时此刻，写下这些文字，你的身影已凝固在我的脑海里。感谢上天让我遇见你，让你成为我最宝贵的财富。宝贝，今天是你的生日，对我而言也是尤为特殊的一天。这也是一封迟来的情书，也是一份提前的祝福。我知道，对我们来说，未来还是一段长而艰辛的路程。我也知道，仅凭现在的我，还无法让你真正的幸福和快乐。但是，从我牵起你的手开始，我愿意为了你去努力和改变。我想和你一起去实现心中的梦想，一起坚定的走向前方哪怕是充满荆棘的路。宝贝，人生时时刻刻充满着精彩，我们要酣畅淋漓地去体验。有生之年，让我永远疼你，爱你，呵护你。让你在我的怀里，幸福，健康，开心。

老公

2012年9月13日

点评

两位年轻人、一封竹简情书、质朴的文字，似乎让这段爱情故事显得格外动人。与女主人公素不相识，但却能透过这些文字看到她的娴静、温柔、善解人意。她的性格似乎是他们的感情得以生根发芽的温床。面对老公对创业的坚持，以及无法过上条件较好的生活，她都选择理解和包容。不得不说，男主人公遇到这样的姑娘，是一种幸运。此外，也能看出男主人公也在努力地平衡事业与感情的关系，也在为能提供给她更好的生活而奋斗。其实，爱情里最难能可贵的就是信任与包容，当缺失了这两样东西的存在，爱情似乎很快就会迷失。但愿两人能陪着彼此，一起看透人间风景。

致我们曾经错过的青涩爱情

雪吹门西（江苏）

优秀奖

高考结束，学生收拾行李回家，青春中场休息。无法像上课期间一样每天见到她，男主人公对她的思念日益增加。只为看她一眼，他竟每天去她家附近的地方转悠。但他却犹如一个屡次行窃未遂的窃贼一次次失落，一次次孤零零地返程。

回到家中，绞尽脑汁写了一封信，不敢说得太清楚，又怕说得太模糊，心中十分煎熬。写了一次又一次，信也封了好几次，但总会为一点点瑕疵、一点点不满又重新下笔。但最终他犹豫了，只是在她的地址门牌号里面多写了一个“1”。于是，这封装着青涩但却炽烈思念的信未能寄到。

而在几日之后，他收到了她的信，不过这封信明显不是给他的回信，更像是普通朋友友谊天长地久一般的寒暄。尽管如此，他还是很用心地完成了回信，只是命运相同，信依然没有寄到她的手里。封上信后，他拿起电话打给她，开心地聊着他们的高三生活、他们的同学，只是没有聊到他们自己。

“有情也好，无意也罢，就用这种残缺美纪念我们的青春吧。现在想想，当时的自己反倒是一种为赋新词强说愁的感觉，稚嫩，固执。”主人公说到，“而现在两人都有各自的另一半，也会有见面，但不会提起那些事，错过了就错过了，何必要刻舟求剑般刻意地回望。”

念，一出淖泥，两处别离，
曾想三四天偶遇，却是五六日不聚。
七登魁星阁难怡，八入钟鼓楼抒意，
九封雁帛又开启，十年苦读竟难语。

百般想，千番念，万种柔情意更坚。

万户侯，千金裘，男儿百战情在姝。

十卷诗词情难赋，九曲高歌人仍孤，

八索文思意不符，七番情欲集汝处。

已过六五月伏暑，仍念四三月清谷，

两颗春心，一般清秋，愁。

点评

在青葱的学生时代，也许你也曾默默地喜欢过隔壁班的同学。现在的你是否还记得，那时你是怎样盼望能与他不期而遇的吗？你是否还记得，他无法回答老师问题时你的手心全是汗吗？你是否还记得，自己在食堂的人头攒动中寻找他的身影吗？那时年少的我们，把这些淡淡的情愫放在心底，不曾触碰。而时光帮我们把它煮成一杯卡布奇诺，并欢迎我们在某个午后，坐在街角的咖啡店静静地品尝与回味。

最坦率稚嫩的“情书”

我爱回力（浙江丽水）

优秀奖

当我还读小学五年级的时候，我写了第一封情书。但是，我却不知能不能将它定义为“情书”。因为，我似乎对于男朋友、女朋友都毫无认知概念。但是那毕竟是我第一次给心仪的女生表达我的“爱”。因此，我想与大家一起分享那些稚嫩的文字。

我们都坐最后一排，隔着过道，我递过去了我的情书：“如果你有喜欢的人了，就不要回我了。”

很快，她递过来一张纸条，上面写着：“如果你有喜欢的人了，就不要回我了。”

于是我们俩就把这句话写了一遍又一遍给对方，一直到下课。然后被一个捣蛋鬼发现，抢去大声地念给了全班同学听，全班人都乐了。而我们的“感情”却不了了之。

点评

看过这篇让人啼笑皆非的短小“情书”，我顺其自然地想起朋友说过的一件事。朋友有个3岁的儿子在念幼儿园，放学回到家里，朋友看到儿子书包里的苹果，便问是谁给的。小家伙脱口而出：“是我的‘女朋友’给我的。”而后来，朋友又在儿子的书包里发现小玩具，儿子也说是“女朋友”给的。而儿子口中的“女朋友”并不是同一个小女孩儿。其实，他并不知道“女朋友”是何种存在，只是谁对他好和他分享好吃的好玩儿的，就是他的“女朋友”。这就是一些“小盆友”对“女朋友”的定义，甚是可爱。主人公五年级，也有自己对“爱”的表达，就是一句坦率到底的话：如果你有喜欢的人，就不要回复我。

印在杯子上的情书

佚名

优秀奖

因为和她相恋，我从省会城市搬到她所在的一个小县城。她经营自己的小店，我则在店里陪着她，在猪八戒网上接各种动漫业务。从未给她写过情书，即使我们已经到了谈婚论嫁的地步。

于是，我决定给她一个永不变质的承诺。我们都属牛，于是我在漫画图稿中画了两只可爱的牛，我背起沉睡的她，还附上我要给她的情书，并将这些都印在一个马克杯上。当她在好奇心的驱使下，找到了这个我藏起来的杯子时，她被感动了。藏好的杯子，是她寻找出来的，我是想告诉她，我这里就是她要找的一辈子。

拥你入怀的那一刻，
从此你是我心尖上的人。
喜欢有你的小镇，
喜欢有你的日子。
早上踏着日出为柴米油盐努力，
傍晚拍着夕阳回家。
我没有太多的物质条件，
我能做到的只是，
以我拥有的给到你最好的。
我还一颗陪你到老的心，
等我们老去的时候，
我要把我们一起经历的岁月，

画笔记录，
我们坐在摇椅上摇啊摇，
边看边聊，
回忆我们那些年。
世界那么大，
能与你相遇相识是一种缘，
我会痛你怜你珍惜你，
珍惜你是我一辈子的幸福。

点评

平凡人的爱情，总能给旁观者更多感悟，抑或让人觉得原来爱情可以如此有滋有味。看似顺其自然的陪伴，最简单家常的饭菜，一个困难中的拥抱……诸如此类，多么令人羡慕。相濡以沫的爱情，也许最能长长久久。此时，忽然也憧憬故事中男女主人公的生活：在一个不起眼的小镇，与相爱的人过，走过一辈子的时光。

八字情书

前世今生（北京）

优秀奖

男主人公认识她后，心中便泛起强烈的爱慕。面前这个清秀可爱的女子，让他相信有一种爱情叫做“一见钟情”。但也许他的出现从一开始就注定了，她已经有男朋友。即使想见她，想约她，他还是克制住自己。从此，只愿远远地看着她幸福就足以。“从此，奋斗吧！”他暗下决心。

To菲：

晴，清，睛，情，婧，请，静，菁。

管

2011年10月31日

（因为这段暗恋的爱情发生在彼此都是青涩的年代，因此整封情书以“青”字贯穿。从一见钟情到知道她有男朋友，心里的滋味便从喜到悲，再到努力发奋，情书即反映了心情的这段起伏变化。情书中的字分别解读为：晴朗天气，清秀面容，巧笑美目，一见钟情，有才女子，约会请求，沉静下来，愿成菁英。）

点评

这是一封及其简短的情书，没有多余的文字修饰。这也是一段简单的单恋爱情故事。虽然整封情书仅有8个字，但足以给许多曾经经历过，或是现在正在经历单恋情感的人些许正能量。喜欢一个人却无法得到回应时，也许我们应该做的就是放手。学会放手，远远地看着她幸福，并且开始自己新的旅程。

此时的你，
还会怀念那些单纯的时光吗

王雪（黑龙江）

优秀奖

我叫王雪，现在23岁，正是一个女孩子最美好的岁月。写这封情书时我在想，你是否还会怀念那些一起的时光。我在怀念！高中的感情很单纯，你看我我都会脸红。你偷偷地送我回家，偷偷在我的课桌里放好吃的，现在回想起来都是美好。你是打街头篮球的，自然而然会受到很多漂亮女生的关注。大学时，我越发的没有安全感，总是发脾气吵闹要你来哄我，我只是想证明你是爱我的。

即使再爱一个人，似乎也无法抵挡终日的吵闹。你开始厌倦我，然后我们分开了。这时看着你曾经给我写下的简短文字，我只感觉那时的我多傻，分明不懂什么叫做“珍惜”。

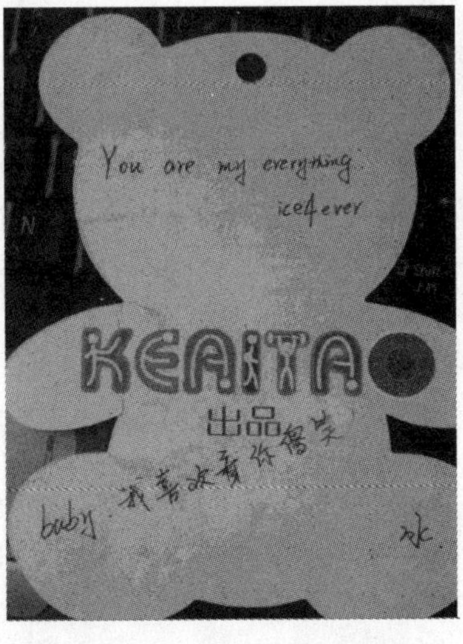

You are my everything.

Ice4ever.

baby，我喜欢看你傻笑！

冰

点评

不难看出这个女孩子很怀念那段有“他”的日子，并且似乎现在也还是无法彻底把他从心底拿走。是的，单纯的年代彻彻底底地爱过的人怎能说忘就忘？错的并不是女孩子的任性和不安，其实错的是时光的错综复杂。时光，没有把他安排在女孩子懂事的时候出现。假如是现在，她一定知道不能通过吵闹来引起他的注意。她一定知道要把自己培养成一个有自信的女孩子，而让他不被别人“抢走”。

每一个在爱情里胆小的女孩子，你一定不要失去信心。你要相信，你是漂亮的，像一朵夏季绽放的茉莉花儿。只有你相信自己是美丽的，他才会更加坚信自己爱上了一个美丽的女孩。

槐花情书

第五章

妙手偶得

耳目一新创意情书

青葱岁月中，最浪漫的事，便是你为他“她”创造的种种小奇迹。如果你是不知如何求爱的懵懂少年，抑或你想要寻回早年间单纯美好的恋爱感觉，那么“妙手偶得”篇绝对是你不得不看的情书章节。这些用最纯粹的文字、最热情的心思构成的创意，虽说不如金山银山堆成的情爱那般耀眼，却收获了最最美好的爱情。

15 封不简单的情书，或温暖，或抒情感人，但都绝对会让人眼前一亮，无法复制。

《数字情书》一文，从数字 1 直到 100，一数字一句话，描绘出过去、现在以及未来，完美诠释了一个理科男生的文学情趣和对待心爱女生的悉心周全。当看到这封情书，佳人又怎么忍心拒绝了如此聪颖的男子呢？除此之外，《我的乌龟慢递》中，小娇妻送给 10 年后丈夫的生日情书，读后甚是让其他大丈夫倍感羡慕，不禁发出如此懂事可爱的妻子百年难得一遇的感叹！

一定要提到的《我的化学情书》，是本次情书大赛上荣获第二名的作品，除创意无限以外，更是将化学反应的“热”、“酸”、“融合”、“催化剂”、“反应速度”同理到爱情上，贴切而生动。没错，梦中情人的一举手一投足，确实会让人神魂颠倒，仿佛受了化学反应一般。

如何创造恋爱中的小情趣，让爱保鲜。囊括15封巧妙情书的“妙手偶得”章节，看完定会让你豁然开朗。

追张晓娟计划书

肖赟（四川绵阳）

优秀奖

我当时正在读大二，深深地爱上了张晓娟，我觉得直接口头表白的话，被拒绝的可能性很高（我长得不帅），于是就写了一封这样的情书，装在礼品盒里。她当时表情兴奋、新颖、期待（我估计她应该猜到了，但是没猜到我写的内容如此活泼），我递给她情书的时候，激动得腿都在抖，害怕她的回答是拒绝。后面张晓娟给我的答案是：“给你三个月试用期。”到现在为止，我已经抓住了她三年（今年年底将走入婚姻的殿堂）。

第一章　行为规范

一、要热爱张晓娟，坚决拥护张晓娟，绝对服从张晓娟的领导；

二、严格遵守张晓娟的作息时间，早上早起，前一天就问好张晓娟要吃什么，严禁延误、偷懒、偷吃等恶劣行为，严禁降低服务标准；

三、严禁在张晓娟面前迟到、早退，节假日自己不能休息，必须陪张晓娟；

四、不断提升自己，升华自己，以更多的能力、更好的态度来服务张晓娟；

五、自己平时必须注意仪容、仪表，严禁在张晓娟面前邋遢，严禁衣冠不整，严禁穿奇装异服；

六、自己要随时为张晓娟身边的卫生进行打扫，严禁偷懒；

七、严禁拈花惹草，严禁勾三搭四；

八、严禁抽烟、喝酒、交往八卦朋友，一切以维护张晓娟的利益为利益；

九、自己说话时，严禁声音过大，严禁重复多次，严禁让张晓娟烦心；

十、严守张晓娟机密；

十一、永远为张晓娟争光，一切以张晓娟的辉煌而辉煌；

十二、张晓娟的话即是圣旨，说出即千方百计务必办到。

第二章　制度章程

一、原则规定

1.张晓娟睡之前不能睡，张晓娟起床之前必须起床；

2.每天晚上必须发出信息“晚安”；

3.张晓娟吃饭的时候，必须为她打饭；

4.不准对张晓娟说不敬之语；

5.张晓娟无聊时，要第一时间陪护；

6.张晓娟开心的时候，自己不开心也要开心，张晓娟不开心的时候，必须想办法让张晓娟开心；

7.每天至少想张晓娟3次（无论多忙）；

8.每天必须以微笑面对张晓娟，不能对张晓娟垂头丧气；

9.张晓娟说话的时候，必须要搭话，不能让张晓娟冷场；

10.张晓娟在心中要比自己的领导位置要高；

11.张晓娟犯错时，也要说是对的，安慰张晓娟；

12.张晓娟不开心的时候，必须在半日之内，让张晓娟开心起来；

13.张晓娟打自己的时候，要任她处置，不准还手瞪眼；

14.张晓娟想学习时，要温柔教导，不准粗声；

15.张晓娟在心中永远都是最漂亮的，不准有花心；

16.自己不能不理张晓娟，再忙也要说明情况；

17.自己必须戒烟；

18.不能做张晓娟不喜欢的事情；

19.不能让张晓娟做不喜欢的事情；

20.必须记住张晓娟的作息时间，张晓娟休息的时候，不准打扰。

二、注意事项

1.追到张晓娟必须更加爱护，不得降低服务质量；

2.追不到张晓娟，必须严格地反省自己，必须不断地学习，提高自己的能力，来创造自己，从而再次追张晓娟；

3.永不放弃，永远爱张晓娟。

点评

这样的情书好不好？答案是，简直太好了。但是必须得藏着掖着，不让其他人的老婆们看见，不然那些老婆们羡慕嫉妒恨呀，为什么自己的老公就没有这么听话呢！为什么自己的老公就不能处处细心，把自己的需求放在第一位呢！为什么自己的老公追自己的时候没能写出这样的一封计划书呢！兄弟，相信现在的你已经追到了张晓娟，也因为你的这封情书，张晓娟光荣地成为传说中的张晓娟。

写给自己的塔罗情书

邱丹萍（云南丽江）

优秀奖

塔罗牌中的22张大阿卡纳牌，也被称作“愚人之旅”，它暗喻着人生的成长之旅，每一张牌代表一个阶段。

生命是一个反复打磨的过程，我们至少要承受好几次失败才能够真正有所成长。我并非专业塔罗师，但我选择了塔罗，便也交付给信任，用这样一个完整的“愚人之旅”来完成这封情书，是我交付给塔罗的信任，同时也是塔罗交付给我的信任。

这是一封写给自己的情书，过往感情中该交代的，都已悉数交代，其他的，要么太私密，要么早已被过往尘封，连我自己都一时记不起来。爱的本质绝非寻根究底，撕开伤口，而情书保存过往，亦从日后的回首中带来成长，学会如何去珍惜，去更好地爱人。这才是，我想传达的所有。

亲爱的我：

在一切开始之前，我想，我该称呼“你”。

曾经我以为没有他人之后，除却一个支离破碎的“我”，我再无所有。后来我却慢慢遇见“你”，并非分裂，而是源自自身，那么虚妄，却又那么真实的你。你包容我所有缺心眼坏脾气，允许我软弱崩溃。与人诉说徒劳之时，有了你，仿佛我便可不再惧怕，终是有人耐心听我唠叨。不然回忆那么多，那么沉，我一个人如何背负。

这些年在感情里跌跌撞撞，写过的情话并不少，傻的笨的任性的，不安的甜蜜的痛苦的，遗憾离散当口，它们最终只堪夜深无人之际，伴我赴一场回忆的约会。那么，这情书，还是写给“你”罢。

我知这世间唯有你，只要我还在，你就一直都在。

愚人

愚人牌是塔罗旅程的起点，也是整个塔罗旅程的行者。如人生旅程中的我们。

知道么，有时我会突然怀念起最初这个情窦未开的你，听不懂男孩子的暗示，傻乎乎的，每天看看灰姑娘与白马王子的花痴故事，幻想着未来那个“他”，眼神一定要干净，手指一定要修长，要有英俊的面容、脱俗的气质、高人一等的能力，却得天独厚只爱你一人，坚定不移。

单纯地相信爱情大门敞开后是一个瑰丽世界的年纪，不解世事，却最是天真不忍欺。

魔术师

后来你真的喜欢上一个人了。

魔术般神奇的遇见，初次心动的种子生根在网络这块虚拟土壤，隔着千山万水盲目追逐一个看不见摸不着的梦境。

年前认识了一个19岁的大男孩，少年心性何其相似。隔三差五接到他电话，多倾吐感情事，喜欢的女孩子怎样，或者想为她买什么样的礼物，笨手笨脚模仿偶像剧里的狗血桥段，为“喜欢”一往直前，一本正经地说感情当如何如何。努力老成的语气，吐出的句子却是单纯到教人发噱。

作为史前巨坑，我理所当然嘲笑他到底，却是真的，打心眼里希望，老天会因这份单纯美好的勇气，而送他一份同样单纯美好的恋爱。

看见他，我就轻易想起那时的你来了。

女教主

他绝非你想象中模样，甚至，彼时他正苦恋另一个女孩子，并不喜欢你。

你看遍他为她写的所有日记，甜蜜时你心口发酸，难过时你心口微疼，他说因无她，他变成无家可归的浪子，你便决意为他坚执，剥开自己的心筑巢，盼终有一日浪子归来。

多傻呵。

多傻。

你盲目笃信，却不知人生早有安排。

皇后

被爱情困住的人会变成彻头彻尾的傻瓜——傻瓜，你做过些什么傻事呢？

每天写一封信给他，每周寄一次，有时写身边发生的小事，有时写一些漫无边际的句子，更多是对他的喜欢和心里的不安。他从不曾回信，你依然乐此不疲，恨不能将自己的一切悉数奉上；又或者借着酒醉的时候打个骚扰电话骂他一通，骂完立即心虚地挂了电话，和朋友碰瓶，力道过大撞碎朋友酒瓶，朋友哇一声大哭，控诉手被割出血了；抑或他不过说一句，如果两年以后我们还能像现在这样，你嫁给我吧，你就毫不犹豫地信了这遥不可及的未来。

这些傻气就是那时的你，能握在手中的仅有的幸福。

而你竟真的能抱着这些傻气理直气壮地反驳朋友们心疼的责备与不解，你说能喜欢他就是你全部的幸福所在。此生非君不嫁。

——非君不嫁。现今想起来，我会为那时的你感到不可思议。

那时的你，多么傻缺，却多么勇敢，多么坚定。

皇帝

有谁说过，我相信一切感情总是善良的，残忍的是，人会成长。

皇帝牌代表着权威与规则，这世上总有那么一些你不愿甘心遵从，却又不得不甘心遵从的定律，比如重力加速度，比如时过境迁。

成长的规则则是，从过去的茧里痛苦地蜕蛹而出，然后把残败茧壳抛诸脑后。

即使你有过多少不舍，他终于还是沦为过往。

教主

不管你信还是不信，这世界偌大，没有命中注定，也没有非谁不可。告别旧的感情，迎来新的感情，一切发生自然而然。

我们真的要看过了更广阔的风景，才知当时狭隘。

情侣

他是个看似大咧咧，却暗藏羞涩和细心的男孩子。

和你一起走在大街上时，他总会走在靠近马路的一边；你难受时，他不懂安慰，却默默守在你身旁，从不离去；有疯子靠近你，你反射弧太长尚在呆愣中，他已经横眉竖眼将疯子吼开；你习惯不好，惯熬通宵，他便陪你熬，从不抱怨……他拙于表达心意，甚至不敢牵你的手，有次说好去他家玩，走至楼下你犯别扭，他只在背后推你，朋友在旁笑得人仰马翻，说你直接拽她手拉进去就好啦，他一脸尴尬，很难想象那时你们已经在一起好几个月。

种种，现今想来，这似乎是你得到过的，最美好的爱情了。

战车

其实严格说起来，那般年少，如何懂得爱情为何物。他依着本能付出，你依着本能接受。

万事万物依赖着相互制衡而发展，如是非，如黑白，公平分配。感情里却好像从来没有公平这回事，如曾经的你与他，也如现在的他与你。

毫无所察地任天平过度倾斜，动乱即生。

力量

爱是需要耐心经营的。

9个月零11天，他或许不懂轰轰烈烈的浪漫，有时候还笨笨的叫人哭笑不得，却用最质朴的守护陪你走过最动荡的青春期。

——“你是那时我心中唯一一块安稳的暖地，也许太晚，可是真的，谢谢你。”

隐士

这一段恋情以他的受伤告终，你总觉得真正的感情一定会痛，甚至越痛才证明越爱得深。他无法让你痛，然而那天，当他悲伤地望着你时，你知道，你让他痛了。

你亦痛过。你知这痛有如刻骨，于是你问自己，这般兜兜转转，伤人或者被伤，意义何在。于是你敛了心，学习做一个旁观者，小心翼翼不令自己再度沦为溺水之鱼。

命运之轮

后来便是好几年过去，你渐渐脱离年少，心性开始真正成熟。

我想爱是需要冲动的。“冲动”是个看上去不太好的词语，它象征着幼稚、莽撞，缺乏自控，以及赌博——“赌博”含义对应“命运之轮”，用一时冲动开启命运轮盘，赌一段全然叵测的未来，赌一颗心。这几年间或有过几次短暂心动，却都没有足够的冲动支撑。

直到，那个人出现。

正义

曾经看到过一段话，大意说每一段感情的发生和结束都是记忆的战争，我们害怕的不是眼前人，而是过去的人，我们并不只是跟新认识的朋友交往，同时还要和自己的记忆谈判、作战。这样的关系何等艰难，因为与我们角力的，是过去的陌生人。

记忆是一样看似遥远，却又始终如影随形的东西，你有了“冲动”助力，几年来第一次赢得谈判。毕竟只要活着，人生总要朝前，不该，也不能，让未来变成过去的殉葬品。

你深呼吸，答应自己，赌一次。

就一次。

吊人

笛安说女人是天生的赌徒，可惜你赌运不佳。也或许路途的本质便是曲折，你赢了谈判，可记忆却是个狡猾的家伙。你与过去的战争并没有结束，反而愈演愈烈。你有太多不安和恐惧，记忆里那个怯懦又伤痕累累的你，经过这些年的豢养，已成巨兽，它暴躁凶猛，咬伤他，亦咬伤你自己。

于是你要自己坦然面对这战争，哭时哭，笑时笑，痛时，便痛吧。

像你抄在记事本扉页的句子：不管多糟糕的梦，只要能够醒来，就是好梦。

死神

有一个非常出名的在悬崖上方走钢索的比喻，说对于一个看不到终点的人来说，掉落的瞬间未必不比到达终点的瞬间来得解脱。只不过换了一个终点而已。就“到达”二字而言，殊途同归。

与过去旷日持久的拉锯只让你明了一件事，那便是这场战争不会有输赢。你赢了，打败了自己；你输了，自己被打败——纯属瞎折腾。

节制

这一次，你是真的累了吧。

你举了白棋，放弃了对自己的战争，身心投入到别的方面，工作、家人，或者理想，意外的，心竟渐渐平和了下来。偶尔想起他，摇头一笑便过。

怪不得总说时光自有治愈的力量。

魔鬼

魔鬼牌象征着诱惑——是啊，五光十色的花花世界，在其间颠簸的我们怎么轻易把持好自己的心呢？

朋友们结婚生子的消息一一传来，甜蜜依偎，合家欢乐，眼角纹路里都满溢着幸福，怎能不心向往之？

一个人坚强太久，你也渴望能卸下沉重的铠甲，不必再挥戈为保护什么而战斗，不必睁眼数着天空一点一点亮起来，只任性地生活，疲累时能安心偎住一个胸膛，无梦到天明。

高塔

你试着交付，藏在心底那头名为记忆的兽瞬间苏醒，对方尚未决心是否迈步时，你已经又一次被咬到体无完肤。

这剧烈难以表象，痛不堪言。

星辰

最近单曲循环的歌是苏打绿的《往事只能回味》，人说情歌总是老的好，走遍天涯海角忘不了；我说情人却是老的好，曾经沧海桑田分不了。

你好像越来越恋旧了。听老歌，读老书，看老照片，陪老人聊天，极少结交新友，只偶尔同老友瞎扯犊子。历事愈多，心愈老，待痛楚渐渐平息，看人群轰轰烈烈地追逐往前，只你只身留在旧时光里，手捧一碗白开水，稳稳地喝。内心平静得不得了。

我喜欢这样的你。

月亮

当然记忆不会那么轻易放过你，记忆不会轻易放过任何人。

后来它在你心头多数时候打盹，偶尔睁开眼咆哮几声，你的平静在它坦诚无讳的眸子里，映出一张属于谎言的拙劣的脸。

你骗得过所有人，唯独骗不了你自己。

太阳

你说，真正的光和热是什么呢？

审判

你被困时渴望有人听懂你求救，带你离开画地为牢；你难受时渴望有人听你诉说耐心安慰，哪怕只是一个沉默的拥抱——扪心自问，这些你真的都没有得到过么？

不，你得到过。不仅得到过，而且他们一直都在。

昨日与人闲聊，谈及“人性本贱”，一个年纪稍小的女生在旁笑说你们真猥琐，你却一本正经答她，这本是事实——得不到的最好，失去后方觉珍贵，可失而复得之后也未必能好好珍惜，得而复失后又再继续懊悔。人大抵都有这样的劣根性。

世界

也许有人会不齿于一个虚妄的“你”，觉得这样的“你”不合常情，有话便说，非搞得这么迂回矫情。可在我看来，人有时必须跳出自身的局限，才能完成真正的自省。你的存在，对我而言是那么真实而令人欢喜。我借由你检视自身，然后得以遇见世界。

李安用“少年派”传达了一个重要的信念，就是:“当你明白人生和自我都不是用来战胜而是用来相处的，你就会明白，有些东西虽然并不合理，但你必须相信；有些东西并不牢固，但你必须依靠。”我们总渴望从他人身上获取力量，殊不知真正的光和热，从来都握在自己手中。若能确立自身，其余何足惧。

我想用你极喜爱的一个朋友小柒写的一段话来结尾——

“就算你心里住着一个未亡人，曾经这个人喝醉，你半夜喂他解酒茶担心一整晚。你为这个人搭乘长途客车只为匆匆见上一面，你为这个人哭到肝肠寸断再也哭不出来。没有关系，你的人生一定会淡到你愿意再为另一个人挽起衣袖，粗茶淡饭伴君老。”

那么，亲爱的“你”，从今以后，要幸福。

Dan

2013年7月7日15：23

情书中的牌解

愚人：未知，信仰，貌似愚蠢。

魔术师：开端，积极面。

女教主：同一事物消极面。

皇后：喜悦，收获。

皇帝：规则。

教主：被指引的广阔世界。

情侣：美好的爱情。

战车：力量的相互拉扯与制衡。

力量：与挫折的对抗中所得成长。

隐士：反省，逃避。

命运之轮：赌博，选择一个未知的开始。

正义：诚实地面对和抉择。

吊人：换一个角度，有偿牺牲。

死神：终结与重生。

节制：平衡，妥协。

魔鬼：诱惑。

高塔：困阻，牢笼。

星辰：内心的平静。

月亮：幻觉，谎言，恐惧。

太阳：生命力。

审判：对内心的审慎判决。

世界：力量的真正源泉。

点评

这是写给自己的情书系列当中我最喜欢的一封。文笔优美，字句拍打人心。我们“80后”，正处于文中所描绘的年纪，它拖出每个人心里居住的小人，抱着记忆，从年少一路摸爬滚打至今。成长了，看开了，也懂得了。

用于占卜的张张塔罗牌被作为小标题，预示着一切都是命运，没有不公，也不该心存遗憾，我们都需要经历并且需要超越。看情书时虽禁不住痛心，以为这写的都是在诉说我们自己，但看完放下之后，终究还是会满怀感激，对未来充满信心，因为最后的塔罗牌“世界”告诉我们，如何才能拥有一个全新的自己。

我的乌龟慢递

——给未来的你

堆堆的老婆（重庆）

优秀奖

我和男朋友快结婚了，我们是经朋友介绍认识的，而我们本身就没有什么激情澎湃高高低低的浪漫史。他在铁路工务段上班，而我留守重庆。

也许正是我们见面时间少，所以我们格外珍惜在一起的时间，总希望24小时都腻在一起，所以偶尔因为其他事情要分开心里都会特别不舒服，我也因此都会闹闹情绪。在一起的时候我们总是很快乐，像两个小孩似的，拉着手摇啊摇。

昨天，我们去买了结婚对戒，我想我的告白也该起航了。

亲爱的堆堆：

你好吗？（噢，你当然很好！因为这10年有我在你身边无微不至地照顾你能不好吗）

在你37岁生日的今天，收到我给你的这封情书，你一定很激动吧？一定得激动，因为这是你老婆10年前就给你准备好的。写这信的时候我们还没结婚，可是你不知道，早在这个时候以前，我就已经决定要嫁给你了。

想想你现在会是什么样的表情呢？

是惊喜？“是不是哟，十年前写的？”然后迫不及待地打开来看……

是淡定？“不可能吧，忽悠我！你精神有那么好吗？”然后慢悠悠的拆开……

是默然？“哎呀，老夫老妻的还弄这些出来做什么！”说是那么说还是手一伸：“拿来看看呗”……

呵呵，其实不管你收到这封信的时候是什么表情，只要你能收到它，10年后的我一定是幸福的，我那么相信着。

再过3个月我们在一起就4年了，所以我们开始谈婚论嫁，可是我们谈得并不顺利，我想你还记得是为什么。不是问题的问题却成了问题，因为过日子不是谈恋爱，也不知道是我们根本没有准备好，还是把成家想得太简单，或是太复杂？以至于我们这几个月断断续续地总是为这些个问题闹得不愉快。不过，我们和好得也很快，这里不得不表扬一下10年前的你，虽然也会使性子、发脾气、执拗，但是你懂得退让、包容和具有男人应有的大度。

老实说，和你在一起是因为你长得还不错，高大、有安全感，会说话，总是逗我笑得形象全无。慢慢的，依赖你变成了习惯，你事事都会站在我的前面为我挡风挡雨，任何事情我都不用担心不用烦恼。后来知道你有个幸福的家庭，父母也都很年轻精神，和蔼可亲容易相处。而在这里不得不说的是，我在单亲家庭长大，所以我们的思想和认识由于成长环境的不同其实也有很大的偏差。你看什么都是积极的，从来不知道什么叫杞人忧天。而我总会想到消极的一面，认为世事无绝对，计划没有变化快。有的时候你也会很烦，说我不往好的方面去想，我们也常为这个冷战一下下。为什么是“一下下”呢？因为没过多久你就会笑嘻嘻地来逗我，故意找话题让我忍俊不禁，待气氛缓和后再心平气和地给我说：“媳妇，我们和别人是不一样的，你不要老是拿别人不好的来说事，我和那些不负责任的不一样，那些不好的事情在我们身上统统不可能发生！好吧，说到这里你估计又要不相信了，说什么以后的事情谁知道呢。那就不要去想了，看行动吧……”你知道吗，这样类似的话你说过很多遍，因为就这类似的问题我们就争过很多遍。我承认我是个很没有安全感的一个人，而你就是那个在一次又一次不断地给我传入安全感的人。

你只比我大一岁，其实在很多问题、行为上，较我而言你有很多地方是不够成熟的，有的时候我甚至觉得你太天真。然而这些只需要时间和经验的积累，由于喜欢着你，只要出现的问题无伤大雅我都不予理会，玩笑着玩笑着就过了。

你知道我很喜欢你的地方是什么吗？第一，你总是媳妇媳妇的叫我，让我很窝心。第二，你是一个无比勤劳的人，这让我倒是很意外。因为才认识你那会儿，我记得你的袜子都是你妈妈帮你洗的，而现在你这典型的居家男佣形象真是顺溜得似乎以前的你是个幻觉。第三，你和我家人融洽相处，让我觉得对我家人好比别的都强。不做作，不假装，虽然有时不满也嘟囔两声，但这有什么关系，亲人之间谁还没个抱怨呢，只要以心相交，以诚相待。

你知道的，我的确也是个喜欢胡思乱想的人。我们有爱情，且心心相印，然而要结婚的话这样就够了吗？我们适合与彼此在一起过日子吗？

记得2012年底我发生的那次车祸吧，当时诊断结果是我七根肋骨骨折加多处戳伤。躺在医院那两月，我上半身没有任何活动能力，甚至临近出院的时候起床都需要人推，自己起不来。这段时间里没日没夜照顾我，给我擦身洗脚、接倒大小便的人除了我妈妈就是你。一个病房的姐姐和阿姨都在夸你，有的时候你自己也会开玩笑地问我："你看我好不好嘛？人家都说那么好的男朋友哪里去找，我完全无微不至，所以你这辈子注定是我的媳妇了。"

我笑你厚脸皮，自我感觉良好，但其实我心里清楚，这些我都看在眼里的，我比谁都清楚明白。你一直对我很好，照顾我，帮我洗衣服，在家洗碗，出门总是拉着我的手，帮我提包包，走在向阳的方向替我遮紫外线，所有的一切一直以来从没变过，一直是你在照顾我，以至于我把这种照顾变成了习惯，变成了理所应当的事情。但是在那不能动的时间里，我默默地看着，默默地想着，在当你拿着盆子去开水房打水来给我洗脚的时候，当你被凌晨3点想小便的我叫醒的时候，当你一个人要找推床推着我从6楼到1楼去照CT的时候，当你睡在比你还短的陪伴床上左翻右滚难以入眠的时候……我们还在交往阶段，你的所作所为让我觉得我是幸运的，我知足了，有你就够了。

世界上最伟大的人是自己的母亲，我们又能找到几个像自己母亲那样对自己好的人呢？我们不奢求，也无从比较。但一个人对你的好足以经受得起时间和责任的考量，那么把你的感动化作行动绝对是值得一试的事，对我来说，你就是这个人。

有首歌不是那么唱的吗："我常在想，应该再也找不到任何人像你对我那么好，好到我的家人也被照料，我的朋友也为你撑腰……"

你没有担心我会给你带来不便、带来麻烦？你也没有担心我那么严重的伤以后万一瘫痪怎么办？如果将来有后遗症需要你来照顾我怎么办？你只是一味地对我好，只是说："你是我媳妇我不照顾你照顾谁？"我不知道这句话的有效期是多久，但那个时候我就决定了，不管多久都无所谓，认定是你了，还需要衡量什么？

我知道我的脾气有时候的确不怎么好，也有让你为难的时候，但俗话也说一个巴掌拍不响，脾气再差也不会无缘无故发脾气，有些决定如果我能让步绝对不会坚持到底。有的时候也许看似我很自私，但你仔细想想应该能想明白我是权量过利害关系才说出口的。我想你能看懂我说的是什么。

以前不知道听谁说的：谈恋爱的时候要找个自己喜欢的，结婚的时候要找个喜欢自己的。这句“一知半解”的话啊，就像众多爱情名言一样，站着说话不腰疼。恋爱时如果他不喜欢你你恋个啥？结婚时你不喜欢他怎么和他过一辈子？

两个人情投意合两情相悦才会相恋，在这个基础上赋予了责任才能相守，咱们俩现在正在这个阶段。如何相守到底，我想十年后的你和我，应该有些感悟了。

十年修得同船渡，百年修得共枕眠。

但是许多人对现状不满的时候，对彼此产生怀疑、迷茫的时候，经常会说：“真不知道以前的我是怎么想的……”我们是否也说过类似的话呢？

生活总是很容易在时间的磨炼中变得平淡和庸俗，再深的情感也可能变成过眼云烟，变得除了回忆只是回忆。很多人说这是必经的过程，但是我不以为然，至少今天的我不会，那么可怕的必然，为什么还要明知故犯？但是谁又能真正对话10年前，乃至20、30年前的自己？

亲爱的堆堆，如果我们10年后的感情不像现在一样什么时候都能互相包容、互相体谅，如果我们会经常不顾对方的感受说出许多伤人的话，如果我们经常在冷战中不理睬对方，如果我们会对彼此渐渐地失去耐心……那么我希望这封10年前的情书能让我们找回10年前的自己，只要我们都还在彼此的心里。我希望我们的感情经得起时间的考验，希望今天的誓言，10年后依旧不变。

最后有些话我要对你说，那就是感谢。虽然因为工作的原因，你经常不在我身边，但是你总会争取每分每秒的时间和我在一起。在我最难熬、最无助的时候，你不仅没有放弃还尽心尽力地照顾我。而我只会撒娇，耍耍小脾气，并心安理得地接受你给予的一切，所以真的谢谢你。以前从来没有对你说过这些，也不知道以后会不会说，但是我一定为了我们的未来努力，全心全意去爱你，去经营我们的感情，我们的未来。

以上这些话并不是一时冲动写下的，这些字字句句都是我发自肺腑的真心，我希望它们能引导我们的感情不走歪路，更能见证我们幸福的未来。

最后，祝生日快乐！越来越帅！我们永远幸福！

爱你的老婆亲笔

2013年6月16日星期日

点评

这封情书是女孩儿写给10年后的他的，读来俏皮可爱，却感情真挚具体，让人动容。如果10年后你们依然相爱如初，我相信这封信可以除了见证更能让甜蜜加分。如此别致的“乌龟慢递”体现出了女孩儿对两人间感情的信心，在字句当中也体现出女孩儿对男孩儿的依恋。日期选在男孩儿的生日，想起他10年后的生日可以收到这样一份“潜伏”已久的情书，该有多么激动和感谢。这样浪漫的场景让看见情书的我们也忍不住在脑海中浮想联翩，为他们祝福。

我的化学情书

邓小勇（广东）

二等奖

每个男生都会有一名心爱的女同学。学生时代的梦中情人，一举手，一投足，都让人神魂颠倒；一个微笑，一声叹息，都能产生化学反应。

自那年那月那日那方星空下在理化楼见到你，我平静的心中泛起了涟漪，似带火星的木条遇到了纯净的氧气，燃烧着的镁条遇到了铝热剂，投到水中的钾和钠——又都像那天上帝让我碰到你！

我看着你，就像维勒看着刚面世的尿素，就像诺贝尔看着金黄的火药，就像居里夫人看着发光的镭，就像侯德榜看着晶亮的纯碱，就像我们学习黄鸣龙反应的感受……

我看着你，你的微笑，像燃烧反应一样剧烈，像糖精溶液一样甜蜜，像光谱一样绚丽……

你的腰身，像酒精喷灯上的玻管一样柔软，像毛细管一样纤细……

你的眼神，像二次蒸馏水一样纯洁，像转炉中的铁水一样灼热，像X射线透射晶体一样深邃……

啊！我以门捷列夫的名义发誓：Os At Li！！！锇砹锂，我爱你！

啊！我心中的人儿！我无时无刻不在想念你，就像你的心脏无时无刻的跳动一样。

你知道碳14的半衰期有多久吗？它还不及冥冥中我等你的时间的千分之一。

你知道一吨浓缩铀235的重核裂变能产生多少能量吗？那和我想念你时思维迸射的火花所蓄积能量相比酷似一个水分子与1mol水比所含的分子数。

你知道王水的腐蚀性有多强吗？它却怎么也腐蚀不了你在我心中的地位。

你知道金刚石的硬度有多大吗？它再硬也比不了我对你的决心和耐心。

你知道SbF5-HSO3F体系的酸性有多强吗？它却强不过我看见你和别的男生在一起所产生的酸意！

亲爱的，我需要你，就像呼吸需要氧气，就像化学反应需要活化能……

我坚信，我们的爱情，决不会像NH3和HCl一样，易合易分；

我坚信，我们的爱情，决不会像Sn2+一样处在半空中，漂浮而不稳定；

我坚信，我们的爱情，会像氮氮三键一样牢固，像黄金在空气中一样能够长存，像温室气体一样只增不减。

啊！我亲爱的，如果没有你，我的血红蛋白在体内不会再携带氧气；

如果没有你，我的ATP在37.5℃、酶的作用下将不会再释放能量；

如果没有你，我的全身蛋白将永远变性；

如果没有你，我的DNA正常条件下将不能自我复制；

如果没有你，我的细胞将不能进行有丝分裂……

除非，875℃时有液态的水；

除非，100℃的纯水在101.325KPa时不能沸腾；

除非，常温常压下水中能够溶解苯；

除非，铅离子和硫离子常温下能在水溶液中大量共存；

除非，浓硫酸洒到眼里不会疼……

我就离开你！！！

点评

这不是一封情书，而是一首由化学才子编写的一首浪漫爱情诗，让人忍俊不禁的同时，也让人热血澎湃。婉约的诗句，丰富的化学名词，让人感受到化学方程式的爱情，反应多变而强烈，反应完生成新的融合体，那就是这份爱情。这首情诗，把化学反应的“热”、“酸”、“融合”、“催化剂”、“反应速度”同理到爱情上，贴切而生动，形象而俏皮，让人惊叹作者对化学方面的才华、对爱的真切体会。或许化学是他的兴趣，那化学的爱情就是他兴趣深处的燃烧点、点亮他人生完整的灯塔！

数字情书

李泽平（广西西宁）

优秀奖

辛苦乖巧的高中生，没有时间恋爱，但仍然有幻想自己另一半的权利，仍然忍不住对未来不久可能就会遇到的自己的美好初恋中的她，来一个信誓旦旦，并且用了自己一个理科生该有的方式。

亲爱的×××：

我对你1见钟情，绝无2心，想照顾你3生3世，因为我偷偷上你的网站4次，你那迷人的5官，总让我6神无主，一颗心7上8下，99不能平息。如果我的满分是10分，你一定不止11分，起码也该有12分。只可惜我讨厌13这个数字，不然你一定有14分。如果再加上你的聪明，那又不止15分，16分你一定还嫌少，所以我给了你17分。

我今年18岁，再过几天就19岁，也就是我还未满20岁。过几年大概会21岁呗，所以得交22万的学费。其实我的智商是阿甘的23倍，只是，我24小时都在睡。

我猜你今年未满25岁，26岁我也无所谓，27岁跟我还是很配，28岁也不过才大我10岁，29岁的女人据说最美，30岁我也会考虑考虑呗，31岁我应该没这么衰，32岁我会开始反胃，33岁我宁愿自己一个人睡，34岁你胆敢钓我？我娘也才35岁。我还是想送你36朵玫瑰，但摸摸口袋我只剩37块，户头也只剩38元，因为跟女友分手在39天前，手机每天得打40块人民币。

永远记得41天前，写下42句爱她的誓言，还有43种我想的永远，却只换来44CC真情的眼泪，加上45夜辗转难眠。老实说我打了46句废言，其实你该从第47句开始看，但是你都看到了第48句，只写49句又觉得怪怪的，那就哈啦到50句，凑个整数吧！

第51句我要说声我想你，第52句我要说声我爱你，但第53句我暂时还没想到，所以直接跳过第54句，来到第55句，这时我想起56分钟前的你，不知道你有没有想起57分钟后的我？

我在这想了58分钟又59秒，我总共找到60种想你的念头，61个爱你的理由，62句适合我俩的情话，还有63段电影浪漫的邂逅。虽然我也找到你64个小缺点，但幸好我也找到你65个优点，尤其是你的腰只有66公分，这会让我沉迷67年。与其说我爱你68遍，还不如写满69页我爱你，反正我们还有70年，这份工作麻烦让我拖个71个月。你的爱慕者一定不止72位，因为我是那第73位，但我要定下你74年，反正我会付时薪75元，就算要追你追76个月。只要你能陪我过77个情人节，花掉我78万也心甘情愿。

看完我写下的79句真心话，我猜百分之80你会愿意当我的女朋友，因为你发现了我81处迷人的地方，还有82个你无法拒绝我牵你的手的理由，就算你有83个逃避的借口，我也会有84种留你的理由，好啦，我加薪加到85元，麻烦你陪我到86岁，就算你皱纹是以前的87倍，我爱你还是愿意对你说88遍。

我们已经错过89年，90年也只剩不到几天，难道91年你还好意思不让我在你身边？对你诉说我对你那92句不变的依恋，我摘不下93万光年外的北极星，但我愿买下94只你爱的胡椒猫，陪你去看95遍流星雨，也许我不能活到96岁，不能陪着你97年，但同样的一件事我会做98遍，在你生日那天送上99朵紫玫瑰，做你心目中的，我想你会喜欢的，或者是这个100分的那位。

点评

情书分配了数字从1到100，运用得极其巧妙，每个数字占据一句话的空间，每个数字都有属于自己的情节和想要表达出的内容。从1到100，描绘出了过去、现在以及未来男孩儿对于相识、相知和相守的美好憧憬。很显然，这是一封还没有寄往对象的情书。但这样一封写出多情、浪漫又构思巧妙的情书的作者，在不久的将来，一定会用情书博得某位美人的青睐，取得其芳心。

诠释我的爱

杜宏涛（河北）

优秀奖

我像电视剧情节一样与我的妻子一见钟情，她是我的初恋，初见时羞涩又热切，回想过来虽然简单却让我一遍遍感动，更坚定了为妻子为这个家我应该要有更多付出的信念。

在这偌大的大都市，陌生的你我擦肩而过，不经意间的回首相对，你的样貌早就镌刻在我的脑海里，我也曾无数次在你我相遇的地方期待与你相会……可只证明了一件事——电视剧的情节总是虚幻的美好！但你的身影从来没有离开过我，在我心里挥之不去，或许这就是一见钟情吧！

我相信一见钟情，更期待相遇的缘分。这次，电视里的虚构情节真的上演了。记得那是大学的第一天，也注定了是我一辈子难忘的一天——你我竟然同在一个班级！那种单相思般的“遇故知”感油然而生！

印象里，尽是你青涩的短发、稚气的眼神……还有那一次凝视你时，无意中发现的可笑的行为——一块足以遮着整个桌面的抹布，你用力的擦拭着课桌，一圈一圈……由外及里。但最终，在桌面正中央留下了一个极度规整的“灰色圆”。想想，你是多么的可爱。那时，我真想提醒一句那没有擦拭干净的桌面，可我没有足够勇气。我是内向的，对你只是远远地观望着，对每一个试图接近你的异性，我只能把愤怒留在心里。还记得，那时晚自习找不到你时，我在校园、校外急切地寻找，盼望你能“独善其身”，盼望你能保持在我心里的那份纯真……

期待和你在一起。接近你——这对于我这个不善言辞、见到女生就脸红的人来说是多么尴尬的事。终于我还是鼓足勇气在那个暑假和你有了直接的联系！啊，那种感觉，那种兴奋，我如获至宝！

总是期待和你在一起的每一分每一秒，虽然现在已经过去了很多年，但是当初的那份感觉依然如同昨日。

和你一起的日子总是充满着欢笑，充满着对美好未来的憧憬。我们一起看流星雨，一起许愿，一起承诺……虽然这是我的初恋，但我们之间的爱更默契、更成熟，也让我感觉到你就是我这辈子的归宿！

我们之间有太多的故事，有太多的磨砺，但我们始终坚守着对方，就像当初在流星雨下许下的承诺，庄严地、负责地共担风雨……

在一起，2007年12月12日，我们的誓言在那一天盛开。美好总是伴随着坎坷，家庭、工作、距离……你我经历了太多，但这也是今后我们在一起的动力。回忆起那段难过而又磨砺的日子，是我们未来共克困难、携手同行的基石。

婚姻，是爱的升华和延续，同时也意味着更大的责任，那是两个人的革命，共同奋斗、共担风雨的历程…………

2011年1月15日，又是一个你我一生的幸福时刻。在你我30岁时，终于迎来了我们孩子的到来，用来之不易、殚精竭虑、欣喜若狂等词语来形容此刻的心情毫不为过。我们失去过，心痛过，也让我们对家、对彼此有了更深的理解，也明白了忠诚的含义。

忠诚，是对爱、对家、对人生价值的最好的诠释。人的一生应该干些什么？或许那些“重于泰山”的话有些遥不可及，但无论想要成就什么样的事业，忠诚于爱人、忠诚于家是最基本的要求。我不会为了虚幻的事，而抛弃忠诚，我愿用我的忠诚守护你们，守护这个美满的家。

不在乎一个男人为女人、为家的付出，因为只有在经历了磨难，理解了人生的意义，才会全心投入。我爱你，爱这个家，我也会用一生来守护你们，守护这个家！

点评

作者用自己的爱情经历诠释了在他心目中的爱情。爱情的伊始也许是不经意的一瞥，更是青涩的骚动和热切的心。各种快乐的时光都是人生岁月中难以遗忘的画卷，在最终爱情升华成为亲情，那更是一份责任。在文中作者深切地变现了对爱人的深情、对家的责任。

情书剧本

徐征平（上海）

优秀奖

男女主角已经结婚，相亲相爱，甜美如蜜。在相识10周年的日子里，老婆为老公写下剧本情书，里面记录着他们相识相知、共进退的青春。用他们之间发生的事写成剧本，将是一出最好的戏。

前　言

我（女主角）是他的初恋，他（男主角）也是我的初恋！我们相遇在人生中情窦初开的那个瞬间，那年我18岁，他和我同年。从那一刻起我们这两条平行线终于有了焦点，我相信我们的相遇不是偶然而是命中注定！如今我们已经相识10年，结婚2年了，从来没有吵过架，没有惊天动地的爱情但有永恒不变、细水长流的甜蜜！

在我们相识10周年的纪念日里，我想分享我们的甜蜜，让世界知道我们的爱本身就是一段美好的情书史！真情为墨，岁月如纸，用我们的青春谱写了这一段感人的恋情。最后，还是那句老台词："我爱你！"

第一幕　相遇

18岁那年我考上了新西兰奥克兰理工大学，由于出国留学需要考雅思，我来到了上海朗格进修学院。

18岁那年他需要去考香港大学，由于需要进修英语，他来到了上海朗格进修学院。

暑假，记得第一天上课，我第一个来到教室，面对陌生的环境我总是喜欢小心翼翼地环视四周等待下一刻的到来。

一位穿黄色T恤衫、西裤的男孩缓缓地向我走来，一手拿着China daily英文报，一手端着一杯茶。18岁的他如此的青涩，说实话看上去像个初中生但隐隐透着一股神秘而老成的感觉。而我记得第一次见到他时只是好奇，但没有传说中的激动和不安。

第二幕　相识

现在想起来对话是如此的简单，以至于如今还可以清晰地记得那时候的原话！

我对同桌甲同学说:“昨天看了本小说是《羊脂球》，可就是忘了谁写的了。”

他莫名地插了句:“是莫泊桑写的。”

我连做梦都没有想到今生我们的相识来源于一本书——《羊脂球》(莫泊桑)。

第三幕　相知

他生动的英语演讲不但折服了外教和在场的班级同学们，也使我逐渐偷偷地爱上了他。我不否认我喜欢脑袋聪明的优秀小男生。

并不聪明的我在他的眼里是位善良友爱的姑娘，也许就这一个优点使他觉得我很可爱。法国的伏尔泰不是说过么,“女人不是因为美丽才可爱，而是因为可爱才美丽的。”这句带有魔法色彩的寓意也许在我的身上应验了吧。

第四幕　暗恋

3个月紧张的英语学习是主线，于是乎，那每天短短的1个小时的午休成为我们交流的美好时光。我们经常去永和豆浆店吃包子和豆浆，步行在上海繁华的淮海路街道上。阳光洒在他的身上洋溢着那时候才有的青涩感，与这繁华的城市融为一体，随着夏日的风吹散而去……

我呆呆地望着他前行的背影，隐隐感觉到那种莫名的熟悉感，时间的脚步就在那一瞬间停止了。我努力地去回想记忆中的他，拼命地想找回那前世已经失去的记忆！就在那时候，他回头看了我一眼，对着我微笑的他使我找到了家的感觉，虽然无论我怎么努力地找前世的记忆但还是没有找到。但这又有什么关系呢，今生得到老天的眷顾让我又遇到了你，我一定要先认出你来，让我们再一次从新开始我们的故事，让前世未了的情愫在今生尽情地、像花儿一般的怒放！哪怕生命只是短暂的一瞬也好，你将是我今生最美的记忆！

第五幕　表白

很快，英语班接近尾声，恐慌、不安伴随着后面的最后3天向我慢慢逼近，使我难眠！这一切都是为了他，怕失去他，怕见不到他……

终于我鼓起了勇气，对他说："我们一起去图书馆看书吧。"那时同样青涩的我，脸红，心像一头小鹿快要从身体内跳出去了一般慢慢地等待他的回答。（那几秒对我来说实在是太漫长了）

"好的。"他不紧不慢地说。我很激动，说真的到现在还很激动，后来才知道，他没有考虑是正好要去图书馆看书，没想我也要去就答应了，而不是别的什么原因。我自作多情吧。（有种被骗的感觉啦）

我人生中第一次表白就如同一个偶然一般，这样过去了……

第六幕　相处

我出国前的大半年时光都是和他一起度过的。后来他考上了同济大学电气工程系，于是他的学校便是我经常光顾的地方。我和所有坠入爱河的女孩一样给男友做爱心便当，编织爱心手套、袜套，揣着一颗怀春少女的心默默地爱着他，默默地付出自己所有的感情，而不懂这么做是否会给自己带来伤害?！因为我坚信他也是这样的付出。

第七幕　小别

无论爱情的时光再美好，生活还是像向前流淌的河水一般继续前行。终于，我和他到了离别的时候了。为了继续深造，我必须离开祖国、家乡跋山涉水来到异国。离开的前一个晚上，我母亲关切地问我："你放得下吗？"年少轻狂的我不假思索地回答："我可以的。"于是这个看似充满信心却不成熟的回答给我的情路带来了伤痕。在出海关的那一刻，命运注定会让我为当时那轻狂的决定后悔！

海外留学生活很乏味单调，除了读书、照顾自己生活外，我满脑子想的都是他。没有带电脑的我，只有靠画他的肖像来维持我对他残留的印象。

我后来才知道，国内读书同样辛苦的他曾经是如何努力地想忘却我，却陷入了无限的痛苦之中！

第八幕　重逢

命运终于审判了我们的未来，也许是缘，也许又是一个新的焦点……

半年了，一直在国外留学的我，对他的思念、对故乡的思念化作积郁，回家的心使我愿意放下一切。只是为了再见他一面，我放弃了学业和那憧憬中的事业回国了。

第一时间，他在我家出现。

我们当着众人的面不顾一切地拥吻，忘记了所有……

“让我用一生来照顾你！”这是你给我这辈子唯一的承诺，我希望用我的一生来见证这句话！

第九幕　交往

之后的7年时间中，他每到双休日，一年四季风云无阻地从家里出来到我家来接我（一般上海约会的习惯是男女到约会点碰头就好）。说实在的，不是我很感动，而是我家里人都很感动，真的不容易啊！随后，我们和其他情侣一样再去逛街、吃饭、看电影。他很照顾我，帮我拎包、打伞、买单……完整地演绎了一位好男友的角色。我们亲密无间，无话不谈，总感觉时间短暂，有说不完的话，以至于让他父母都好奇，平时少言寡语的儿子如何在遇到我后变成了另外一个人，难道我会魔法?！其实我也不知道，我到现在还好奇，他为了照顾我，改变他自己已经不是一次两次的了，而是需要他改变他就改变，只要我需要。

第十幕　结婚

终于到了谈婚论嫁的时候了，这时候才刚知道他有房子，幸运的我不至于变成房奴。但这又有什么关系呢，本来就是爱这个人从来都没有想过其他经济上的问题。这也许是上天觉得我太傻才眷顾我的吧……

我们的婚礼算是隆重的，到场的人坐满16桌，除了1桌是我的朋友外，其他都是两家的亲戚。但我觉得很感人，感动的不是婚礼的本身而是我们曾经走过的路，现在和即将要开始的婚姻生活。了解我们的人都哭了，是甜蜜的联想，是幸福的泪水掺杂着对我们的祝福。

结束语

我们婚后的生活就如同迪斯尼上演了无数遍的童话故事一般：王子和公主幸福的在一起了……虽然没有太多的跌宕起伏、惊心动魄，但始终回味起来无限甜蜜。

最后晒一下结婚2周年的情书。他曾经为我写过100份情书，而我文笔不算好没有写过，现在希望利用一下这个机会和我的特长来表达我对他的爱意。

点评

只有拥有最深沉感情、感觉最幸福甜蜜的恋人才会觉得自己的爱情仿佛是一场电影，如梦如幻，超越了他人之间的情爱。

这对幸福夫妻中的妻子，将他们的相识、相知、相守，一幕幕写成剧本，用来记录下他们平凡生活下不平凡的美好恋情，同时也用这一封特别的剧本情书，回馈了丈夫曾为自己写下的100封情书。用女主角的话说：“自己文笔不好，就只能动用心思了。”如此俏皮聪颖的妻子，也难怪丈夫疼爱了。丈夫会记得她为自己写下的情书，并将情书中提到的一幕幕努力回味，存放于心中。

琴棋书画述相思（节选）

断肠刀客（深圳）

优秀奖

相思之语，并不一定要从自己嘴中而出。8年前，暗恋她；3年前，得其芳心；至今，依旧缠绵！这篇情书，是几年前所写，那时我与她并未在一起。“断肠刀客”与“两两相忘”是彼此的网名。

琴说

我是一张琴，在我的记忆中，我从来没有见过主人如此的忧伤过，一直不曾明白主人为何以断肠刀客自命，他完全可以笑傲江湖。原以为，主人的生命会是一番风花雪月，但是我错了。

以前的主人，从来都会是微笑着抚琴而坐，我在他的指下，悠然地释放着自己的活力，那是一种无忧无虑、无法言说的美妙。清风拂面，会撩动主人的发髻。主人那明亮的眼神，在夜空中闪烁着喜悦的光彩。

主人喜欢和我在一起，因为他说过，红尘中的很多事他都不想去理会，因为他说他想要寻求一份心的宁静。

在记忆中，主人似乎有那种与生俱来的悠闲，没有烦恼，没有忧伤。

可是，这一切并没有永恒。也许主人和我都希望能让这悠闲的时光直到永久。但已然不可能，因为主人遇到了一个女孩，一个让主人改变的女孩。

我能清晰地看到，主人那忧郁的眼神。我能感受到主人变得越来越恍惚，风，撩起的是那散乱的发丝，我真的很不理解，这一切真的值得吗？

现在，我明白了，因为主人又坐到了我的身边，主人的十指在我身上轻轻地拨弄着。

我明白，那是一首相思曲，这样的曲调，我以前从来都没有感受过。

这一次，我明白，主人已经用尽了他全部的身心来弹奏这一曲。

曲中有谁？那是一个孤寂的男子，在秋风中，泪眼望那秋叶的飘零，落花洒满了庭院，落在他的身上。他没有拭去，因为他知道，落花的飘零是一种怎样的伤感情结。

月圆又缺了，主人不知道叹息了多少次，月缺会再圆，人呢？以前主人从不会这样去感慨，因为以前他绝不会去触及伤感，现在呢？

我能感受到，从主人指间流出的那浓浓的相思，我能听到主人那内心的呼喊。那种呼喊，是一种怎样的相思，我不知道！

一曲终了，落花又附到了主人的身上，不知是刻意还是无意。我看到了，主人眼中有泪，泪落下，滴到了落花身上。泪碎了，落花飘零了，飘到我的身上。

主人真的落泪了，我不曾想到，这是一份怎样的相思，竟让一个男人相思到落泪，我不明白。

落花附着主人的泪，落到我的身上，好冷、好冷，好痛、好痛，落花飘零，是因为无可奈何！泪呢？我真想知道。

可是主人没有说，主人变得沉默寡言了，有的只是从那指间流出的相思，还有眼中滴落的，那令人伤心的相思泪。

相思曲又奏起了，我知道，主人又在想她了。

棋　说

思绪，我能看出主人此刻正思绪万千，我不知道是为什么。我只知道，当主人拿起我时，不再是那意气焕发，因为主人开始变得柔情万丈起来。

主人变了，真的变了，虽然我只是一颗棋。但我亦能看出来，他的心中，现在充满着相思。

第一次，知道主人正在为一个女子如此的相思，是在那个晚上。

那个晚上有月，而且很亮、很亮，因为那是十五的夜晚，月光淡淡地铺洒，轻轻地，是那样的美，有风，也是淡淡的，亦如那湖上的涟漪。但我听到了琴声，那是一首很陌生的曲子。琴告诉我，它不会奏出如此悲伤的曲子，所以我知道，那曲不是琴本身所独有的，那是主人的心声。

那是一首相思曲，曲子在夜空中回荡，穿透月光淡淡的防备，随风而散。月光变得黯淡起来，因为月光亦染上了情，那是主人的相思之情。相思总让人伤神，世人都这么说。

好冷、好冷，我不知道风为何突然变得寒了起来。

空中弥漫着相思，琴曾经告诉我说，主人流泪了，我不相信。现在我相信了，因为我感觉到了主人的相思之情。

我想哭，但我没有眼泪，我多么渴望我能有眼泪，陪同主人一起哭！但我不能。

在那个晚上，我默默地看着主人静静地坐在那里。主人的头，半低着，眼神让我好陌生。琴说，那是忧郁的伤感。我看到了主人眼中闪烁的泪，主人拨琴的手指没有停止，一如那无尽的相思。风拂过，拂过主人的脸旁，撩起主人的发丝，掀起主人那相思的情绪，更吹落主人眼中的泪。

泪落了，落在风中；泪碎了，亦碎在风中；泪走了，随着风。

琴说，那是相思泪。我知道，那是相思之泪。可是主人曾经和我说过，他决不会轻易流泪。可如今，他流泪了。我知道，主人不是轻易在流泪。他真的用尽了全部的真心，那相思之念，连我亦要落泪，何况主人！

风走了，还会再来，因为风说，它要帮我带走主人的泪，因为主人的泪又落下了。

琴说，现如今，主人每每奏起那相思曲的时候都会流泪，琴还说，泪真的好冷、好冷，冷得让人心碎。因为主人的泪曾经随落花飘洒到了它的身上。

我不知道，主人的泪落到我的身上，我是否亦会有此感觉，因为世人皆说棋子无心。

但琴对我说，会！因为主人的泪，是那相思之泪！

风停了，主人轻轻地把我放下了，主人指间流出的是什么？是相思，琴说。我好痛、好痛，那是一种怎样的相思，我不知道，我只知道，当我感觉到时，我就会很痛。

都说棋子不会痛，但我如今感觉到了痛，那是从主人的相思之情中感觉到的。主人呢？我感受到的只是主人指间流出的那相思，主人感受的相思那该有多强烈啊！主人承受的那份相思之苦那该有多痛啊！我不知道，我更加不想去感受，这一份的相思已让我心痛。若感受到主人的那相思，我真的怕我会受不了，我怕我会心碎。

但我没有意识到，因为风已经停了，风带不走主人的泪了。泪落了，滴落到了我身上。泪真的好寒、好冷，泪寒心更寒，我的心碎了，那是因为主人的相思之泪。

琴曾经跟我说，那晚主人的泪落在它的身上后，它断了七根弦。我不相信，现在我信了。情太浓，所以伤更深，琴对我说。

我一直无缘看到主人的伤痕，但我能明白主人心中的伤有多深。

主人一直没有说话，无语，那是一种寂寞的相思。

此刻，我知道，主人的心在痛，因为他无心于下棋，他又在思念着她。

书 说

主人一直寻求的是一份洒脱与飘逸，主人说那样才是书法之最高境界，行云流水，那是一份幽雅的恬静。

多少年来，一直在感受着主人的这一种飘逸。

现在呢?

现在主人变了，因为主人心中多了一份牵挂，多了一份相思，爱到痛时方知爱之深。

现如今主人的每次提笔，都让人感觉到痛，琴和棋说，它们很羡慕我，因为只有我才能真正理解主人，只有我才能看到主人内心的伤痕!

或许吧！我真的是主人情感的反应，我知道当主人把我再次写出来时，我就被赋予了相思之情。我感觉得到，因为那相思就在我周身游走，我知道那是主人的相思。

我真的想去抓住那相思，但当我伸手时，相思却从我指间滑过，像风的飘逸，像水的流逝。原来相思是抓不住的，相思永远在那相思之人的心底。在主人的心里，我看到的只不过是那粗略的相思而已。

但我感觉到，相思在我的周身，在我能见到的每一个角落!

主人的笔没有停止，相思依旧在飘飘洒洒。我知道，主人在用尽全心而写，因为写了很久，他只写了四个字。我知道，那四个字是多么的含情。

主人在静静地凝视着那四个字，那样地矗立着，没有言语。因为很多事都不需要言语，就如相思。

望着那四个字，主人流泪了，任凭寒风拂起那发丝，遮住眼睛，黏着泪水。我太傻，竟然没有听到主人的心声。因为那种相思太浓、太浓，当我想要去接近时，却被相思压抑得透不过气来。

泪干了，在风中，情却更浓了。主人还是在凝望着那四个字，我不知道那四个字代表什么。难道就是她吗？或许！

琴说，主人的泪滴到它的身上，让它痛彻七根弦；棋说，主人的泪落在它的身上，让它心碎，虽然它本无心，无心亦会心碎，那是一种怎样的痛。如果真是这样，我希望主人的泪不要滴落到我身上。

主人走了，无语地走了，我不知道他在想什么。

我只能看着主人流下的四个字，发呆，看着主人风干的泪水。我突然发现，我有一种遗憾，因为主人的泪没有滴到我的身上。

主人走了，我知道，主人是强忍着泪走的，去相思，默默地相思。

画 说

当我被画出来时，我第一眼见到的是一双忧郁的眼睛，那忧伤的眼神简直让人心碎。我明白自己只是一幅画，一幅由眼前这个男人画出来的画。我不应该有感情，但事实上我已经有了感情。

他怔怔地看着我，默不作声，但他的眼神背叛了他，我知道，我绝不可能是一幅简单的画。

那种眼神，我后来才知道，那叫相思。琴、棋、书后来告诉我，我的真实身份，是一个女子的画像，那是眼前这个男人喜欢的女子。

只可惜，我不能看到自己的容颜，否则我真要一睹自己的真面目。更加可惜的是，我只是一幅画像，再逼真又能怎样？越逼真，只会越让他伤心。

我不明白，相思是一种怎样的感觉，因为我不曾感受过。

后来才知道，眼前这人叫做断肠刀客，真不知道，他为什么会起这样一个名字。

琴说，他一直希望自己像个刀客一样笑看红尘；棋说，红尘却让他断了肠；书说，主人已经写下了那个让他断肠女子的名字。而那个人就是我，或许更确切地说，我是那个女子在他心中的影子。他把我画出来，只不过希望日日都能见到她！

有时候，真的觉得他很奇怪，又很可怜，一个人站在我的面前，矗立、沉思，时而还会微笑。他看得那样出神，那样用心。

但更多的时候，我却见他一人独自地落泪。泪，在风中破碎，只因为有相思之悲！

断肠刀客空断肠，凝泪相望。

凝泪相望，望不见伊人何方。

相思在风中又弥漫，独倚寒窗。

独倚寒窗，落花满院谁人管？

这是他在我身旁写下的几行字，我终于感觉到了那份相思，从那字里行间飘逸出来的相思。

如果可以的话，我真的希望没有感受到，因为这份相思太浓、太痛。

泪眼飘逸随落花，断肠刀客望天涯。

风花雪月红尘笑，梦里红尘几人家。

我只不过是一幅画，一幅断肠刀客相思而作的画，我原来并不是我。

点评

作者用琴、棋、书、画等方面拟人化地从侧面分别描写了在相思中的作者的哀愁，满篇都是对爱人的相思之情。文中用琴、棋、书、画的感受出发，表现出恋爱中的人特有的感情犹似一曲凤求凰、泪落于棋、反复思量而写出的字，勾勒出心中爱人的美丽，愿早成眷侣。

猫咪与老鼠的故事

许靖航（上海）

优秀奖

我与女友相识于大二的下学期，当时是在学校的一个部门认识的，差不多是属于一见钟情的。

在一起工作了一段时间后，那种爱意越来越浓烈了。终于有一天，我在脑中不停地跟自己说："再不表白就晚了。"于是，我就很唐突地拉住她的手，跟她说我喜欢她。当时，女友被我的举动吓坏了，也没有给我明确的答复。后来，有一天她突然说到自己都没有收到过情书，于是我连夜制作了第一封情书送给女友（里面的卡通人物素材来自网络）。女友收到信后十分开心，我们便这样牵手走到了一起。

在一起的第一个情人节，正好放寒假，我们分隔两地。当时十分想念我的女友，也想送给女友一份情人节礼物。于是，花了半个月，自己创作了两个卡通形象，一只猫咪和一只老鼠（女友说我像头肥猫，自己像头小老鼠），然后我制作了一本情人节特辑送给女友。

大四下学期的时候，女友要从这个城市去其他学校做毕业设计，我十分不舍，于是为她制作了第二封情书，画了一头可爱的猫咪和小老鼠。希望，女友看到信的时候就可以想起我。

现在，我们已经牵手走过了三年的时光了。目前，我俩在同一个学校读研中。

关于未来，我想和我的女友一直牵手到老，尽我最大的能力给她一辈子的幸福。

情书一

亲亲静静：

那天，一个傻乎乎的人突然发短信说要跟我学PS。还以为本人魅力这么大，才当上部长就有人上门求教，后来才知道你是个被骗过来什么都不懂的傻丫头。But，渐渐的……

几次电话、几次见面、舞会的筹办之后，Fall in love。

你说：舞会之后就要离开部门。当时好不舍，不舍。于是就一个劲地骗自己：谁的离去都不会让我伤心。舞会过后，你说会继续留下来。那一刻，心里甜甜的，因为又可以见到你了。

“五一”刚回家的时候，收到你短信，觉得非常开心。每天心里想着、念着的都是你，可是就是不敢给发短信。因为觉得怕，好怕，我怕你不喜欢我，我怕再被拒绝。这段感情让我惶恐。每天盯着手机，好想下一刻收到的就是你的短信。那几天的煎熬，让我好想放弃，想放下一切只做你的蓝颜。我真的放得下吗??? I miss you !everyday。

但当我再见到你的时候，一切的心理防线完全崩溃。我不想逃避，because I love you。你拒绝我的那一刻，心里一片空白。但我不要，不要，不要放弃。

What is love?啊！我也不知道，我真的不知道。因为爱是两个人共同成长、共同承担、共同面对、共同感受。但，我知道，you are my angle。

生命如此短暂，茫茫人海中，却让我遇到了你。感谢上苍的安排。以后的路会怎么样，谁也不知道，也许会风雨坎坷，艰难险阻。I will protect you。让我来照顾你吧，Baby，Believe me!!!

爱你的鱼饵

情书二

亲爱的屁屁：

首先要在这一个特殊的日子里跟屁屁说声情人节快乐!这是猫咪写给屁屁的第二封信了，距离第一封信已经过了643天，15432个小时，555552000秒钟。不知不觉中我们已经一起度过这么多的时光了，感谢一路有屁屁的陪伴，希望能和屁屁牵手走过一生。

每当争吵的时候屁屁总是说猫咪笨笨的，不会哄屁屁。但屁屁，喵喵一直都深爱着你、怀念与屁屁生活在一起的日子，给屁屁做好吃的，把屁屁养的胖胖的，看着这头小馋鼠快乐地吃着，喵喵就会很开心。喜欢看着屁屁在我怀中入睡的样子，每当你靠着我的肩膀睡着的时候，我就可以静静欣赏着你，享受着这份安静的幸福。

屁屁，好想和你有个幸福的家庭。亲爱的，想我的时候就看看我给你画的这些喵喵吧，这里面倾注了我浓浓的爱意。不论遇到什么状况，都希望屁屁知道，屁屁的屁股下面永远是我那坚实宽厚的脑袋。爱你宝贝，真的好爱好爱。

放弃全世界我也不会放弃你。

爱你的喵喵

情人节特辑

屋顶上的猫

情人节将至，猫咪格外想念大老鼠，特此创作情人节特辑，送给心爱的老鼠。虽然不能一起过七夕，一起过情人节，但有个特殊的节日一定会和你一起过，那就是一辈子想在这个特殊的节日跟你说声："爱你，小宝贝。"

月圆猫叫夜

亲爱的，每当见不到你的时候，月夜的天台上总是会出现一只叫春的猫"喵——喵——喵——"叫个整个晚上。只希望远方的那只大老鼠你能听得到："猫咪好想你呀！"猫咪想一生一世跟老鼠在一起。这是约定，猫和老鼠生生世世的约定……

电闪雷鸣生气时

宝贝，当你生气之时，就是我的世界电闪雷鸣、风雨飘摇之际。亲爱的，有时候不是故意惹你生气的，只是想看看你为我生气的样子，明白我在你心里的重要性。正所谓"吵吵闹闹度百年"，我想和你一直吵到老……

亲爱的，和我一起一辈子

宝贝！这一路不知道会遭遇多少坎坷，但……

什么都可以不重要，什么都可以不用怕，什么都可以不在乎，因为，一切的一切只要有你在我身边就足够了，我想用一生的时间与你一起去谱写我们的故事。

我们的故事还在继续

亲爱的，有时候短暂的分开是为了更好的拥抱。不论发四（誓，谐音）还是发五，我都想跟你一起，一辈子，因为放弃全世界我也不会放弃你。

点评

一对难舍难分的情侣，一个是猫咪，一个是诱饵。猫咪总是想要得到心爱的食物，为“它”朝思暮想，费尽心思。诱饵知道“它”需要自己，愿意永相随，终陪伴。

这样轻巧文字的一来一往，描绘出了爱人间该有的渴望，以及愿意为对方付出所有的忠贞画面，有趣极了，又感动极了。

致亲爱的可婷
——一封含很多草药名的情书

刘伟（深圳）

优秀奖

大学时喜欢上一位读中医的女生，于是写了一封含药草名的情书。将获奖的一副对联融入了情书中。这副对联，参加文化部主办的第二届百诗百联大赛，目前已经入编，初步入围，对联如下。

感悟春雨

上联：雨后诗芽涨

下联：花前笔意春

当甘草远离麻黄
才晓得什么叫迷茫
当佩兰远离藿香
才晓得什么叫受伤
当我闻不到你的芬芳
才懂得什么叫断肠

谢谢你送我的药囊和诗囊
是你的博学和自强
启迪我逐渐懂得欣赏
大黄是那么的豪放
桑叶是那么的清凉

附子是那么的坚强
情深哪怕磨的时光
你宛若山海棠
让我感受春天满芬芳
你宛若薄荷中的女王
让我夏日也清凉
你宛若秋菊盛开在重阳
让我的秋季更明朗
你宛若也叫冰片的龙脑香
让我的冬季更舒畅

致亲爱的可婷女王
你是三七，让我不再怕受伤
你是远志，让我遇阻心犹壮
你是苏合香，让我不再迷惘
你是艾叶，让我懂得艾灸扶君畅

致亲爱的可婷女王
遇见你的那天才明白，什么是复苏回阳
牵你手的时候，才知道什么叫调和诸方

你曾在信里提醒我一生向上
人生当如熟地般坚强
在九蒸九晒中历练飞扬
人生更应如石膏，不惧受伤
在烈火煅烧中成就辉煌

啊，亲爱的可婷女王
我们曾经在《本草纲目》中翱翔

寻找到很多有趣的四声俱全的4字名，如本名南烛的“草木之王”
还有隔虎刺花、上清童子、羊不吃草、狗瞌睡鱼、磨刀铁浆

啊，亲爱的可婷女王
花前笔意春，雨后诗芽涨
我真挚的希望
我们一起分享寒热平温凉
我们一定会在今生的升降浮沉中，永放光芒

点评

意境第一，声韵第二。情书颇具心机，含了很多药草名和药草术语，如麻黄、甘草、调和诸方等。另外每句情书的最后一句都是ang、iang、uang等押韵的字，念起来朗朗上口，如黄huang、香xiang、阳yang等。最可贵的，这篇情书，融入了少量发音契合四声喜全递（四声俱全最大化）的4字名或5字句，如草木之王3412，隔虎刺花2341、上清童子4123、羊不吃草2413、狗瞌睡鱼3142，这5种都是《本草纲目》里的药草名。四声俱全的4字名念起来很声动，“遇阻心犹壮”，任意相邻4字的发音也是四声俱全，“花前笔意春，雨后诗芽涨”等，念起来悠扬悦耳。看来为了追得女中医，确是挖空了心思啊！

给某人

王夏一（重庆）

优秀奖

2012年经人介绍认识某人，电话联系3个月后不了了之。而今年的3月，我们又遇上了。原来，当初中断联系的原因是某人生病了。再次相遇的那天，分别之后，某人发来一条短信：如果你不在意我的病，那么，我们结婚吧。2013年4月1日，在这个大家说是愚人节的日子，我们到民政局领了结婚证。

某人说：我怎么那么倒霉呢，偏偏就得了这种病。我说：因为你是天使啊，你不愿意见别人受这种痛苦，所以主动承担。某人就笑了，傻傻地笑了！某人，我们都要好好的！一辈子！

某人：

一直觉得自己想要的生活，就是这样子：

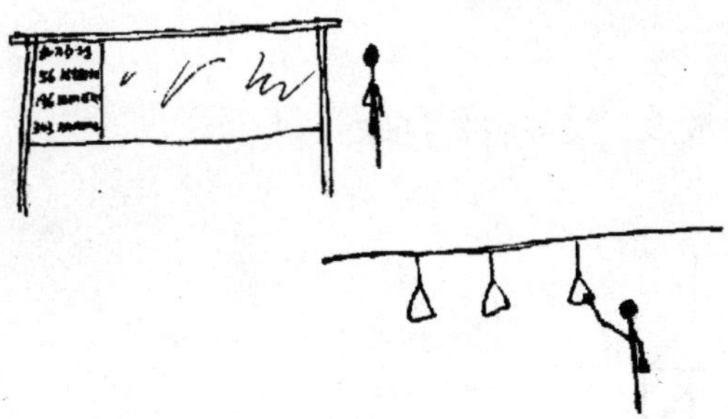

每天，能够一起下班。

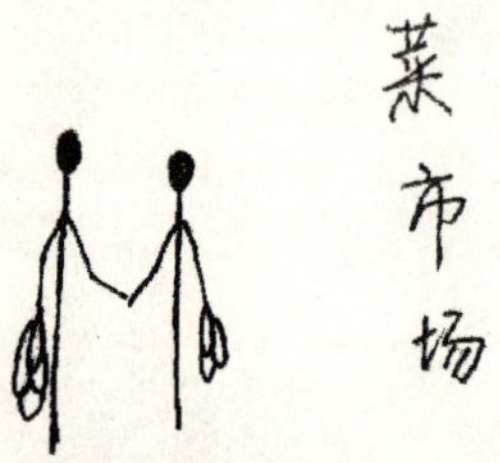

每天，下班后一起买菜。

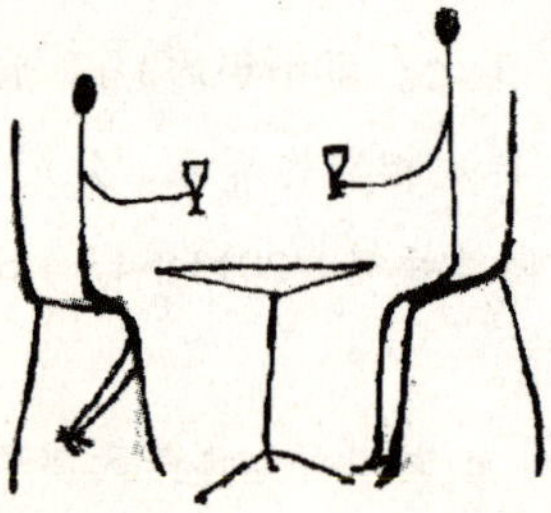

每天，买菜后一起做饭，一起用餐。

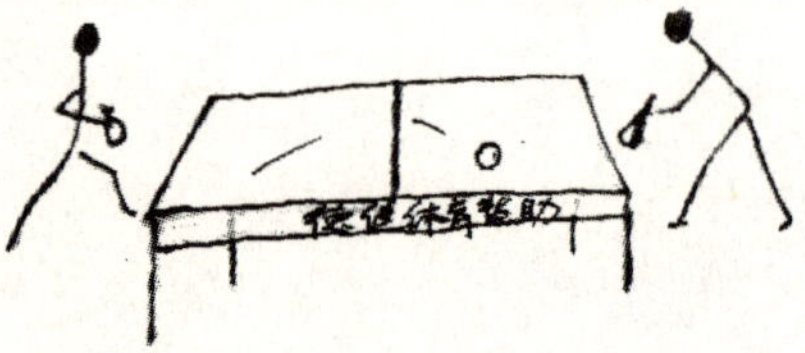

每天，餐后一起去运动，比如散散步，又或者打打球。

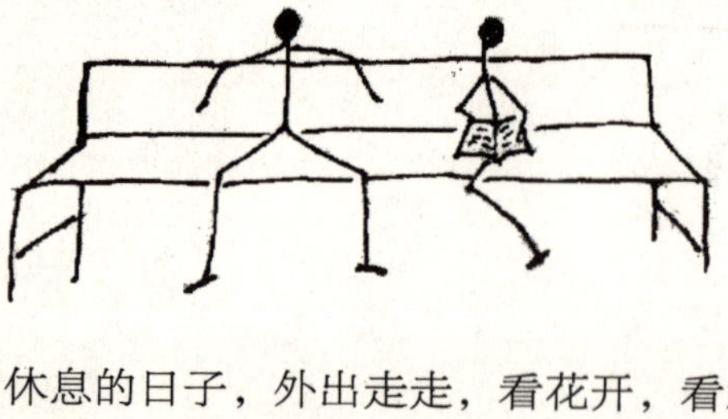

休息的日子，外出走走，看花开，看水流，看风起，看日落，或者就只是坐坐……

所谓的浪漫不需要吃什么高级西餐，也不需要大束大束的花朵来装点，更不要昂贵的奢侈品相伴。路边的一朵野花，用心思挑的小玩意儿，还有每晚泡的那杯菊花茶。这些，足矣！

某人，或许在别人眼里看来，这样的生活相当的无趣、平淡、普通、没有意思，但我想要的生活，就是这样！它令我感到满足，感到温暖，感到生活微微的甘甜。

某人，我们不需要大富大贵，但也不能够游手好闲，我们努力地工作，认真地生活，这样，就很好！

真的很好！仅此而已！

谢谢，某人！

点评

火柴人在网络的爆红和经久不衰说明，粗线条的简笔画只要恰到好处也能成为经典。看看这封情书，以作图代替文字表达爱意已经不是什么新鲜事物了，更何况还画得那么丑，那么粗糙。奇怪的是，我们承认了这份粗糙，并为之深深动容。是因为画作的内容够直接吗？是因为表达的内容够真实吧！抑或是当我们看到时，发现这样的浪漫与惊喜其实我们也办得到。

爱悲咒

陈欗（黑龙江）

优秀奖

文字功底深厚的作者想要通过传统、创新的形式，完成自己的情书，表达对心爱之人的深深爱意。

爱

月深朦

弱冠情碧玉

花间香浓蝶欲逢

长恨情崩思他乡旧梦

踏雪采梅红念朝朝化血侬

锁影觅寻昨日如误时误始误誓

蚕死蜡尽终皆意空憨痴疯癫何处通

悲

忽尽灰

思前世幽悠

念叠泪事似梦归

患忆遥久天终未哀奄

恳月下赤丝眷痴子勿绝恋

怒斩残花护忠贞孤坟千里绕魂

慈恕今生旷世之恋亘古连枝永世存

点评

第二节有12个“心”字底，而且每句的第一个字都是“心字底”，每一个字也都诠释了感情的各种情绪，寓意着要一心一意地去爱你所爱的人。爱一个人就是交心和交友的过程。所有中间的18个字代表着文章的中心思想，“爱深情浓，思念如空。悲尽世事，天眷贞（真）恋。”也表达出作者对以往感情和对未来的诠释和憧憬。

Hey julit

马亦腾（陕西）
优秀奖

毕业在即，是否还有机会与心爱之人相守前行呢?如果不能够，那怎样的别离才会让人觉得不留遗憾……

祁熙媛：

首先我很感谢腾讯，刚才我还在发愁要不要做一个动感影集发给你，但是发现原来QQ邮箱这么好使，而且没有微信我不知道在哪里遇到你，我很开心。

我是白羊座，很多人发愁不能表达自己的情感，可是我在发愁我的憋不住气。可能今天这份邮件会让我们从此尴尬，从此不会见面，从此成为陌路，从此微信中没有你，从此我的号码消失在你的名片夹里，从此你的号码变成空号。可是——

我一直在渴望，一直在等待。

3年，12个春夏秋冬，36个月，1095天。我每天在期待，期待你的出现。走在路上，身旁经过的各种漂亮女孩儿，我心里都在想："是你么？"然后继续等待。

时间很短，从见面到现在不过3天，可是那种感觉很奇妙，很甜，很暖，很牵挂，很小心，很踏实。我看着你的照片，真可爱，像小猫一样。其实我从来不喜欢猫的，我感觉猫很奸诈，但是想想你的举动，多像只小猫，懒懒的。果真，女人像猫一样。

我不知道应该怎么称呼这种感情，我想——

抱歉，我可能太过容易地吐出这个词，但是——

你就像泰兰德一样，我的暴戾，我的茫然，我的一切，被你这道皎洁的月光照进了心里，我突然间想到很多，未来、生老病死，可是——

距离？如果你毕业了在华阴，OK，我老实待在中联奋斗；西安，OK，我去请教下我姨伯，看能否在那的供电所上班或者是去他公司；外地，OK，我还年轻，我可以闯，别忘了我的老本行，哪里都可以生存下去。

但是我阻挡不了自己——

因为我是Power Man，我是马亦腾。

我不能。

马亦腾

2012年8月6日16时13分

点评

这是一封E-mail情书，配有男孩儿为女孩儿精心挑选的音乐，书里没能让大家感受到，十分抱歉。和所有大学生情侣一样，他们喜欢看电影，也总有一些电影情节，留在了两人的心底。快毕业了，分离是经久不衰的话题。如何才能留住你？用我们脑中的画面，用我们曾一同看过的电影来告诉你，我对你有多么不舍。这样的创作，不是趣味，是只有你我才能够懂得的心痛。

两个人专属的符号情书

李治刚（河南）

优秀奖

大一的恋情到了大二，似乎缺少了激情！两人见面没有了以前的“小夫妻”感觉，好像是已经成了“老夫老妻”！少了追求，少了动力，少了青年的活力！大二这学期开学，她对我说：“两人在一起，已索然无味，平日里尽是打闹嬉笑，考虑考虑分手吧！”

那时我很伤心，不知该怎么办！我的小说也无心写了，真有点承担不起分手的悲伤。因为在写一个春秋战国时代的小说，我构思了一种符号去暗示主角的爱情，在这段时间，就把一部分符号创造了出来！

我想用我自己的语言文字表达我对你的爱！用一种全新的形式！我花了一段时间去发明了一套文字体系，等完善之后，我会慢慢教给你，到时候咱们就只用它来表达爱意！只有你知，只有我知！让它成为咱们的永久的一个秘密！

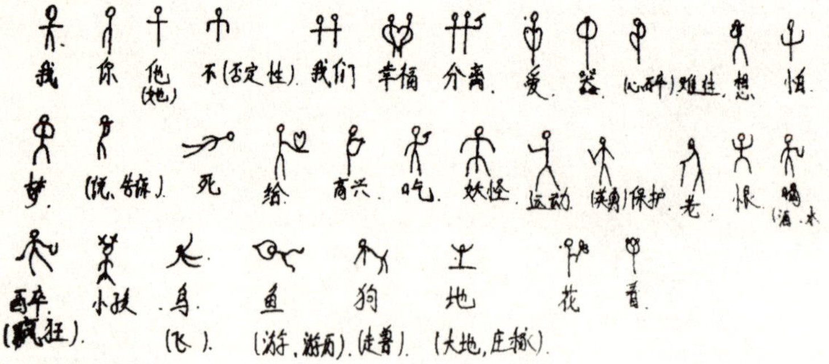

希望你能喜欢！

爱你的刚

译文

我爱你！我们永远在一起，直到垂老而死！

我爱你！我想你！我们永远在一起！

不要对我说你要哭泣！我会伤心、难过！我寝食难安！

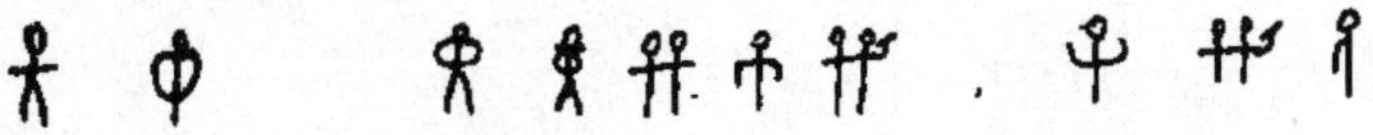

我的爱人！梦中也会和你在一起！那是怕与你分离！

你高兴，我就高兴！你悲伤、哭泣，我也难过、心碎！

没有你的日子，我生不如死！

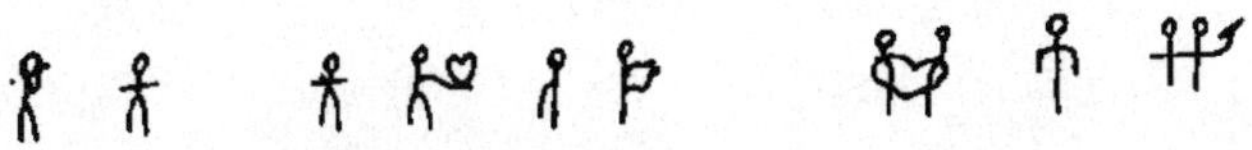

答应我，让我给你快乐，幸福的生活在一起！

点评

学生时代的爱情总是充满了奇思妙想，不掺杂任何色彩。男同学为爱苦心钻研，创造出一套个性十足、趣味丰富的象形“水星文字”，既可爱又让爱充满卡通气息。这是一种阳光的爱，这是一种纯真的爱，更是一种浪漫的爱。男孩的心里充满了童趣，也充满了对美好的向往，有种山楂树之恋的感觉，却又没有那种青涩，更多的是一种无厘头。这是一封属于两个人的密码，更是属于两个人的无尽回忆。青葱的岁月总是那么富有诗意，但愿情长久，把话执子手，更待明月时，还能重聚首！

樱花情书

第六章

诗情画意

有韵律和节奏的情节

本章题目是“诗情画意”，顾名思义，这是由 10 篇古诗词或者是现代诗歌情书所组成的。同本书的其他情书作品一样，出自于“2013 全球最浪漫情书征集大赛”的获奖作品。在这个浮躁的社会里，爱情缺失现象严重，爱情治愈圣地彭水举办情书征集大赛，致力于挽回人们心中的真爱，本章的诗歌也是为这样的宗旨服务的。

本章的情书全部为诗歌作品，有古体诗词，如夜半无人孤独自饮的“倚窗目断万灯灭，问天把酒犹一人”；又如笃信前世今生爱情不断的“千年之恋终难解，伊人泪悬立风前”。也有现代诗歌，如将表白写入藏头诗的“爱上你，只需要几天，守护你，我希望是一百年，你愿意吗”；又如黄昏下的静静畅想“我要研开一寸夕阳，晕染一条音乐淋湿故事的小巷，很轻很轻地想这一生与你笔墨下的时光”。还有的是大胆地讽刺现实的句子“我说我们就是一对狗男女，不知人间有体统”，等等。

赵缺《无咎诗三百序》中说到：诗者，感其况而述其心，发乎情而施乎艺也。诗歌是一种古老、基本的文学形式，它可以用来阐述心灵，传达爱意。而本章的情书作者们以成熟的艺术技巧，用凝练的语言、充沛的情感以及丰富的意象来高度集中地表现自己对对方的爱意，字里行间透露了爱情的力量，不仅感人至深，更有一种神奇的感染力。相信看了本章这10篇“诗情画意”的情书，读者们也会忍不住提笔，为你心爱的她（他）写一首感人肺腑的情诗。

致亲爱的

青苹果611（四川）

优秀奖

以下文章是我老公在我2010年生日的时候打印成册作为生日礼物送给我的，当时把我感动得一晚上没睡着，现在看起来仍然是感触良多。我们是高中同学，2008年初的时候开始交往，在交往了5年多以后，于2013年3月迈入了婚姻的殿堂。我们是纯粹意义上的裸婚，除了结婚证和一条1000多元的项链，其他的什么都没有，但我们都感觉很幸福。虽然在一起5年多了，但依然像在恋爱。希望我们的爱情能够走得很远很远。

还记得我们是从何时起开始相恋的吗？
其实这个问题我早已经不再去考虑了，
因为结果往往比起因更为重要。
如果一定要一个开始的纪念日的话，
那我想它该是你的生日，
你的那个十六岁的生日。
不管你相不相信，那时的我就已经，
深深地喜欢上了那个傻乎乎的你。
那个生日是我第一次“拉”你的手，
执子之手，与子相伴。
我们一起走到了今天不是吗？

回忆从前，那经历的坎坎坷坷，

不经淡然一笑。

空间里的第一篇日志是为你写的。

就这么一个人走着

若有一天我一个人静静地去了一个很远的地方，
那里很远很远，你会为我祈祷对吗？
我想我一定不会回头的，
不会让你看到我忧伤的泪水跌落在风中。
是啊，我是深深地喜欢着你，
如果我走了，我一定不会回头，
我不会让你看到我为你跌落的泪水，
这就是我对你的喜欢，
那时候的那种深深地喜欢。
（2007年5月4日10：15）

其实我是一个依赖性很强的人，
特别是对我的心上人。
我不愿意放弃任何一份我所珍爱的感情，
像是对你的那份感情一样。
原以为我们会是两条相交的直线，
像我在《情人》里面写的那样，
“总是在相恋时刻意去找彼此的共同点
骗自己
是上天安排我们在一起的
然后牵手、漫步……
然后阳光、彩虹、蓝天、大海……
又总是在分手后努力去找彼此的差别所在……
骂自己

我们的相识是个美丽的错误
我不是归人只是个匆匆的过客
然后挥手、转身、渐行渐远
然后放弃、思念、挥之不去
我们就像两条相交直线
注定要相交后也注定会越离越远”
可是我又好像错了，
我们都被命运肆意地玩弄着，
我们并不是两条直线，
我们注定会有多个交点吧。

在我失去家人又同时失去你的那段时间里，
我无疑是孤独的。
多想有人能够驱走我的寂寞，
多想有人能爱我，
于是我爱上了上网，
爱上了青苹果，
期待着那虚拟的世界里能有爱。

“恋”“苹果”

当我们孤独的时候，
也许网恋是最好的创可贴。
也许当我们不敢直面现实中失败的爱情时，
网恋能让人得到自己想要的满足，
因为至少还有一个自己不是很了解的人可以守候。
我很喜欢青苹果，
喜欢它那酸得让人久久回味的感觉。

细细品味，
觉得它像一种人生感觉的味道，
有的人不敢体会，
其实，
经历着痛苦的人才明白什么是幸福，
曾经失去过的人才会明白珍惜的重要性。
（2007年9月15日18：03）

在这里我不是要你感到自责之类的，
只是想让你给我一起，
回到那段起点。

其实我很喜欢寂寞这东西，
它让我能够更冷静地去思考，
更轻松地去做我喜欢做的事情，
就像《那只受伤的猪》所思考的一样：
“你所处的环境和人们对你的态度都没有合情合理理所当然的，
都取决于你的处事态度与对人的方式，
别为别人对你的冷漠苦恼，
闭上眼睛仔细想想，
你就没有做得不对的地方？
也许你觉得说声抱歉很丢脸，
但也许说出来更能证明你的勇气与拉近彼此的距离！”
（2008年2月23日10：12）

我经常把朋友比作是一本书，
我喜欢去细细品味，
但是遗憾的是，

很多的朋友我都只能浅尝辄止，
而你，
是我读得最多的一本。

其实我对我们的未来一直都充满信心呢，
还记得那场美丽的烟花吗？
还记得我给你写的那首美丽的诗吗？

前面的路还很长!我相信!

烟花虽美但却短暂，
人生虽短但却有很多的烦恼，
一起经历过很多事才明白谁能够真正地陪伴着你，
无数烟火的聚集才有那美如繁星的短暂一瞬，
无数烦恼的凝聚才有那多彩的人生。
（2008年3月9日14：25）

我以前有着那么多的思想，
好的和坏的，
其实现在想想才知道我是如此的单纯啊！
以前我们每天都是隔得那么近，
可我们之间的距离还是有那么的远，
这个问题我可是想过的哦，
《距离》里就有答案，
“两颗心的距离有多远，现实与梦之间的距离就有多远……”
（2008年6月22日07：40）

现在我们虽然隔着这么的远，
可是我们的距离却比以前更近了，

不是吗？
因为我们的心的距离近了啊。

在你决定去复读的那天，
你知道我有多么的伤心吗？
我是多么的怕会就那样地失去你啊，
因为我们都很现实啊。
送你跨进学校的那一刻，
我真的有一种无名的《落伤》。
“有好多的不舍啊，真的!!
短暂的离别我都舍不得!!!
也许语言很无力，
也许誓言不能太轻易，我懂。
可我多想你在我耳边说：我爱你!
未来不知会如何，也许——
呵呵，庆幸一点——我们都很现实对吧。
我说了，等你，你会等我对吗？
一起努力好不好？
我每晚都梦到你。
你问我为什么喜欢你？
我说不清楚，真的，
也许我俩是冤家吧。
你说了？呵呵，加油!!!”
你说我们是冤家吗？
亲爱的，
多想听你说句“我爱你”啊!
(2008年8月19日12：04)

点评

作者将给爱人写的诗词打印成册作为生日礼物送出，很有创意。这是一个裸婚的故事，对于年轻人来说，裸婚是非常具有挑战性的决定。没有房子，没有车子，没有别人拥有的很多东西，但两个人都感觉很幸福，那就是真爱，可以相扶相依，走得很远。“你所处的环境和人们对你的态度都没有合情合理理所当然的，要取决于你的处事态度与对人的方式。别为别人对你的冷漠苦恼，闭上眼睛仔细想想，你就没有做得不对的地方？也许你觉得说声抱歉很丢脸，但也许说出来更能证明你的勇气与拉近彼此的距离！”维持一段新鲜的感情，除了诗情画意，还要在感情危机时，及时承认自己的错，这样才能更进一步拉近彼此的距离，让爱情走得更远。

缘起清眸

水墨印象工作室（江苏）

优秀奖

她说：以最自然的姿态和意愿去生活，用最灿烂的心情过最平淡的日子，这便是她所认为最好的人生。总有个人会让你尘埃落定，自此之后，收起棱角，安稳生活。———我想这就是我想要的生活

她在新疆支教那会，我们经常写情书来寄托思念。她知道我最喜欢仓央嘉措的诗，于是跑遍了整个哈密所有的书店，才在一个很小的书店里找到剩下的最后一本。这是我这辈子收到的最好的礼物。现在我不管去哪都会带着那本写满了温暖的书。

清眸

缘起清眸，一汪秋水。
道眼中情，情中语，语中缘。
晨钟暮鼓，白首相知。
谢诗为证，曲为媒，词为缘。

这是女朋友去新疆支教的时候我送她的一首小诗，后来突然有一天我收到一个视频，是她花了4个时间收集的新疆的点点滴滴，有她的学生、雪山、牛羊、滑雪场，还有写给我的诗，等等。当我看到视频里她的学生一起大声地读我写的这首诗时她眼中那流转的温柔，一切都不重要了，平凡而又幸福。

关于爱情，关于红豆

一片桃飞，一寸情
轻煮红豆
浓相思
我想写一首小诗
这样一首小诗
笔落都是你的名字
开满了你温柔的名字
化了桃红
灌那红豆

这是她在新疆的时候跟我吵架，我在送花赔罪卡片上面写的一首小诗。那天，她说外边下着鹅毛大雪，送花的人到了都快成了雪人了。

一起走过的路

云英未嫁
少年春衫
信步绕西塘
桨声灯影里
若然与你在
青丝染银鬓
廊棚回眸一笑间

本来说好今年去一次西藏，听一次Eason的演唱会，但是工作忙，加上想早点挣够老婆本，就把去西藏改去了西塘，Eason今年也没有演唱会也只好作罢。

空间对语

你是一树一树的花开

你是一帘一帘的幽梦
我要踩着零乱的花影
攀牵着白云俯瞰大海
静候你淡出紫烟的浅笑

你是宣纸上一笔一笔的信马由缰
你是山水画上一弯一弯的清凉月光
我要研开一寸夕阳
晕染一条音乐淋湿故事的小巷
很轻很轻地想这一生与你笔墨下的时光

上边是她空间的寄语，底下是我对的。她说以后她来画，我来题字。以后有了娃儿，就给他取名肉丸子，我教他油画，她教他国画。

难掩的思念

行走六千里
在落叶隐藏的路上
我在落日里等候
风吹开了记忆的窗户
一只鸟疾疾地飞过天空
带走了盛夏光年
一支晚歌惊起了暮色
沙土正散布着流言
在这片瘦削的土地上
再寻不见梅雨的惆怅
我只好深深回望
将它放在我的心上

中秋将至，这会是在哈密过的第一个中秋，此刻，很想家，很想某人。

致未知的人

也许我该生长在无边的荒野
把心中的一切爱恋掩藏
不回首，不凝望

但我好像应允过你
要为你洒下片片花雨
细密的，哀伤的
然后，远远看着

你的一哭一笑
便是我的怒喜
若风不语
天空会不会知道
你，生长在我的心底

其实那时候我一直没告诉她，那个时候我也一直喜欢她。

泪

沉睡在诗里的叶子
不懂眼的决堤
潮湿的泛滥
暖着夜的静寂
指尖划过
长成一个酸涩的故事
无所谓流水落花

青石上的苔
暖了烟雨，凉了人心
未央的年华
一念之间便苍老了
人生啊
过是一指流沙
谁又肯
为了一场容华，覆了天下

这货总是在我工作忙没时间陪她的时候，写点东西来矫情我。二货媳妇儿伤不起啊！

遇

丝丝缕缕的心思
是夹在书页里的银杏叶子
泛着陈旧的墨香
漾着苦涩的冥想

经过你读诗的树下
每个句子都吱吱呀呀
朱红色的轩窗
雕满了你浅浅的忧伤

那一刻不经意的温柔
总缱绻在我的心头
午夜吞吐的烟圈
都诉说着彼此的心照不宣

其实，一切都不会那么平坦
又有什么可以了无遗憾
我只要那些痴傻
成为你心口的朱砂

一辈子有一个人，不需要你说什么，只需一个眼神，就会知道你心中所想，这便是我要的爱情。

点评

作者通过几首情诗来向读者讲述了一个爱情的境界，那就是平凡。以最自然的姿态和意愿去生活，用最灿烂的心情过最平淡的日子，这便是我所认为最好的人生。总有个人会让你尘埃落定，自此之后，收起棱角，安稳生活。真正的爱人，是你在他面前不需要伪装，没有华丽的外表，只有平凡的内心和生活。同作者一样，很多人都想一辈子有一个人，不需要你说什么，只需一个眼神，就会知道你心中所想，这便是我要的爱情。

对迷途女友的泣血呼唤

许克俭（湖北）

优秀奖

我是重庆万州武陵镇人，1994年，45岁的我因方方面面的家庭和社会原因，在当时的万州市所属的事业与家庭同时毁灭。背着债务离婚的我，带着已76岁高龄的母亲，流离到湖北沙市，在朋友处开了一家照相馆，兼职《荆州日报·社会特刊》记者。半年后，母亲因病去世。由于当时我是白手起家，逐日的收入都用在照相馆的添置上，母亲的去世让我万念俱灰，连火葬费都没有。这时。离照相馆很近的一所中专学校的一位女学生（化名芳草），才18岁，出身农村，读书艰苦，她在放学后看到我家的凄惨状，就哭了。她以她在班上的信誉，借得了1300元钱（1994年出自于学生的1300元，其分量之重，莫可比拟），当着同学的面全数交给我，要我振作起来，这是她的冀盼。我们俩人都为此哭得像泪人。其后，每天放学后她都到我店里打理。1996年她毕业后，没有回到获得委培的工厂，而是与我共同创业，业务蒸蒸日上。直到2000年，6年间，我的业务扩大数倍，她却没有领取过一分钱的工资。因为她是我的恩人，因为她年龄小，我不能揣着明白装糊涂，我得为她的终身幸福负责，于是好歹劝她到武汉市开业独立，由此，《荆州日报》刊登了一篇《怎能忘啊，那一份撼天动地的忘年情谊》。

我以我当时的决定而自豪，但我也陷入深深的思念与孤独。为了不给她今后的家庭带来困扰，我以另一种方式，以一对农村青梅竹马的爱情去讲述我当时的心情。后面几段，则是我在现在修改时，针对当今的社会风气控诉的，与当时的境况不符。当我的女友读到我当时这封信后，明白我的思念痛苦，在她已经成家的情况下，又把我接到武汉。她的事业发展很快，项目多，于是我成了她事业的帮手和顾问。直到2010年，我回到万州为止。以我们的生活故事为线索，武汉《楚天都市报》于2003年9月4日，在情感版刊登了题为《路人行天涯，芳草长相依》的文章。

不是人间一回梦，我才如此真切地痛。
正是春花秋月时，蕊正香时色正浓。
一夜之间，忽如一江春水东流永不返，
怎能如此违誓诺言？心未死，人已疯！

谁说男儿是高山松，能与日月星辰共？
血肉身躯、刻骨情殇、生离死别仍从容？
寸寸心、日日情，曾铺就一屋温馨事，
迎晨钟、掩夜倦，回闪世人鄙夷脸，多拨弄！

人生在世不就一回爱恋重？
几回愿，遂到的仍然是伤与痛？
茫茫苦海，相知缘遇命相同，
我一生此遭，不就一回心颤动？

醉酒当歌，数年里唱出告慰平生不老的童话事，
多年的苦难，抖落出一条汉子白与穷，
人生苦短，苦尽甘来命未短，
雪地梅开寂寞处，夜方知，唇相暖，腮并红！

我爬起跌下，跌下爬起，几度搏击显沉重？
你青丝披肩，汗粘衣襟，肌肤相切情相拥！
我吸取甘霖，精耕细作，沐浴春宵伴夜雨，
你倾耳絮语，舍与冰清玉洁惬意陪伴蓑笠翁！

蓝天下，扯片絮云覆盖一片荒草地，
星月下，青草湾湾几多密约暗相逢？
芦花垫上，吻出善心善缘夜半三更良宵事，
山有棱，天地阔，与君蛐蛐蛙鸣情正浓！

浓进的是热泪，淡出的是窝棚，
浓进的是狂野，淡出的是尊重，
苦菜汤里嚼出二人世界滋润味，
土墙边，咱们假扮最为隆重教堂风！

我们的心智富得比富人的钱财还富，
我们的物质穷得比牛郎的寒窑还穷！
我们相扶相携用富设计着无边财富，
我们研讨平民的穷积攒着人生的无穷！

你曾说：我想有个家那是一个不大的地方，
我就说：为了家，我会以赤背青天建恢弘。
你说假如有个孩子的话，我就永生是孩他爸，
我说为了家，我宁愿孩儿朝夕不见爹爹只有妈！

你曾描了眉，画了唇，在镜里镜外媚眼如风，
我就打手势，扮鬼脸，在梳妆台前扮狗熊。
你说你永远是我的孩，一只飞不起来的凤，
我说我们就是一对狗男女，不知人间有体统。

你编织毛衣、编织理想、编织穷家春秋梦，
我画个月亮、点缀星星、揣在怀里捂在胸口不敢动。
你笑闹打骂扯根柳条咬牙切齿结同心，
我拜倒牛仔裤下无罪认错知你是母我是公。

我曾翻开两性大典查阅男人有哪十坏，
你扑哧一笑，说我不坏你就不能与我倾心相爱，
我编个词儿谱个曲儿问小女子爱我哪一条，
你说我那憨不拉几的人模狗样最走俏！

一日里分分秒秒好多话儿总是说不完，
一月里三十天一年十二月共五个忙年。
我们感情恩爱事业长足进步有目共睹，
我们成竹在胸技巧在握憧憬无限。

你允诺葡萄美酒只能陶醉在一个城市花园，
你开始叹息身边朋友花枝招展挥霍无边！
我知道日有阴晴月有圆缺人有遗憾，
生活中唇舌相碰是常事，碰嘴总是甜。

平日里，我们翻翻脸，赌赌气，
——那叫生活有波澜，
给爱情放个假，久别胜新婚，肚饿嘴更馋。
殊不知是哪个野比特把爱箭射向你砸向我，
直刺得你亢奋无比，我昏沉沉泣血一片。

那一天我唱秋水伊人泪流心痛，
难道你真直愣愣无动于衷？
纵然女孩心有千千结我不懂女孩心，
还望看在几多年相依为命与创业维艰！

你可曾想起这个家凝聚了你多少汗泪与热梦？
你可曾眷恋朝夕辛劳手眼酸涩织花红？
你忘记涉尽险恶迎来风平浪静同舟渡？
你怎能不惜剪碎同心结，舍本逐末两头空？

我曾说生死与共那是假设无从说起，
我爱你只能使你精神物质两相流连，

我已在百尺竿头想让你更爱农村换新颜，
又何必生生别离贪恋浮华沉溺房车与金钱？

你有多少人生资本敢赌城市险恶与竞争？
你有多少青春年华放任流转听凭消经年？
你有多少乡村技艺在城市任凭消失无影踪？
待你容颜消尽，你将无所归依晚景莫辩！
你此一去前程将有多少苦难艰险，
我一颗破碎心将努力拓展事业寄托思念，
我在风霜雨雪奔波流离中望穿双眼，
我未婚的青梅呀，还望你能迷途知返，
——回家与相知竹马共度冷暖！

初稿于2000年春节

修改于2013年6月23日

点评

落魄时，女孩为他雪中送炭。创业时，女孩为他任劳任怨。这一份撼天动地的忘年情谊，深深地感动着读者。作者在文中除了述相思之外，更针对当今的社会风气进行控诉：你曾描了眉，画了唇，在镜里镜外媚眼如风，我就打手势，扮鬼脸，在梳妆台前扮狗熊。你说你永远是我的孩，一只飞不起来的凤，我说我们就是一对狗男女，不知人间有体统。语言犀利而幽默，引人深思。当代女孩不应该贪恋浮华金钱，玩乐青春，而是要寻找一个真正相知相爱能够共度冷暖的一生所爱。

写给艳霞的情书

朱应召（河南）

优秀奖

1995年，我毕业分配到了河南省郸城县粮食局创办的中原小麦淀粉厂。厂里有个叫艳霞的采购员，从见到她的第一眼，我就不可抑制地喜欢上了她。但是，我自知配不上人家，一直把这个念头藏得严严实实的。夜深人静的时候，我常常躲在被窝里，打着手电为她写情诗。由于家庭贫困，一直以来，自卑都如影随形地跟随着我，我曾无数次发誓要有朝一日一鸣惊人。有着这种心理，我放弃了大好的机会跟艳霞表白。

之后，我离开家乡去广东闯荡，决定以一个成功男人的身份回来向艳霞求婚。然而，当我回到家乡找到艳霞，她却要和我最好的朋友结婚了。

结束广东的事业回到家乡，我的胸中再也没有汹涌的诗情，我不再写诗，那几百首为她而写、希望有朝一日编印成书向世界宣告我们幸福的情诗，也被我锁进了柜子，再也没有示过人。

艳霞你好：

其实，这封信早就应该写给你，可是，我却迟至今天才动笔。这是因为我一直觉得，像你这么优秀的女孩，应该过童话里公主一般的生活，而我，却没有童话里王子那般的实力——我是一个出身农家的穷小子，贫穷而自卑；而你，却是县城里无数人朝思暮想的“公主”，美丽而奔放。

因此，虽然和你同在一间工厂上班，我却只能远望着你，在心里悄悄地想你——从见到你的那天起，我就喜欢上了你。我发奋努力，希望能早一天功成名就，以一个功成名就者的身份告诉你我爱你，送你世上最大最好的戒指，为你举办最风光最华丽的婚礼……我觉得，只有这样，才能不委屈你，才算是配得上你。

可是，在家乡那间连工资都不能按时发放的工厂里，再怎么努力也实现不了这个梦想。因此，我离开家乡，到了广东闯荡，经过几年努力，算是小有了点成绩——我办起了公司，买了车也供了房，在世俗的眼光中，应该算是功成名就了。可是，在我心目中，最大的成就却不是这些——远远不是——而是那几百首我为你写的爱情诗。

是的，我为你写了几百首爱情诗，它们是我爱你的心血结晶——无数个想你的不眠之夜，诗情像水一样漫过我的心田，使我一次次拧亮台灯，记下这些晶莹剔透的句子。它们是我爱你的见证，也是你赐予我的灵感之星。

不管我在事业上取得什么样的成绩，在你面前，我永远都是卑微的。而你，不管如何对我漫不经心，在我心目中，你永远都是圣洁的——因此，离开家乡的一千多个日夜里，我时刻都在思念着你，却一直不敢告诉你。

如今，我鼓起勇气回来，送给你这封信，是因为我担心再过几年，即使我可以在事业上取得更大的成就，获得更大的成功，却会永远地失去向你表白，得到你芳心的机会——毕竟，青春留不住——时间一天天在流逝，我们一天天在长大，我担心再过几年回去向你表白的话，那时你早已为人妻、为人母……

那样的话，我为你写的这些情诗将无处安放——送给你，你早已有归属；送给别人，别人又不是这些情诗之母；把它们留在我的案头，注定它们无人阅读、只能永远孤独……

最好也是最圆满的结局，就是我能够有幸和你在一起，把这些属于你的情诗装成册、印成书，向世界展示我们的幸福——因此，我从几百首诗中，挑出几首不同阶段为你写的诗送给你，希望你原谅我的冒昧，宽宥我的唐突——相信，你会从这些句子中，阅读到我灵魂的虔诚，感受到我心灵的温度。

下面，就是我为你精心挑选出的三首诗，它们代表着我不同阶段对你的不同心声——

心初动　自从与你相遇

自从与你相遇

一切都变得美丽

就连夜空的星星

也有了诗意
而我的心空里
更添了一份美好的希冀
模糊，而又清晰

有许多话
不敢告诉你
因为我担心
一旦开口
心中那片爱的汪洋
便会——
无可挽回地决堤

（1995年8月22日子夜作于郸城。那是我去厂里报道的第7天，也是我遇到你的第5天）

情已浓　如果能够与你生活在一起

如果能够与你生活在一起
日子
该是多么美丽
一天又一天
我们手挽着手
在人生的路上
洒下欢乐的足迹

如果能够与你生活在一起
岁月
将会多么富有意义
一年又一年
我们心贴着心

在生命的影集里
留下甜蜜而幸福的记忆……

（1996年1月1日深夜作于郸城。这首诗是因为听黄现发说他喜欢你，可是你喜欢的人却是我，因此激动得彻夜难眠，一夜为你写了十多首诗，这是其中最能代表我心声的一首）

爱至深　做我的妻子吧，艳霞

做我的妻子吧，艳霞
让我带着你
回到我曾经凌乱的家
把干净带回去
把整洁带回去
往后的日子
因为有你
我的生活
将变得优美如画

做我的妻子吧，艳霞
让我带着你
走向我曾经寒冷的家
把欢乐带回去
把幸福带回去
将来的岁月
因为有你
我的生命
便有了最温馨的牵挂

（1999年10月9日写于广州横枝岗。这首诗的标题是我在广州创业的过程中，事业渐渐有了起色后，心中最为冲动的一个想法。因此，我用它为题目，写了这首诗）

其实，我为你写的诗，远不止这些，它们只是沧海之一粟——我也考虑到，你可能会看不上我，或者你心中早已有了更优秀的选择，因此，我还为你写了一些假如被你拒绝的情诗，也一并送给你看，希望你能了解我的心——我爱你，希望你幸福，而不管这幸福是不是跟我在一起——因此，如果你的心不在我身旁，即使痛断肝肠，我也不愿意你眼中有哪怕一点点泪光！

如果你的心不在我身旁

如果你的心不在我身旁
而在另外一个
令你痴迷的地方
那么
我将不再追逐你
心中的女郎
我将任你去走你的路
我将任你选择
幸福的方向
只是
别忘了为我留下一个背影
让我可以在未来的日子里
时时揣想——
另一副男人的臂膀
是不是你爱情的天堂
岁月
是不是改变了——
你青春的模样
(2000年12月12日写于广州横枝岗)

艳霞，这些诗，都是为你而写，它们不华丽，也称不上千古绝唱。在这个诗歌不景气的年代，如果不能够和你在一起，没有自费把它印刷成书的冲动，它们甚至会无法为人所知，只能随着我生命的终结而湮灭在时间的烟尘里。

但是，它们是因你而生，不管你愿不愿意和我一起，我都应该让你知道它们的存在，知道有我这样一个爱你的人，用一颗真诚爱你的心，为你写下过这些虔诚的句子。

因此，我鼓足勇气，向你写了这封信，希望能够得到你的答复——当然，最好是让我欣喜若狂的幸福；最好不要是让我刻骨铭心的痛苦！谢谢，不管你的答复是什么，我都真诚地祝你——

幸福！

朱应召

2001年2月8日

点评

对于一见钟情的姑娘作者无法摆脱自卑的困扰，放弃了大好的表白机会。但当自己放弃了自卑的念头，心爱的女人却已嫁作他人妇。作者所经历的戏剧化的爱情就这样没开始就结束了。幸好当时写的那些诗句能永久保存，但却只能在柜子里继续它收藏的价值。“做我的妻子吧，艳霞，让我带着你，回到我曾经凌乱的家，把干净带回去，把整洁带回去，往后的日子，因为有你，我的生活，将变得优美如画。”虽然过了几十年，作者和艳霞也都有了自己的爱情和家庭，但这朴实青涩的情话不仅存在于黑暗的柜子里，更存在于彼此的心中。

烟花记，流年殇

陈想菊（广东）

优秀奖

李先生在我生病做手术后回来的路上发生争执说要休了我。我忍着心理和生理的双重痛苦在婆婆的哀求下委曲求全地留下，心里却已经为这段婚姻画上了句号。于是我们冷战，打开网络，在网上倾诉。从此，便认识了玉临风。

《烟花记，流年殇》是《相思断肠集》中的一篇，此文整理于2012年7月。这些文字，是我用一年中为玉临风写的“说说”整理而成。看似杂乱无章，实则因果有序。多少伤多少痛，多少爱多少恨，都在文字里暴露无遗。这是他第三次删了我的Q。第二次，是我不对，他在我的博客里，看到我和异性聊天。这一次，是因为他知道我还爱他，却又不能为他自由。我的博客密码是“菊落，满地伤”。他还记得。他登了我的博客，在上面发了那首“三生石上刻姻缘，……伊人泪悬立风前”。我顿时心跳异常。一切的恨和误会和纠结都不在了，只有爱。原来，我真的忘不了他。我在博客发了这篇文，可是他要我把这篇删了。我说我留着，作为私人日志可以吗？他还是删了里面的很多东西。我终于忍无可忍，对他宣告诀别。如此反复无常而又敢做不敢当的男人，我放弃对你残存的那一点爱慕和追求。我说：玉临风，从今天起，我放了你。我忍着痛，删了他的Q。这是我第一次，不是被迫而是主动要放弃他。让一切都结束吧！这一场不属于我的《落花如梦》。

直到现在，我也不曾见过玉临风。他只是，通过虚拟的网络，用文字，在我心里划了一道深深的痕。让留下的这些文字，成为他来过的证据。

谁一季的落花满地，惹了我一世的消瘦相思？记得我的《落红落梦落空》，记得你的《落花如梦》，记得我们相识相知相恋以及离合聚散的每一个细节。相思杂乱无章，爱情曲折离奇，一切戏剧都是在为记忆上演——

——题记

离歌

你失踪后的日子太过漫长，我不能忍受思念的凄凉。

现实中的爱情，是单纯主义的伤，是海誓山盟的谎，是童话的奢望，是传说的梦想。

我已经连伤感都不欠你的了，已经连文字都不看你的了，已经连承诺都不要你的了。

一场雪，银装素裹了一个梦；一场梦，冰清玉洁了想念的疼。我踏雪而来，寻你。而你，早已逃出南国，销声匿迹。

是谁，许了千年的愿；又是谁，毁了三生的缘？是谁，写了相思的文；又是谁，断了对诗的魂？

我寂寞地到来，孤独地离开。一个人，如，一颗尘埃，在爱情离去的角落，发呆。

谁的往事在入冬前睡了？我唤不醒冬眠，唯有凭吊。踏着满地黄花残骸，看秋菊化作春泥，心疼。我想来年，小如再不会为谁，开一树瘦的相思。

爱到东窗事发。

连结束也是在别人的谴责声中举行，这样的爱情，爱得多么不堪！

谁撩了谁？谁许了谁？谁骗了谁？谁欠了谁？谁负了谁？谁伤了谁？谁人能参悟？

当家成了冢，梦成了空，承诺随了风，痛过才会懂。因果报应，得失守恒。遭了此劫，是因为犯了色戒，色了幌子。

不喜。不悲。不疼。不痒。不声。不响。不日。不夜。

自由。自在。自作。自受。自言。自语。自生。自灭。

删了文，删了心，删了红尘。

读读，写写；听听，说说；看看，想想——到底是：错听了，错信了；错许了，错与了；错爱了，还是错怪了……谁在谎言的背后荼毒了真相？我在不是游戏的游戏里死不瞑目。当一切与我无关，作了看客，还要为别人的是非掉泪，值与不值，终是破碎不堪。

天亮说分手。

文字劫。

爱恨。情仇。生死。

她们都说，小如很傻。是真的很傻，仅凭几句留言，就同情了别人，谴责了自己。小如从不参与战争，包括爱情。别人的，别人要的东西，统统承让。

重 逢

你随流光走远。

你在或者不在，生活都要继续。

怎么能再遇你？一场浩劫。

你的诗，浩荡了我的心——

三生石上刻姻缘，奈何桥畔情恨天。
昨夜飞花入君梦，莺声笑语惹魂边。
多少相思多少痛，离合聚散碎容颜。
千年之恋终难解，伊人泪悬立风前。

——玉临风

我不会作诗，但是回应瞬间涌出——

三生石上姻缘浅，奈何桥畔花容残。
东君难借半分力，月老未使人团圆。
今宵读君诗一首，相思明月照无眠。
谁言爱情似云烟，为何过眼不肯散？

——菱花碎

我听到过异常的心跳，还是在理智下平静。物是人非，任由滑落。痛的滋味早已忘却，还能活着。

心，很轻，很柔，很软，很弱，很疼；泪，很冰，很凉，很苦，很涩，很痛。我不言语，独自在无望的人生展望。

你还记得“菊落，满地伤”，证明你还记得我。悲凉地说声“谢谢”！

枯黄叶，冷清秋，
斜风细雨催兰舟。

梦易碎，情难续。

一段殇恋，覆水难收。

愁！愁！愁！

我不遗余力地回忆，想将倾倒的雷峰塔扶起。西子湖畔，奈何桥边的点滴，我从不丢弃。即使现在，喝了忘情水，饮了孟婆汤，也难以忘记。

充满激情的日子远去，但那些粉红色的悲喜思绪，依然历历在目。回忆的目的在于，我曾有过，所以不伤。

后记

这一篇《烟花记，流年殇》为你而写。你来了又走，走了又来，然后彻底离开。我的心，好了又伤，伤了又好，最后终于死去。罢了，罢了，你走吧。宴会还未全散，大家都已抽身离席。

似梦似幻又似真，在遥在远又在近。我不知道你是谁，可是记忆那样明确。临风，临风，我记得那晚看了你的诗，彻夜难眠。是我太傻还是你太假？连面都没有见过的人，是文学虚构的形象。我爱的，是哪个朝代的白面书生？众人说科举已废除，21世纪只有网络，而网络，是虚拟的。

点评

谁一季的落花满地，惹了我一世的消瘦相思？看到作者写的诗词，不禁觉得她的作品中布满惆怅，眼前浮现出林妹妹梨花带雨的样子。笔者认为，文中最发人深省的一段就是“谁撩了谁？谁许了谁？谁骗了谁？谁欠了谁？谁负了谁？谁伤了谁？谁人能参悟？当家成了冢，梦成了空，承诺随了风，痛过才会懂。因果报应，得失守恒。遭了此劫，是因为犯了色戒，色了幌子。不喜。不悲。不疼。不痒。不声。不响。不日。不夜。自由。自在。自作。自受。自言。自语。自生。自灭。删了文，删了心，删了红尘。”倘若作者真能如文中一样将失恋看开，那么她将不会继续这样忧郁，而是从跌倒之处爬起，去寻找属于自己的爱情。

我想你了

秦堤（广西）

三等奖

大概在2001年，我与一个远在青岛经营外贸公司、网名叫“回忆”的女网友聊得很投机，慢慢地相互喜欢上了。接着两人由相恋转为热恋，并且延续了一年多的时间。2002年9月，聊天时得知“回忆”即将过生日，便突发了送她一件特殊礼物的想法。写作是我的强项，因此首先想到的就是专门为她写点什么发在网上。出于对“回忆”情感的自然流露，将文章直接取名为《我想你了》。2002年9月28日《我想你了》完成第一稿，29日便制作成“我想你了”网页上传到了自己的个人网站。网页发布后我接着做了两件事：一是在“回忆”生日那天（9月30日）凌晨出其不意地将网页网址通过QQ发给了她，说是送给她的生日礼物。第二天她给我打来电话，说是她收到QQ信息后马上去看了“我想你了”网页，感动得热泪盈眶。当时在电话里她也感动得哭了，泣不成声。

我，想你了……

在这静静的夜里，在这涓涓流淌的浪漫音乐声中，对你说说我早就想说而又一直没能对你说的心里话，好吗？

夜很安静，无法安静的，就是我想你的心了。我也不知道我为什么会这样地想你……

千言万语，只说一句：认识你，真好！

感觉，想你是一种幸福，也是一种痛苦，算是甜蜜的痛苦吧！

世上有70多亿人，而我偏偏认识了你，这是一种缘分吗？

网上有好几亿人，而我偏偏想你了，这是一种偏爱吗？

我素来对见网友无动于衷，但偏偏非常渴望见到你，这是一种特别的激情吗？

我说不清。我只知道，你有一种与众不同的气质吸引着我，叫我觉得很珍贵，使我觉得应该去珍惜！

有许多情感是无法用语言表达的，我对你也是如此。所以，我只能用千百年来无数的人说烂了的俗话去表达了：我真的真的好喜欢你、想你……

我想给你很多很多，但我又问自己：我要给予的，是对方所缺少的、所需要的吗？对方会接受吗？

是啊，除了爱、思念、关心、体贴、呵护……我好像没什么好东西给你了，所以，我很惭愧！

但是我想，你是全世界70多亿人之一，所以你对我来说，非常难得！我觉得无论如何，无论如何，都应该好好珍惜你，珍惜你的一切！

知道吗？你已经深深地吸引我了，叫我……怎么说呢？

这样说吧：你让我激情满怀，让我重新回到了我们大家共同的故乡：情窦初开的时候！

我曾经反复地问自己：对方究竟有什么让我如此痴迷，如此狂热？我迄今无法找到非常满意的答案……

后来，我只好这样解释了：自己可能前辈子欠了对方一笔很大的情债，现在要到期了，该归还给对方了。

我知道，这个解释很世俗，很虚无，很……但是我实在找不出更恰当的其他理由。我想，也许这就是只可意会难以言传吧……

所以，我对你一直有一种期待，一种不可名状的躁动，一种无法表达的情结……

所以，我有了一种想见到你的渴望，很强烈，很强烈……

我渴望与你相见，是因为你的独特魅力。我想看看，使我日思夜想的，究竟是个什么样的人？

我渴望与你相见，还在于我想给你很多，尽管那些对你来说也许并不重要，并不需要，但我想给你，给你最好的！

也许我们只是擦肩而过，永不可见。这样的话，我也就只能把对你的喜欢，藏在心底了……

如果有一天我突然从你眼前消失，那就请你经常打开这个网页看看，好吗？这个网页，代表我对你永远的、最诚挚的祝福！

那样的话，你只需记得曾经有个人喜欢过你，并且会一直喜欢下去，就行了。

我渴望见到你，是因为我太喜欢你、想你；如果有一天我突然消失，也是因为太喜欢你、想你。是啊，很多事情是没有办法的……

但是，其实我真的希望那最公正的时间能带给我们俩一生的感动，你能理解吗？能吗？

是啊，千言万语，只说一句：认识你，真好！

真的真的好想你，你也想我吗？

I MISS YOU，LOVE YOU!

2002年9月28日于桂林

点评

这又是一封写网恋的情书，作者一封《我想你了》的生日礼物让女孩热泪盈眶，也让读者看到了网恋好的一面。当在网络中结成真爱后，也许最想说的一句就是："认识你，真好。"一句简简单单的"I MISS YOU"总结全文主题。"世上有70多亿人，而我偏偏认识了你，这是一种缘分吗？网上有好几亿人，而我偏偏想你了，这是一种偏爱吗？我素来对见网友无动于衷，但偏偏非常渴望见到你，这是一种特别的激情吗？"当作者发出这样的疑问和感慨时，我们不禁想到了一个词语，那就是命中注定。

致心上人

龙笑天下行（福建）

优秀奖

20世纪90年代初，男主人公和女主人公大学毕业，被分配至偏远的山村学校任教。

那时的山村，交通闭塞，条件艰苦，晚上连电灯都没有。但那里却是一方生活的净土，天是那么蓝，水是那么清，人是那么纯。

男、女主人公在那里一起工作、一起生活，度过了两年快乐美好的时光。慢慢地，男主人公不知不觉喜欢上了女主人公。

可是，女主人公却一心向往城市繁华的生活。一句“你是个好人”，委婉地拒绝了男主人公的表白。

在伤心和思念的夜晚，在摇曳的烛光下，男主人公激动地写下了这篇情书，希望能用真心感动女主人公，找到心中的爱。

但到了放暑假的那天，女主人公仍然绝情地乘上公共汽车，消失在茫茫的大山中，留下男主人公继续耕耘在这片贫瘠但又充满无限希望的土地上。

一

想你，在月光舞蹈的晚上
总有多情的风儿
把你的美丽
捎进相思的海洋
好像一幅画
生动起来

而此时此刻
面对孤独的四壁
心上人啊
我只能用诗歌的形式
深入灵魂
畅饮那杯相思的甜蜜
陪同摇曳的烛光
燃烧般想你
想你到天亮

二

是什么赐予相识的季节
让你永远
无法走出我的视线

是什么打开心灵的窗扉
让我们
和平共处的生活

锅碗瓢盆
一齐奏响“全家福”的旋律
“捡田螺、争上游”
将快乐进行到底
轻盈的羽毛球
迈着青春的节拍飞舞
探戈舞步
歪斜成黄昏的地平线……

心上人啊
你可知道
即使将来的将来
拥有了多少的财富
也始终不能
买到这份纯真的回忆

三

有什么比真情更真
有什么比伤心更伤
心上人啊
你泪珠儿一落
便粉碎了
我不堪一击的坚强

难道这误了期限的表白
真的被宣判了无期？
难道这世界
真的没有了春天？

四

我终于读懂了你
读懂了你的脸
读懂了你的眼
读懂了你的善良
读懂了你在我生命中的分量

我苦苦等了一万年的你

才是我一生中的至爱
只有你
才能把我那颗漂泊的心
驶进港湾
安全靠岸

五

最是你一回眸的笑靥
如菊花
灿烂绽放
成为我一生中
最幸运的收获
心上人啊
我真想把它
克隆无数
镶进思念的镜框
慢慢品尝到老

六

如果感情的天空
注定要荒芜无边
心上人啊
我情愿是
群雁中受伤的那只
用一生的时光
去找寻那张
你目光幻作的弓箭
朝你缓缓飞来

只为听一声诱耳的空响
然后跌进
你温柔的怀抱……

七

如果可以
我愿裁剪
天边的云彩
折叠成万千只纸鹤
飞进你的梦乡

如果可以
我愿采撷
亮晶的星辰
串编成爱的风铃
歌唱在你的窗前

如果可以
我愿留住
整个春天
让它乘上光速的列车
抵达你生命的旅程
心上人啊
如果可以
我愿生命中的全部
包括爱情、诗歌和祝福
陪你
一直到地老天荒……

点评

看到“你是个好人”，不禁觉得这是世界上最陈词滥调、最无理取闹的拒绝表白的句子，很多人会想，我是个好人你为什么不要我！同样，受伤的他企图用自己的文采和真心留住她。“是什么赐予相识的季节，让你永远无法走出我的视线。”他激动地写下了这篇情书，希望能用真心感动她，找到心中的爱。但她仍然绝情地离开了。也许，多年后，他才真正理解自己当初所写的诗句中的含义。“你可知道，即使将来的将来，拥有了多少的财富，也始终不能，买到这份纯真的回忆。”这句诗其实是说得不到她的爱不那么重要，重要的是那段纯真的回忆。

情无价　情书无涯

苏轼后裔工作室（广东）
优秀奖

我姓苏，她姓蒙。我和她是高中同学，也是同桌。她很安静，也很温柔，有时题目不会做，她会很不好意思地转过头来问我。我喜欢上了她，于是决定追求她。那时写情书已经不流行了，大多是发短信。但我没有手机，只好硬着头皮写情书。为了诠释那种有始有终、不离不弃的誓言，我写了首藏头兼藏尾诗，每句的第一个字加上全篇最后一个字，连成了一句话：爱上你，只需要几天，守护你，我希望是一百年，你愿意吗？

致同桌的你

爱真的是件奇妙的东西，
上天早就安排好了种种交集。
你出现在我的视线里，
只是不知道你是否也把我注意。
需要怎样的幸运才有这种福气？
要是时间可以停止，
几天或是一个世纪，
天上的神仙都会妒忌。
守不尽的是相思，
护得住的是彼此。
你是清澈温婉的小溪，
我是岿然不动的岩石，

希望我能沉入你的心底。

望着青春流逝，依旧坚定不移。

是否可以给我个机会？

一个就可以。

百年以后，

年华老去，真心不移，

你会憧憬下一个来世。

愿你能读懂我的文字，

意向如何，给我个答复，好吗？

我工工整整地把诗写在彩色的信笺上，然后叠成漂亮的千纸鹤。放学后，趁着她去交作业，悄悄地放在了她的位子里，然后一路狂奔，逃回家去。我很害怕，一怕她拒绝，二怕她读不懂，因此一晚上都睡不好。第二天，我装作若无其事地走进教室，她已经在读单词了。我惶惶不安地坐下，突然发现位子里有张信笺。我迅速把它攥到手里，生怕被人看见，然后假装去上厕所，急急忙忙地打开信笺，登时一阵狂笑，吓得躲在里面抽烟的同学落荒而逃。信的内容如下。

致苏君

我知君已早，相逢在年少。

信义乃常道，你我皆不抛。

"我相信你"，她回复我的也是一首藏头诗，是古体，因此我断定她有古典情节，于是也写了首古典藏头诗邀她相会：

致蒙卿

五峰环绕清风笑，点点绿叶映波涛。

河水潺潺多炫耀，边云冉冉兴致高。

小桥乌篷如笔造，亭台楼阁似画描。

等卿相携话年少，你侬我侬看花飘。

"五点河边小亭等你"，我们第一次约会的地方是县城东边的渠江河畔，那里山清水秀，知青亭、望江楼、浮桥、乌篷船构成了一道绝美的风景。她准时到了，我们谈了很多，她告诉我，小学就已经认识我，那时她在隔壁班，常常看到顽皮的我在她的视线里跑来跑去……

就这样，在诗情画意的美景当中，我们开始了美好的初恋。现在，我们即将结束爱情长跑，步入婚姻的殿堂。当有人问我追女朋友花了多少钱时，我说一分钱没花。他愕然。我解释说，一束花，价值不菲，几天后便凋谢了，一封情书，不要钱，却能保存百年千年。有价的东西，往往经不起岁月的洗礼，而无价的东西，却常常能传承百世，正如这一纸情书。

点评

“爱上你，只需要几天，守护你，我希望是一百年，你愿意吗？”将这样浪漫的话写进藏头诗里，而且还写在彩色信笺上，叠成漂亮的千纸鹤用来表白，试问，这样的表白，你忍心拒绝吗？“五点河边小亭等你”，约会都用藏头诗来表达，这样的创意你忍心不应约吗？作者用心良苦，虽说写的诗看上去略显稚嫩，但也很浪漫地体现了初恋的青涩，实为小清新校园情书力作。

此生不换

崔运佳（四川）

优秀奖

幕后故事：我女朋友名叫彩虹，巧的是她正好就是彭水县城的。在我们相识一年多的某天我们吵架了，她选择离开，那是我最绝望的几个月。在这期间我想了太多太多，我决定每天拿出时间写诗，从唐诗到宋词，从五言到七律，从古体诗到现代诗（我只录入了古体诗），我把她写进诗里，把爱写进诗里，最终完成了这本诗集，它记录了我们的点点滴滴。当我把它给她的那一刻，她用微笑再次接受了我。虽然没有说太多，但我明白，我们将永远相依走下去，再也不分开。

有所思

风息雨歇见云霓，芙蓉倒景碧波漪。
素絮纷纷春意正，转角忽闻杜鹃啼。
伊人娟娟隔秋水，落落幽居夜夜思。
何当共剪西窗烛，却话黔州夜雨时。

夜　半

流萤残月晓星沉，夜凉如水雨无痕。
倚窗目断万灯灭，问天把酒犹一人。

春　愁

醉卧愁春浓，日夕百鸟声。
乱花灼人眼，暮落万家明。

遥夜泛清瑟，骨寒阵阵风。
归罢一饮尽，梦中望眉凝。

匆　匆

聚散苦匆匆，春在与谁同。
顾盼遗光彩，不见有霓虹。

若相惜

云雾清风细雨柔，草长鸢飞柳绿愁。
长夜昏昏强欢笑，恋及成幻泪沾眸。
明远萧萧难悦目，月影幢幢一叶舟。
相惜方知花芳味，风华正茂葬春秋。

彼美人兮

彼美人兮，在城阙兮。
唤曰彩虹，颜如玉兮。
彼美人兮，在城阙兮。
灵动且舞，身如蝶兮。
巧笑倩兮，美目盼兮。
其音思兮，其形念兮。
银饰我予，若星光兮。
何以为美，美人之贻。

相见欢

小步轻行弹泪，夜如水，
秋心两半只道物事非。
花有谢，草无情，人莫悔，
天地乃合伴君永相随。

蝶恋花

长夜深深独月皎，
案起浮尘，久居无心扫。
庭院声声虫意闹，
举目鱼白星渐少。

叶落红离空自悼，
不抵沉帘，梦里伊人笑。
风寄吾思雁相告，
冰心玉壶岂是扰。

卜算子

昏鸦挂枯藤，日照生魅影。
古道瘦马啸西风，空彻寂静岭。
惊起对镜愁，莫把愁容捧。
日日思君不见君，低首叹梦冷。

秦楼月

忆三月，
桂香十里东风掠，
东风掠。
荠麦青青，梨花如雪。

月半更近清明节，
高山流水游心切，
游心切。
江融水暖，清风明月。

菩萨蛮

秦皇自古夜夜风，黎明寻贝小浪声。
星稀三两人，霞满步纷纷。
须臾似凤舞，卷浪飞天渡。
日醒浮海出，相笑两颜朱。

菩萨蛮

五指未茧一柱尘，转轴轻拨不识音。
寂寞六弦冷，往事恍如风。
脉脉不敢近，倾君非得已。
信手铮铮奏，声远楼外楼。

点绛唇

抱影无眠，停灯向晓树衔斗。
小园行遍，薄汗轻衣透。
残月无言，相看两人瘦。
凭栏久，冷夜依旧。
此愁何时休。

忆江南

玉炉香，点点红烛泪。
叶叶梧桐三更雨，
汩汩杜康五分醉。
强乐还无味。

南乡子

若即若离，藕断丝连何时已。
池上凭栏愁无侣。
曾几许，笑颜相挽闲步雨。

如梦令

螓首蛾眉凝露，闲静似娇轻顾。
窈窕踏花香，裙飘带舞去处。
留步，留步，天上人间共度。

浣溪沙

小径幽幽通云霄，
崔嵬峥嵘峰似刀。
子规啼血故乡遥。

爱山恋水心未老，
彩云逐月雾满桥。
虹雨霏霏叶离稍。

浪淘沙

屈指数流年，似梦如烟。
钟声忽起夜未眠，
梨花带雨自蹁跹。
不似人间。

相顾两无言，心照不宣。
树立月闭花寂然，

弦停曲终道不尽。
弱水三千。

天净沙

暮色四合东归，
葵花凝暖燕回。
盈盈一厢秋水，
笑眼明媚。
今宵梅酒三杯。

点评

每个人治疗失恋的方式有所不同，有的人喝酒，有的人旅游，而作者则是写诗。和心爱的她吵架离开后，作者陷入了绝望，于是开始拼命写诗。作者说他将她写进诗里，把爱写进诗里，于是满满都是爱和她的诗集诞生了。它记录了他们的点点滴滴，也成为了拯救他们之间爱情破裂危机的救星，“流萤残月晓星沉，夜凉如水雨无痕。倚窗目断万灯灭，问天把酒犹一人”的日子将一去不复返。

幸福三部曲（节选）

贺雄军（广东）

优秀奖

《幸福三部曲》是短信、礼物赠言、对话、邮件甚至刻意写给对方的空间日记等等汇编而成的一个真实爱情，上万字50余首诗篇分为喜欢、纷乱、坚定三个阶段，时间跨度超过10年，有独白、有对话、有留言、有阐述，全方位讲述“白海豚与蓝珍珠”两人的情感。

50余首诗组合在一起是一段曲折的情感经历，每一首独立使用都是情书。情书不止一封，有情感在，就一直都写。它已不再是形式而是我们沟通的一种方式，一种沉淀情感和升华情感的载体。

每个人的故事各有不同，心情却是一样的，正如某些句子里拥有共鸣的心声。起初，她也怀疑我的真心，因为我的文字看起来像是文学作品。后来，她看到我写的都是我们的经历（比如礼物便签、旅游场景、对话现场），便更加期待了，也被感染了——句子就像我们之间的调剂品，有时候是一条短信，有时候一两个月才会有那么比较“文艺的情话”。毕业后，她提出分手，我出海了（或者可以反过来理解，我要出海，她提分手）。有很长一段时间没法正常沟通，这些没被时间冲淡的文字，这些没有被年岁稀释的记忆，成为加深信念的重量——它们存在箱子里面，存在空间里面，也存在心里面。

第三步　坚定

（生活是爱的长期旅程，爱是生活的美好色彩）

皈依处

（一）城

看着对面的建筑，耸耸而起
为它写下销售的案篇
首睹其貌的策略人，静静地
在自己的安宁皈依处
一直这么看着
城市风景的建筑
看着就好
辗转于建筑之间
安置众心的归宿
于，繁华之末
寻求宁静的去处

（二）家湾

世间有许多的美景
隐迹山川
在城岭的云山雾隐之间
在候鸟寻蛙的早稻田
在雪冬暖春夏果秋收的
泉水溪溪、清宁轻咛之悦
雪过千巡始知回
霜覆青山终觉暖
乐享一处，
蓝田青山秀

（三）逝

想回去，已故去

城不留人

桃源亦无踪

想回去，回不去

搁置心灵在半空

相见不如相恋

雪花翩翩又是一年

你不在的冬天

长街接着天桥的相连

我还是在此地蔓延

蔓延——

细细思绪种种相见的笑颜

早在十年以前

说明了相见不如相恋

想念不得解咒

此时此刻又是对的不见

何时有硝烟

进到青山白水的城垣

许我

相见即是相恋

进退之间

默然依然很盎然

年年路过的这条街

雪印深深浅浅

你的影最黏
黏到皎洁雪绵绵不眠
阳光灿烂后若隐若现
依偎在街角的咖啡店
明知江山易老、容颜会变
温暖的不是那一季也会有新颜
相见不言　相见不如想念
相见不前　相见不如相怜
相见不如相恋　看平湖起漪涟

这类故事里
多少人停滞在城与城之远
然后任凭时间距离越来越藕断不丝连
放不开不是冬天的雪
睁不开不是梦里的眼
留不下不是你的颜
瞒不住不是我的恋

为何
依然既定的等待触动心弦的相见
雪白厚不过期待
新叶盖不过依赖
待到再别时
无花无果无再见
热闹的花火的艳

想念

朝拜湘山塔
一阶一作揖，一梯一朝觐

不为度得来世的佛缘
只为感动掌管雪的神灵
降我一次野山楂枝尖的雪影

相遇与找寻
知道她的空间、她的方向
去追寻
再次的相遇
也是如此的机会渺茫

遇见是机缘
再次遇见
却也人海茫茫

如有缘邂逅，
又何必拒人千里
若关上了心门
是否还能再次相逢

若有一世的约定
更愿
拥有此时此刻的珍惜

美好的速度

夕阳退幕，彩霞粉饰于湛蓝的天心
潮起潮落，贻贝躲藏在沙滩
步幅活泼或蹒跚，足迹始于此而消失在风里

书纸燃尽文字钳在灰烬里
时间流逝年岁镌在皱纹间
人生格致阅历闪烁在洞察世事的眼光里

飘雪融化冰水停在手心
木炭烧成烈焰温度存在热壶里

故事剧终，不老的微笑泛于记忆的浪漫情节
翻阅旅历，思想游动在年青的豪情里
当你老了，难免会叹息
美好是有速度的
怎能停在这里，错失

风吹过天空，有行云的痕迹
鸟鸣于晨林，伴有花开露闪的美丽
机会没有了，还可以创造
时间没有了，拿什么去追逐

158次列车

158次列车
贯穿中国中轴线
从未早启，一直晚点

暂别甘蔗林，浅闻椰风诵
我在起点，通过安检

务工的脚步，总也匆匆
紧促地流动，紧张地催促

列车从未早启，一直晚点
慌忙里，担忧些什么

“没有位置，要站着”
坐定了，心就安了
——容易失去位置的人，
是不信别人还是不自信

在飞驰的时候，
车间总是安静的
——陌生人的世界
有了位置便没了彼此

凌晨，列车驶入一片灯火
半夜三更，有谁
在守候一份期待
——归家路
或是离乡梦
让人忍受这艰难

惺忪里，瞥见一缕乡音
熟悉的陌生人
在陌生人的世界，很近
“嗨，去哪”
“嗳嗯，你也是……”

陌生世界的熟悉，
总有探索共同点的话题
丰富的旅程，愉悦是关注

在不同的话题和故事中
发现另一个自己
或是向往另一种美好生活

而
熟悉人的陌生
确也是探索不同点的争议
如果你在陌生世界里，无语了
叫我——如何找到你

列车到站了
我们还可以有一起的旅程

结束语

木棉花
是什么让一颗合抱的百年老树
有了惊艳天空的色彩

北方的人一定要到南方看一看
木棉花
在春季的蓝天或者雨滴中
静静地展开红或者橙黄的一伞树

没有一朵花经历过时代的变迁
却有一棵树美丽了历史的天空
（作者语：我们都是爱情天空盛放的花）

点评

作者将自己的爱情分为喜欢、纷乱、坚定三个阶段，时间跨度超过10年，有独白、有对话、有留言、有阐述，全方位讲述“白海豚与蓝珍珠”两人的情感。正如作者在文中所说，50余首诗组合在一起，是一段曲折的情感经历，它已不再是形式而是我们沟通的一种方式，一种沉淀情感和升华情感的载体。文中一句诗词非常让人心碎：“许我/相见即是相恋/进退之间/默然依然很盎然。”

相见即是相恋，相见不如相恋。我们都是爱情天空胜放的花，没有一朵花经历过时代变迁，却有一棵树美丽了历史的天空。

模范情书

第七章

风花雪月

浪漫在口也在心

本章题目是“风花雪月”，由 11 篇内容浪漫的情书组成。这些情书有的是散文形式，有的是书信形式，有的是诗歌形式。11 位情书作者通过多种多样的形式表达自己爱情。全部情书均为“2013 全球最浪漫情书征集大赛”的获奖作品，经过 3 个多月的威客提交和评委筛选脱颖而出。当下社会的浮躁，爱情缺失现象严重，为了挽回人们心中的真爱，让一些“爱无能”者恢复爱的能力，是爱情治愈圣地彭水举办情书征集大赛的主要目的，也是这本书的著作宗旨。

本章《男人的思念》一文，是由 52 岁的王志友所写，获得大赛二等奖。它讲述的是一对年过半百的夫妻网络结缘的爱情故事，被评委称赞“网恋也有真爱”。此情书在网络上红火之后，不少网友也纷纷称其为网恋成婚的正能量。除了这封之外，本章还聚集了以歌词形式出现的《一封唱出来的情书》，相识的第一千零一夜所写的《一千零一夜》，以短信记录所组成的《我喜欢你》，还有十分小清新的《我们的香

草山》，等等。这些情书共同诠释了一个名为“浪漫”的主题，这也是本章的名字为什么叫“风花雪月”的原因。

浪漫是什么？浪漫的爱情是什么样的，与人认为用心而平淡地爱着一个人就是浪漫，有人认为有一颗爱人之心与他人和谐相处就是浪漫，有人认为看着她微笑时的美丽容颜就是浪漫，有的人却认为相望不能相守也是一种浪漫。各种各样的浪漫交织交错，你认为的浪漫是怎样的呢，你又是否认同他们眼中的浪漫呢？相信看了本章这 11 篇浪漫情书，你自会找到答案。

一封唱出来的情书

宋永魁（黑龙江）

优秀奖

20岁，对于“70后”的我来说，那是情窦初开的季节。恋爱前，恋爱后我都把爱情看得很唯美，情书是每天给你写的一首小诗。天天看着你也想你，抱着你还是想你。我以为这一生随时都能抱紧你的温柔，永不分离。

28岁，经历了一场风雨，失去了我的财富和你。仅剩的自尊让我最后对你说：“为了找到真爱我永远也不怕失去。”从此我在情感上变成了一只会冬眠的熊，奄奄一息，不再触碰与爱情有关的东西。

35岁，蜷缩在乡村一隅的我终于伸了个懒腰，情感意识渐渐复苏，开始喜欢上了文字和音符，因为我需要表达。也开始讨厌拜金女，因为她们扰乱了我寻找真爱的视线。

40岁，我遇到了另一只冬眠了10年的熊，她善良美丽，憨态可掬。她从没问过我城里有没有房和车，农村有没有钱和地。当我们成为彼此的醋坛子时，约定了婚期。

婚期迫近时，我突然觉得应该在婚前给她写一封别致的情书，来见证我们又开始相信爱情并斩获爱情。于是我悄悄地写了情书，悄悄地给情书谱上曲。当伴奏悄悄地做完时，已经是婚礼前第三天了。在练唱前我还是告诉了她，怕她婚礼上泪水决堤。她当时就感动成一块颤抖的木头，哭得一塌糊涂。婚礼上我为她唱这首情书的时候，她还是哭了，但哭得很有气质。回味以往，今天的一切都源于我与她的第一次邂逅，只因为那一天，我看了她那一眼——

那一眼

那是一张不熟悉的脸
没有和我以往的从前
怎么感觉似曾相见
难道这是传说中的缘
那一眼
陌生里竟有亲切感
那一天
谁把我梦嵌上花边
那一眼
你竟能把我心装满
那一天
谁把我心带走走远
没你我梦不甜
没你我泪不咸
没你没有滋味
我不让你走远
没你我梦不甜
没你我泪不咸
没你没有滋味
爱你爱到永远

点评

将情书写成歌词的形式，比较创新，想必谱上曲子唱出来是非常感人的。作者20岁情窦初开时，爱情是唯美的，想与初恋情人终生相依；40岁时饱经风雨，却与另一个她终生相依。她善良美丽，憨态可掬，从不问他城里有没有房和车，农村有没有钱和地。他们就这样约定了婚期。其实，城里的房和车，农村的钱和地也比不过她给的珍惜。

我喜欢你

silencexs（上海）

优秀奖

我们相识8年，其中相恋4年，从同学到哥们，从哥们到知己，从知已到恋人，日久生情。所谓情书，也都是之前那点滴的记录。

开始

毕业之前的几个月我已在外地参加了工作，毕业当天我回到了学校，她请我吃路边的小笼包与馄饨。我开玩笑，怎么样，想我了吧？她没有像往常一样小拳头打过来，而是若有所思地说：我以为我不想。之后，我们都默不作声。在那个清香而又有些余热的晚上，我们在校园操场的小路旁一吻定情。从那时起，我将她的每一条信息都记录了下来。我有一个梦想，结婚的那一刻，我要把我们所有的短信作为礼物送给她。我可以没有婚纱照，可以没有花车，可以没有宴席，但要有一份让我们老了还可以坐在摇摇椅上一字一字去找寻的记忆。那时的手机还是诺基亚2100，手机上存不了几条短信就满了，于是我随身带了个本子，一有时间就把短信抄到日记本上.没想到一记就是一整本，一记就是4年多，一记就是379页，一记就是几千条几万字。没有落掉一个字，甚至是标点符号。

后续

现在，这一切都只在我的记忆里了。

这就是我们的爱情，平淡得没有涟漪，却让我刻骨铭心；没有真正的写过情书，却字字都在用情去书写。

如今我们都已过了而立之年，也各自有了自己的家庭，偶尔还会在网上碰到，却从未说过话，但我知道有时我们会四目相视。即使将来有一天再遇见了，也许还会轻轻的问候一声，哦，你来了。

短信的点滴回忆

我喜欢你。

（时间：2005年11月22日20：06：19）

今天有人说我这几天总是无缘无故地笑，本来不觉得，仔细想想，以前一个人总是发呆，现在想的都是你，想你抱着我看电影，想你喂我喝水，想我们在一起的点点滴滴，那种感觉除了甜蜜，我想不出更合适的词来形容。

（时间：2006年6月3日21：13：02）

范先生，你是不是很忙啊？我算了一下，去年五一到现在，我们一共见了15次面，共计39天。

（时间：2007年1月23日21：53：19）

我不是猪头，我是最最可爱的小笨猪，干活要专心，大笨猪。

（时间：2008年4月2日14：40：31）

这一生中，最爱的人是你，不知道怎么了，在车站见到了你却是那么的忍不住，眼泪哗哗地往下流。

你回去了，我却极其的不适应。没有你的监督，没有你的信息，没有你的味道，没有你的形色匆匆，反倒极其的不适应。夜里醒来。被子被汗水湿透了。真不敢想，我们怎么会成这个样子？不说了，泪水又要下来了，不说了。

也许这就是命吧。

（时间：2009年4月26日13：31：06）

送别“给她的信”

我知道再也找不到这么单纯这么好的女孩子了，错过了就再也没有了，因为她是独一无二的。留下的就是那本日记，那本我们几年来没有落下一个字的短信日记，那是我的宝贝，也是我一生的财富，看着她，我会幸福。

不知道为什么，很喜欢为她洗洗脚，扫扫地，系系鞋带，那是爱的方式，小小的动作却有着无限的温暖。她也爱得那么专一，不允许有一丝的杂质，不允许别人的暧昧，不允许别人的侵犯，甚至不允许我对别人多看两眼。我喜欢她的私心，反而会故意逗她，在大街上看别的女孩子，然后被她结实的小手使劲地拧两下，心里却很踏实。

看着她在小花园里骑单车，跟在后面会由衷地笑着，会给她拍照，心里的美，不会敷衍她。我们会窝在沙发上，一人拿着一只小熊，让她们抱在一起，然后给小熊拍照。我们会在小小的厨房里洗菜，洗好后一个人烧，一个人在背后抱着，一起闻着煤烟味。走了一天的路，到家了，就把脚伸过来，我来捏，她来享受。差不多了，就换一换，她来捏，我享受。

我们会在夜里隔着电话讲故事，每一次睡不着的时候，我们就讲很俗套的故事。有的时候甚至是我胡编的故事，可她爱听，像小猫钓鱼、小三儿分家、小猫种鱼、狼外婆、白雪公主、渔夫和金鱼……好多好多，每次不等我讲完，她就睡着了，比世上任何的安眠药都好用。听着她均匀的呼吸声，心里也美美的，自己也就开始睡了。

大冬天里，她说想我，我就一下班跑到地铁，再到火车站，再坐火车过去，再打车，吃点东西，再稍微一收拾，就11点了。睡了5个小时候就又爬起来，黑着天，一路小跑进了车站回到公司，还不忘在公司的路上打个盹，睡得很好，什么都不想。心里踏实，心满意足，日子也就很充实，那是一种享受。几年下来，火车票也攒了几百张。很晚了，她会给我煮碗面条，坐在旁边看着我吃，把手放在我的膝盖上，那种感觉温馨甜蜜。

大夏天里，我匆忙赶着回公司，顾不上喝她煮的绿豆汤，她会紧接着坐下一班公交车用保温杯给我送到车站。我会给她洗洗头，擦擦脚，给她抹抹化妆品，她也会趴在我的背上，让我背着上楼，嘿嘿着折磨我。我们手牵手去超市，采购一大堆东西，还不忘到肯德基去买杯饮料或是买个嫩牛五方，或是鸡米花什么的，真是不错。我们会在森林公园里拍照，尽管我的姿势不够好，总是被她取笑，可我们还是拍得很开心。

不管有多累，只要她喊我一声，便是一直开心地笑，什么都不想，满心的欢喜。用心而平淡地爱着一个人，真好。

点评

由短信所组成的情书形式新颖独特，能这么精心地记录下爱情之中的点点滴滴可见相爱之深。因为手机上存不了太多信息，就将短信抄到日记本上，坚持4年多，短信数量多达几千条几万字，甚至连标点符号也不舍得放弃，只幻想结婚时，把我们所有的短信作为礼物送给心爱的她，心想着他们可以没有结婚照片，可以没有花车，可以没有宴席，但要有一份让老了还可以坐在摇摇椅上一字一字去找寻的记忆。为了保存他们的爱情，他可谓费尽了心思。但而立之年的他们，却没能一起走进婚姻的殿堂，将来有一天再遇见了，也许还会轻轻的问候一声，哦，你来了。真是造物弄人，相知相爱却没有相守终生。主人公的爱情，平淡得没有涟□，却刻骨铭心。正如文中所说：用心而平淡地爱着一个人，真好。

我们的香草山

kaov4kao（上海）
优秀奖

2006年9月，我和葛在大学里相识，2007年3月我收到他的第一封亲笔情书。漂亮的字，细腻的情感，字里行间可以感到他的真挚。我非常感动，但是没有接受，因为心里有个从中学开始一直爱慕的男生。2007年年底，我放下前一段不算恋爱的懵懂爱情，开始了我的和葛的恋爱，这应该是第一次真正的恋爱。2009年毕业后，我们相隔异地，现实的问题不断冲击着脆弱的感情，随着时间增加的还有我们之间的争执。坎坎坷坷一直走到现在，热烈的情感也随着时间渐渐平淡下来。但是我坚信我们会好好地走下去。

2013年6月，我们决定2014年1月一起牵手步入婚姻，一起去感受生活中的点滴。在这里借用《香草山》里的一段话："世事喧嚣，人生寂寞。我一直认为，支撑我生活的动力，便是罗素所称的三种单纯而又极其强烈的激情：对爱情的渴望，对知识的渴求，以及对于人类苦难痛彻肺腑的怜悯。而在这样的动力下生活，注定是孤独，无尽的、近于绝望的孤独。我想，在这片已经不再蔚蓝、不再纯洁的天空下，如果还有一双眼睛与我一同哭泣，那么生活就值得我为之受苦吧。"

"我的良人哪，求你快来，如羚羊或小鹿在香草山上。"取自《圣经》（旧约·雅歌）。于是有了这封信的名字，我希望我们有自己的"香草山"，也希望所有拥有爱人之心的人有自己的"香草山"。

佳：

你好！

今天一直下着小雨，但是心情不错，撑着伞去淘那本书。不仅因为下雨空气很好，还因为我去买《香草山》是为了让你看到，这让我觉得这趟买书有些像朝圣，心怀虔诚。但好像朝圣之路总是会坎坎坷坷的。广八路上的“天卷书屋”是我的第一站，也是被寄予厚望的，但是到了才知道最后一本昨晚被人买走了。接着到“千里马”、“生产力”、“乐淘”，当然是没有什么收获，还被老板换以白眼：不知道我们卖的是学习资料吗？劝业场那好几家旧书店也完全让我失望。直奔到新华书店（在街道口），依然没找到。不过倒是意外地买到王小波书信集，这倒也不算白跑了一下午。还看到了许广平与鲁迅的《两地书》，不过没有买。兜里剩下的钱买了另一本书了，一个小孩子写的书，叫《谁的青春有我狂》。如果单看这么嚣张的书名，我绝对是不会买的，不喜欢太张狂的人。不过看了作者还是决定买下，他叫子尤，2005年听说过他，李敖大陆行中间有一站就是他的病房。看到书页中他年轻英俊的脸时，立刻掏了钱，尽管看了内容后不是很满意，但觉得值。

写完上面的话，室友们回来了。他们总会过来看我在干什么，不得不停下。一直等到张最后爬上床后，我才放下小说接着写。还好，今晚不熄灯。小台灯在黑暗中辟出一片光明来，很喜欢这样的感觉。在写之前，我抄半首《香草山》中提到过的小诗给你，也给自己。

一本书
关闭了所有的夜晚
一片龟背竹的嫩叶
长出了上帝的箴言
执著于天空之间的空白
没有翅膀的飞翔
比天使的姿态更接近天堂

这首（半首）诗真是妙不可言，不是我偷懒不说它到底如何之妙，只是在余杰的书中有更好的评述，我怕拾他牙慧。聪明的你，一定比我更能懂这首诗吧。从我会欣赏这些美丽的句子起，我就一直养成了一个习惯：把它们一遍又一遍地抄在稿纸上，直到完全记住它们。

从知道你有个男朋友以来，我一直都不接受这个“事实”。很多次拿起笔，打开电脑想写信给你，最后还是在迟疑犹豫中完全放弃，直到我再次读到这本书。不愿用世俗的“第三者”来为自己确定身份，所以只要你说他如何如何时我就拒绝听到。在廷生的日记中，最后一句是：我要勇敢地去爱，勇敢地去受伤。对我来说，要说出这样的话需要很大的勇气，你愿意给我一个讯息给我鼓励给我勇气吗？

一直都在想，两年或是三四年以后，我还会不会像现在一样保持这样一颗爱人之心，还会不会拥有这样单纯的爱的权利？所以我选择全身心地爱，不管你是否接受，我把这种爱当作是我永远值得珍藏和为之付出的爱，我为自己这段无比珍贵的爱而开心而烦恼。

我生于山，长于山，终将长眠于山，此生不管身处何处，心永远走不出这山。愿用最真挚朴实的爱来爱你，爱每一个亲人，朋友；愿以最诚的心对待每一个真诚相待于我的人……正如你现在所做的一样。

新年开始的时候，我对自己说要快乐起来，尽管会遇到困难，但我一直在努力。恢复平静后的日子里，尽管还是不停地想你，不停地写信又不停地撕掉……只要不下雨，总会坚持到奥场跑步，和那些早起锻炼的人们一起证明生命的充沛活力。常去图书馆，尽管看的都是闲书，但至少可以让自己安静下来。

用心品读了《香草山》《王小波全集书信集》，发现真正纯美圣洁的爱情并不是遥不可及，只要都有着一颗爱美、爱人、爱他（她）之心，一切都是多么的和谐。我没有他们那样的学问造诣，但我们都有享受拥有这样爱情的权利啊！你说是吗，佳？王小波在写给李银河的信中说自己思念她时便是一个“愁客骑士”，我也是啊，我比他愁多了，也愤怒多了，因为他们之间是多么的相爱啊。王小波是个怪才，他写出了许多许多赞美爱情和爱人的句子，我实在忍不住要抄一段给你了。

“……做梦也想不到我把信写在五线谱上吧？五线谱是偶然得来的，你也是偶然得来的。不过我给你的信值得写在五线谱里呢。但愿我和你，是一支唱不完的歌。”

多想把这些话也说给你听啊，可是……不管怎样，作为旁观者，看到已逝的小波这么美的心灵，我们都应该为他和李银河感到幸福。他们爱得如此的真。佳，你也会和你爱的人有一支唱不完的歌的，你有那么善良的一颗心，你有最积极的生活态度，最关键的是，你有最美的笑容，这样的你若是没有了美好的爱情那就太没天理了！即便你从来没有把我当作你该接受的人，我想你肯定会有这样一个关心你、

呵护你的爱人的。（我完全不相信你说你有男朋友的说法，你这样说的原因我很清楚）

“能做个内心丰富的人，明晓爱憎因由的人，毕竟还是人生之幸。”即便是认识你不到一年，你从未喜欢过我，我也为你曾经让我经历了爱的痛苦和快乐而感激你。

这些闲书把我的心涤荡得纯洁了，不再像过去那么消极那么愤世嫉俗了，身边的一切都开始变得美好起来。好不容易过完了冬天，为什么还要拒绝这么美好的春天呢？佳，希望你也要开心地度过每一天哦，你一直都比我积极乐观的。

凌晨2：32，还没有睡意，你肯定睡得很香吧。就先写到这里吧，不知道你能不能看到这信呢？

葛

3月24日凌晨

点评

“我的良人哪，求你快来，如羚羊或小鹿在香草山上。”作者以浪漫真诚的语句道出了年轻人渴望爱情的心声，引起了读者对于青涩爱情的回忆。每个读者不禁幻想拥有自己的“香草山”，它俨然成了幸福生活的符号。文中有句话说得很好：“真正纯美圣洁的爱情并不是遥不可及，只要都有着一颗爱美、爱人、爱他（她）之心，一切都是多么的和谐。”爱情中的和谐之美对于治愈浮躁的现代人的爱情，必不可缺。

一千零一夜

——写给亲爱的老婆

吴义平（安徽）

优秀奖

2011年7月13日晚，第一千零一夜，在这样一个特殊的日子里，我没有理由不留下一些文字来记录此时此刻我的思绪。本文分相见恨晚、相知相恋、相扶相依、继往开来等几个部分记录了我和老婆的点点滴滴。

时间像是一把梭子，穿行在你我都不曾注意的某个角落，一来一回带走的是时间，编织的是一丝丝的幸福。

——题记

2011年7月13日晚，第一千零一夜，在这样一个特殊的日子里，我没有理由不留下一些文字来记录此时此刻我的思绪。

相见恨晚

邂逅在纷繁无聊的网络，虚拟世界里我曾口若悬河，又或是沾沾自喜，却不知似曾相识。

第一眼看见你，大大咧咧的模样，无拘无束，聊的是那么投机，不禁让我有种相见恨晚的感觉。而实际上，那时候也不算太晚，哈哈。

说到一开始的相知，就不得不提下我们的福地——南京，我们半年内去了三次。既然提到了南京，那就更不得不提下玄武湖，从那里相知到相恋。

第一次去南京，不是因为它六朝古都的名气，而是一个很客观的理由，离学校最近，所以省时省事省钱，算是外出散步吧。那里有很多地方值得回忆，像被我们逛了15遍的夫子庙，又如1000元一颗的核桃，还有吃掉了56块钱的板栗，当然还有我们的母校南大。

之所以要提玄武湖，是因为“玄武湖的鼻涕”。因为找不到地方休息，我们沦落到在火车站的麦当劳过夜，半夜被麦当劳的大叔叫醒，说：“不要睡了，注意小偷。”就这样感冒了。

相知相恋

南京之行拉近了我们之间的距离，在旅行中，我们彼此了解和熟悉；在生活中，我们开始了有了更多的交流机会。漫步校园，闲谈人生理想，逛街，熟悉大小街道。从中荣街到胜利路，从二马路到太平街，从光明街到百货大楼……

2008年11月28日，第一次为你过生日，没有专门定做的生日蛋糕，有用好利来券兑换的小蛋糕，还有在家乐福买的拿破仑、西瓜、烤鸭、糖果，还有你和我。初冬的夜里，龙子湖畔，冷并快乐着。

是你告诉我，蚌埠的圣诞节非常热闹，所以我们早早地等着那一天。2008年12月25日，我们再一次逛到了百大小巷，果真是人山人海，人挨着人地蠕动着，我们意犹未尽地往207车站赶。那天，我们丢了小T，但是我们的心里都装下了新的东西。

亲爱的，还记得“沙发床”吗？多么温馨的一段日子啊，那时候我经常以“遛狗”的名义把你叫出来压马路。从校西门到龙子湖，我喜欢和你一起站在曹山路上看龙子湖的日落，还有温馨的“沙发床”。夕阳的余晖撒在我们身上，很浪漫。

我们喜欢一起上自习，然后会习惯性地提前下自习去校园里面散步。元旦的时候我们就跑到一年级的教室参加他们的元旦晚会，他们会热情地给我们送零食，就这样我们过完了相知后的第一个学期。

2008年的寒假是那么的漫长，只因心中充满了对你的思念。那时候你在家附近的一饭店做兼职，我则在家里坐立不安，总希望寒假快些过去。那个寒假我们发了4000多条信息，为中国移动的短信业务出了一把力。也就是那个时候，我清楚地认识到，自己已经爱上你了。

2009年4月7日，我们正式恋爱啦。

相扶相依

2009年，我们又先后去了南京两次，每一次的感觉都不一样。南京就是我们的福地，而玄武湖更是我们爱情的起点。

你曾问过我你在我心中是什么，我回答的是“信念，你就是我的信念”。没错，就是信念。2009年是我们最徘徊的一年。临近毕业，我对未来开始有些迷茫，何去何从成了我的心结。你一直陪着我，鼓励我，给我信心，我也开始认真思考起了我们的未来，最后选择了最初的梦想。虽然这条路会很辛苦，但是我相信自己能坚持下来，因为有信念。我不想让你失望，不想让你看到我消极的一面。

我毅然决然地和班上的一帮兄弟姐们“杀”到合肥参加培训。两个多月的疯狂学习，让我体会到了从未有过的对知识的渴望。至今为止，我坚信我的选择是正确的。2009年的冬天刚到合肥没几天，天空就开始飘起了大雪，我还记得那个时候你忙着给我邮寄被子和电热毯。当时心里很感动，很满足。收到你寄的被子后，我发现被子的一边写有你的名字，我特意把写了名字的那一边盖上身，这样，我就可以看着你的名字入睡，可以寄托我对你的思念，很温暖。那年，你的被子让我度过了一个幸福的冬天。

2009年你过生日的时候来合肥了，那一次你是顶着病过来看我的。记得当时你的感冒很严重，嗓子已经不能发声了，而且鞋子还破了。冰天雪地的，我心疼地为你捂着脚，那是我为你过的最狼狈的一次生日，依旧没有大蛋糕，依旧是一些零食和一块小蛋糕（当时因为学习费用高，几近身无分文）。你没有怨言，你的体谅让我很惭愧。我那时就暗自许诺下一个生日一定为你好好过，一定要让你感到温馨和幸福，今生不要再让你受这样的苦。那段时间，心里很自责，恨自己做得远远不够。

2010年春，我终于开始工作了，虽然一开始没有薪水，但是心里是快乐的，因为我们都有了盼头。你当时因为参加升本培训班也来了合肥，是你，在我最困难的时候默默地为我付出。你把你的压岁钱拿给我租房子，你帮我添置衣服，请我吃饭，那时候我内心百感交集，只想着快点正式拿薪水，那样我就可以养活自己，养活你。

亲爱的，还记得有一次我在天桥上看见你鞋子坏了拿钱让你去买双鞋子吗？我看到你的鞋子坏了，鞋底都快掉了的时候，心里既心疼又难受，心疼你走路不方便受罪了，难受是怪自己没早发现。我总是觉得自己做得还不够好，包括现在也是这样认为的。

在你准备专升本的那段日子里，我们一直相互鼓励，共同进步，最后的结果当然也是结果之中的。我们都相信努力一定会有收获，更相信态度决定一切，我们对待爱情的态度也是那么一致。

还记得我骑自行车载你逛街的光景吗？我觉得那是一段特别幸福的日子，每次你过来看我的时候我总会提前骑个70块钱买来的破自行车去接你。为了怕你坐着不舒服，我特地在后座上垫了两层纸盒，我的自行车也因此很出众。我喜欢骑着自行车带你往家的方向赶，这样我会有很强的归属感，对于这座城市的归属感，家的归属感。

还记得我偷偷跑到你家楼下看你那次吗？那天我十分想念你，所以下班后直接奔向火车站，逃票回到蚌埠。我没有告诉你，只想给你一个惊喜。你一直给我发信息和打电话，我故意没理你。那晚到你家楼下后给你发信息让你看窗外的时候，我感受到了你的兴奋和激动。虽然那一次我们见面的时间没一会儿，但我很知足。同样，去你学校看你那次，就因为早晨醒来后突然想见你了就直接跑到火车站买了车票就奔过去了。我很庆幸我们现在仍然能够保持着这份激情，我会持续下去的，亲爱的，你也一样哦。

继往开来

还有很多很多的故事没有写出来，我会慢慢去回味，去感受，也会去总结。

现在，我们的情况比以前好多了，我们有了电驴，有了单反，有了……有了很多以前都想拥有的。当然这只是开始，还有我们的房子，我们的车子，所以我并不认为现在的担子轻了，我还需要努力学习，努力工作，努力为你打造一个美好的未来。I love you!

亲爱的老婆，今天，第一千零一夜，我们一起，在路上……

点评

文章写于两人的第一千零一夜，让读者想到了童话“一千零一夜”，让童话般的浪漫为文章增添了一抹色彩。时间像是一把梭子，穿行在你我都不曾注意的某个角落，一来一回带走的是时间，编织的是一丝丝的幸福。有哪一对情侣能准确记得相知相守的日子有多少天，又有多少人能在一千零一夜这个浪漫的日子写封亲密的情书给亲密的爱人？曾经的生活艰辛已经不在，现在他们有了很多以前都想拥有的，一千零一夜，他们一起，在路上，为他们的房子和车子努力工作。浮华褪尽，唯一不变的，是爱。

为你歌唱
——唱给我深爱的人儿

袁其才（重庆）
优秀奖

本人出生在重庆铜梁毓青山的东山坡上，我深爱的姑娘住在对面巴岳山的西山脚下。1978年秋天，少年考入县城的高中，同一时候，姑娘也来到校园。少年被姑娘倾倒，两年后，姑娘远走高飞，而那少年，则名落孙山。从此，少年开始默默把姑娘想念，悄悄把西山守望。又等到1996年，少年再次遇到姑娘。在姑娘的鼓励下，少年终于转行，去到了西山，但，留下遗憾，好长，好长……还不够啊，上天又把姑娘下凡到了少年睁眼就能看到的地方，相望不能相守，把那少年折磨得哟，心力交瘁、无奈彷徨。情不自禁中，已过不惑的少年，用歌声表达对姑娘的爱，要知少年的爱有多深，月亮代表少年的心。

情书对象的现状：不是有情人终成眷属，而是成为好朋友。

"亲爱的人儿啊，你可曾知道，有一颗心在为你燃烧，不论是狂风暴雨，不论你到天涯海角，这一颗心都永远和你在一道……"每当这动听的旋律响起，又勾起我无数的记忆。

亲爱的，凤山之巅校园里那个《同桌的你》，还记得我从东山坡上来到你的《窗外》诉说对你的《思念》吗？

《透过开满鲜花的月亮》，我看到了你清纯的脸庞。你的回眸一笑，我感觉《最美》，于是我《偏偏喜欢你》。只是后悔那时候没有将《特别的爱给特别的你》。只留下《电话情思》，诉说心中无数的遗憾与期盼。

《山不转水转》，《2002（1997）年的第一场雪》下过以后，我们又转到了一起。

《忘不了》巴岳山下那个《莫斯科郊外的晚上》，沐浴着《弯弯的月亮》，哼着《绿岛小夜曲》，你为什么默默无语？看着那妩媚迷人的双眼，我在想，《我可以抱你吗》？《我和你》能白头偕老该多好啊！

山花烂漫的龙水湖畔，《其实不想走》，真的我想留，留下来陪你度过每个春夏秋冬。看着那么多的《千纸鹤》，折折叠叠究竟《为了谁》？为了你啊！那份情真的在心里飞？

不一定《花心》，只是想《趁年轻》，但愿能让我青春的梦想划进你的心海。你可知道，《月亮代表我的心》，别忘记，《牵挂你的人是我》。

《爱你一万年》，《读你》万遍，何时才能《懂你》？也许是《单恋一枝花》，这么多告白，《其实你不懂我的心》。我承认《都是月亮惹的祸》，其实是你的双眼迷住了我。让我献上《心中的玫瑰》作证，我是《真的好想你》，何时让春色铺满你的心？

我时常在想，尽管撒下了《情网》，也许是《没那种命》，爱你那么多年，《有多少爱可以重来》，有多少人值得等待？虽然《我等到花儿也谢了》，只是，《忘记你我做不到》。

不管你《爱不爱我》，也不问《你的爱给了谁》？但我《爱的就是你》。我不敢奢望成为你的《完美情人》，但我要你做玫瑰花一样的《情人》，真的要你做个《知心爱人》《亲密爱人》。

所有这一切，《只是因为爱你》，一句话，《我只在乎你》。

当《角落之歌》想起，虽然爱情已把我悄悄遗忘，但我不怕《冲动的惩罚》。不管《明天你是否依然爱我》，请你《明明白白我的心》。

让我默默为你《祈祷》，再送你《365个祝福》，衷心《祝福》《好人一生平安》，希望与你同醉，相知年年岁岁。

《但愿人长久》，共求《来生缘》。爱着你，想着你，就像《老鼠爱大米》。

谨以此心声，唱给我的《最爱》。

点评

情书之中藏着56首歌曲的名字，并且还能保持句子间的通顺与衔接，可见作者的用心良苦。20世纪70年代的“少年”和“姑娘”进入同一所校园读书，不想姑娘金榜题名后远走高飞，而少年却名落孙山。从此，少年开始默默地想念姑娘，经常悄悄地在西山上守望，希望有朝一日看到姑娘回来他身边。谁想再次相遇，却留下了一生的遗憾。相望不能相守，最让人心力交瘁、无奈彷徨。已过不惑的少年，只能用歌声表达对姑娘的爱。文中的56首歌曲，就是少年对青涩爱情的悼念。《同桌的你》《忘不了》《相思》《等到花儿也谢了》《忘记你我做不到》，应时应景，惹人叹息。

时时刻刻对你的爱

无懈可击工作室（浙江）

优秀奖

刚进大学的校门我就对她怦然心动，接下去的就是我不尽地追求。一共写了49封情书，每一封都是一句简短而发自内心的话。

一

我只爱对你发脾气，因为我潜意识相信你不会离开我。胡闹原来是一种依赖。

二

我很想知道，当我的名字滑过你耳朵，你脑海中会闪现些什么？

三

如果全世界都背叛了你，我会站在你背后背叛全世界。

四

我最幸福的时刻，就是找对了人。你纵容我的习惯，并爱着我的一切！

五

有一种爱，明明是深爱，却说不出来。有一种爱，明明想放手，却无法离弃。有一种爱，明知是煎熬，却又躲不开。有一种爱，明知无前路，心却早已收不回来。

六

当我真正爱上了你，我发现，最终我想要的，只是你能快乐。哪怕，不是与你。

七

很多时候，男人会让你觉得他爱上了你，其实他真没有；而女人会让你觉得她不可能会爱上你，结果她却动了心。

八

很奇妙的一种感觉是，曾经的陌生人，突然之间成为我的整个世界。

九

如果有一天我不再烦你，如果有一天，你的生活中没有了我，没有了每天的电话，每天的留言，每天的关心，每天的小脾气，我把一切一切都表现了出来，你知道了，清楚了，了解了，最终感动了，可是我却离开了。

十

每晚睡前听你说晚安，是属于我的、最简单而持久的幸福。

十一

喜欢记忆中，你拥抱我的温度；喜欢记忆中，你体贴的话语；喜欢记忆中，你给我依靠的肩膀。

十二

你以为，我可以什么都不在乎。其实，我也只是一个女孩，也是会偷偷地掉泪的。

十三

有时候，露出笑脸，只是不想让你担心或难过，但其实，我没有你想象中那么坚强。

十四

在乎才会乱想，不在乎连想都不会想。

十五

别忘了答应自己要做的事情，别忘了答应自己要去的地方，无论有多难，有多远。不要忘了，曾经对自己许下的爱的承诺。

十六

你会不会忽然地出现，在街角的咖啡店。对你说一句，只是说一句，好久不见。

十七

当你真的在乎一个人，多么微不足道的小细节也变得重要起来。因为爱，所以在乎，因为重要，所以爱。

十八

我可以一个人唱歌，一个人喝咖啡，一个人涂鸦，一个人旅行，一个人逛大街，一个人在雨中漫步，一个人听音乐，一个人自言自语，一个人发呆，一个人跳舞，一个人看电视，一个人翻杂志……只有爱你，是我一个人做不到的。

十九

不要说爱我，除非你是认真的；因为我也许会做出疯狂的事，比如——相信你。

二十

有时候，日夜思念。可是当思念的人出现在眼前，你却安之若素。

二十一

别因为知道我会等你，就把我晾在那儿等。

二十二

纵然有百万个理由离开你，我也会寻找一个理由为你留下。

二十三

我曾路过你的心，不是我不想停留，而是你不肯收留。

二十四

如果没有你，明天不值得期待，昨天不值得回忆。

二十五

如果我说我想一个人静一静，其实我比任何时候都需要你。

二十六

当我保留了你的短信，在没有人的时候悄悄回味，我就知道我已经爱上你了。

二十七

有时，我只是想能有个人，紧紧抱着我不放，直到我的心情真的好起来。

二十八

我所有的付出，竟然从未打动过你。

二十九

有时候不是不信任你，只是因为我比别人更在乎，更怕失去你。

三十

你忍心让我孤独，看我为你受苦的原因，不是忙，不是疏忽，不是不懂，不是考验，不是暂时遗忘，不是性情孤僻……你只是不爱我。

三十一

无论我此时是如何的彷徨迷茫，最终，我都要过上自己想要的生活。

三十二

幸福其实真的很简单：有人爱；有事做；有所期待。

三十三

我爱你，不是因为你是一个怎样的人，而是因为我喜欢与你在一起时的感觉。

三十四

我不能给你全世界，但是，我的世界，全部给你。

三十五

人的一生，都有一些说不出的秘密，挽不回的遗憾，触不到的梦想，忘不了的爱。

三十六

假如你爱上了两个人，选择第二个。因为如果你真爱第一个，就不会去爱其他人。

三十七

真的好想跟你讲话，但又很怕你嫌我烦。

三十八

你是我晚上睡觉前最想聊天的人，我爱这种感觉。

三十九

我们总在最不懂爱情的年代，遇见最美好的爱情。

四十

你会不断地遇见一些人，也会不停地和一些人说再见，从陌生到熟悉，从熟悉再回陌生，从臭味相投到分道扬镳，从相见恨晚到不如不见……

四十一

总有那么一个地方，一个人，让你心动，留恋不已。总有那么一个人，一句对不起，让你心痛，刻骨铭心……

四十二

有一次，你说爱我。那一瞬间，我以为是永远。

四十三

世界上最动听的情话，不是"我爱你"，不是"在一起"，是在我最脆弱的时候，你说："有我在！"

四十四

世界上最残忍的事，不是没遇到爱的人，而是遇到却最终错过；世界上最伤心的事，不是你爱的人不爱你，而是他爱过你后，最后却不爱你。

四十五

其实，我一直都在你身后，就差你一个回头。

四十六

曾经我是一个任性的孩子，任性的以为你只属于我，我只属于你。谢谢你告诉我，这个世界上谁都不是谁的，我们终究只会，属于我们自己。

四十七

有时候，最好的安慰就是无言的陪伴。

四十八

我喜欢我通讯录里的第18个人，可是他不喜欢我，你呢。

四十九

思念一个人，不必天天见，不必互相拥有或相互毁灭，不是朝思暮想，而是一天总想起他几次。听不到他的声音时，会担心他；一个人在外地时，会想念和他一起的时光。

点评

本文是由49句关于爱情的“名言”拼凑而成的情书。“如果有一天我不再烦你，如果有一天，你的生活中没有了我，没有了每天的电话，每天的留言，每天的关心，每天的小脾气，我把一切一切都表现了出来，你知道了，清楚了，了解了，最终感动了，可是我却离开了。”作者所写的内容普遍过于忧郁和消极，在这里，笔者想用网络上的一句话来做点评：“狼人爱上吸血鬼，甘愿为她献血肉；道长看上僵尸妹妹，注定为她脱道袍；和尚暗恋上尼姑，到底出家又还俗。你不可救药地爱上她，那就大胆去爱吧！”

情书的浪漫

马亚（重庆）

优秀奖

我俩是初中同学（石柱县大歇中学），同上高中（石柱中学），同上大学（西南大学）。马亚一直追逐10年同窗唐美蓉，他俩在毕业的时候确立了恋爱关系。

此信为2007年毕业之际，马亚应聘到北京挑战集团，独自一人来到湖南负责长沙、岳阳的业务市场，唐美蓉回到初中母校大歇中学支教时所写。那日天下小雨，孤独的马亚登岳阳楼，看洞庭，惆怅感慨，望着女孩所在的远方，思念涌上心头，下楼来一口气写下对爱人的思念和对未来幸福生活的畅想。

回到重庆以后，2008年9月28日在嘉陵江边的珊瑚公园，俩人牵手结婚殿堂。没有婚礼，只有相拥的爱情，日子过得很艰苦。妻子为这个家庭放弃了太多，丈夫在一次次创业失败中深受打击，只有爱人在身后默默地支持着他。他们在2011年3月29日生下爱的结晶，取名马子羡，誉为“羡子年少正得路，有始扶桑初日升”。

等待他们的是缘分的眷顾。情书的浪漫，是不朽的诺言，更是相约白头的征程！

亲倩甜心美蓉：

昔日都闻洞庭岳阳，今日老公只身于此，难得少许惆怅，视历代名客骚人多会于此引赋作词。那日孤登名楼，观湖水八百里，水月无边，心中只想伊！亦身他方，望湖水潦潦而蒸发，心空飘落在伊心上，愿一视十里，着眼对着思吾眼光，于是乎老公诗兴大发赋诗一首：“渺渺天边妙妙愁，视野洞天登古楼，等到蜜节返渝去，求佛与蓉到白头。”今日逢雨于是自假于此，早早醒来，不知老婆昨夜睡得美否？思吾否？伊只身在歇，希衣暖望腹饱，能好身照顾。老公在此，只身虽孤但还似轻松，也望美蓉少有牵挂，伊想法大胆践之，吾当背后全力支持。吾凤美蓉天生姿丽，吾爱佳人，始来优秀，美健伊特自信。识蓉近十年，牵手鹊桥缘分助之，珍惜之，看蓉为吾付多矣，乐栽！喜哉！其吾酬谢缘，让吾深爱之，于是又诗一首：“为寻芳草孤翱翔，几身回首谢红娘，牵蓉择日拜天地，夫妻谊深久天长！”自观之，好诗，妙之！老婆到此几多笑，亦当思夫一系愁，关爱吾蓉永无弃，此恋不愈天鉴有。夫感单孤蓉亦是，好身工作乐置之，开心亲情天天有，伊若思夫帅也久。老婆啊！伊亦一人在歇，人际宜友多常有，视神变色三缄其口，礼仪心态富多贵，三思而行时不费。想法亦妙不易易，坚定信念雅践替，生活辛苦工作累，伊言此行为锻炼。事两月夫拥之言之，老婆辛苦吾世感恩，哈哈！

吾谢伊信而交给我，再谢你在累忙之中耗时来想吾，还谢伊能照顾吾老婆，又谢伊问候吾妻家人，许去年轻礼必多，候伊家人是吾仪，少之！华东（弟弟唐华东）高考多压力，为姐在石多鼓励，志愿填写要处大，视其爱好能力辅指之！还闻伊言少谨事，吾弟谅之，容之，帮助之！吾身多压力，他眼亲戚与家人，怎待轻松与愉悦，言之，天道酬勤。伊知吾身家底薄，实当勤之与拼搏，只念美蓉多替顾，夫在其外义无顾。思伊念家少有许，只待幸福全家圆！也待牵手礼教堂，洞房花烛闹内堂，红酒佳人玫瑰花，面面烛夜言长语。恩爱夫妻系新家，孝敬父母亦多行，邻里友善爱戚友，事业爱业多丰收。还添男女小娃娃，一洗碗来一提鞋，家庭美满礼多偕，伊主内来我主业，相互照顾互体贴。关爱老婆夫本分，洗衣熟饭几多妨，按摩摇扇剥果糖，同枕共眠入梦乡。伊为师，礼教好，交予管之错不了，老公粗鲁也多导，儿龙女凤志气高，老来养花又养鸟，夕阳湖边双双靠，湖边落日美胜收，此言之“执子之手，与之偕老”。老公异方凝望蓉，顾善身体记得思吾，此为婵娟等月，伊吾见证诚爱之！

二〇〇七年三月十五日夫马亚涕笔于孤城岳阳

点评

追逐10年同窗，终于在毕业的时候确立了恋爱关系。洞庭湖边，一首“渺渺天边妙妙愁，视野洞天登古楼，等到蜜节返渝去，求佛与蓉到白头”，将男主人公的愁思与古人一起寄托在岳阳楼上。虽然没有婚礼，但这却是相拥的爱情。即使丈夫一次次创业失败日子过得很艰苦，爱人却依然在身后默默地支持着他。正如本文背景中作者说的那样，等待他们的是缘分的眷顾，是不朽的诺言，更是相约白头的征程！

你微笑时，很美

靖享生活（安徽）

优秀奖

这封情书写于2012年5月20日，是一封暗恋情书，是我身上曾经发生的故事。当时，我整个人都被她吸引，她是那样的美丽，直到现在我都还忘不了她。

如果我成年了，就可以光明正大地约你；如果我和你一样大，就可以毫无顾忌地追你；如果我是个大男人，我们能不能自由简单地在一起？可是哪里来这么多如果呢？反复被莫名焦躁烦心困挠的我，今天鼓起勇气要告诉你，我好喜欢你！

记得第一看见你的时候，我上楼，你下楼，擦身而过。短短的几秒，我连你的脸还没看仔细，就知道我完了！那种感觉，心不知名地“震动”了一下，说不清楚却真实存在，真的从来没想过我会对一个女人有这种感觉。后来我知道你是新搬来的，住601室，而我家住502，我们是邻居了！后来我看到你养了一只雪娜瑞，名叫飞飞，跟我小名一样。后来我发现你总是下午4点遛狗，5点出门，每次都是出租车代步，凌晨两三点才到家。我想办法搜集一切关于你的消息，哪怕一点点信息，我这是怎么了？我尽可能早回家，为了等你出门看你下楼，哪怕就一分钟，我是不是太闲了？我拼命找借口，找和你说话的理由，可惜的是至今都没找到，我真的太笨了？虽然没和你说过一句话，但我却牵过你的手。

你大概已经忘了吧?那天我放学回家，在楼道里巧遇你。我又看到了你，我害羞，然后低头正准备关门，谁知我的手竟然碰到了你的手，我发誓，我是无意的！你知道吗？我当下就晕眩了!那天晚上，我做了一个软软的、暖暖的梦，因为梦里有个很美的人，那一定就是你!虽然和你不熟，但我总算知道了你的名字。你应该不知道，我看过602的信箱。对不起!我真心地道歉，我错了，因为那是不道德的行为!再次恳请你的原谅。

那次之后，我才知道你叫厉娜，真是一个好听的名字，虽然从没见你在我面前笑过，但我从不遗憾。是啊，你为什么要对我笑呢?你不认识我啊，我自作多情了!直到上月的某个周六，我上完吉他课，回家发现没带钥匙!汗死!爸妈偏偏又去了奶奶家，我没有办法进去!我只有傻坐在冰冷的水泥楼梯上等爸妈回家，后来手机的最后一格电也被我打游戏用光了!无聊至极，我弹唱起吉他，唱起最熟悉的《那年夏天》。这时你微笑着看我!你真的在看我吗?是对我微笑吗?

为什么我想研究你的香水是什么牌子？哪个系列？为什么我想知道你长得这么有女人味却是短发？为什么我想问你是不是也喜欢吉他，喜欢《那年夏天》？为什么我开始好奇你的职业？为什么总这么晚到家？为什么？我自己觉得自己是一个直接和随性的人，但面对你，为什么总不自然不自在？我好像懂了，这是爱情吧。

请接受我的表白，希望我的表白不会给你带来苦恼，因为那都非我本意。如果你不能接受我的爱，请你不要告诉我，不要让我死心，让我在远处默默看着你，安静地看着就够了。

你微笑时好美，真的。

点评

这是一封暗恋表白情书。主人公暗恋厉娜却不敢说出，终于写出了这封表白信“你微笑时，很美”。而此之后，仿佛就算被拒绝，也不是那么心痛，只要让他在远处默默地看着她，安静地看着就足够。因为你微笑时，很美，美到可以化解被拒绝的伤痛。于是乎，正如网友所说：暗恋，就是这样看着你，这样摸不着你碰不着你地看着你。当时间与空间两皆虚无，我依然不悔地凝视着你。

男人的思念

王志友（杭州）

二等奖

我与爱人是通过网恋走到一起的。2007年最后一天，我从东北来杭州与爱人相聚。2008年的中秋，在外地工作的爱人没能回家过节，我怀着对爱人强烈的思念，伴着中秋的月色写下了这篇《男人的思念》，这是我写给爱人的唯一的情书。

我们在一起生活已经6年了，这是我们人生中最美好的时光。每天我们相伴着共同上下班，闲暇时我们共同欣赏音乐、舞蹈和其他艺术品，相互探讨切磋……我们的感情与日俱增，我们想到最浪漫的事，就是在一起慢慢变老。

我，原名王志友，黑龙江青冈县人，曾就职于杭州市石祥路海纳百川酒店有限公司担任企划经理。

她，原名蒲宁，宁夏银川市人，本业财会，2003年来杭州，现在是杭州市萧山区通惠中路海纳百川酒店财务经理。

在网上交流中我们曾经用《钗头凤》互和。

钗头凤·赠一叶孤舟

伤春寒，尽余欢，负心榆荚误红颜。
情难述，曲难弹，无计心事，空系云端。
怨！怨！怨！

星传恨，柳含怨，一叶飘零孤舟浅。
情缱绻，芳心展，网结奇缘，休负盛年。
叹！叹！叹！

钗头凤·雨夜

——和高啸王子

夜阑珊，风弄弦，淅沥宿雨敲窗沿。
淡妆残，卧难眠，孤灯摇曳，顾影自怜。
倦！倦！倦！

心虽寒，情未敛，莫道黄花正枯颜。
画为笺，曲做联，千里相思，共叙缠绵。
缘！缘！缘！

又见深秋，又见明月。

水一样的清辉透过百叶窗流淌进来，温馨中裹挟着一丝丝凛冽。我没有开灯，石像一样守望在窗前任月光雕琢、渲染，高反差的面部凸显出硬朗冷峻的线条，像英雄一样，为生命做铁血巡礼。

如水的清辉慢慢渗透肌肤，浸润心扉，蜜一样的柔情执拗地冲撞，顺延着被月光割裂的伤口脱缰而出……

在这寂静的秋夜，我的思念被月光点燃。

上帝的一次不经意地点拨，茫茫网海中，我在QQ上锁定了你。

你从荧屏的对岸款款走来，步入我文字生长的岁月，扣响我心中沉积千年的吟唱。从欣赏你到走近你，直至爱上你，没有任何牵强，也没有任何伪装。我把流浪的思想装进行囊，义无反顾地向你泅渡，在你的优雅和妩媚里前行，幸福在我的眸子里深浅不一。想到你，夜就化作更深的温柔，在光影交错中展读你的美丽。

喜欢用自己的思想去爱与被爱；喜欢在夜的气息里寻找心灵深处的那抹温软；喜欢像一个淘气的孩子一样在你爱上我时转身藏在夜的背后看你焦急的样子；喜欢听你说的每一句话；也喜欢用我生命的另一种方式来为你抒情……而所有这些，一如秋夜，静静地释放着沁人心脾的清凉。

无眠的心与你息息相牵。

窗外的风是否在敲打夜色里的生灵，从月亮升起开始，从灯盏一个一个熄灭开始，我就用心灵的守候与夜色交谈。在雾霭一样的月色里，在尘世之外的角落，我都希望爱是幸福唯一的诠释。当黑色蔓延，一种生命的空灵在体内升起，指尖跳动的不再是白天没有方向的寻觅；唯有生命之外的安详做我此刻的魂，在心灵深处燃烧，同你一起解读忧伤和幸福。

月光笼罩处，潮水漫卷而来，凉凉地，一波一波地袭上心岸，我微微战栗。

总是在深夜里奔向你，深情地向往站在夜的棱角上摇曳。是谁用爱的语言，牵领生命的脚步？心向往处，唯有爱如潮水，而你是我心海游弋的鱼，对水恋恋无期。

长久以来我一直没能为你写出更多的文字，也许是我的痴爱把你藏匿的太深，裹挟得太严，也许是我的文字随我的心一起被你囚锁，或者担心你会在阅读的那一刻被我粗粝的思念弄湿了双眼。

情随景生，景助情狂。汹涌的潮水次第升级，在月夜里搅将起肆虐的风暴席卷，我的身躯震颤不已。

我的渴念在风暴中噼啪绽裂，肆无忌惮地一轮轮碾展；难耐的欲望寸寸逼迫，我退守在万丈绝壁之上，把月光披风撕得粉碎，抛向天宇，任溃堤的醉意狂泻千里……

爱人啊，今夜，我允许你是我前世放生的那只狐妖，在我身体的每一寸肌肤上撒野；而我在风暴中心，痴痴地期待着女人花开。

……

今夜，我慢慢地从欲念的漩涡挣脱，远离红尘。

男人的思念复归温柔，在一纸素笺上缱绻，与遥远处的你静静聆听彼此心灵的和鸣，牵手迎候梦里千万次的重复：你与我——月下共饮共醉；窗前同语同歌。

今夜无眠，爱与灵魂相守。

点评

此封情书文笔优美，感情真挚，令人称道的是，它是中年人网恋成婚并且生活幸福美满的典型。其凭借优美文笔和感人故事，获得二等奖。第一，情书中的主人公是几十岁的中年人，情书面向的受众最大；第二，他们网恋相爱的方式十分时尚；第三，整篇情书文笔优美，又有古诗钗头凤，写得很好；第四，他们是网恋成婚并且生活幸福的例子，可以对年轻人的网恋起到良好的引导作用；第五，情书背后有着动人的故事。很多人对这封情书非常欣赏，认为它透露出一种真实平凡的爱情力量，并赞叹它是“网恋成婚正能量”！

小细节里的满满爱

呀米呀米（河南）

优秀奖

我们从高中认识，一直是特别好的知心朋友。高考结束后，我们在很顺其自然的情况下选择了在一起，并考上同一所大学，在大学腻歪了三年就毕业了。这份情书写于他在甘肃中铁上班，我在家乡上班时。他很忙，每天去工地上，加班到很晚。等他下班的时候我已经睡觉了，所以我们就在网上每天一封信。高中的时候我俩就经常热衷于传字条，彼此写长篇大论鼓励对方，一切不好意思说出口的话就让字条传递我们的意思吧。我们的暧昧开始于字条，并且成功。所以要把这优良传统继续下去，将纸条都保留着，以后可以作为吹牛的凭证给孩子讲他爸妈的爱情故事。我们有很多信，但是这样的生活小细节要比花里胡哨的谈情说爱更让人觉得感动和甜蜜，更实在。要慢慢品味方知其中的味道。

如今，我们已经在2013年1月3日结婚了。恭喜我们吧，现在我跟他一起来到甘肃这个干燥、天天沙尘暴的地方，跟他一块住冬天冷、夏天热的铁板房，但我现在很幸福。没有城市的浮躁，天天下班后可以一起去戈壁滩散步，去我们修的高铁桥上看日落。幸福是不需要比较的，也不用建立在物质基础上，只要发自内心的满足就好。

亲爱的舒小贱同学：

每次给你写信，我总是嘱咐你要注意身体，多穿衣服，少抽烟，跟你老妈子一样，让你肯定觉得我不浪漫。其实我是个非常文艺女，我一直相信，真正的情书不是口头上的情和爱，而是真真地记得在一起的点点滴滴。这几天，就一直像我们谈恋爱时的情节，想的心痒痒，所以我总结一下，让你回味一下，也跟着我心里痒痒一下。不要太感动哦，太感动了就赶紧回来把我娶回家供着。以下是米睡睡和舒小贱的爱情大盘点。

1. 每次过马路有风沙吹过，你都把我护到身后，替我挡一挡，即使没用还是心安。

2. 出去逛街或走很长的路时，你都时不时地替我捏捏小腿。

3. 我心情不好时，总是好脾气的一遍又一遍地哄我开心。

4. 打电话总是温声细语，反而是我大嗓门地问，有什么事?

5. 虽然买衣服的眼光不一样，但是我为你挑的衣服你还是会穿。

6. 虽然我们两个都懒，但还是会帮我做饭，洗衣服。大懒制服小懒，小懒只能活在大懒的淫威下。

7. 每每找一份新工作，都陪着我一起去面试、认路。送我几次后才放心地找自己的工作。

8. 我有什么困难，你都说最后你来解决。

9. 每次都是我买零食，最后吃的却是你。

10. 每每我说的话你都是听的，不反抗，但实际上做不做就不得而知了。

11. 两个人分开后就特别的好，不管我说什么都听我的。

12. 我买的衣服好看就是好看，不好看就是不好看，从来不迁就我说好看。

13. 我爱看综艺和言情节目，你爱看球赛、体育。两个人一块看电视我总是一会就睡着，然后你把我抱回屋里。

14. 你有起床气，不过我还是敢把你弄醒。晚上渴了，踹你一脚，说老公，渴了。你就乖乖起来给我倒水。

15. 我坐火车的时候不管什么时候，你都去接送我；你坐火车时，除了正常时段，我都在睡觉。

16. 我爱给你买衣服，买乱七八糟的东西，别人都说我败家，但你总是护着我。

17. 我喜欢拉你去逛内衣店，你喜欢尴尬地站在店门外抽烟。

18. 我给你修眉毛、贴双眼皮，你会抵制一下，最后屈服。

19. 我不喜欢化妆，你说我素颜好看。

20. 不管我有什么难题，第一个想到的就是你。

21. 我吃不完的饭都是你替我吃完，你不爱吃的菜最后在我带动下也可以吃了。

22. 总是说把工资都给我让我买衣服，其实你自己都花完了。

23. 总是说戒烟，但都戒不了。

24. 现在才知道，你骑着没电的电动车，把我从安阳带到曲沟是多么的不可思议。

25. 我们两个最爱躺床上看小说，阳光照在我们身上，偶尔说几句话，看下彼此，感觉时光安好。

26. 我经常把我认为好笑的念给你听，你也笑，不过不知道你听懂没？

27. 我喜欢把我认为好看的电影小说让你看，你把你认为好看的推荐给我，可是却从来没有成功过。

28. 手机簿上第一个名字是你。

29. 从前你不喜欢用护肤品，现在也变得缺一不可，比我还臭美。

30. 我心态不好，其实你心态也不好，但是却在我面前装得很好。

31. 你喜欢叫我妞，我喜欢叫你舒小贱。

32. 我们都爱裸睡。哈哈。

33. 我总是花钱肉疼，你总是不知不觉地把钱花完。

34. 我喜欢让你背，坐你脖子上面。你总说我重，还是背着我遛一大圈。

35. 我喜欢让你在阳光下给我掏耳朵，感觉很温暖。

36. 我们最喜欢阴天窝在家里不出去，吃零食，看电影，觉得生活如此妙不可言。

37. 最爱看你信的时候拉粑粑。

38. 都不吃辣椒和蒜，却说对方太挑食。

39. 我整天吃凉皮，你却不爱吃。

40. 你爱玩游戏，我爱逛QQ和淘宝。

41. 我经常不洗漱就出现在你面前，你也习惯了。

42. 我们喜欢躺在彼此的腿上睡觉。

43. 我最喜欢以前跟你传字条的日子。

44. 喜欢你对我温柔的不行的样子，就只对我一人。

45. 其实你还是蛮可爱和小孩子气的，不过就我一人能看到啊。

46. 喜欢让你骑车带着我走遍大街小巷，边走边唱歌。

47. 我想跟你一起去广场上跳舞。

48. 我最讨厌麻烦和对不熟悉的人说话。

49. 你最不能喝酒，但其实喝完酒很可爱，我可以随意“K”你。

50. 每次逛淘宝舍不得花钱犹豫时，你会来鼓励我说：没事，老婆，我俩命中注定攒不到钱，你就把钱花光吧。

51. 现在我觉得我比你饭量大，但是你还是一直喂我，估计想让我比你还胖。

52. 你特别爱吃醋，看见我对别的男生笑笑，你就心情不好。但我能感觉出来，就去哄你，这个时候你就像个小孩子。

53. 我做饭口味很淡，但你也不挑剔，其实很难吃吧。

54. 我每次喊累，你就心疼地说，妞，别上班了，哥养你。其实你比我还累。

55. 现在你被晒得很黑，我就特别喜欢跟你比看谁白。

56. 我们从高中，大学，工作，结婚，一直都很相爱。

57. 我们都相信爱情，相信爱的人永远青春。

58. 我们要白头偕老，我爱你！

还有好多需要你总结的，再唠叨一遍，不准生病了硬撑着，能偷懒就偷会懒，别太累。要是领导再不分是非地“熊”你，我就过去替你出气。只许我欺负你，别人靠边站，实在太累就别干了，回来我包养你，嘿嘿。其实吧，老公，最后一句是，情不知所起，而一往情深。你明白。

愿你一切安好，世界温柔以待。

老婆大人

点评

爱情小细节是每一对情侣都拥有的，但却不经常呈现出来。这种生活小细节要比花里胡哨地谈情和说爱更让人觉得感动和甜蜜。幸福是不需要比较的，也不用建立在物质基础上，而是发自内心的满足。爱情就是叮嘱要注意身体，多穿衣服，少抽烟。真正的情书不是口头上的情和爱，而是真真地记得在一起的点点滴滴。在这个快节奏和浮躁的社会，由爱情细节汇聚而成的情书尤为感人和浪漫。

等我回来娶你

笨人鸟（广东）

优秀奖

我和“华妹”相识在网络中，那时，我每天必做的一件事就是访问她的空间。终于，我渐渐爱上她，并且向她告白。视频聊天后，我们约定等她回到家乡后一起吃饭聊天。从此之后，我开始给她写诗来寄托我的思念。至今为止，一共写了11首诗歌。我们身在两地，但一直为我们的约定努力地工作着，那就是“等我回来娶你”！

亲爱的华妹：

当你看到这封信的时候，我正在思念你的一颦一笑、你的点点滴滴。记得我们在QQ上初次聊天时，我说是我小姨给了我你的QQ号，你才愿意加我好友，你还觉得很尴尬。可是后来，我觉得这真的是冥冥中自有天意。还记得，跟你聊天的时候，我喜欢你弹我QQ时候的颤动。我每天必做的一件事就是到你的空间里晃悠。我在你的QQ里留下了我对爱情向往的那一段话：“时间可以风化坚固的磐石，可以吹老我们的容颜，可以填沧海，可以平桑田，但时间也可以证明我的爱，永恒不变。”以此来向你告白。

我以为你会满心欢喜，但是你只是“嘻嘻”一笑，不置可否，让我心里七上八下，不敢问你感觉如何，只好对你说是我为你的照片写的诗，没有别的意思，希望你别介意。你没有回我，我以为你不开心。

那晚我们互相开启了视频聊天，因为你远在千里之外，没办法跟我见面。当时我们约定在你回来家乡的时候，一起吃饭，一起面对面聊天。当时，虽然离你决定回家的日期相隔不过数月而已，可是于我却如同隔世般遥远。我想见你，想见你，这种思绪让我怅然若失，不能自已……这种思念汇成了另外一首诗，我把它写给了你。

无解·苦酒独吞

夏日鸣蝉，栖息于树。阴暗四载，终得破土。

开怀引吭，不过月数。为谁高歌，为谁饮露。

翩翩蝴蝶，穿梭花簇。摇曳生姿，清丽脱俗。

来去匆匆，朝生夕故。为谁展翅，为谁轻舞。

悠悠青杉，亭亭秀木。山间岁月，无起无伏。

寂寂千年，只隔朝暮。为谁长青，为谁驻足。

迷惘人生，岂有坦途。忧伤凄楚，羁绊前路。

愁思难去，茫然四顾。为谁痴迷，为谁心苦。

数月的相思，数月的期盼，终于在那个下午，你带着我朝思夕盼的想念回到了家乡。我们相约一起吃饭。当我怀着激动兴奋的心情前往约定地点见到你的那一瞬间，我感觉整个世界都为之宁静下来了，天地之间只有你的笑容在那一瞬间慢慢地绽放，我的感觉已经无法用语言表达，如果一定要说，那就是："老天啊，你把我想象中的女人放在了我的面前！"就像一个梦，一个幻象，可是又那么真实。是的，你在我的面前，就在我的面前啊……我当时就想到了这首诗，留在了你的QQ里。

幻·苦酒独吞

是夕赴会，紧趋屋檐。待见佳人，惊为妖仙。

姿态无比，楚楚可怜。肤若暖玉，不禁吹弹。

蛾睫入鬓，目秀鼻端。樱桃樊素，齿白唇艳。

黑发如瀑，轻抚香肩。藕臂葱指，写意舒展。

微抬明眸，翘首顾盼。未假辞色，面泛嫣然。

点漆明珠，秋波流转。随风轻摆，杨柳小蛮。

清水灵韵，尘埃不染。荡人魂魄，动人心弦。

近在眼前，远似天边。不可方物，难以尽言。

是的，我承认，你比照片上的你更美丽脱俗。你告诉我说，朋友们都说你上相，本人没有照片漂亮，可是我觉得你不上相，照片上的你哪能尽述你的温柔，你的善良，你的朴素，你的聪慧。你比照片上的你，更让我痴迷，更让我心醉。我说我还要为你作首诗，你笑了。你说我太坏了，估计都是在网上抄来的诗发给你的。我指天发誓，说这是我发自我内心的感受，我想为你作诗，就像某首歌说的，为你作诗，为你做任何不可能的事，只是为了让你微笑，让你开心。为此，我为你写了《翠衫·苦酒独吞》，用来纪念我们见面的那个傍晚，我所有的感受。

翠衫·苦酒独吞

青丝如瀑，荡涤香肩。随风起落，微抬波澜。
轻柔一睹，妍笑浅浅。魅我灵兮，目放娇颜。
青丝如波，荡漾心田。思绪纷扬，怀愁难掩。
秋水深处，一泓幽怨。惑我神兮，目光忧远。
青丝如缎，轻抚香肩。随风而舞，拨动心弦。
轻柔一瞥，星眸璀璨。醉我魂兮，目绽依恋。
青丝如云，缥渺心田。不可捉摸，如雾如电。
秋水依依，楚楚可怜。倾我人兮，目若幽帘。

你笑着说我神经，又到处去抄人家的诗。妹啊，我真的是自己写的呢。你知道吗，在世界上所有的头衔中，“华妹的男友”是我今生最自豪的一个，我要努力升级为豪华版——“华妹的丈夫”。为此，我情不自禁给自己写了一首诗《痴念》。

痴　念

挚醇痴人心中念，爱慕佳人似谪仙。
华丽端庄如玉琢，妹影流连彩云间。
痴痴望眼浑欲穿，心怀美梦欲登天。
不曾畏惧艰途险，悔意岂能撼心坚。

很多朋友看了都觉得莫名其妙，你也觉得不咋的。我悄悄告诉你把每句第一个字连起来读，你就知道我的心意：挚爱华妹，痴心不悔。那时候你笑得很开心，却说我傻瓜。我说我以前从不信命，可是我觉得冥冥中自有天意。我记得以前有次我们聊天的时候，曾为你发过我随手写的一首小诗，那是我喝醉后的无心之作。

等　待

孤独了千年，只是为了等待遇见你的那一个瞬间；
守候了千年，只是为了寻找羁绊我的那一段宿缘；

煎熬了千年，只是为了圆满那美丽的祈盼；

孤独守候的轮回，从不害怕寂寞无止境的纠缠；

因为有你微笑的容颜，能在相遇的那一瞬间，

融化尘封了千年的温暖。

是的，我从来不信命。可是有人看到我胸前那颗硕大的红痣，告诉我一个故事：传说过奈何桥的时候，有的灵魂因为执著一念，不愿意忘却前世的爱恋，始终不肯喝下孟婆汤。孟婆无奈，只好在他的胸口点一颗痣，然后把他打入河中，让他在忘川河里忍受千年的火炽水淹之苦，才可以在轮回之时，对那段执念留有残缺朦胧的记忆……我以前从不信命，可是为什么我的一举一动却似乎都在为它作证？好吧，不管它真也好假也好，就连我醉后朦胧中写出的诗，似乎也在为我告白我对你长久的期待。

是的，我们还要生活，开春的时候，我们再次分居两地，可我许下的是来年回家娶你过门的愿望。为此在分别的时候，我写了《飞天》，是为了寄托此后对你的思念。

飞　天

新放初绽迎风吹，孤月千里寻梦回。

徘徊流连残枝影，浮花北去何时归。

距离的增加，让我们更加深了对对方的思念。我想你，非常想念你。是的，生活中有很多不容易，虽然我们都对自己的信仰忠贞不渝，却也难免有过一些言语上的磕磕碰碰。我们有过争吵，也有过叹息。那些时候，我孤独，我害怕，我怕失去你，我怕说再见。因为一旦再见，我不知道又要经过多少轮回才能再见到你。于是我醉了，我不知所措，在你不肯跟我说话的时候，我食不知味，夜不能寐。我为自己写了一段话，记下了那夜我的醉态。

夜

云淡风轻，星稀月残，宁静幽暗深远；

一个人，半壶酒，一缕轻烟。

玉液琼浆，杯深量浅，醇香馥郁甘甜；

一场梦，半宿醉，一夜难眠。

尘世烦扰冷眼看，终不过，一世虚幻。

举杯难顾影相伴，醉不过，一声笑叹。

清新雅致，温婉缠绵，端庄细腻恬淡；

一蹙眉，半含嗔，一点慌乱。

前世今生，情深缘浅，牵挂祷告期盼；

一片心，半世缘，一生痴念。

抬首豪饮敬苍天，伤不过，一时贪恋。

强把苦泪混酒咽，痛不过，一句再见。

后来，我知道我输不起，你是我的真爱，一旦失去了你，不管今后我任何事情做得再好，我的灵魂这辈子都不会再有亮点。我酒还未醒，就再为我们两人写了一首诗。

愁绪·苦酒独吞

思念若酒，醇香甘甜。意醉心迷，今生宿缘。

愁绪如雾，易聚难散。形单影只，孤独相伴。

思念若茶，馨韵素颜。浮沉微波，清新恬淡。

愁绪如水，映月浅浅。迷茫凡尘，忧思漫漫。

思念若歌，空谷幽兰。缠绵不绝，余味悠远。

愁绪如风，微浸醉眼。无花残枝，空恨经年。

思念若君，楚楚可怜。脱俗雅致，清新温婉。

愁绪如我，宿命执念。前世今生，永恒不变。

我想，也许我每走一步，都是老天对我的考验，老天把你放在了我的面前，却没有告诉我该如何得到你。你也回了我电话，我们都相互道歉，为自己的言语伤害到了对方道歉。我知道，对你的思念，应该说出来，让你知道，让你知道我有多爱你。于是，我为你写了《思念》。

思　念

从不计较感情的付出，也不担心未来的去处；

害怕的是强忍思念的痛苦，和下一个黎明的孤独。

唯愿千山万水，与你同路；

唯愿天涯海角，陪你共赴。

遇见你的道路，哪怕坎坷满地，荆棘遍布；

即使通往幸福圣堂的道路充满艰难险阻；

只要有你注视的目光，

就没有任何困难可以挡住我前进的脚步。

是的，亲爱的华妹，不用怀疑我的忠诚，也不用担忧我们的明天，就像分别的时候，你答应我的那样——等我回来娶你。我爱你，我在等你，我一直在等你。

我在等你

在呼啸的寒风里我还在那里，等你从未离去

从未放弃在寂静的深夜里我还在那里，等你从未离去

从未放弃在深邃的目光里我还在那里，等你从未离去

从未放弃不会遗忘的片段

不会磨灭的回忆只能是那璀璨的爱

刻在永恒的痕迹斑驳的岁月里

那绽放得如同灿烂星空般的美丽叫人如何能够忘记

当你恍如隔世的回眸为此而升起

你会发现我就在那里等你

从未放弃，从未离去

还有一首，是早就为你构思好的，也是我今生不渝的誓言，我的每一个字都是发自内心而写的，你可以用任何资料去查。

寻

当你乌黑的发丝飘起，拨动我尘封的心弦

当你幽深的星眸闪烁，锁住我枯涩的双眼

我的灵魂迷失了方向，踯躅不前

我要追寻你的脚步，哪怕颤抖在寒风呼啸的山巅

我要找到你的踪迹，哪怕跌倒在渺无人烟的荒原

即使为你历尽一生的磨炼，也心甘情愿

即使为你背负一世的苦难，也毫无怨言

无力的山盟海誓
转眼的沧海桑田
当你的回眸为我凝望时
我的爱，永恒不变

那天你笑了，你说给你母亲看了我为你写的诗，她也笑了……那时候我好开心，那一瞬间我知道你认可我了，我快哭了。

华妹，我的一生所爱，记得我们的约定——等我回来娶你。

亲吻！亲吻！

笨哥哥醉笔

点评

传说过奈何桥的时候，有的灵魂因为执著一念，不愿意忘却前世的爱恋，始终不肯喝下孟婆汤。孟婆无奈，只好在他的胸口点一颗痣，然后把他打入河中，让他在忘川河里忍受千年的火炽水淹之苦，才可以在轮回之时，对那段执念留有残缺朦胧的记忆。对于主人公来说，忍受千年火炽水淹之苦，就是为了一句话：等我回来娶你。这种爱简洁令人心动。

第八章

同舟共济

说好一起天长地久

时光飞逝，相爱的两个人共同度过漫长岁月，经历甜蜜，也会经历辛酸。爱情，不能只是美好，还必须尝尽世间磨难，才能最终修成正果。小打小闹就说你不爱我要分手的，那不是爱情，那是过家家。遇见病痛、穷困，无法面对想要散开的鸳鸯，也只能感叹修行不够了。

这一篇章叫做“同舟共济”。15封励志情书让你明白，能够相伴到天涯的爱，定是能够共患难、共进退的爱。王子与公主幸福美满、一帆风顺的生活只存在于童话世界。

一个人的时候，也不要忘记《写给未知的你》，遇见后坚守《一切随缘》的爱情，哪怕是《被“嫌弃”的爱情》，也要向世人表明《亲爱的，其实我真的很想和你在一起》。多年之后，待我离去，《写给50年后的“小海豚”》将是我为你独自生活时的加油鼓励。

《爱上一个比我大7岁的女人》，遭遇亲友阻难，困难重重，但

仍然相守，努力；癌症晚期病人写给妻子的《疾风知劲草，患难见真情》，感人肺腑，用情深切。

这些，都不过是懂爱之人的本分。

相爱，原本就是要“同舟共济”的。

疾风知劲草，患难见真情

另生余（重庆）

三等奖

我与妻子已共同生活20余载，互相恩爱，虽也有争吵打闹，但整个家其乐融融。天不怜见，2012年11月开始，我的口腔就开始疼痛，食不下咽。于2013年2月确诊为口腔癌晚期。这对我家来说犹如晴天霹雳，但我的妻子对我不离不弃，呵护有加，这中间的感动无以为报，唯有将我对她深深的感恩化为文字，娓娓道来。尽管这些文字所表达的感激只是九牛一毛，但我愿将这份感情公诸于世。

亲爱的妻子：

茂珍你好！

我是个内敛害羞的人，从未对你说过“我爱你”三个字，但现在即使很艰难，我也要在键盘上敲下如下字句：你是我的知己，也是我的终身伴侣，更可堪称是我的再生父母。

回想30年前，你才16岁，高挑的个子，一袭白裤衬得你的腿更加修长，飞快地踩着自行车在山间路上奔行。我自知不能高攀，只能将那时的风，那时的景，还有你那白色的身影深深烙印在我心上。没想到6年后，我未娶，你未嫁。你还是那样青春洋溢、善良美丽，我自觉是上天的美意，自觉是你我的缘分未尽，便鼓足勇气让朋友转达我的爱慕之意。我庆幸勇敢了一回，否则你怎会成为我白首不相离之妻？

20多年的家庭生活，各种琐碎磨灭了你的美丽面庞；因为我们的孩子，你的苗条身姿不复存在。家庭经济压力消磨了你温柔的秉性，取而代之的是火爆。每次当你为家庭收支烦恼而大声嚷嚷的时候，我闭目不言，内心却波涛汹涌，怀疑我们的结合是个错误，毕竟我们文化水平不相等，性格差异太大。记得在我们20年结婚纪念的那天我写了一篇文章，其中写道：板门对板门，竹门对竹门。一是想说你找到我就不要再抱怨了，二是觉得自己如果找个跟自己相近的人，家庭也许多和睦之语，少争吵之声。反正觉得你不会懂得这句话后面的意思，也就忽略了你当时沉默看这句话时红润的眼眶。现在想来，这句话伤你一定很深。你的勤劳坚韧让许多女人都逊色：你可以背着大包小包沉重的货物挤车、摆摊；你可以为了让我们有个遮风挡雨的房子，亲自弯腰背砖；为了维持生计，你可以低声下气，看人脸色去赊货、借钱。你的聪慧才智让许多男人自愧弗如：你可以昼夜不睡盘算如何顺利筑成房子；你可以想尽办法和睦邻里关系；你可以不顾家人反对毅然决然送儿女到外地更好的学校就读；你可以凭着心中所愿独自一人跑到北京去参观故宫。

在我心中你犹如圣母玛丽亚般高贵，因为你有一颗慈爱之心，无论是对亲人、儿女，还是我。

曾记得10年前，我母亲病逝，你含泪痛哭。当母亲的遗体入棺的那一刻，你与穿衣服的老太婆，亲手将母亲的遗体托起抹身穿衣。此举。不仅感动了旁边的人群，更打动了我的心，旁边的人赞叹说:“像你这个儿媳妇，天下难找啊!”你却说：“母亲是突然病逝的，在生，她没有麻烦过我们，在最后一面的时候我也要尽我的心意，让她安心地去吧。”而有些女人呢？见此情景，害怕了，吓晕了，躲在老远观看，对生者无孝，对死者也无情啊!

我永远记得那一天，2012年12月29日，从此我们家便愁云密布。你和女儿带我到重庆西南医院检查口腔病症，我被医生确诊为口腔癌（晚期）。你当时双腿蓦地闪了一下，左手拂在额头上，闭上眼睛深深地出了口气。你随即镇定下来，询问医生该怎样治疗。你微笑着对我说，没事，肯定医得好。可是你眉宇间的忧愁我怎么会不懂？在填住院单的时候你自然地将笔递过来，几十年如一日，每当要写什么的时候你总会依赖我。我回过头，看见你满脸的泪水，你强制镇定地拿着住院单去寻找病房，我尾随其后。这就是默契吧！需要执笔书写的时候你依赖着我，外出行走时我依赖着你。

2013年2月28日，你再次带我到重庆医大附属口腔医院活检，所有的侥幸灰飞烟灭，化验结果确确是口腔癌晚期。那一刻，你再也抑制不住，泪如泉涌，号啕大哭。你哭着说:“如果医生能够治好你的病，我可找亲戚朋友借钱。如果有一线希望，我把家里的房子一层一层卖掉，也要救活你的命，哪怕是多活一小时，多活一天……”此时此刻，尽管得知我剩下的短暂的时光，我从心底里，从灵魂深处感觉到你是那样深深地爱着我。

手术时，我已经骨瘦如柴，你担忧地紧紧握着我的手。手术期间的9个小时，我不知道你在手术室外是怎么度过的。躺在手术台上我一心想着这辈子对不起你，儿女还未成家立业，我放心不下，我不想这样离开。当我被推出来的时候你第一个冲上来，医生拍拍我全麻的身体，喊着我的名字，我能感觉到你握着我的手，尽管当时你没有说话，我动动手想告诉你我都知道。

在复苏室那几日，是你最痛苦的几日吧。我依然麻醉着躺在病床上，你看着我脸上、胸口上血淋淋的大伤口。我不能说话，偶尔有模糊的意识，你的心恐怕被搅拌机搅得血肉模糊了吧！我还记得女儿在我耳边说，爸爸，你快点好起来，你每年都送妈妈礼物，今天是三八妇女节，你没送礼物，好了要补起哦。你的眼泪如黄河决堤奔腾而下，你跑到外面，坐到椅子上埋头失声痛哭。

苏醒后的十几天，我嘴里不能进食，你想尽办法给我补身体，打果汁，熬补汤，用注射器从我插的胃管里注射；我手脚不方便，你就给我洗脸洗脚洗澡；当我需要活动时，你就每天下午搀扶着我在医院大厅散步。你对我说:“身体要紧，健康是福，只要天天锻炼，身体就能很快恢复。”听了你的话，我鼓足了继续生活的勇气。而这些工作，一做就是今后的岁岁朝朝。

我常觉得对不起你，口腔病症、肠胃炎常常困扰我，你费尽心机我的身体仍虚弱难补，但你从未放弃过我。我时常照着镜子，看着左右已经不很对称的脸，我对你的愧疚种在我心。我曾经抱怨过老天不开眼，我心地善良，无不良嗜好，为什么让我遭遇这么大的灾难？但最痛苦的应该是你。你还那样年轻，富有活力，却遭逢此变，你却从未抱怨，反而蹲在我面前，握着我的手，巧笑嫣然地对我说:“你放心，无论怎样我都不会放开你。”我含着泪水点着头，笑着拍拍你的手。你不说我也知道，经历了这么多，我怎会不相信你？我怎会感觉不到你对我的爱？

亲爱的妻子，我欠你的太多太多了，我二世也难报答你对我的爱。你却说:“只要你恢复了健康，保养好身体，就是对我最好的安慰和报答。”为了精心护理我，在8个月的时光里，你一直在医院里度过。你以前开心的笑脸现在憔悴了许多；你往日那健康的身体现在也消瘦了许多；你昔日头上那可爱的乌发现在变白了许多。是你给了我第二次生命，你是我的再生父母！

亲爱的妻子，千言万语，描写不完你对我的真心；千歌万曲，也颂不尽你对我的爱意。因为你，这世界上真的有了“你若不离，我便不弃”。我唯愿神明保佑你健康、长寿！

夫　另生余

2013年6月15日

点评

这是一个癌症晚期病人写给妻子的一封情书。一起历经风雨30载，直到自己快要永远离开的时候，他才发现自己的妻子是如何悉心体贴。原来自己一直生活在妻子的浓浓的爱中，却不曾去察觉那些生活中的小幸福，甚至连“我爱你”三个字都没对妻子说出口过，此时此刻唯有用一封情书去“忏悔”……很多时候，幸福就在你的身边，可是你并没有及时去把握，不要等到失去的时候才后悔！“爱，要及时说出来！”

写给50年后的“小海豚”

罗昌军（重庆）
优秀奖

在看到这则征文消息的时候，离截止日期已经只剩最后两天了，仓促间写了这封写给50年后的自己的情书。我打算再手抄一份（自认为毛笔和硬笔书法不错，以前给老婆写情书都是秀我的毛笔小楷，呵呵，50年后就可以成传家宝了）珍藏在家中，暂时不给老婆看。想到数年之后，自己可能会离开，留下心爱的妻子独自生活，决定为那时的她写一封长信，作为陪伴，作为鼓励。

亲爱的小海豚：

我早就习惯了这么叫你，尽管50年后的你已经是一个年逾古稀，并且需要戴着老花眼镜才能看清楚情书的老太太了。

或许这将是我写给你的最后一封情书了，因为当你看到这封情书的时候，我并不能确定我是否还陪伴在你身边，更别提写情书了！你当然知道我的意思，并不是因为我们在今后的50年中可能早已经情断缘绝、各奔东西了，而是你知道我们家族里的男人就没有活过80岁的，更何况女人本来就比男人长命这也是人之常情，因此即便是我先你而去，你也不要太过悲伤！

相反，我希望你看了这封信后，还能够继续支撑鼓励你再活20年，不要太多，长命百岁也该满足了。我怕你更大年纪便不能轻轻松松、利利落落地活着，这对于一个不爱受着约束的你来说是一件莫大的痛苦；更何况，如果你再不来另一个世界找我，我又该到了男大当婚的年纪了，我想你总不忍心让我等你三四十年吧！

唠唠叨叨说了这么多，是要你不论发生什么样的事情都要放宽心些，顺其自然、随遇而安地好好活下去。当然，如果我们能一起携手走进金婚的殿堂那是梦寐以求的事情了，那时我再给你写情书，再给你穿一次婚纱、戴一次戒指。我们相偎着坐在湖边的长凳上，让洁白而修长的婚纱像落日的余晖洒在草地上，一起细数我们恬美的过往。

亲爱的小海豚，还记得我们第一次相识吗？噢，在你看这封信的时候那差不多已经是60年前的往事了，对我而言却依然历历在目：2005年10月的某一天，一场迷蒙的秋雨把你赶进了重庆大学B区图书馆的电子阅览室，你青春美丽的倩影瞬间拨开了山城浓厚的乌云，彻底照亮了我的人生。就好似命运之神的安排，一直潜伏在那里勤工俭学的我“利用职务之便”偷看了你的QQ号，从此你便一步步地陷入了我精心设计的温柔陷进。

接着在我一系列的浪漫组合拳攻势之下，我们每晚围绕足球场散步的总长度足以绕地球两圈。这期间，我绞尽脑汁、搜肠刮肚的甜言蜜语和天马行空的高谈阔论，足以和周星驰把推磨的弯木头说直了相媲美。在之后的12月，当丘比特的一阵微风吹落了重大里面的法国梧桐，而其中一片金黄的树叶，在12月4日的夜晚飘落在女生宿舍12舍905室的门缝里的时候（这时你肯定还记得为我送信的那位好友吧，噢，我至今依然感谢她没有送错地方），你才幡然醒悟自己中了圈套，直呼这是一个阴谋。可是亲爱的，爱情它可不就是个甜蜜的阴谋吗？

2005年12月4日，这个对其他人来说普通的不能再普通的日子，对我们而言却是爱的宣言日，从此以后我们的爱情之舟扬帆起航，历经50余年风雨而坚不可摧，一往无前。

亲爱的小海豚，还记得2008年吗？那是我们爱情之舟经历的第一次暴风雨，虽然地震没有震垮我们的爱情，但那一年你毕业了，工作去了达州，从此以后开始了我们两年多劳燕分飞、两处相思两地愁的日子。为了相互鼓励，共同进步，我每天早晚都给你发送或有幽默笑话或有学习内容的积极短信，还给你制作好多期由“小海豚工作室”精心制作的小海豚专属电子杂志，共同抚桨摇橹让我们的爱情之舟艰难地劈波斩浪、破风前行。

当然因为我的疏忽，我们的船还差点进了水，曾一度抛锚休整达半年之久。那期间我们经历了爱情生离死别的纠缠、分分合合的痛苦，还记得我在给你的《晨听冬雨思远人》中这样忏悔到：

小楼壁室听雨声，痛似远人梦哭醒。
三天两月如隔世，恨为三尺男儿身。
卿卿我我犹在枕，悔不当初多爱君。
雨随风落心砸坑，悟自凄清冷早晨。
莫要随意撒手去，再不轻易伤你心。
自当勤勉早进取，做个真正好男人。
春花秋月等闲过，独爱冬雨夜来声。
天长地久若再续，泪墨为书传佳音。

现在和你相偎相依走过半个世纪后再回首往事，越发觉得爱情就是个阴谋。它在给你甜蜜的时候也给你许许多多的苦涩，可是当我们经历了50年的浪漫与平淡、甜蜜与苦涩、幸福与磨难之后，那些青春的波动和年轻时的懵懂又算得了什么呢？

亲爱的小海豚，你还记得吗？在经历了5年艰苦卓绝的“抗战”后，我们的爱情终于取得了战略性的胜利。那是2010年8月的彭水之行，那次在阿依河漂流过程中，因为皮艇侧翻，我的头重重地撞向了河里凸出的礁石，鲜血染红了我白色的情侣衫。虽然我并无大碍可是把你吓得当晚就答应了我的求婚，你说因为怕有一天会失去我！美丽的阿依河、幸福的阿依河啊，你见证了一对情侣从此融为一体、白头到老的誓言！亲爱的，虽然现在的你不太可能继续去阿依河漂流了，但是我希望你再为我去看一看50年前的那一条阿依河吧！那里是我们婚姻开始的地方，去感谢阿依河神，谢谢她祝福我们相亲相爱走完一生！

亲爱的小海豚，你还记得吗？2013年，这对我来说是意义非凡的一年，它让我体验到了人生最大的痛苦和最大的幸福。这一年我满30，人说三十而立，可是我而立的代价却是亲爱的爸爸撒手人寰，这年我的爸爸才58岁啊！我成熟的痛苦来得这么撕心裂肺，来得这么刻骨铭心，至今时间的良药依然不能抹去我未能尽孝道的遗憾！幸好这一切都有你一直陪在我身旁，替我分担我无言的痛苦，和我分享无尽的幸福，而我的幸福正是你给的幸福：就在这一年，我们有了自己的宝宝，我们8年的爱情耕耘，终于结出了胜利的果实！

亲爱的小海豚，你还记得吗？从那以后尽管我们不相信，也不敢讨论，可我们还是朝着四十而不惑的年纪悄然地迈着步伐。那10年我们都在自己的事业土地之上挥汗如雨，更大的房子、更好的车子、更多的票子、更高的位子，还有一天天长大的孩子……这一切都像一条条鞭子追赶和抽打着陀螺一样的我们，而我们的爱情却似乎被遗忘在了某个遥远的角落，有的只是一如既往、疲惫而繁忙的平淡日子。

就这样过了10年后，我们又朝着50岁而不温不火地燃烧着生命的机油。这10年我们的事业步入正轨，人生再无大的波澜与变化，一切就在平淡的日子中循规蹈矩地进行着。直到有一天，我们在晚归的孩子脸上发现一丝青春波动的端倪，我们才恍然大悟！噢，我亲爱的小海豚，丘比特之神又重新走进了我们的家门，只不过这一回被射中的是我们的儿子。我们激动得彻夜难眠，却又不敢轻举妄动，整晚都在勾勒孩子那位不曾谋面的女友的形象（姑且生个儿子吧，我比较喜欢儿子一些）。可是无论我怎样幻想，直到最后那女孩子都跟30年前图书馆里的那个白衣飘飘的你一模一样。

于是，一夜之间我们又找回了遗忘的爱情，开始计划着到处去旅行，重温我们的爱情！我们一起游遍祖国的大好河山，去到世界各地体味异国风情，我们又回到那条不舍昼夜流淌着的阿依河，回到我们婚姻开始的地方。而那一年农历的七月，我满50了，我的亲爱的！

就这样又过了10年，到了60岁，我们都相继退休了，可是我们并没有闲着。因为我希望你的父母，还有我的妈妈都还健在，可他们也已经八九十岁了；而孩子的孩子也在这个时候出世，照顾孙子将是我们这10年最艰巨而幸福的任务。瞧，我亲爱的，我们的爱情这个时候已经转化为上对老人的爱和下对孙子的爱了不是吗？到那个时候，我想我会用更多的时间下厨给你们做你们喜欢吃的菜肴；而你，我亲爱的，请允许我直言，你花在镜子前和逛街买衣服的时间基本上为零了吧！难以抚平的皱纹将只允许你更多地陪我在电视机前看看球赛（我想这个时候，我们的国家队可能或许应该已经能够闯入世界杯决赛了吧），带着年迈的老父老母，牵着尚小的孙子去逛逛公园，又或者拖着我加入一直不入你法眼的坝坝舞去扭动扭动松垮垮的身躯。

而接下来的10年，我亲爱的，这将是你接受考验的10年，因为这10年我们都将迈入古稀之年。首先我们的老父老母可能会相继离开我们，然后老头子我的身体可能也会出现各种问题，最糟的是恐怕会离你而去，对此你要有心理准备；况且正值创业时期的孩子们可能也不会经常在家陪着你，而孙子大多数时间也将进入学校学习，我可怜的老太太啊！真不敢想象你孤独的样子，不过这时你倒是可以放心地去打打麻将，戴着老花眼镜悠闲地看看报纸，然后做一桌子菜等着孩子们下班后回家……我的亲爱的，真不敢继续往下想了，要是可以的话还是你先去吧，老头子我努力争取活到80岁，陪你走完人生的最后一程好不好？

亲爱的小海豚，其实在我写这封情书的时候还差1个月零10天才满30岁，还没有完全从失去爸爸的痛苦中缓过来，而我们情书中的孩子也还只是计划中的孩子，而40岁、50岁以后的故事在现在看来更是遥不可及的未来。

我之所以要写这一封50年后的情书给你，只是希望我们要一直这样好好地爱下去，让我们的爱情之舟经得起波澜，受得了平淡。当我们真正相拥着走过50年后，再来回味婚礼上那句“执子之手，与子偕老”的庄重誓言；在我们金婚的殿堂上，让我们再望着彼此的眼睛，深情款款地说一句：“我愿意！”

50年后的老头子

2013年7月10日星期三

点评

50年后我们会变怎样？那时我们早已韶华老去，人老珠黄；那时我们再也不用为事业去奋斗；我们失去了青春年华，得享了儿孙满堂。这是大部分人50年后的写照，而情书的女主角却比我们更加幸运一点。她除了安享天伦之乐，还有一个非常爱自己的丈夫，不，那个时候应该叫“老伴”了吧。50年后，还有人愿意给你写情书，还有人亲昵地叫你一声“小海豚”，还有一封情书能让时光倒流去回忆年轻时的爱情。这个人就是那个一直“爱你胜过爱自己”的老伴。

刻在竹简上的爱

向东（重庆）

优秀奖

我和女友相识于朋友的聚会，虽然没有一见钟情，但是也从相识到相知、相知到想念，最后一步步走到现在。我们预计今年年底结婚。本次大赛的情书征集让我回忆了我的过去，缅怀了我的青春，也算是给我和女朋友不远的婚礼的一次洗礼，送给我们彼此的一份诚挚心灵礼物。

老婆：

今天是你的生日，当你收到礼物时我们已在一起463天了，感谢老婆11112小时的相随相伴，666720分钟的不离不弃，40003200秒的理解和包容。

不记得什么时候爱上老婆的霸道，什么时候爱上老婆的约束，只记得从认识老婆那天开始，生活就不再一样了。喜欢夏季酷暑老婆乐此不疲的奔波，喜欢夜晚公交车站台老婆温馨的倩影，喜欢陈家桥到五洲新村来回的列车，喜欢十点守候公司楼下、晚上一点陪伴老婆飞奔马路的场景。所有的一切只因我爱你，正如老婆爱我一样。

我知道，生活中困难重重，修成正果尚未成功，同志我仍需努力。同时，懒散、松懈的我上进心、奋斗心、拼搏心都还需要大大的提高，但是只要有老婆的相濡以沫、鞭策和激励，所有的困难我都有信心，因为我要为我和我老婆的美好未来负责！风雨中一年我们走过来了，我不知道前生我们有没有在一起，不知道来世我们会不会在一起，我只在意今生今世。今生你若不弃，我定不离。老婆，23岁生日快乐！

东

2011年11月9日

点评

有时候，男生们都在头疼一个问题：女友过生日，应该给她一个什么样的惊喜？除了衣服、小首饰、玫瑰花这些，还可以是一封情书。这封情书里作者把想对女友说的话刻于竹简之上：11112小时的相随相伴，666720分钟的不离不弃，40003200秒的理解和包容……想必收到情书的女生此刻一定是幸福的，不到400字的倾诉，让人可以感受到男生的用心、细心、责任和对女友无微不至的爱。不管此刻女生是在微笑着回忆过往那一幕幕的甜蜜，还是早已哭成泪人想起那些年的不容易，我想说，遇到这样的男孩纸，姑娘你就嫁了吧！

致亲爱的

杨伟强（山东）
优秀奖

我老公叫伟伟，我们两个相差7岁，是我大他7岁。这个社会，如果是男的大女的7岁，朋友们会说找个大的疼人。如果是女的大男的7岁，朋友们都会说你发神经了。我就发了这么一回神经，我俩之间存在着所有感情会面临的问题，年龄、距离、差距，等等。可就是这样的我们，在我30岁、他23岁的时候，我们结婚了。在别人23岁年纪还在挥霍青春的时候，他就已经担负起一个家的责任。朋友们的聚会他参加得越来越少，时间都用在了努力赚钱中，他想我和我们的孩子将来可以生活得更好。他说，我没有有钱的老爸，可我要做个有钱的老爸。理想是美好的，现实是残酷的，每一个人都是在挫折中不断地成长的，他也不例外。他和朋友投资失败，不仅把家里所有的积蓄都赔光了，而且还有了负债。看到萎靡不振的他，我写了这封不是情书的情书，希望他看见后能够振作起来。

亲爱的老公：

还记得我俩第一次认识的时候吗？每次想起来的时候我就会自个儿偷偷地傻笑，你说老天爷咋就这么好呢？在我27岁老妈天天催结婚的时候，把你送到了的我的跟前。第一眼看到你的时候我就在心里叹息，这么帅的小伙，要是我的就好了，结果呢，真的就是我的了。也许这就是他们说的上天注定的缘分吧。如果没有认识你，我会过着怎样的生活？不敢想也想象不了。有时候自个儿常想，你比我小这么多，我到底喜欢你什么呢？我没有答案。我只知道，喜欢和你在一起，喜欢逗你笑，喜欢看你45度的侧面，喜欢和你一起玩游戏，喜欢和你抢零食吃，喜欢看你吃我做的饭，喜欢你依赖着我、我也依赖着你的感觉，我们就像一个共同体，谁也离不开谁。

结婚后，你一直在为我们的家努力。虽然我没有说什么，可是我心里什么都明白。看到下班后你疲惫的身影，看到你瘦弱的身体，我心里酸酸的。跟你在一起生活，常常让我忘记了自己的真实年龄，总感觉我们是一样的。虽然我比你大，可我也是女人，我也有任性发脾气的时候，每次你都不理我，不管我说什么你都不出声，被我逼急了就会吼我。每次你凶我的时候，我就会哭着怀疑你到底爱不爱我。直到有次我转身看到你背着我落泪的背影，我才知道，原来你也同样难受着。我沉默，你什么都不说，只是把我紧紧地抱在怀里。唉，以前总是羡慕身边的朋友他们的老公疼爱他们的方式，也总想着你能那样对我，却忘记了每个人爱人的方式是不同的，你就是你，和别人不一样，我却对你要求太多。老公，对不起，请原谅我的任性。

我们一直有个梦想，开一家小店，你做老板，我做老板娘。每次经过我们看好的店铺时，总会忍不住谈论上半天，店铺怎么装修，东西怎么摆放，曾经这个梦想是离我们那样近，可一夜之间什么都没有了。你投资失败，所有的积蓄都赔进去了，甚至有了负债。当他们还在挥霍青春的时候，你就已经老了，这只是因为你和我在一起，过早地背负起了一个家的责任。烟，越抽越多，胡茬，越留越长，看到颓废的你，看着你那双迷惘的眼睛，我想安慰你，却找不到合适的字眼，感觉说什么都是苍白无力的。想为你做些什么，却不知道该从何做起，甚至想到如果没有我，你现在是不是在开心地生活着，和你在一起究竟是对还是错。我迷惘，也彷徨着。可如果再给我一次选择的机会，我依然会奋不顾身地选择和你在一起，也许这就是爱情。我想对你说，失败了并不可怕，只要我们肯去努力奋斗，一切都会好起来的。我们不仅仅可以共富贵，我们同样可以共患难的。

老公，谢谢你，在我需要你的时候找到了我；谢谢你，为了我，用稚嫩的肩膀担起了整个家；谢谢你，一直包容着我；也谢谢你，一直爱着我。

深爱着你的老婆

点评

事业上遭到重创，是男人最恐惧忧愁的事情了。拼搏忍受数年，兴致勃勃、东拼西凑、白手起家，却一下子“被打翻了”，这很容易让人变得脾气暴躁、一蹶不振。遇上这样的事，家里有个冷静的好妻子显得尤为重要。她仍然感恩，仍觉得幸福，仍然觉得老公是最厉害的、能够东山再起的人，并为之写下了这封鼓励的情书。

真爱治愈

胡振华（上海）

优秀奖

这些是我向一位得了不治之症的姑娘发出的求婚短信！她有一颗金子般的心！她害怕拖累我，为了我的幸福，她不想让我为她的病付出痛苦，迟迟不答应我的求婚！越是如此越让我感到她是位最值得爱的好姑娘！为了让她恢复健康，快乐每一天！我利用手机不断地向她发求婚短信！我相信用世间的良药、我的真爱、彭水的秀美山水，一定会治愈她的病！我要一直求下去！直到她答应我的求婚！

我的最爱！我的心肝宝贝！在今天大多不相信爱情的E时空里，我依然相信最美好的爱情。你是我心里最美的玫瑰花，我在痴痴地爱着你。今生今世你再也找不到如此真心爱你的人了，我可能不能给你荣华富贵，可我能给你最好的爱，能让你天天幸福快乐。我相信我的真爱会让你的病出现奇迹，爱情的力量是神奇的。我在等你的好消息!

草儿绿了，花儿开了，鸟儿唱了，上天赐给我们的爱情来了。随自然而来的爱情就是缘分，我们彼此应该接受这上天赐给我们的爱情，接受这随自然而来的缘分，否则就是违背上天的安排，我们就会一生不得安生，彼此遗憾终生！彼此真心相爱就应该勇敢地生活在一起，聪明勇敢的好女孩不怕病魔。现在我每天止不住地想你，让我们的爱情开花结果，用我的真爱治好你的病，给我生一群天真可爱的孩子。答应我吧！我爱你！止不住地想你!你在哪里？真爱会有奇迹。一颗真爱你的心在等你回答。

痴爱你这么久了，难道我连一句话都得不到吗？我知道你为我好。医书上说："心不安则神不宁，神不宁则百病生！"一直这样下去，没有病也会得病的。这对你我的身体健康都不好！为了你的健康幸福，我想让你尽快答应我，我也能安心赚钱做学问了。聪明的女孩不怕病魔，聪明的女孩敢于得到自己的幸福。我不想遗憾一生，也不想让你遗憾一生。不管你怎么回答我，你都是我今生的最爱。今生今世你再也找不到第二个如此爱你的人了。我渴望得到你的一份真感情，让我和你共同战胜病魔。我在等你给我的好消息!!!

思伤脾，怒伤肝，思虑太多对你我的健康都不好。我担心这样一直下去会对你我的健康不好。你是我的最爱，什么时候也不会生你的气。我也希望你万事不生气，也注意不要被别人气到，生气对你的健康不好。我爱你，我想让你健康快乐100岁。和我在一起你会永远年轻幸福，为了你的健康我情愿放弃我的一切。只要我们健健康康、真心相爱，别的什么都无所谓。尽快答应我吧！让我安心赚钱写文章。我想和我最爱的人生一群小宝贝。我相信你是位聪明的女孩子，不会听信那些谣言。相信自己，用真爱治愈病痛。一颗真爱你的心在等你的回答！

每天我都情不自禁地在想你，因为你是我的最爱。你已经成为我生命中的精神支柱。我不能忘记我们在一起的甜蜜日子。你对我那么好，我没有理由不向你求婚。我不能没有你，尽快答应我吧。等病好了让我们一块做任务，网上有挣不完的钱。我自己忙不完，将来你做文案类，我做设计类的任务怎样？我们安下心来共同挣钱有多么好。我爱你，我牵挂着你的健康和幸福，你是我心里的宝贝。健康比什么都重要，我会把你一生爱的健健康康，让你每天都幸福满足，给我生一群天真可爱的孩子。聪明勇敢的女孩相信自己一定能够战胜病魔。误诊的情况也有呀，无论什么病症，勇敢面对就会好起来的。我是你坚强的后盾。一直这样下去，对你我身体都不好。这是上天恩赐的爱情，你再也找不到如此爱你的人了。我的宝贝，我的最爱，一颗真爱你的心等你回答！祝你天天开心！重新健康！

点评

现代人做什么事情都简单直接，却又懒惰至极，缺乏情趣。像这样每一条短信都用情、用心的编辑，饱含深情地发送往自己心爱之人的短信作者，至少在我看来，已算是世间珍宝了。更何况，负责收取这些短信的女孩儿，是一个绝症患者，这绝对能够让这些情书变得更加有意义和珍贵。这些短信能够让绝症女孩燃起希望之火，知道生病的自己也可以是如此重要。祝愿他们吧，但愿爱能创造奇迹。

一切随缘

黄韩子（河南濮阳）

优秀奖

这是我写给爱人的第一封信，一直在自己的日记本里保存着。我很幸运，我们三年异地恋爱，最终牵手走到了一起。幸福原来距离我们并不遥远，祝福有情人终成眷属！

涵：

第一次与你相视在你的房间，那一刻，我有些拘束。面对陌生的你，我不知道说些什么，只是随口说些家常话。那一刻，我从心里有点喜欢你，我不知道你心里会想什么？但我也不想去猜测。

我想说，我爱你！但是，那一刻我不敢轻易说出口。那样对你是一种极其不负责的承诺！我需要的是一份踏实的爱，我希望用时间证明一切！我再一次选择了让步，我把你放在了我的心里。那一刻，可以用四个字形容：“一见钟情！”但是，我并不知道这是不是真爱？总感觉少了点什么？是缺少相互的理解，时间太短？我不知道，在我眼里你是一个很优秀的姑娘。虽然，我们有文化差异，但是这不影响你在心中的位置和分量。我不敢奢望这种爱可以持续多久？我在爱的边缘线徘徊，或者这就是幸福的味道。有点甜，有点酸，心中有一种说不出在滋味。

在学校学习的日子，总会忍不住想起你。我曾经反复追问自己：这是真爱吗？我们真正是一个在天南一个在海北！我们每年只有2次相聚的机会。看很多小说，说爱情是幸福的。可是，我更多的是感觉到思念的苦楚，但是我可以确信，这是因为在乎。总会感觉，我和你有一种距离，这种距离我又无法缩短。这段距离是地域的折磨？

涵子，真想问问你心中的想法，但是我始终没有开口。现在，我还是一名大学生，距离毕业还有一段时间。我已经不敢奢望这份爱，你能等我，我已经很幸福！虽然，我也会有想你想得受不了的时候。

涵，一切随缘！

点评

这是为数不多的毕业后仍然坚守在一起、羡煞旁人的故事。没错，爱就是要双方都坚持、理解，才能最终修成正果。更加重要的是，遵守自己的内心，一切随缘。作者写到，远距离是痛苦的，但爱情那么美好。撩动人心的字句充满了正能量。祝福你们，相爱到永远。

一个闷骚“屌丝”男的爱情（节选）

张鹏飞（河北保定）

优秀奖

2001年秋入学，饱受病痛折磨和欺辱挤兑，兼贫穷自卑。遇女名叶者，多为关照，心生爱恋。然非她心之所属，三四年间，情之所系，书信来往，犹心结千转百回。

如今，所暗恋者早已嫁人，一子已入学，或是美满婚姻。而自己犹独身，即便有只言片语之来信，羞于回应，只十年往事，历历于心。

十年一梦今犹醉

一颗流星划过的夜空
星光依旧璀璨
当春去秋来的时候
是否依然是那样凄冷

一颗流星划过的夜空
白昼过后依旧
当流星逝去之后
天空是否依然有它的旧影

流星之魂灵啊
冥冥而不见
消逝啊，消逝
吹散在茫茫宇宙之风

流星之留恋啊
可奈何之缘
逝去啊，逝去
谁又在意这一颗流星

归来吧
消逝的天际
归来吧
你那漂泊的魂灵

对不起，姐，4年的时光就这样匆匆地永远地逝去，而我们也要各奔东西，心里总是难舍。虽说天下没有不散的筵席，然而这句话又怎能承受得起离别的沉重。我曾经想着，在毕业以后，我不会想起任何人，除了姐。然而我发现我错了。我以为大学给我带来的欢乐不会多于痛苦，然而我已不能淡漠。在此之前，令我魂牵梦绕的是姐姐，而今以后，这学校，这我们曾共同生活过的学校，这承载了我们希望与绝望，承载了我们欢乐与痛苦的时光，将无时不飞回我的梦里来。或许在我终老之后，我的亡灵还会游荡在这一片土地，而那时只怕已面目全非，看不到一丝旧日的痕迹。而我，依旧在这里，在我们曾经的学校的遗址上徘徊，游荡。

对不起，姐，我之去保定，或是因为那是我们家所在的市府，似乎比较亲近。也或许因为我的弟弟、姐姐暂客居保定，虽然他们都尚未妥善安顿。还或许我的某个亲戚，还有××、××、××等一干同学在保定。姐姐，我对石家庄没有多少感情，我一直以为我不属于这座城市，这里不是我的家。唯一使我留恋的，是姐你，或许还有我们的同学，是曾经无私帮助过我的××老师，还有省医院里的某些医生。

姐，你所说的归属感，我懂。

姐，如果我在保定立足，我会去看望姐姐，不管姐姐在什么地方。我会很想念姐姐。如果我在保定立足，我也会欢迎姐姐来，来弟弟家里。我保证姐姐受到的待遇不会比我的爸妈低。我爱姐姐。

姐，我曾经想以“天涯沦落”为题来写一篇东西，来记录我自希望的绝顶坠入绝望的谷底，而后消沉着，颓废着的这一段浑浑噩噩的大学生活，然而我力不从心，只能眼睁睁地看着时光匆匆逝去而更加的悲哀。后来我就想，乐天知命吧，我又算哪一个？大浪淘沙，英雄况且随之消逝，我凡人又如之奈何？然而又总是不甘心。

我很感动姐姐的孝心，我知道姐姐骨子里还是一个很传统的人，只是过分的天真、过分的直率，以致口无遮拦、毫无顾忌，才给人以不够安分的印象。姐姐，要知道，在中国有些事是只可做不可以说的。有些事大家都做了，并无可厚非，没人会计较，然而姐一旦说出来，就是大逆不道了。

我渴望姐姐能找到一个理解姐姐、欣赏姐姐、尊重姐姐、疼爱姐姐的人，而不仅仅是容忍，更不能欺负姐姐。希望姐姐能有一个安定温暖的家，但不是沦为毫无生气的家庭主妇，整天忙里忙外，满脸土灰，满脸憔悴。那样我会绝望，我会心疼。姐姐是我的一个梦，姐不要让我的梦破灭。

姐，我们不会轻易放弃自己的梦想，我们也要为之努力（我羞用奋斗这个词），然而我们更要照顾到爸妈的感受，对爸妈的要求尽量满足，给爸妈以抚慰，爸妈真的很不容易。

还有，姐，我也要一个完整的姐姐！

《弟子规》上说：做子女要“出必告，反必面”。我早已养成这样的习惯。哪怕我到邻居家10分钟，我都会向爸妈说明。但是我已经很久没给家里写过信了，我甚至怕给家里打电话。回到家里的时候，爸妈那样看重我，而自己一无是处，一塌糊涂。在家里我似乎很鲜光，而在学校在宿舍有时候我感觉自己就是一条狗。

姐，说到与家人的关系，就不能不说，爸妈的婚姻真是失败。他们都是情绪容易激动的人，为逞一时口舌之快，而不顾他人感受，每每为一些小事而闹得天翻地覆，鸡犬不宁。他们的身体并不好，然而却不知节制。回到家的时候，我自然受到了最重的关照，然而他们时常交恶，使我感到更多的是无法承受的沉重，还有因绝望而悲哀。对他们关系的改善我无能为力，我不再奢望他们的感情多亲密，只要能够和平共处我就满足了。人老了就容易走极端，容易歇斯底里是吗？还有，贫贱夫妻百事哀，这也是一个重要的原因吧！我因上学还有闹病的糟蹋更加剧了经济上的困窘，作为罪魁我很愧疚。

再就是所谓养儿防老，我是否能被指望的上，我自己都没底。

说实在的，我在父母眼里还是最乖的，我不能辜负爸妈对我的宠爱。自上高中以来，我几乎没有和家里人发过脾气，似乎只是和姐姐不愉快了一次？最多不会超过三次。而妈妈对我的不满多是因为自己语言不当引起了误会，还有就是妈妈认为我袒护爸爸而对妈妈不公。家里的姐姐一直没有受到足够的尊重，她做事不留心，没记性，又因为她是老大，首当其冲。我们一直认为她一无是处，因而难以得到尊重。我最早不看好她是因为她会为电视人物落泪，然而现在，我较之有过而无不及。与弟只是常年不相见而无话可说。由于妹妹能写，我格外喜欢她。

姐不用挂念，虽则结石是常常复发的，然自前年冬最后一次碎石，如今应该是没事了，虽然间或有一些感觉。病的时候，我会做噩梦，梦到一些无形的东西，这些东西比之其他有形的更让人恐惧。大一时我常常被吓醒，在那篇《噩梦》里你可以看到。不过近来很少做这种梦了。

姐也要注意身体，不要太劳累，多注意天气变化，及时增减衣物。姐每个月那个“朋友”来造访的时期，是不许劳累，不许剧烈运动，不可吃冷食，不可沾凉水的，最重要的是要注意卫生。姐注意了吗？弟弟说这些，姐姐不会骂我吧！

还有，我很想姐姐。

姐，我早就想写一些东西，那还是前年的事了，当时是有“为了忘却的纪念”的意味了。我想彻底忘记姐姐，然而就此决断，我又感觉对不起姐姐曾经对我无私的关怀与照顾，这使我心中难安。作这一篇是为怀念并表达我的歉疚，然而终于没写成。现在有时间了，这也正是我的计划。或许有些我没有公开的文字，姐姐可以看看。校友录我自开了一个班级，原是为自己设计，为敝帚自珍计，不纳他人的，然一时冲动，马××问起的时候把地址给她了，于是有些东西就不能往里存了，但邮箱还是我的。

姐，我的邮箱里大部分信件都是和姐有关的，还有一些是老师的作业，几乎与他人没有关系。姐可以打开看，我的校友录设置了不公开，没有加入就看不到实质的东西。姐都可以用我的账号进去。我邮箱姐知道：××××××。我的校友录账号：××××××。姐，我所有的密码都是一个：××××××。姐不用顾虑，里面没有涉及他人的东西，只管放心看。姐拥有一切权利，可以以我的名字留言。姐的话就是我的话，姐说什么就是什么，我信任姐。

姐，对姐夫的问题：（1）姐夫要理解姐姐，欣赏姐姐，尊重姐姐，疼爱姐姐，注意姐姐的感受，不能以任何方式欺负姐姐。（2）经济上要有保证，不能让姐姐太委屈。（3）身体素质不能太差，外观过得去，决不能影响市容，影响心情。（4）要本科学历吧，再低不能低于大专，这也关系到能否相互理解、能否和谐的问题，不能嫁给莽汉。

这是弟弟的期望，姐姐参考，姐自己掌握了。

我爱你，姐姐！

这是昨天晚上写的，写到凌晨1点多了。今天上午打出来，光打字用了3个小时，比姐姐慢多了，弟弟是不是够笨的。

2005年4月12日午于师大东院机房

点评

一个自诩"□丝"的男人，用"万字情书"（全文17618字，本文为节选）去祭奠10年前尚未生出翅膀便已消失的爱情。其中有爱情、有敬爱、有想念，还有一种说不出的无奈和释怀，细细读来感慨良深！让人想起了《那些年，我们追过的女孩》。为什么大学恋爱的两个人明明相爱却不能够在一起？或许这就是人们常说的"责任"问题。在一起是一种责任，是对4年爱情不抛弃不放弃的责任；不在一起也是一种责任，未来有太多不确定性，生怕给不了对方想要的东西，生怕影响对方前进的方向。不管怎样，我们都要潇洒地祝愿彼此幸福，那样才会有轻装前行的动力！

一封迟到的情书

那些年创意工作室（江西）

优秀奖

我和他是高中同班同学，他追了我一年，高二在一起，一直到高三结束，高考之后各奔东西。距离是一种难以对抗的东西，异地恋对于一对尚未成熟的情侣而言，太过煎熬，音容笑貌难以触碰，想念的人不可能陪在身边。跨不过的人痛苦忍耐，跨过的也是今后回首感情的一段硬伤。我们就在这条阴沟里翻了船。过程很难诉说，也很狗血，不过是醉酒乱性的戏码，但我最不相信的戏码发生在了我身上。现如今，我们分手已近两年，各自身边也有人陪伴。这，算是一封迟到的情书。

JF，其实我也不知道为什么想起了你。在这种场合，我该是给现在深爱的他致一封信。可是最后，还是提笔写了你的名字。我现在甚至都很难找出你的名字，更记不清你的样子。我只记得，你是很温柔的你，很可爱搞怪的你，很迁就着我的你。这是好漫长的一个故事，让我疼了好久的一个故事。故事里的我们青涩执著，又胆怯放弃。故事的结尾我为我们编织了一堆感天动地的理由来安慰一段时光，其实也不过就如滥大街的狗血桥段一般庸俗不堪。明明是一段不忍寂寞的背叛，结尾却硬生生自我欺骗地让我相信那个人，他依然还是原来的那个高高瘦瘦，笑起来很阳光背影却足显单薄的少年。那个有一套独家方式幽默逗我开心、陪我一起肆无忌惮大笑的人。

我记得你说，最后我还是放开了你，放开了最阳光灿烂的你。记得你说，你知道最后能给她幸福的那个人不是你，尽管她现在喜欢的是你。瞧，冠冕堂皇恶俗到家的话，我全信了，在那晚的课堂上哭的直不起身。你说我不舍得浪费你的4年，你人生中最重要美好的4年时光。我恨不得冲到你的城市给你一个大大的拥抱，感谢你的慷慨仁慈，顺带见见你的新女友。无私奉献的话全被你抢了，其实说到底，坚持到最后的那个人，是我。

这算是一封迟到的情书，算是我还你的。也违背良心地说一句，让你等了那么久，抱歉。其实早在那年夏天我们开始无休止的争吵的时候，我就该明白，这个人跟我的感情已经变了味。可当我现在想起那3年的日子，依然觉得你从未辜负过我什么。在一起的日子，尽心尽力地宠着我的坏脾气。后来的某一个冬天，在这座城市最繁华的地段遇到了你，你精神了许多，笑起来依然温暖人心。记得当时我戴上帽子低下了头，不愿让你看见，听见你还是跟原来的死党打打闹闹欢笑走过，突然笑了出来。我们在当初的分叉路口越走越远，但是我依然记得原来你对我说，如果以后我们分开了，你该怎么办。这个城市到处都有我的影子，如果分开了，等你白了头，希望也能记得你，记得一个叫JF的人。我突然明白了为什么那时候我会那么执著地相信着你，一句句话历历在目。一个曾经对我真心坦言过的人，我有足够多的理由去相信。

舒淇在《情谜》里说，对你来说，台上的你比较自由，不用在意别人的目光。若人活着能像在舞台上一样，可以选择自己的角色，爱怎么演，就怎么演，多好。

我想，爱着和被爱的人，恰如她说的是观众与明星的关系，必是需要一主角一配角。她在台上的眼神游离，你在台下亦步亦趋。只道她演得以假乱真，你也真的落了泪来。

我知道一切都已经过去。曾经的撕心裂肺、辗转难眠早就被时间磨的了无痕迹。生活其实对我很仁慈，失去了重要的便给予我对自己的新定义。记得原来用各种各样要死不活的心情来告别过去，原来真正的释然就是你已经成为平凡中的某某。

最后我向你要了一个祝福，祝福现在的我，祝她可以幸福下去。现在很少可以回忆到关于你的东西，现在的我也如你所想，可以牵着自己爱的人的手别无所求。原来被人问过很多次爱与被爱的抉择，想到最后，不论爱还是被爱，终究敌不过相爱。

故事说到这里，再没有未完待续。谢谢你阿JF，谢谢。

再见！

点评

这是一封迟到的情书抑或是一封用来解脱自己的忏悔书，跟过去的你送去诚挚的歉意，跟现在的自己说，过去了，放下吧！年轻谁都犯过傻，会错过些什么。按道理，每个人都应该得到一次被原谅的机会，可事实却是，错了就是错了，过去的事情往往是一去不回的。这样的一封情书，让人惆怅。多少人在看的同时又在回忆着自己的年少轻狂时呢？

一封不是情书的情书

姜文斗（深圳）

优秀奖

这是一封尘封近10年的情书，我与女友也是我现在的老婆的故事。那年同在东莞打工的我们因为来自同一个城市，作为老乡的我们成为了很好的朋友。后来渐渐发现自己爱上了她，但却是一场单恋。在被好友说破了我对她的情意之后，她的躲闪让我内心煎熬纠结。最终，我选择了离开这个城市，这是我在临行前写给她请朋友转交的。之后的信件都是请朋友转交，5个月后她成为我的女友，到最后成为现在的老婆。

小霞：

看到这封信，我也许会离开油柑铺，请原谅我的不辞而别。

日子的确过得很快，转眼3个月飞逝而去，然而当我回首，似乎只曾有3天，可是留下的回忆也许今生我也不曾忘怀。

认识你我很荣幸，因为认识你我才看到这般可爱的女孩。因为你的个性其实和我很像，在我内心深处，我无一刻不曾当你是我的小妹。以前在一起开心地吃饭，在一起开心地上班，我已很是满足。我不曾有所奢求，尽管我自己知道自己是喜欢你的。

所有事情发生的突然，我没能预料到。我不想事情这样发生，可偏偏发生了，我只能面对。也许我的想法错了，但事情要发生的都发生了，我希望你正确面对。

小霞，你知道你的想法有多孩子气吗？你为了不伤害我，而让我与你断绝联系。的确，这都是为了我好，我能理解。可是你反过来想一下，你忍心吗？一个人的思念并非一朝一夕而忘怀，你就肯定日子久了我就不再受伤？真的，你想的过于复杂而片面。也许我不告诉你陈龙飞，不告诉你任何一个人我的心事，你此时也许会和我一起上路。就算什么都不会有，我们也是好朋友，也许有一天我成为你的男朋友，你说是吗？

不要过于悲观，对于你的感情，我很执著，但更理智。即使你选择以后不再理会我，我也会很满足地流泪，因为你至少曾经是相信我的。以后的路，你有选择，也许伤悲使你迷茫，使你徘徊，但我相信你。站起来，勇敢些！

我一直以来，都看着你的喜怒哀乐来慰藉自己，你也喜欢把所有不开心的事说给我听，之后以流泪结尾。其实，你需要就是一个人给你依靠，给你安慰。虽说我不很懂你，但没有人比我更了解你。现在你的状况好差，真的！一个真心朋友都没有，我好担心，我无时不想着你开心地过。

你应换个环境，从零开始，真正去面对自己，我只能这样劝你。因为你的精神消磨的已近于崩溃，还有你的身体越来越差，要注意调节，尽量少想一些事情，睡前听听音乐，这样你会少做梦。

也许你一直以来都误会了我，我现在说明白。你也许不懂什么是爱情，什么叫恋爱，也许你还记着我。那“心跳”的爱情，其实都是不现实的。爱情需经磨炼，而且需要双方精心培养呵护。有过这样一说：相恋相爱青苹果，暗恋相爱无花果，一见真情开心果，自由恋爱无结果，真心相爱吃糖果，偷情相爱吃苦果。如你，你如何选？喜欢一个人，不代表就爱一个人，你也许过虑了。我只想给你我机会，去试试我们的感情是否经得起爱的考验。就算经不起，我们也是朋友，彼此的默契也够今生受益。不知是我错还是你错，我不愿看到为了一方而另一方受苦。

小霞，你认认真真地想一下，无论你如何选择，只要你开心，只要你快乐，只要你幸福，我都支持，即便我会心痛。有好多好多话，我都想对你说，可是没有机会，如果有缘，我们再叙。祝你一帆风顺！

你身上发痒的那些地方已中毒，注意不要用手抠，这里有皮康王，你涂在上面。注意，每天晚上冲凉完涂一次即可，不可多用。另外，天气渐冷，注意多穿衣服，晚上你一定要盖被子。你身体严重缺钙，这里也都买好药了，你自己看着服用，用完了自己也去买一些，不要怕花钱。

凡事为自己多想一些，不要老为了别人而委屈了自己。家里的事让他们自己解决，你不要多心。姐姐上学可能要钱，但你不要太过于费神。想家就多打几个电话。

我走了，但心还是留给你，希望你珍惜！如果有需要就打电话给我！你不要想是你伤害了我，其实是我伤害了你。我这一走也许你的麻烦会更大，希望你勇敢面对。

无论发生什么事，都请记得还有一个我在远方等待着你的幸福。

你最好的朋友　斗

附

多么希望你能送我上路，然而我又怕那时的心会更痛，会更内疚。我选择无声远去，望你理解！

背后书文

曾想过陪你一起奋斗
也想为你的愿望架桥
可我
心有余而力不足

点评

信中作者已然离开，离开没能与爱人相恋的伤心地。但是在信中一次次提到自己对恋人的感情，及自己离开的心情。虽然离开但更多的是希望爱人能接受自己对她的爱，希望爱人单纯地陷入这场浓烈的感情。文章字字句句都透露出其对爱人的关心，及对爱人幸福未来的期待。

写给未知的你

张胜男（山东）

优秀奖

我只是一个很普通的女生，没有漂亮的长相，也没有傲人的成绩。从没有收到过情书，有点小自卑，也从没有给别人写过情书。但是没写过，也没有收到过情书的就不能投稿了吗？就如同没有情人的单身人士，就不能过情人节了吗？可以过单身情人节的嘛！嘿嘿……你会说你连恋爱都没谈过，写的情书又怎么能情真意切呢？但是我同样渴望被一个人真心疼爱，这种感觉是真的，真实的东西是会得到大家认同的。

也可能小说看多了，特别羡慕男女主角的爱情，也希望自己能做自己爱情的主角……

亲爱的：

也许你现在还不知道我是谁，我也不知道你是哪一位，但是我相信，不久的将来我们一定会相遇，然后成为最了解对方与支持对方的人，因为我们是彼此相爱的一对。

放在我心里的你啊，我是多么期待与你的相遇，那该是怎样的情景……也许在人群热闹的商场，我们同时伸手拿一件东西，然后你把它让给了我；也许我们会相遇在城市中某一个公交站点，等同一班公交车，你没有零钱，而我有多备的硬币；也许我们相遇在奔驰的列车上，我们相对而坐，分享彼此的见闻；也许我们相遇在安静的书店，不经意抬头看到如此专注神情的你……更或者，我们经别人介绍相亲认识，那时我会不好意思盯着你的眼睛看你，希望你不要认为我不真诚，我只是不知如何应对第一次见面的尴尬，请多给我一点时间，多了解我一些，不要让我错过你给的幸福……

亲爱的你啊，在你身边的我是真实的自己，不需要掩饰，不需要伪装，有一点小缺点，但却是独特的、唯一的，更是真心爱你的。

爱你的我啊，会接受全部的你。也许你会有一点点小无赖，有一点点小偷懒，但是会真心疼我，用心爱我。

亲爱的，我希望每一次提到你，我脸上都会带着真心的笑，尽管你总是会毫不留情地指出我的坏习惯，但仍然会包容我的小任性。

亲爱的，你总是给我暖暖的味道。

……

亲爱的你啊，我在这里给你写了一封情书，真的很用心在写。不久出现的你，能否也给我写一封情真意切的情书，不用电子邮件，不用手机短信，就用普通的信纸，将你想对我说的话一字一句用漂亮的字体传达给我。

亲爱的你啊，我一直在等你的出现，在等你牵我的手，对我说永远……

属于你的我

2013年6月8日

点评

每个女孩儿心里都住着一个白马王子，每个女孩儿心里面都有一段梦寐以求的恋爱场景。这封《写给未来的你》中幻想的场景，又何尝不是我少女时代的白日梦？这样的情书，是给予未来的自己的鼓励，同时也是我们多少人过去的回忆。美好浪漫、细致亲切的情怀，让人充满坚定的念头。我们都曾有过未来的你，直到拥有你不再期待未来，只想保留现在。

亲爱的，其实我真的很想和你在一起

郝涛（湖南）

优秀奖

毕业半年，和女朋友因为工作原因不能在一起，本人在宁波，女朋友在长沙实习。因为两地分隔久不能见面，一天女朋友突然生气了，手机也关了，我也急了！为了挽留这份长达6年的感情，我通过电子邮件，含泪写下了这篇文章。女朋友读完邮件后，拨通了我的电话，电话那头同是声泪俱下！如今我们已经结婚4年，有一个活泼可爱的儿子，夫妻关系堪称一方经典，而我也每天依然陪她散着步，逛着街，给她洗着头，倒着水……但是我并不是想实现什么承诺，而是享受着这份幸福和快乐！

亲爱的，其实我真的很想和你在一起，我知道你的身体不是很好，我会每天晚上都让你按时睡觉。

亲爱的，其实我真的很想和你在一起，我会每天早上为你准备好一杯酸奶，我会每天要求你吃两种不同的水果和三种不同的蔬菜。

亲爱的，其实我真的很想和你在一起，我会每天晚上为你按摩，我会每天在枕边为你搓耳。

亲爱的，其实我真的很想和你在一起，我会每天下班为你洗头，我会每天端来热水帮你按摩脚。

亲爱的，其实我真的很想和你在一起，我会每天晚饭后陪你去散步，我会每个周末陪你去逛熟悉的大街。

亲爱的，其实我真的很想和你在一起，我会用我微薄的工资给你买最好的化妆品，我会让你穿上这个季节最时尚的衣裳。

亲爱的，其实我真的很想和你在一起，我会在我的日记上每天写你的名字，我会拉着你的手为你唱一首《最浪漫的事》。

亲爱的，其实我真的很想和你在一起，可是我们的专业并不是在哪里都可以找一份好工作。一个来之农村的大专生在外面真的很难，我不希望你亲戚会对你说你的老公没有用，我不希望你爸爸不放心把你交给我，所以我想珍惜现在的工作。

亲爱的，其实我真的很想和你在一起，我想以后可以更有能力照顾你，我想早点筹备资金娶你过门，我想带你进最好的婚纱影楼，让你成为这个世界上最漂亮的新娘。所以我想暂时留下来，我想先拼搏好这份事业，可是你要相信我们很快就会在一起。

亲爱的，其实我真的很想和你在一起!亲爱的，你如果看完了觉得有点感动，请回个短信给我；如果觉得可以理解我，可以给我一个电话!不要生气了好吗？我亲爱的莎!

2007年6月8日14：17

点评

“远距离恋爱双方均无背叛且愿意坚持相守，除非两人都丑。”这是句江湖上广为流传的笑话，当然也折射出远距离恋爱有太多的无奈和辛酸。现代人受到了过多诱惑，也充满了过多的不安全感，长期远距离的恋爱，想不分手——难!

这是一封力挽狂澜的情书，让处于崩溃边缘的远距离恋人重修于好。字字句句都很简单，无非生活琐事和想要为对方所做的一切。但就是这样简单事件的记录与畅想，才能让身处远方的恋人获得安全感与信心。有时候，不是不可以再在一起了，只是不知道在一起还能够干什么，如何才能再在一起亲密如初？其实，只要有一方愿意仔细告诉对方，也许一切并不那么困难。

致27岁的你
——会奋斗的爱情，永远不会输

王彤舟（安徽合肥）

优秀奖

大学三年级末的时段，对爱情来说很尴尬，一方面来自考研、就业、出国等道路上的不同选择；一方面来自步入社会后，曾经看淡的金钱价值、家庭背景、社会资源等迅猛上升的压力。这些会让许多恋人在大学中对恋情充满怀疑猜测，甚至盘算没有对方的生活如何进行。而由于未真正毕业，又会继续维持着这段已经看见终点的恋情。

序：

没人能告诉我，27岁的我们是否还享受着此刻的爱情；就像没人能告诉我，人生的下一秒会发生什么。我需要的，只是奋斗。

有时候，我会很感谢命运的交错重叠让我遇见了你，就像塔灯点亮了海港，我们爱在最美好的大学时光里。在远离家庭远离社会的象牙塔里，我们是如此欢畅地享受着彼此的青春年华。我们看似无忧无虑，看似燃尽激情，看似不顾一切、看似为爱而生。之所以我们拥有这些“看似”，是因为我们害怕，害怕在本应彼此牵手的漫漫长途中，突然失散了彼此，突然忘记了失散，突然习惯了忘记。

因此，请允许我在这最美丽的时刻写一封情书，寄给27岁人生路口的你。

时间总是肆无忌惮地蹂躏过我们的身体和思想，27岁的你是否还能如我一样会在脑中清晰上演种种过去的旧桥段？就像是走马灯一般，走过一场关于我们的五味杂陈。想，我们第一次牵手，在望月星辰的操场上，你说气氛太好，有些恍惚；想，我们第一次接吻，在乏人问津的酒吧中，你说美好易逝，何必执念；想，我们第一次同檐，在床与沙发的距离下，你说沙发地板，自己选择。这些近在咫尺远在天边的故事，你是否还记得？

而我相信你是记得的。我相信大学时代里，你偶或喃喃道“呐，如果能一直在一起该多好”时，那眼神的样子。那是夹杂着犹同看见缥缈在远方的乐园般的憧憬与失落。

是的，大学的此刻，我们彼此相信爱情，拥抱爱情。而5年后，我们美丽韶华的时光，我们十指紧扣的决心，我们面朝大海，春暖花开的愿景，是否还驻存在心中某个角落屹立不倒，或是在物欲横流的洪荒猛兽前轰然坍塌。这些，是我不可知的谜团，却是正在读这封信的你正在经历的现实。

看着那么多毕业后的恋人各奔东西、分道扬镳甚至反目成仇，我有时会想，是否大学恋爱终归只是一场玩笑，是否此刻的我们只追求着燃烧青春的快感与所谓爱情的炽热，是否在彼此的蓝图中根本就不存在着彼此？想着这些的我总是在接上你的目光后妥妥地投降，你让我停止无休止的怀疑与猜测，你让我专注于现在的事情而非意淫未来。

我很感谢你，赐予我最愉快的经历，这些经历在日后定当是我最宝贵的财富。而我们此刻正相爱，爱到偶尔会忘记家庭的悬殊，爱到窃以为社会简单到可以用考试证明一切，爱到你以为能够改掉从小娇惯的富贵习性。怎么可能？自古言，门当户对，不是吗？但我却相信，就算绝望到尽头，也会有人为此努力。

还记得你曾经说过，不可思议，怎么就这样爱上了彼此。是的，人生百转千回，宛如一部浩瀚的史书，摸不透，理不清，怎么就这样遇见了你？我们在这个路口相遇相知相爱，在庞大的生命中或许不值一提，但此刻的我们却将它视作唯一，仿佛生来就为了和对方在一起，仿佛可以抛弃一切与你相拥，仿佛上帝会为之动容将此情赐为永恒。但是抱歉，主观臆想不具有客观能动性，我们终究还是我们，不知怎么就爱上了彼此，可能不知怎么就迷失了彼此。

而我，只有奋斗，为了27岁的你能够充满祝福地站在我的身旁。

现在的我也不知是怀揣着怎样的心情继续写着这封情书，但无论怎样，我都清楚，明天会如期而至。在完全察觉不到生活压力的大学，我为了我们未来渺茫的可能性在不断奋斗，我想告诉你，我不愿与你失散，却害怕社会的大潮会冲破我们物质脆弱的感情。但即使我们周围充斥着被人遗忘的爱情，充斥着被现实践踏丢弃的爱情，我仍在这寂寞的空间里不断地努力着、渴求着、坚信着——

会奋斗的爱情，永远不会输。

点评

这篇情书是根据作者好友的亲身经历，结合自己对当代大学生的爱情认识进行创作的。主题在于唤醒人们对爱情的认识，爱情不是年少时无忧无虑地透支青春，也不是谈婚论嫁时匆匆忙忙“择优婚娶”，而是在最美好的时光里彼此相爱并为双方的未来奋斗争取。这其中或许有迷茫有怀疑但最终都要坚定“会奋斗的爱情，永远不会输”的理念。

给老公的情书

××ailh（重庆）

优秀奖

有人说世界上只有两种可以称之为浪漫的情感：一种叫相濡以沫，另一种叫相忘于江湖。我们要做的是争取和最爱的人相濡以沫，和次爱的人相忘于江湖。

这是一封写给相濡以沫的老公的情书，从1998年那个最美的春天相识相恋到今天已经整整17个春秋，我们从那个懵懂青年到如今的而立之年，期间有多少甜蜜的时光就有多少离别的忧伤。恋爱期间近400封情书已经在我们那些辗转奔波的岁月中遗失无几。尽管现在我们分离两地，但我们知道，距离从不会分开两颗真正在乎彼此的心。是爱支撑我们度过了无数云淡风轻的日子，是爱让我们很快就能在一起。

亲爱的老公：

还记得上一次跟你写情书就在3个多月前，虽然平日里每天电话、QQ、微信、MSN……所有能便捷快速联系的工具都被我们用至其极，但是笔墨书香一直是我最中意的表达方式。虽然这也是你最头痛的方式，尽管你回应的总是那么词不达意、杂乱无章，且字迹面目可憎，但依然是我最珍贵的精神食粮。在夜深时，落寞时它总是我最好的精神慰藉。

今天我不想像往日一样，只追忆我们曾经的美好和快乐，我想要和你一起面对我们内心深处的的失落和忧伤。儿子旗旗已经离开我们快一年了，从儿子出生的那一刻开始，你就是我心中最顶天立地的大男人。之前经常会很奇怪自己为什么会那么坚定地喜欢你，你完全不是我少女时怀想的标准，你没有多才多艺，只有善良温情；没有英俊伟岸，只有平凡体贴；没有浪漫多金，只有踏实上进……后来明白了，往往一个人在爱上之前的所有标准和设定都是为了找到一个完全不符合的人来推翻的，就如我们这样，相信老公你豆蔻年华时设想的爱人也不是我这样神经大条、爱哭爱笑、简单平凡的女子。既然都不是憧憬的样子，那也算公平啦。

想到儿子，我知道那是我们心中永远的痛，他一定是一个偷跑到人间的天使，在我们满怀喜悦迎接他的时候就是让我们疼痛的开始。他一出生便是抢救、隔离、病危，抢救……期间你一直表演到位地宽慰我没事，说只是新生儿黄疸之类的小毛病，哪怕医生已经下达5次之多的病危通知，是你坚持要医生做最大的努力，用最好的药物，抱最大的希望。我不知道那些日子你一个人是怎样熬过来的，探视儿子时的煎熬，面对我时避重就轻的笑容，以及事无巨细的照顾。在举目无亲的异地，一个刚刚当上爸爸的你承受了太多你当时所不能和不应承受的痛苦。而我，这个傻里傻气的女人终于在一周后从医生那里知道了实情，各种伤心与愤怒居然全部发泄给你。而你，只是红着眼眶安慰我，照顾我。

终于，在漫长的一个月后，儿子可以探视不用隔离了。我第一次抚摸到了他幼小柔嫩的身体，看到了这世上最稚嫩、最纯净美好的天使的笑脸。是的，小小的多难的儿子竟然在我第一次见到他的时候就对我笑了！我的心从来没有那样柔软过，也就在那一瞬间，我决定坚强，我要为这个小生命保驾护航，为老公你分担一些重压。后来的日子，我们总是在医院和家之间来回奔波，上海复旦儿科、上海新华医院、浙江儿保……医院就是我的娘家，或许半夜，或许随时，因为儿子多处先天没有发育好的身体总是会被一次呛奶、一个感冒甚至一次平躺而马上飞奔医院。先天食道裂孔疝的孩子不能像正常的婴儿一样吃奶，不能正常地逗玩和睡觉，我们坚强的小人儿在初生的3个月内就挺过新生儿窒息、肺炎、肠梗阻这样难以承受的疾病开始这样艰难地成长。在每个他哭闹的晚上，老公你总会强打精神陪他玩乐，哄他睡觉，即使你明天仍要上班，即使我跟你争抢。

半年后，渐渐长大的儿子没能像同龄的婴儿那样会爬会翻身，多方检查证实了小儿脑瘫，命运又一次给我们沉重的打击。从此又开始了复健之路，机械的康复训练和针灸哪里是一个几个月的羸弱婴儿能够承受的，所以又是循环地生病，康复训练，生病……终于我开始相信医生的话，像儿子这样先天发育没有完善的孩子很难康复成功，也许随时危及生命，所以我们都决定放弃无休止的打针吃药训练。我要让我们的孩子像正常孩子一样，哪怕他以后没有健康的体魄，但一定会拥有比正常孩子更多的关爱。

尽管生活给予我们这么多的磨难和艰辛，但你从来都让我躲在你强大的支撑和保护之下倍感幸福。虽然我们也会偶有争执，也会欲求不满，但是很快，我们一样会因为爱而彼此妥协。

2012年12月1日凌晨3点，我永生不忘的时刻，宝贝儿子毫无预警地带着微笑飞走了。虽然医生早有预言，只是我们从来不相信不接受，以为老天总会怜悯天使般的孩童和竭尽全力付出的父母，可是现实多么残酷，我的心痛成了碎片，我的泪汹涌不止，锥心的苦楚漫天而来。我不是一个合格的母亲，更不是一个合格的妻子，我没能给宝贝一个健康的身体，也没能让你享受到一个正常父亲的天伦之乐。悲伤让人清醒，也让人糊涂，我不知道自己当时是怎样的状态，我选择了逃离。

有人说：好的爱情，战得胜时间，抵得住流年，经得起离别，受得住思念。我想对你说：老公，这就是我们的爱情，不管在婚前还是婚后，我们都做到了，所以现在最重要的事情就是，我要快点回到你的身边，跟你在一起，给你生个健康可爱的宝宝。我要弥补离开的这段时间以来对你所有的亏欠，我要做你永远的爱人，你的情人，你的红颜，你的哥们……履行我从未说出口的誓言。

点评

一对痛失爱子的磨难夫妻，并没有被生活的辛酸打倒。而是在艰难中越发感受到了对方的好，下定了磨难一起扛、之后的路要一起走的决心。这是一封他们夫妻间的情书，平实、真挚，却也是一封鼓励大家的情书。有多少人能够面对命运的不公而不急不躁，善待身边人？又有多少人能够在尝试努力之后还是失去，却仍然有信心去面对同样的事情，再次努力？

将这样的一封情书看完，你会发现，即使撞见愤怒、悲伤，也要冷静下来，否则会错失背后的美好。

被“嫌弃”的爱情

刘优（湖北武汉）

优秀奖

男女主人公一年多前在南京相遇相爱，他硕士，IT男，她本科，医药策划。

她觉得自己很“二”，他说他也很“二”，两人就“二”到一起了。虽然他工科出身，但俩人之间沟通自如，相互都能理解对方的心思。这一年多来，发生了很多事情，无论是身体病痛还是人生抉择，他们都一起面对，一起扛，都相信彼此就是等了那么多年要找到的那个对的人。

过年时双方父母都见过，印象都不错。年初已经打算好都调回武汉老家，以后就在武汉安家立业。回汉之路虽然一波三折，但我们都在积极努力地推进，唯独有件事情（男主人公与他姐姐的通话）让她相当抓狂。

情书当中提到，她放下电话一个人哭得稀里哗啦，觉得自己特无能，心想自己该是有多不好才让自己的感情这样被人评判。

这件事情对她影响很大，冷静下来后，觉得自己要强大，要去捍卫自己的爱情。现在她已经回汉，签了一家不错的单位，文中的男主人公“小二二”也将于10月回汉，一切都在有条不紊地进行着。

这封情书也是有感而发吧，一方面珍存并分享了两人的爱情；另一方面，要告诉天下有情人，相爱不易，希望大家都能坚强面对爱情挫折，并且有能力去捍卫自己的爱情。

亲爱的小二二：

原谅我不小心听到了你们的对话，我是无意的，是你忘了挂。

以前听你讲过她的暴脾气、她的厉害以及她的性格为她带来的婚姻生活的不幸，我在心里早就对她做了“危险”的标记，只是没想到她的“魔爪”这么快就伸向了我、我们的领地，而我毫不自知地成了首当其冲的暴风中心。暴风雨来得这么突然，这么突然！我却依然沉浸在与你在一起的每个美丽平和的日子，唉！躺着也中枪！

电话的这头，我非常紧张、非常认真、非常费力地在脑海中快速翻译你们用方言飘出来的每一字、每一句。听到关于我的每句话，我心里都一紧，紧张到不停地咽口水，又怕咽口水的声音太大惊动了你们的谈话。

“黑色”8分钟，我想这是我活了20多年来遭遇的最大挑衅吧，我俩的感情被质疑，我被拉到她的价值观中接受评判。我的脸都要绿了，眼泪来不及掩饰夺眶而出。

我明白了，她是在劝你，说你学历比我高，收入比我多，在现在这么现实的社会里找个条件好的能少奋斗很多年。我感觉我顿时上了反版的《非诚勿扰》，在她挑剔的眼光中被不留情面地直接灭灯。

我那华丽丽的水晶之心啊，备受打击。在她眼里，一个女“屌丝”已经矬形毕现了。我该是有多矬啊？难道我一直认为自己各方面还不错都是自我感觉良好？好吧，我不过是一名好好学习、天天向上、团结同事、爱岗敬业、乐于助人、单纯善良的愤怒小鸟一枚！不拼爹、不白不富不美，咱俩就没匹配的资格！

我真不知是该悲还是该喜。

小二二，我知道你也爱我。你对她说咱俩合适、门当户对、谈得来，不想换了，找个有钱的，人家不一定能看上你。你说我们准备定下来了，准备安家过新的生活了。一字一句，我听得真真切切。多踏实的小二二啊，我真的没看错你，我在心里反复念叨着：我的小二二，怎么这么“二”，怎么这么“二”……

我满脑子都是咱俩一起“二”的时光。

你的称呼被我从“北鼻”迅速演化到“鼻”—“B2222”—“B1111”—“2222”。无论怎么叫你，你都很快适应。咱俩一起在中山陵牵着手跟小学生一样跳着很“二”的踢拉步下山，看到各自的囧态笑得前仰后合。咱俩在一起探讨以后的职业发展，你说你很迷茫。看到旁边昏昏欲睡乘凉的狗，你很“二”地骂了一句：这狗日的也很迷茫。去年冬天我们去吃冰淇淋，我怕你吃太快会胃不舒服，还教你怎么吃冰淇淋，就在我专注地示范冰淇淋吃法时，“啪”一声，它掉了。你以迅雷不及掩耳之势将它接住，边笑还边骂：“要怎样吃？要怎样吃？”瞬间我觉得自己好“二”。上次我不小心把腿碰紫了，我跟你撒娇说我的腿好疼啊，一时语塞居然很“二”地冒出：“我的疼好腿啊！”被你笑了好几天……

一起“二”的事情太多了，也许只能在自己爱的人面前，才能这么忘形，这么“二”。一起“二”的日子想想都是快乐的，可是，现在我被如此的“嫌弃”，以后咱俩还能像从前一样这么“二”么？我不禁后怕。

她不是别人，是你亲姐。

是的，作为她唯一的亲弟弟，我知道，她同样非常爱你。在她眼里，你就是“男神”，她拿出浑身的眼睛来挑剔我身上与你不相匹配的地方是可以理解的。她提出这个问题也是考虑到咱俩现实的经济情况。毕竟在这个功利的社会，爱情多多少少会经受金钱的考验。有人向爱情妥协，有人向金钱妥协。我很庆幸，小二二，你选择了回归爱情。

小二二，我们是相爱的。有人说，爱让人神奇地变得超越凡人，相互包容对方的弱点缺点，而不忍心去伤害对方。我相信，是这样的，除了爱，没有什么东西能让我们灵魂出窍，去为对方思量，为对方付出，为对方去重新审视自己够不够好。

亲爱的小二二，我不哭，泪水无法冲刷已经发生的过去，经历让我们在爱情中成长，也注定我们的爱情观要在此时成熟——不去渲染自己的悲伤，而是接受它；不去谴责世俗的冷酷，而是接受它。

所以，我决定要足够好，去珍惜这份爱，去对待这份情。我相信我们会用自己的能力和双手去绽放未来美好的每一天！

信末，我还想说，在决定坚强之前，我胡思乱想过很多种可能，或者我们一同去一个遥远的地方，以后离她远一点；或者我们的事一再受到她的干涉，如果那样的话我情愿选择牺牲自己不让你受伤；或者我们按计划去实现“执子之手，与子偕老”的约定。是你的爱让我释怀，让我坚定，让我成长。小二二，我爱你！

所幸，事到如今我们都好，依然相爱，依然“二”在一起！

爱你的“二”货

点评

女人在情书中向男人大吐苦水，阐述着一段被“嫌弃”的爱情。在这字句的懊恼埋怨当中，却真实地透露出了男人对自己的爱护，自己对男人的珍爱，以及二人共同坚持、努力争取的感人场景，与题目“被嫌弃的”产生强烈对此。

情书源自女人无意听到的一通男人与其姐姐的电话，切入自然。电话的内容让女人不甘心，被伤了感情。因为是亲身体验过，女人把整个听电话间自己的心理活动描写得细致敏感，让看的人不免感同身受，心生怜悯之情。之后的描述将女人坚强、执著的一面也表现了出来。这样的一个柔弱却强大的女子，怎能让看信的男人不动心呢？

爱上一个比我大7岁的女人

吕毅（广西北海）

优秀奖

一名年轻男子深爱上大自己7岁的女人，他们结识3年，惺惺相惜，却最终因为年龄、家庭、财富等现实感十足的问题让女方犹豫了。这封情书，是男子想要挽回女人而写下的。

小陈同志：

我对你的爱是永远的，我和你一路走过来，有高兴，有苦恼。和所有热恋的人一样，我总会无限珍惜和你在一起的时间。心里想，不管你和我的年纪差距，只要我能给你的我全部就都给你，哪怕路上有太多的重担和苦难，我都愿意陪你一起走下去。

每一个没有你的夜晚，我都会担心你。在没有你的时候，我觉得我仿佛少了些什么，莫名茫然。我想我是真的喜欢你，并爱上你，请给我一个机会吧，让我证明你和我的年纪不是问题，我家人也会接受你比我大的事情。

我和你认识有3年了，我还记得和你相识是一种缘分。在那么多人中遇到你是我一生中最美好的时光，我希望这一刻永远铭记在2010年，并成为我和你的相识纪念日。我和你每到这一天，我会送给你世上最美丽的花朵和最真心的蜜语。我真的爱你，没有那么多理由，只是想跟你一起走下去。

从我和你相识，到相知，再到知己，一路走来，你的关心和帮助让我不仅得到了物质上的受益，最重要的是让我认识到世界上不是我一个人，让我不会孤独，不会寂寞。当我失意时，有个人静静地听我倾诉，有个人让我发泄心中压制的苦恼，没有一丝的保留，这种感觉真的很好。我总记得你讲过，你喜欢海，因为海可以容百川，所以人也要像海一样去爱家人、爱朋友、爱世界。一时的失意并不代表一世的失意，只有重新站起来，努力奋斗，树立目标，有计划有方法去做正确的事才会有正确的回报。当时我问你哪些是正确的事的时候，你告诉我人就是要学会取舍，才能获得。你放弃自卑，会获得自信，有自信才能更好地获得成功；道理人人懂，关键是，想与做要结合。

小陈，你知不知道，当你说喜欢和我在一起时，我是多么的开心；当你说有你真好，你要把《只要有你》这首歌送给我时，我是多么的幸福；当你说出我生活上的缺点时（穿衣服太大，要合适；洗衣服要多冲几次水；用完油烟机记得要随手用纸把浮在油烟机上的油抹干净，等等），我想你说得很对，生活在于细节，成功也在于细节。一个人要注意细节，才会不断地从中受益。

这么多的路都走了，为什么到现在你对我讲我和你是不可能的呢？在你说我和你是不可能的这一刻，仿佛天都要崩了。你说我和你在一起我家里人不会同意，你比我大7岁难道这就是不可跨越的吗？我真心想你收回你那一句话，因为我会用行动去证明，让你知道我和你在一起这并不是不可能的，我家里人也会因为有你这么善解人意的人而欢喜。

我愿意用我下半生的时间来爱你，我愿意用我的真心来爱你。我想如果你觉得我没有房没有车，我会努力去工作或者我去做生意，这个不是一时半日能解决的事。我承认我的条件不如你，但我能承诺你的不是山珍海味，不是金银珠宝，而是一颗永远装着你的心。

如果你还犹豫，我想讲以后有一口粥我会让你吃半口，有我就有你。

如果你还不确定，我想讲我和你经历了几年，你在我最困难的时候帮助了我，我也会在你最需要我的时候出现，并且成为你的依靠。

如果你依然彷徨，我希望如果我不在你的身边，你依然快乐、幸福着，因为我在后面默默支持你，默默祝福你。

永远爱你的小毅

点评

爱情是不应该有年龄、距离之分的，但是在较为传统的中国，女子大7岁若非真想要在一起，恐怕就难逃无尽委屈了。这篇情书的作者正面临着这样的难题，心爱的女人比自己大7岁，他们理所当然地会受到不被祝福与经济实力悬殊等问题的困扰。面对这些，女人被委屈了，想放弃。其实，这样被迫分开的恋人又何止少数，只怪现实太过于残酷。情书的难能可贵之处就在于，男主角明白女人的委屈，并善于归纳、清理。他将女人心中担心害怕的问题，一条条明摆出来，再一条条给出方案和态度，去温暖女人的心。但愿女人看完信后，能够重拾信心，回头看看吧。

槐花情书

第九章

异域风情

外文情书也温馨

这一章叫做“异域风情”，顾名思义，整个篇章都是来自国外的经典情书。爱情是每个人一生中必将遇到的事情，我们享受着自己的爱情，同时也阅读着别人的爱情。古今中外人们对爱情都怀有共同的心理与追求，不过不同国家不同区域的文化差异，也导致了我们与海外爱情观的差异。那么海外的情书，与我们中国的情书又有何不同呢？

随互联网时代的到来，情书在全球都逐渐成为“奢侈品”。不仅在中国，放眼全世界，每个国家都受到互联网和便捷通讯设备的“冲击”，大家都在放弃“情书”这种浪漫的示爱方式。鉴于此，“2013年全球最浪漫情书征集大赛”发起方特意将情书征集范围扩大到全球，专门设置了外语征集区，产生50个入围奖。

情书征集大赛截止后，在收集到的近3000多封情书作品中，有137封是来自海外征集区的外文情书。这些外文情书来自各个国家，包括美国、俄罗斯、加拿大、印度、阿拉伯、坦桑尼亚、波斯尼亚、

孟加拉、塞尔维亚、立陶宛等国。其中，50 封情书入围前 300 名，参与角逐最后的浪漫情书大奖，最终产生了这 5 篇获奖情书。

“异域风情”编选了不同国家的 5 篇外国情书，包括 4 篇英文情书和 1 篇日语情书，不仅摘录了情书原文，也给这些异域的情书配上了译文。打开此章，异域的爱情便可以一览无余。这些各有风情的爱情篇章将让你体验到异域爱情的温暖和感动，让你真切体会不分国界的爱的真谛，享受海外人士互相倾慕的心灵触碰的激动。

あの時告白しておけば良かったあの人へ

佚名（日本）

优秀奖

ひさしぶり。元気にしていますか?

もうあの別れの日から7年が経ちましたね。私にはつい昨日のことのように思えます。

この間、あなたは結婚し子供が出来、幸せな家庭を築いている事を風の便りで知りました。もうあの頃のようなあなたに対する想いは強くないのだけど、今でも彼氏のいない生活を思うと時々ふと感じる事があります。

小学生の頃は机を並べた事もあって、その時はふざけてたりしてたのに。中学に入るとなぜか意識してしまった。無口でおとなしいあなたの顔立ちは、ととのいすぎて私は面と向かって話すことも出来ず、あなたを取り囲む女の子をうらめしそうに見てるだけだった。気づくのが遅かった私の想い。

でも今思えば、あの時困難でも無理して告白して思い切り振られるそんな経験をしておけば、今の私はもっと成長してたかも知れないし、新しい恋をして幸せな家庭を作ってたかも知れない。

キレイなまま私の頭の中に残ってるこの思い出のあなたの印象がまだ強いのか、恋をする事を忘れていたように思う。

でも今吹っ切れました。頭の中でこんなにユックリ整理した事なかった。これからは前を見て歩いていきたい。いつか笑って再会できるように

どうか健康には気をつけて、そしてなにより、この先だれよりも幸せになってね。出会えて良かった。いままで本当にどうもありがとう。

译文

如果那时对你告白就好了

好久不见，你过得好吗？

距离那日别离已近7年，我却感觉恍如昨日。

这期间，从外面听说你结了婚也有了小孩，组建了幸福的家庭。现在的我，虽不如从前那般对你有着强烈的思恋，但仍有时忍不住遐想，其实你的身边并没有男伴。

小学的时候我们同桌，总是闹着玩儿。上了中学，开始有了某些意识，我用不说话的方式在你面前树立男子汉的模样。面对你，我也拒绝讲出过于规矩的话来，只是在背后默默地关注你。后来觉察到错了，但已经太迟。

不过现在想来，正是因为那个时候挣扎着没有告白，有了觉得太过痛苦、为难的经历，才让如今的我有了些许成长吧！这才结识了新的恋人，也组建了幸福的家庭。

回忆起你的时候，你美丽的身影在我脑中还是如此的清晰，只是，想要和你恋爱的事已经渐渐忘却了。

现在只是忽然记起来，想要在脑中好好整理一下过往的回忆。从现在开始，希望我们能够大步朝前，在什么地方笑着遇见。

不管怎么说，请注意身体，要比谁都过得幸福。能再见一面就好了。时至今日，真的谢谢遇见过你。

点评

其实很多男孩儿都不知道对自己喜欢的女孩儿该怎么表达，于是他就捉弄她，排斥她，以引起她的关注。可是在那些年少无知，却又懵懂有爱的日子里，所发生的，是最值得原谅的事情，不是吗？多年后重逢，想起“如果那时对你表白就好了”。但是当初没有表白，也未尝不好。

To my love Carol

Maizybaby（美国）

优秀奖

My everything my love and my heart
I'm trying to find a good place to start.
You are amazing in every single way and I just
Have to say,
I'm glad that your mine and I
wouldn't trade it for all the money in the world.
You're the girl everyone wish they had,
I always have a reason to brag.
Life is like a rollercoaster and
We have sure have had our ups and downs
I want you to be happy when your down
When your not happy I feel the same
I try to think of a millions reasons to
Make your happy it drives me insane.
Please oh please don't be upset don't
Make a sound don't let the rocky roads
In our relationship bring you down
Im determined to make this work
Help us live a happy life.
I would sacrifice anything to make this right.

Two separate cities but were always connected by heart
I have and always will be here from the start,
But with dedication and hard work we will get it done
And we shall live in one city
And live our happy life after all…

译文

致爱人卡罗尔

我的所有、我的爱、我的心
我试图找一个美好的地方开始
你的各方面都令人惊异
我只想说
你是我的，即使拿天下所有的金钱我都不会换你
你是每个男人都想拥有的女孩
我总是有理由自夸
生活就像过山车
有起有落
在你失落的时候
我希望你开心
在你不快乐的时候
我仍然希望你开心
我想尽千千万万个理由让你开心
这个想法让我疯狂
请你不要伤心
不要发出声音
不要被我们之间的磨难击倒
我决心让这产生效果

帮助我们幸福地生活

我愿牺牲一切把这做好

分居两地但心却连在一起

我从一开始就在这里也将一直如此

但我们要有献身精神和努力工作使它得以实现

这样我们就能在同一个城市共同生活

历经一切后幸福地生活在一起

点评

男主人公是一个霸道的男生，“你是我的，即使拿天下所有的金钱给我，我都不会换你”，不管怎样他都要对方能够开心。这份爱显得如此炽热，如此激烈，几乎让人窒息，却又不乏甜蜜。对他而言，他最美的爱情故事，是“你”。

Hi Vicky

Peter（英国）

优秀奖

Hi Vicky,

You know，our love has gone through a full two years，the past two years，it is too much for us to experience all of this. We have doubted this feeling，we all have to face Acacia the pain，But，All in all，we can face together，we are not afraid of anything，we still choose firm endless together! Our love has withstood the test，and I also hope that our love will always go on，Very far，Far away，Even if we have more difficulties do not be afraid，because I have you，you have me，what can we be afraid?

I want to be with you，To be together forever! I want you to just kiss me one，just smile at me，and I just do not let go，when you cry just me hold you. Of course，I will not let you wronged，but also not bully you. SO，do not call me let you go，I can not，I want you，do not do this! You should never abandon me，you are my first love，and only love，if I love enough，I'll try my best to love you better!

I feel like with you，I like gently touch your head，like your clinging to you，let us stick together tightly，so close，I like to quietly watching you，you are always naughty turned away，softly scolded me sick，and just pick on me，the dough fleshy feeling，I like gripping your hand，your hand is always cool，and I want to use his own body to make you feel warm，so you really feel the presence of me，I also like to kiss you，kiss you deeply love you!I'm afraid you always say do not know me，but I want to say，I am a simple person，In front of you I would simply like children，All the emotions will tell you，Including my love for you. I'll take care of your life，but not too much interference in your inner world，I know the girls have a lot of thoughts，you tell me，I will listen carefully，you can tell people，but can not hold back in the heart，that would make their own sad，I do not want to see you sad look. So we are all the same，we do not bother to understand each other too much，because I'm sure is that I love you，you love me! Our love is very firm，who also can not for band! You too!

I hope that my left hand is always your right hand.

I hope you can enjoy every day to do the cooking for me any time.

I wish I could touch your head I hope I play，have you cheering for me in the side.

I want you for my wipe only when ill I'm taking care of you.

I wish I could take you by the hand to sleep.

I hope I dream of you，I hope your dreams have I am open your eyes you can see around me sleep well incense.

I hope to travel with you，to the prairies，to see the sea，I carry you home I want to hold your hand，to accompany you all over the ends of the earth，accompany you to see the sunset，to accompany you to see steady and I I hope you will never feel lonely I wish we had every day valentine I hope we，now we have our future happiness，I hope all of my "hope" can become a reality.

As long as you can understand my heart is enough! Well，I am writing this letter I have spent a lot of time! I want to work，because I want to fight for our future!

I love you forever!

Peter

译文

嗨，Vicky：

你知道吗？我们已携手走过整整两年光景。在过去两年中，我们经历了种种悲欢离合。我们开始怀疑这份感情，我们都不得不忍受相思之苦，但是，我们勇于共同面对，不惧风雨，我们依旧选择相依相守，厮守终生。我们的爱情经得住时间的考验，我希望我们的爱情如常青树般永不凋零。纵使爱情路上荆棘遍布，但是，亲爱的，请不要害怕，你中有我，我中有你，何惧风雨？

我希望永远与你在一起，生死不离不弃！我希望你只亲我一个人，只对我微笑，我绝不放手。当你哭泣时，我会将你拥入怀中。当然，我不会让你受半点委屈，更不会欺负你。所以，请不要告诉我放手，我办不到，我需要你，求求不要这样做！你永远都不可以抛弃我，你是我的初恋；即使我现在已经爱你爱到无法自拔，我也将拼尽全力给你更多的爱！

我痴迷于与你在一起的感觉，我喜欢轻轻抚摸你的秀发，喜欢紧紧地抱着你，让我们紧紧粘在一起，近到无法呼吸；我喜欢静静地注视你，你总是调皮地把脸转过去，温柔地骂我恶心；你依偎在我身上，我感受着你身体的柔软；我喜欢抓紧你的手，你的手总是冰凉，我想用自己的体温温暖你，呵护你，这样你才能真切地感受到我的存在。我更喜欢吻你，表达我对你深深的爱意。我很害怕你说你搞不懂我，但是我想说，我这个人简单得就像一张白纸；在你面前，我简单得像个孩子，会向你倾诉衷肠，当然也会让你知道我有多爱你。我会照顾你的起居生活，但我不会过分介入你的内心世界；我知道女孩们的想法都比较丰富，你跟我讲，我会认真聆听；你可以跟任何人倾诉，但请不要憋在心里，这样会让自己很难受，我不希望看到你难过的样子。所以我们彼此都没变，无需自寻烦恼去了解彼此太多，因为我很肯定，我爱你，你也爱我！我们的爱情坚贞不渝，没有任何罅隙，你也一样！

我愿我的左手永远牵着你的右手。

我愿你可以每天享受为我做饭的快乐。

我愿我可以抚摸你的秀发，你默默为我加油鼓劲。

我愿在你生病时照顾你，成为你的“治病良方”。

我愿执子之手，相拥而眠。

我愿与你在梦中相遇，我愿你梦醒后，睁开眼看到我靠在你身旁熟睡。

我愿与你周游世界，看那大草原的平坦无际，看那大海的波澜壮阔；我想牵着你的手带你回家，陪你走遍地球的各个角落，陪你看夕阳西下，陪你到海枯石烂。我愿你永远不觉孤单，我愿彼此共同经历的每一天都如情人节般浪漫。我们已畅想未来的幸福欢乐，我愿我的所有美梦可以成真。

只要你能感受我对你的爱，足矣！说实话，写这封情书可真是花了很多心思！

现在我想好好工作，好好开创我们未来的美好生活。

永远爱你！

Peter

点评

海外的情书往往少了中国人的许多含蓄，却多了几分直接。爱就说爱，喜欢就说喜欢，想念就说想念，没有试探，没有暧昧，简单直白。作者把爱情写得如此痴迷，直接明了又不失浪漫风趣，很容易打动恋人。

Hey Jimmy

Mehedi Hasan（中国长春）

三等奖

Hey Jimmy,

I want you to know that you are the first person i want to see in the "Mornings" and the last person i want to whisper "Goodnight" to. Because I know, despite my image able moods, and the times when I feel my "Lowest" you bring out the "Best" in me, It's called the "Power of Love".

You are my thoughts through the days. Sometimes when things just can't seem to get better I can look at you and this big smile on my face tells me, Yes he is the reason my days can be beautiful because he's always worth the beauty of my Smile and my sunshine on my Dark days. Loving you is easy; not holding you is the hardest. For in my dreams I caress you to me, to smell the sweetness of our touch. For I long to kiss his sweet lips, then to know at night your passion will last me a "Lifetime".

All I can say is?!!!, You make my "Heart" flutter and I glow from within. It must be the magic that you bestow upon me just by seeing your wonderful face and knowing, that you hold the key to my heart and has opened it to a wonderful world of it's called

The "Power of Love".

I wanted to the tell you about my feelings in person but then I thought I would write them in a letter, so you can hold on to this piece of paper no matter what your answer is. Jimmy, I have been in love with your for the past year. It is only now that I cannot bear to keep my feelings to myself.

I did not tell you of my feelings because I feared losing you as friend. One has to be really lucky to have a friend like you. You have been there for me in the worst of times, and I feared I would lose an amazing friend like you forever. But now, I wanted to tell you the truth as each moment away from you feel like a thousand deaths. I would rather lose you and live in sorrow, than spend the rest of my life wondering what if…

I hope you will not hate me, but what choice did I have? You are the most wonderful girl I have ever met and not falling in love with was never an option for me. It is impossible to find someone who is so beautiful in heart and form. I love you. This is the first time I have been in love and I am glad that fell in love with such a wonderful girl. Even if you do not feel the same I can go through life knowing that I fell in love with the right girl.

There is so much more to say and yet I can say no more. All I can I hope that God has taken mercy on me and destined the best girl in the world in my life. Waiting for your answer.

Mehedi Hasan

译文

亲爱的Jimmy：

我想让你知道，在这个世界上，你是我想在“清晨”看到的第一个人，也是深夜在耳畔轻声说“晚安”的最后一个人。因为我知道，在我处于“最低谷”的时候，你总能唤起我“最好”的一面，这就是“爱的力量”。

我每天无时无刻不在想念你。有时，事情好像无比糟糕的时候，我看到你，你甜蜜的微笑好像在告诉我：“是的，她就是我生活美好的原因所在，她值得拥有我美丽的微笑，她是我灰暗生活中的阳光。”爱你很容易，但没有你在身边却非常辛苦，因为在梦中，我紧紧地拥抱着你，呼吸着我们之间的甜蜜；因为我渴望亲吻你甜蜜的嘴唇，然后意识到夜里你的热情让我如同恍惚度过了一生。

千言万语汇成一句话，你让我的“心”阵阵颤动，我也因此更加光彩。这一定是你施与我的魔法，只需看一眼你美丽的脸庞，我就明了，你不仅握着通往我心灵的钥匙，并已向它呈现了一个精彩纷呈的世界。这就是“爱的力量”。

我渴望亲自告诉你我的情感，转念之间，我又想将之写于信中，这样不管你的答案是什么，你都能保留着这张信纸。Jimmy，我在过去的一年都无法自拔地深爱着你。但是现在，我已无法再压抑自己的情感。

我以前没有告诉你我的情感，是因为我害怕失去你这个朋友。一个人能拥有你这样的朋友是多么幸运啊！在我最艰难的时候，你一直陪伴着我，我担心永远失去你这个好朋友。但是现在，我想告诉你一个事实，远离你的一分一秒我都如同经历了无数次死亡。我宁愿失去你，活在悲伤中，也不愿在余生中不断思考所有的假如……

我企盼你不会恨我，但是我还有什么选择呢？你是我认识的最棒的女孩，我无法自拔地爱上了你。在这世上已不可能再找到一个如你般心灵和外表都如此美丽的人了。我爱你！这是我第一次爱上一个人，一个这么美丽的女孩，我很开心。即使你没有和我一样的情感，在以后的人生中，我也知道自己曾经爱上了一个心目中的女孩。

语言无法表达我炽热的情感，但我却已不知还能如何表达。我只祈求上帝能怜悯我，将我命中的那个女孩引领到我的生活。期盼着你的回音。

Mehedi Hasan

点评

“爱的力量”，就是在我处于最低谷的时候，你总能唤起我最好的一面；“爱的力量”，就是你可以让我的世界精彩缤纷。当爱上朝夕相伴的朋友，终究会有无法抑制的时候，而“爱的力量”就可能有向对方表达的冲动，即使结局可能会伤害两个人。

Dear Doris

Sunncry（中国河北）
优秀奖

Dear Doris,

Long time no see. How are you these days? Haven't received your current news for days, I really miss you so much. You know, I want to know everything about you. As for me, I'm not well these days…Let's talk something else.

Recently, I hear some great songs I've heard before.And I'd like to share them with you. Just because it reminds me of too much things… (You may find them in this letter)

Many pictures of memory raises in my mind…The first time I saw your smiling face, I clearly remember my heart skipped a beat. The conversation we had then, the road we walked together and so on, I'll never forget them. Although the time we get together is short, they are really enough to make my day. In the following days, all the things happened between us make me realise that I can't live without you. I truely know that you are my one and only.

In my whole life, I never thought I would be so lucky as to meet and fall in love with you. I thought that it mattered what I said or where I said it. Then I realized the only thing that matters is you. You make me happier than I ever thought I could be. To the world you may be one person, but to me, you are the whole world. I love you not because of who you are, but because of who I am when I am with you. And if you let me, I'll spend all my life trying to make you feel the same way.

Looking back on how it was in years gone by, and the good time that I had. Makes today seem rather sad. Because of my illness, I lost the chance to meet you on your birthday. And later, I find it's also the last chance to see you because of your study. So much has changed! How I wish I could see you again! At least, all the sweet things will never be forgotten in my world. And I memorize each moment. These back memories, still mean so much to me. As they melt the years away.

Eternity means the whole life. If I can see you next to never, how can we say forever? I'll try to be here waiting for you. However, If I can't stay with you as long as we thought or have to go somewhere unknown, please forgive me and let it go. Don't cry because it's over; Smile because they happened. Cited from my favorite songs-"Heaven is a place near by, so I won't be so far away. And if you try and look for me, maybe you will find me someday. Heaven is a place near by, so there is no need to say goodbye. I wanna ask you not to cry, I'll always be by your side". If everything is meant to be, just change yourself to accept it. If something has to go with the wind, please remember that, after all, tomorrow is another day!

That's all the letter.

译文

亲爱的Doris：

好久不见。近来可好？好多天没有收到你的消息了，我真的很想你。你知道吗？我想知道关于你的一切。至于我，最近不是很好……我们还是聊些其他的吧。

最近，我听了一些以前听过的好歌，我想与你一起分享这些歌曲。我这样做仅仅是因为这些歌勾起了我太多的回忆……（你可以在这封信的只字片语中追寻到这些回忆的哦）

我的脑海里浮现出许多往事的画面……我清楚地记得，当我第一次看到你的笑脸时，我的心跳停止了一拍。我们说过的话，一起走过的路，等等，这一切我永远都不会忘记。虽然我们在一起的时光很短暂，但是对我来说真的很开心。在随后的日子里，发生在我们之间的所有事情都使我意识到，我不能没有你。我确信，你就是我的唯一。

在我的一生中，我从未想过我会如此幸运地遇上你，并且爱上了你。我原想，我说过什么话，以及在哪说过这些话，都很重要。后来我意识到，最重要的还是你。是你使我感受幸福的味道，我从未想到我会如此幸福。对于世界，你可能只是一个人，但对我来说，你就是整个世界。我爱你，不是因为你是谁，而是因为当我同你在一起时我是谁。如果你允许的话，我会用毕生的时光努力让你有同样的感受。

回首往昔美好时光，岁月穿梭，使我如今顿感生悲。由于我生病了，失去了在你生日时去看你的机会。后来，我发现这也是我可以去看你的最后一次机会，因为你要去学习了。变化真大啊！但至少在我的世界里，那些美好的事情永远都不会褪色。我会记住这每一刻。这些逝去的往事，对我来说依旧意味深长。哪怕是时间也不能淡化它。

永恒意味着生命的全部。如果我看不到你的身影，又怎能说天长地久？我会尽我所能在此等你。但是，如果我不能留下来陪你，或者不得不去某个未知的地方，请放手让我走吧。不要因为结束了而哭泣，也不要因为这些事情终究发生了而微笑。歌词引自我最爱的歌曲：“天堂是一个很近的地方，所以我不会走太远。如果你试图寻找我，也许哪天你会找到我。天堂是一个很近的地方，所以没必要说再见。我想告诉你，不要哭，我会一直待在你身边。”如果这一切果真发生了，请你欣然接受。如果有些东西要随风而去，请你记住，毕竟明天又是新的一天。

这是信的全部。

点评

跟爱相比，人生很短。你可以走到生命的尽头，但有些爱情却看不到，永远走不完。男主人公说：“对于世界，你可能只是一个人，但对我来说，你就是整个世界。我爱你，不是因为你是谁，而是因为当我同你在一起时我是谁。”他愿用一生去守护她，因为那是他的所爱。

后记　感谢情书

2013年最浪漫情书征集带来的热度至今还未消减，情书评选引起了300多家海内外媒体的关注，情书在2013年七夕被送到“爱情治愈圣地”彭水阿依河举行了“情书漂流日”；少数情书的幕后故事被拍摄成6部微电影，即将上映。

与我们看惯了的大师情书相比，本书的特点是鲜明的，这是老百姓的情书的第一本合集，是你身边的爷爷奶奶、叔叔阿姨、兄弟姐妹的“爱情记录”。

这次情书征集的成功，这本书的出版需要感谢的人太多了。感谢这些天南海北汇聚在一起的浪漫情书，也感谢为“情书征集”倾注情感和汗水的人们。

首先需要感谢来自彭水自治县党委、政府，旅游文化界人士的支持，今年因病不幸去世的原县委书记陈航先生对此创意给予肯定；非常感谢彭水自治县领导钱建超、刘峰、朱高云、余健华、林光、程途、秦盛成、冉龙超等对活动的大力支持，感谢彭水旅游部门袁业国、廖售吟、廖建军、廖昌鸿、刘兴模、冉昌嵘、简文相、庹冰洁、刘畅等同志对活动推进的艰苦努力；感谢彭水文化、传媒等多个部门负责人、专家学者对活动过程的真诚建议和意见。

感谢北京时间碎片新媒体公司的总裁邹智勇、副总裁侯振权先生，以及左志勇、王伟、阿达、蕾蕾、爽芝等同志。

感谢重庆师范大学新媒体学院院长李明海教授对活动的指点。

感谢情书微电影拍摄的导演王宾和他的团队，他们还将继续用影像传播情书的魅力。

感谢猪八戒网朱明跃董事长对活动的大力支持，感谢朱堂宗、罗方芳、宿雪雪、向东、李雪琴等年轻人直接为活动进行细致服务，感谢来自西南政法大学的大四学生徐丽丽、王翱为活动付出的辛勤劳动。

感谢以下机构的深度参与，让情书征集在更大的区域引起了大众的关注，它们是彭水自治县旅游局、猪八戒网、witmart.com、北京时间碎片新媒体、重庆师范大学新媒体学院、西南政法大学广播影视与新媒体研究院、重庆晚报、都市热报、香港卫视、陕西卫视、重庆电视台、中国发展出版社。

还有更多因为篇幅原因不能一一点名的朋友，感谢因为你们的支持才促成本书的出版。

最后尤其要感谢国内外愿意分享自己情书的作者，你们的真情流露可能在之前已经感动了你所中意的“他”或“她”，甚至已经携手走进婚姻的殿堂，而你们更大的贡献是，你们的情书所组成的这本书，所分享倡导的“情感正能量”可能会悄悄地影响和改变成千上万人的爱情观。

编　者

2013年11月